LETTRES DU XVIIe ET DU XVIIIe SIÈCLE

LETTRES PORTUGAISES

AVEC LES RÉPONSES

LETTRES DE MLLE AÏSSÉ

Paris. — Imprimerie Viéville et Capiomont, rue des Poitevins, 6.

Aissé de la Grece, épuise la beauté,
Elle a de la France emprunté,
Les charmes de l'esprit de l'air & du langage
Pour le cœur je n'y comprends rien.
Dans quel lieu s'est elle adressée
Il n'en est plus comme le sien.
Depuis l'age d'or ou l'Astrée.

S. Nyot.   F. Wexelberg sc.

LETTRES PORTUGAISES

AVEC LES RÉPONSES

LETTRES DE Mlle AISSÉ

SUIVIES DE CELLES DE MONTESQUIEU ET DE Mme DU DEFFAND
AU CHEVALIER D'AYDIE, ETC.

Revues avec le plus grand soin sur les éditions originales
ACCOMPAGNÉES DE NOMBREUSES NOTES, SUIVIES D'UN INDEX
et précédées de deux Notices biographiques et littéraires

PAR

EUGÈNE ASSE

ÉDITION ORNÉE D'UN PORTRAIT DE Mlle AISSÉ

PARIS

CHARPENTIER ET Cie, LIBRAIRES-ÉDITEURS

28, QUAI DU LOUVRE, 28

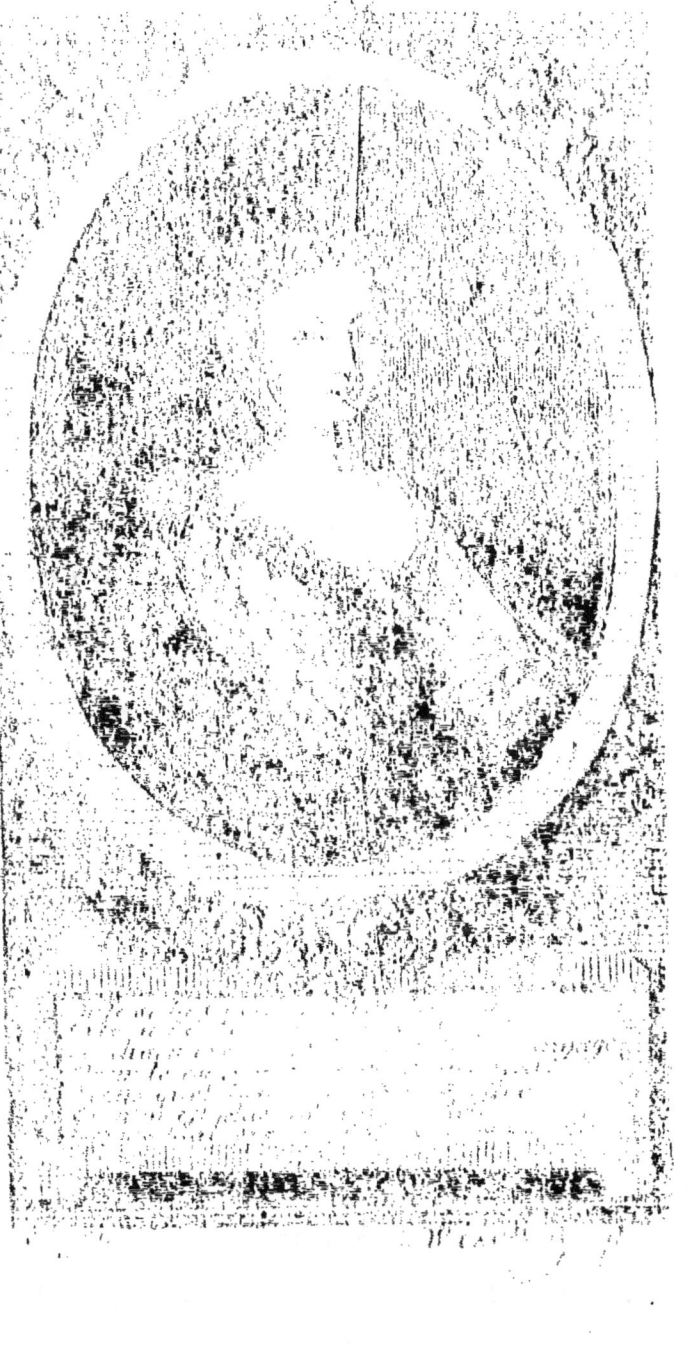

LETTRES PORTUGAISES

AVEC LES RÉPONSES

LETTRES DE Mˡˡᵉ AÏSSÉ

SUIVIES DE CELLES DE MONTESQUIEU ET DE Mᵐᵉ DU DEFFAND
AU CHEVALIER D'AYDIE, ETC.

Revues avec le plus grand soin sur les éditions originales

ACCOMPAGNÉES DE NOMBREUSES NOTES, SUIVIES D'UN INDEX

et précédées de deux Notices biographiques et littéraires

PAR

EUGÈNE ASSE

ÉDITION ORNÉE D'UN PORTRAIT DE Mˡˡᵉ AÏSSÉ

Fac-simile d'une gravure du temps

PARIS

CHARPENTIER ET Cⁱᵉ, LIBRAIRES-ÉDITEURS

28, QUAI DU LOUVRE, 28

1873

NOTICE

SUR

LA RELIGIEUSE PORTUGAISE

ET LE MARQUIS DE CHAMILLY

———

Vers le milieu du XVIIe siècle, la France exerçait une grande influence à la cour de Portugal, qu'on pouvait appeler une cour toute française. La raison en était le mariage du roi don Alphonse avec Mlle de Nemours, non moins que les événements politiques qui avaient rendu presque solidaires les intérêts des deux nations. Si, en effet, depuis la révolution de 1640 et la conquête de leur indépendance nationale, les Portugais, par leurs diversions sur la frontière occidentale de l'Espagne, avaient été fort utiles à la France dans sa lutte avec la maison d'Autriche, la France, de son côté, ne s'était pas montrée avare de secours en hommes et en argent, et était devenue ainsi leur alliée naturelle contre les Espagnols. La cour de Madrid fut si vivement frappée du danger de cette alliance et elle en garda un tel ressentiment, qu'elle fit de l'abandon des Portugais par la France la condition absolue du traité des Pyrénées (7 novembre 1659). Mazarin trouvait trop d'avantages à ce traité pour ne pas accepter cette clause; mais en l'acceptant il se promit bien de secourir secrètement ses anciens alliés.

A peine, en effet, la paix était-elle conclue, qu'il

s'occupait de recruter, au profit du Portugal, réduit désormais à soutenir seul les efforts suprêmes de l'Espagne pour le faire rentrer sous son obéissance, un certain nombre d'officiers autrefois à la solde de la France, et que la signature de la paix laissait sans emploi. Le maréchal de Turenne, qui s'intéressait vivement à l'indépendance du Portugal et entrevoyait à la cour de Lisbonne un établissement pour une de ses nièces, seconda très-activement les intentions du cardinal, et lui désigna le comte de Schomberg comme un des officiers les plus capables de réorganiser l'armée portugaise et de la bien commander[1]. Parmi les gentilshommes qui suivirent le comte de Schomberg et mirent leur épée au service de la cause des Portugais, figurait le jeune Chamilly, alors comte de Saint-Léger, et le futur héros des lettres portugaises. Cette campagne de Portugal allait donc devenir l'occasion de ce court roman noué entre un jeune capitaine français et une jeune religieuse, et de cette correspondance qui restera à jamais célèbre comme expression de la passion vraie. « Vers 1663, a dit Sainte-Beuve, il entra dans la politique de Louis XIV de secourir le Portugal contre l'Espagne, mais il le secourut indirectement; on fournit sous main des subsides, on favorisa des levées, une foule de volontaires y coururent. Entre cette petite armée, commandée par Schomberg, et la pauvre armée espagnole qui lui disputait le terrain, il y eut là, chaque été, bien des marches et des contre-marches et peu de résultats, bien des escarmouches et des petits combats, parmi lesquels, je crois, une victoire. Qui donc s'en soucie aujourd'hui? Mais le lecteur curieux qui ne veut que son charme ne peut s'empêcher de dire que tout cela a été bon, puisque

---

1. Voir les *Mémoires d'Ablancourt, passim,* et M. Mignet : *Négociations relatives à la succession d'Espagne,* t. I, p. 87, 103.

les *Lettres de la religieuse portugaise* en devaient naître[1]. »

Sans décliner l'avantage que, dans ce parallèle ingénieux, le célèbre critique donne aux *Lettres portugaises* sur les glorieux faits d'armes de Schomberg et de ses compagnons, et en nous en prévalant même comme éditeur, il nous sera permis, comme historien, de rendre à cette expédition le véritable caractère qui lui appartient et de noter l'importance qu'elle doit conserver dans notre histoire générale. A une époque où la royauté savait préparer de longue main le succès de sa politique et de ses guerres, et où les grands diplomates frayaient le chemin aux grands capitaines, la campagne de Portugal par Schomberg fut, en réalité, le prologue de la guerre de Dévolution qui, en 1668, donna la Flandre à la France. Ce fut, d'une part, en isolant l'Espagne par des alliances habilement ménagées, et, de l'autre, en secourant contre elle ses anciens ennemis, que la France put quelques années plus tard faire, presque à coup sûr, la guerre à sa rivale affaiblie et s'agrandir de deux nouvelles provinces. « La guerre de Portugal, dit très-bien M. Mignet, fut entreprise pour préparer la guerre de Dévolution[2]. »

Noël Bouton de Chamilly[3], connu alors sous le titre de comte de Saint-Léger, avait vingt-sept ans lorsqu'en 1661 il quitta la France pour prendre, comme volontaire, du service en Portugal. Il appartenait à une vieille famille de Bourgogne que son dévouement aux

---

1. *Notice sur M*[lle] *Aïssé.*
2. *Négociations relatives à la succession d'Espagne*, tome I, page 315.
3. Né le 6 avril 1636, il était fils de Nicolas Bouton, créé comte de Chamilly en 1644, mort en octobre 1662, âgé de 64 ans, et de Marie de Cirey, fille d'un conseiller au parlement de Dijon. Il mourut le 8 janvier 1715.

princes de Condé, gouverneurs nés de cette province, avait compromise dans les troubles de la Fronde. Son père, brave soldat de Dol, de Tarragone, de Perpignan et de Fribourg, avait accompagné le grand Condé dans sa lutte contre Mazarin, et défendu successivement Stenay et Le Capelle, confiés à sa garde et à sa fidélité; son frère aîné, dont Saint-Simon loue les talents militaires, avait embrassé le même parti. Quant à lui, sa présence dans l'armée de Turenne et son grade de capitaine dans le régiment de cavalerie de Mazarin prouvent que s'il ne suivit pas le parti auquel les siens étaient attachés, il suivit du moins leur exemple de bravoure. Fait prisonnier au siège de Valenciennes, avec le maréchal de La Ferté (16 juillet 1656), il ne recouvra la liberté que pour prendre part, deux ans plus tard, à la bataille des Dunes et à la prise de Dunkerque, de Berghes, de Furnes et d'Oudenarde. La réforme de son régiment, après la paix des Pyrénées, et plus encore une vive passion pour la gloire des armes, le portèrent à aller combattre en Portugal ces mêmes armées espagnoles dont il avait déjà éprouvé la valeur en Flandre. L'on peut aussi supposer que l'influence de Turenne, son ancien général, ne fut pas étrangère à cette résolution. D'autres, et de plus illustres que lui, firent de même : sur la liste de ces nobles volontaires on lit les noms du marquis de Beringhen, aide de camp du comte de Schomberg; des trois fils de Schomberg lui-même, les comtes Frédéric, Ménard et Charles; d'un La Trémoille, le marquis de Noirmoutiers, qui allait trouver une mort glorieuse devant Albuquerque [1]; du comte de Rosan; de Desfontaines, commandant général de l'artillerie; de du Saussay, de du Fay, de La Chatière, tué à Villa-Viciosa; de MM. de Maré, de Clairan, de Chauvet et de Briquemaut, commandant chacun un

---

1. Louis II de la Trémoille, né en 1612, mort en 1666.

régiment de leur nom [1]. Ce fut dans le corps de ce dernier que le jeune Chamilly fit toute la campagne de Portugal avec le grade de capitaine.

Nous ne ferons pas l'histoire de cette guerre, à laquelle mit fin en 1668 une paix que l'Espagne affaiblie se vit obligée de signer, et qu'avait ménagée la politique des États généraux, effrayés du progrès des Français en Flandre. Guerre essentiellement intermittente, cessant pendant les chaleurs de l'été et les pluies de l'hiver, pour reprendre au printemps et en automne, elle n'a légué à la postérité que le nom de deux victoires, celles d'Ameyxial, en 1663, et de Montes-Claros, en 1665, victoires qui, il est vrai, affermirent définitivement l'indépendance du Portugal et la nouvelle monarchie de Bragance, et sont restées célèbres dans les annales portugaises. Mais ce qu'il importe de noter ici, c'est que ces luttes eurent pour principal théâtre la province d'Alem-Tejo, où se trouvait située cette même ville de Beja dont le nom réveille le souvenir de la Religieuse portugaise et de ses éphémères amours avec le brillant capitaine français.

Comme presque toutes les villes de l'Alem-Tejo, Beja s'élevait au sommet d'une colline, dont les pentes doucement inclinées étaient couvertes d'oliviers et de vignes. Siège d'un évêché, elle possédait en outre un riche couvent de religieuses franciscaines, — Conceiçao das Franciscanas, — choisi par le père du célèbre infant don Emmanuel pour être le lieu de sa sépulture. Les filles des premiers gentilshommes de la province y étaient élevées et souvent y prenaient ensuite le voile. Quelques mots des *Lettres portugaises* font allusion à cette situation pittoresque de Beja et du couvent des religieuses franciscaines. De la terrasse de ce dernier

1. *Mémoires d'Ablancourt, passim.*

l'on découvrait toute la partie méridionale de l'Alem-
Tejo, et la vue pouvait s'étendre jusqu'à Mertola.

Ce fut sans doute pendant un des séjours que M. de
Chamilly fit dans cette dernière ville, érigée en comté
au profit de Schomberg, que se forma entre le jeune
officier français et la religieuse de Beja la liaison à
laquelle nous devons les *Lettres portugaises*. Peut-être
s'étonnera-t-on moins d'un amour si contraire à l'état
et au caractère de l'une des parties, quand on saura
qu'à cette époque la réclusion sévère dans laquelle les
mœurs portugaises tenaient les femmes et les filles ne
s'étendait pas aux religieuses. Celles-ci jouissaient de
plus de liberté dans les visites qui pouvaient leur être
faites que les femmes mariées elles-mêmes. Les cou-
vents n'étaient pas fermés aux visiteurs. Le plaisir de
la conversation n'était pas le seul qui y eût accès. Le
roi don Alphonse, comme plus tard Jean V, se rendait
souvent dans ces demeures plus aimables encore que
pieuses, pour y prendre la distraction de la comédie[1].

---

1. *Mémoires d'Ablancourt*, p. 220. — Voici quelques intéressants
détails de mœurs que nous trouvons dans un voyage du temps :
« Quand le Roy doit sortir de son palais, on en est averti par une
trompette qui joue le long du chemin par où le Roy doit passer,
qui est vestu à la Françoise, et ceux de sa suite qui n'est pas fort
nombreuse; et quand la Reyne doit aller quelque part, il y a un
fifre et un tambour qui joüent par où elle doit passer. Nous l'avons
vue souvent aller au couvent des filles de la *Santa Speranza*, où il
arriva un jour que le ruban de son soulier s'estant dénoüé elle le
fit renoüer par l'une de ses suivantes, de quoi toutes les dames
portugaises la voyant faire se scandalisèrent ; car il est indécent
à une dame selon la coutume portugaise de montrer ainsi son
pied, ce qui fait que les dames portent leurs jupes si basses, qu'on
ne leur voit point les pieds, comme estant d'où on peut juger de
la forme de quelque autre partie cachée de leurs corps. Si vous
voulez faire honneur à une dame, à la mode portugaise, avec laquelle vous allez par les rues, il faut lui donner le dessous du pavé,
il faut sortir le premier et entrer le premier dans quelque lieu que
ce soit. » *Le Voyageur d'Europe*, t. II, p. 223.

Si l'on ajoute à cela la faveur singulière dont, à cette époque, les Français jouissaient en Portugal, où ils étaient considérés et aimés comme des libérateurs[1], l'on comprendra plus facilement l'amour que le jeune comte de Saint-Léger put concevoir pour la religieuse de Beja et comment il réussit à le faire partager.

Quelle fut celle qui a immortalisé cet amour dans les lettres que nous publions ? Jusqu'au commencement du XIXᵉ siècle, elle n'avait été connue que sous le nom de la Religieuse portugaise, et l'on ne savait d'elle que ce qu'elle en avait dit elle-même. Ce fut seulement en 1810 qu'un savant illustre, Boissonade, découvrit, sur un exemplaire de l'édition originale des *Lettres portugaises*, une note écrite par une main contemporaine, et portant que l'auteur était Marianna Alcaforado[2]. La véracité de cette note n'est plus l'objet d'aucun doute depuis que les recherches de la critique contemporaine ont prouvé l'existence d'une famille de ce nom dans la province d'Alem-Tejo, et la persistance d'une tradition à cet égard parmi ses membres.

Avant même que le comte de Saint-Léger vint nouer ce roman au couvent de Beja, la légende s'était déjà emparée du nom d'Alcaforado, et l'avait transmis à la postérité avec l'un des plus sinistres événements dont les annales portugaises fassent mention. Au commencement du XVIᵉ siècle, le jeune fils d'Affonso Pires d'Alcaforado était attaché en qualité de page à dona Léonor de Mendoça, femme de don Jayme, duc de Bragance. Il s'appelait Antonio. Rien n'indique qu'un autre sentiment que celui d'un maternel intérêt ait été inspiré par

---

1. « Les François et les Anglois sont aimez en Portugal, ce qui est juste, puisque ce sont eux qui les secourent à l'encontre des Espagnols leurs ennemis mortels. » *Le Voyageur d'Europe*, où sont le *Voyage d'Espagne et de Portugal et le Voyage des Pays-Bas*.

2. *Journal de l'Empire*, 5 janvier 1810.

le jeune page à la duchesse. Cependant, emporté par une jalousie furieuse, à laquelle la présence d'Antonio dans les appartements de dona Léonor, un soir qu'il était revenu inopinément à son château de Reguengo, vint fournir une apparence de prétexte, le duc de Bragance avait fait exécuter, sur l'heure, par un esclave nègre, celui qu'il croyait l'amant de sa femme, et poignardé ensuite dona Léonor de sa propre main. Un odieux semblant de procédure n'avait pas manqué à cette double exécution. Le juge, ou *ouvidor*, de Villaviciosa avait été mandé à la hâte pour rendre une sentence dont Jayme avait dicté lui-même les termes. Plus tard, l'innocence des victimes avait été reconnue, et le duc de Bragance avait terminé sa vie dans des remords dont le sinistre caractère assombrit encore davantage la légende du château de Reguengo [1].

En dehors de ce lugubre drame, l'on ne sait sur la famille Alcaforado, sur Marianna et ses amours éphémères, que ce que celle-ci nous en dit elle-même. Ce fut, paraît-il, du haut d'un balcon de son couvent qu'elle vit pour la première fois M. de Chamilly, et, comme on peut le conjecturer des expressions dont elle se sert, à l'occasion d'une sorte de revue ou d'entrée triomphale des troupes franco-portugaises dans la petite ville de Beja. Toutefois des rapports d'amitié semblent avoir existé entre Chamilly et la famille de Marianna ; elle parle en effet de lettres adressées par son frère à son amant. Peut-être ce frère combattait-il à côté de M. de Chamilly

1. M. Ignacio Pizarro de M. Sarmento a fait de cette lugubre histoire l'objet d'un de ses plus émouvants récits dans son livre intitulé *Romenceiro o Portuguez*, ou *Collecção dos romances de historia portugueza*, Lisboa, 1841, in-12. Voir encore A. de Souza : *Historia genealogica da Casa real*, t. V, p. 575-592. Nous devons à l'obligeance de M. F. Denis, si profondément versé dans tout ce qui a trait à l'histoire du Portugal, la communication de ces deux ouvrages.

pour la défense de sa patrie contre les armées espagnoles. Ce qui est plus certain, c'est que M. de Chamilly eut
accès dans le couvent, qu'il y vit souvent Marianna[1].
Bien que l'abandon dont il se rendit plus tard coupable
ne lui donne pas le beau rôle dans ce roman d'amour,
l'on ne peut douter qu'il n'ait été sincère au début,
qu'il n'ait cru à l'éternité de cette passion. Rien ne
faisait encore supposer que la France serait elle-même
bientôt en guerre avec l'Espagne, et un jeune officier
de fortune comme Chamilly pouvait espérer poursui-
vre une brillante carrière à la cour de Lisbonne, où
les Français étaient en grande faveur. Tout d'ailleurs
n'est pas invention dans les raisons données par M. de
Chamilly pour justifier son départ. Il est très-vrai que
son père mourut en 1662, très-vraisemblable que des
devoirs de famille durent l'obliger à revenir en France.
Ce qui nous paraît moins excusable, c'est la froideur
qu'il fit alors paraître et qui n'est que trop attestée par
les lettres de la pauvre délaissée. Aussi ne cherche-
rons-nous pas à réhabiliter la mémoire du marquis de
Chamilly en tant qu'amant : sur ce point, la postérité,
féminine surtout, a passé condamnation. Nous nous
bornerons à faire observer qu'à tous autres égards, M. de
Chamilly fut un fort galant homme, que sa réputation
est restée celle d'un des plus braves soldats qu'ait eus
la France. En cela, le témoignage des contemporains
est unanime. Parlant de lui à l'occasion de sa mort, la
duchesse d'Orléans, mère du régent, l'appelle le « bon
maréchal de Chamilly, » et ajoute que c'était « un très-
brave homme[2]. » Saint-Simon est encore plus expressif
dans son éloge. « C'était, dit-il, le meilleur homme du
monde, le plus brave et le plus plein d'honneur[3]. »

1. Voir p. 19, 22.
2. *Correspondance*, Lettre du 10 janvier 1715.
3. Voici tout ce passage de Saint-Simon : « Chamilly s'appeloit

Il suffit d'ailleurs de jeter un coup d'œil sur la vie militaire du marquis de Chamilly pour avoir de lui la même opinion. Rentré en France au moment où la paix d'Aix-la-Chapelle venait d'être signée avec l'Espagne (12 février 1668), il ne reste cependant pas inactif. Il prend part aussitôt à l'expédition de Candie, et est grièvement blessé à la sortie du 16 septembre 1669[1]. Il s'était glorieusement comporté dans l'invasion de la Hollande, en 1672, lorsque la belle défense de Grave mit en pleine lumière son courage et sa fermeté. Pendant quatre-vingt-treize jours, il défendit en effet la place contre tous les efforts du prince d'Orange, et ne la rendit que sur les ordres exprès et par deux fois répétés de Louis XIV (1674). La défense d'Oudenarde, deux ans plus tard, ne lui fit pas moins d'honneur. S'il savait défendre les places, il

Bouton, d'une noble race de Bourgogne, dont on en voit servir avant 1400 avec des écuyers sous eux, et dès les premières années de 1400, des chambellans des ducs de Bourgogne. Ils ont toujours servi depuis, et aucun d'eux n'a porté robe... Sous *son* frère, il commença à se distinguer. Il avoit servi avec réputation en Portugal et en Candie. A le voir et à l'entendre, on n'auroit jamais pu se persuader qu'il eût inspiré un amour aussi démesuré que celui qui est l'âme de ces fameuses *Lettres portugaises*, ni qu'il ait écrit les réponses qu'on y voit à cette religieuse. Entre plusieurs commandements qu'il eut pendant la guerre de Hollande, le gouvernement de Graves l'illustra par cette admirable défense de plus de quatre mois, qui coûta seize mille hommes au prince d'Orange, dont il mérita les éloges... C'étoit un grand et gros homme, le meilleur homme du monde, le plus brave et le plus plein d'honneur, mais si bête et si lourd, qu'on ne comprenoit pas qu'il pût avoir quelque talent pour la guerre. » *Mém.*, t. II, p. 431. Voir sur toute la famille, H. Paillot, *Hist. généal. des comtes de Chamilly*, Dijon, 1671. Bibl. nat.. L. 3 m. 149.

1. En compulsant les archives de la guerre, qui ne nous ont pas donné ce que nous espérions sur la guerre de Portugal, nous avons du moins trouvé, dans un registre relatif à l'expédition de Candie, une mention qui le concerne. A la page 238, il est parlé du marquis de Saint-Léger, maréchal des logis dans la compagnie des mousquetaires commandée par M. de Maupertuis.

n'ignorait pas comment on les attaque, et comment on les prend. Il se distingua infiniment aux siéges de Gand, de Condé, où il fut deux fois blessé, à ceux d'Ypres, d'Heidelberg. Le bâton de maréchal fut en 1703 la récompense de ses glorieux services. Telle fut sa vie de soldat, et de ce côté du moins il est sans reproche. A une bravoure, à une fermeté remarquables, il joignait une grande générosité de sentiments, une véritable grandeur d'âme, qui le faisaient adorer des soldats, et dont plusieurs traits nous ont été transmis par ses contemporains[1]. Enfin, bien loin que la faveur ait contribué à son avancement, il eut pendant longtemps à lutter contre la sourde hostilité de Louvois et de son fils Barbezieux. Il ne fallut rien moins que l'amitié de M. et de Mme de Chamillart pour en con-

1. Après la belle défense de Grave, Louis XIV l'ayant autorisé à lui demander une grâce : « Sire, lui dit Chamilly, je vous prie de m'accorder celle de mon colonel, qui est à la Bastille. — Et qui peut être votre colonel ? lui repartit le roi avec surprise. — C'est M. de Briquemaut. J'ai eu autrefois une compagnie dans son régiment ; il m'a formé dans l'art de la guerre, et je ne pourrais sans ingratitude oublier ce service. » Le Roi accorda la grâce demandée. Cet autre trait n'est pas moins touchant. Parmi les braves qui composaient la garnison de Grave, se trouvait un officier qui, manquant un jour de courage, abandonna le poste qui lui avait été confié. A cette nouvelle, les autres officiers courent auprès de M. de Chamilly et lui demandent justice. Chamilly, par un trait de présence d'esprit admirable, ne veut pas laisser entrevoir qu'il puisse se trouver un lâche parmi eux, et, les recevant froidement, il leur dit : « Vous vous battez bien, jugez mieux. Celui que vous accusez de lâcheté a pu suivre mes ordres, et j'ai eu mes raisons. » La nuit suivante, dans la plus noire obscurité, il fait venir ce gentilhomme, qui se jette à ses pieds avec des témoignages d'un profond repentir. En lui parlant, comme Caton, sur l'honneur et sur la vie, Chamilly réveilla le courage de cet officier, qui devint dès lors le plus téméraire d'entre ses camarades. C'était aux endroits les plus périlleux qu'il recevait d'eux les excuses qu'ils crurent devoir lui faire sur leur méprise à son égard ; et ce jeune homme poussa le courage à un tel point, que Chamilly fut obligé de lui ordonner en public de ménager sa personne. — Courcelles, *Dictionnaire des généraux français*.

tre-balancer les effets auprès du roi. En cela, il fut surtout aidé par la compagne à laquelle l'avait uni un mariage contracté en 1677, et qui, sous le rapport de la beauté, du moins, ne dut pas faire tort aux souvenirs laissés par la pauvre Marianna. La marquise de Chamilly, en effet, était loin d'être belle. Il lui fallut tout son esprit pour faire oublier sa laideur, et toute sa vertu pour inspirer le sérieux attachement que lui témoigna toujours son mari. « C'était, dit Saint-Simon, une vertu et une piété toujours égale dès sa première jeunesse, mais qui n'étoit que pour elle; beaucoup d'esprit et du plus aimable et fait exprès pour le monde, un tour, une aisance, une liberté qui ne prenoit jamais rien sur la bienséance, la modestie, la politesse, le discernement, et avec cela un grand sens, beaucoup de gaieté, de la noblesse et même de la magnificence, en sorte que, tout occupée de bonnes œuvres, on ne l'auroit crue attentive qu'au monde et à ce qui y a rapport. Sa conversation et ses manières faisoient oublier sa singulière laideur[1]. »

Malgré la prudence et même le calcul que semblent indiquer ce mariage, qui ne dut pas être un mariage d'inclination, le marquis de Chamilly tenait par certains côtés à ses contemporains de la Fronde, les beaux et les importants. A sa noblesse d'âme et à sa générosité, il se mêlait tout au moins un grain de fatuité, dont la

---

1. *Mémoires*, t. II, p. 431. Ailleurs, Saint-Simon dit encore : « C'étoit une femme d'esprit, de grand sens, de grande piété, de vertu constante, extrêmement aimable, et faite pour le grand monde et pour la représentation, qui avoit eu la plus grande part à la fortune de son mari. Elle étoit fort aimée de nos amis et nous la regrettâmes fort. Elle en avoit beaucoup, et avoit toujours conservé beaucoup d'estime et de considération. Elle s'apeloit du Bouchet, étoit riche héritière et de noissance fort commune. » Tome XIII, page 65. Elle était fille de Jean-Jacques du Bouchet, seigneur de Villeflx, et de Marguerite d'Elbène, et mourut, sans laisser de postérité, le 18 novembre 1728, âgée de soixante-sept ans.

publication des lettres de Marianna Alcaforada est la preuve évidente. Qu'il n'ait pas été lui-même l'auteur de cette publication, cela paraît à peu près certain. Il est tout à fait invraisemblable qu'entre son retour de Portugal en 1768, et son départ pour l'expédition de Candie, il ait eu le temps nécessaire pour une indiscrétion aussi prolongée. Il l'est encore plus qu'il ait fait jamais œuvre de traducteur et de publicateur, et nous avons d'ailleurs sur ce point des témoignages décisifs. Mais tout au moins est-il avéré que son indiscrétion ne s'arrêta qu'à cette limite extrême, et qu'il laissa faire ce qu'il ne fit pas lui-même.

Ce fut en 1669 que parut, chez Claude Barbin, le célèbre libraire du temps, la première édition de ces lettres, au nombre de cinq, et auxquelles on donna le titre de *Lettres portugaises*. L'achevé d'imprimer, qui porte la date du 4 janvier 1669, et le privilége celle antérieure du 28 octobre 1668, prouvent que la traduction fut faite et livrée au libraire vers le milieu de l'année 1668, c'est-à-dire presque aussitôt après le retour du marquis de Chamilly. Évidemment les lettres de la pauvre Marianna furent montrées par leur possesseur comme un de ces trophées, ou tout au moins comme un de ces souvenirs qu'on rapporte d'un pays étranger. Toutefois l'incognito fut complet, et aucun nom, ni celui du destinataire, ni celui du traducteur, ne fut inscrit sur cette première édition. Quant à celui de Marianna Alcaforada, il n'y parut jamais. Nous avons dit comment et par quel heureux hasard il est aujourd'hui connu. Le succès fut rapide. Deux éditions données par Barbin dans la même année, plus une contrefaçon en Hollande, en témoignent assez. Ce succès prit même de telles proportions, qu'il tenta écrivains et libraires, et que de leur mutuelle émulation naquit presque un nouveau genre de littérature et de publications : celui *des portugaises*.

Les cinq lettres de Marianna Alcaforada, ou autrement
dit de la Religieuse portugaise, eurent des suites, comme
tous les romans à succès, et le titre de *Lettres portugaises* devint un nom générique qui s'appliqua non-seulement à des imitations qui vinrent grossir les éditions
subséquentes, mais encore à toute espèce de correspon-
dances où la passion se montrait toute nue. « Brancas,
disait en 1671 Mme de Sévigné, m'a écrit une lettre si
excessivement tendre, qu'elle récompense tout son oubli passé. Il me parle de son cœur à toutes les lignes ;
si je lui faisois réponse sur le même ton, ce seroit une
portugaise [1]. »

Aussi, sans parler des « portugaises » que purent recevoir les Gramont, les Varde et les Lauzun du grand
siècle, et dont ils ne nous ont pas fait confidence, les
cinq *Lettres portugaises* imprimées chez Barbin engen-
drèrent une nombreuse lignée. Mais, cette fois, l'indiscrétion du destinataire ne fut pour rien dans leur naissance. L'invention se substitua à la réalité.

En cette même année 1669, le libraire Barbin fit
paraître, sous le titre de *Seconde partie*, sept nouvelles
Lettres portugaises. Elles n'ont que le titre de commun
avec les premières, puisqu'elles sont adressées par une
Dame portugaise et non plus par la Religieuse portugaise. L'éditeur comptait même sur « la différence
de style » qui, suivant lui, devait distinguer ces nouvelles lettres, pour leur assurer un succès égal à
celui des premières. L'achevé d'imprimer, daté du
20 août, et par conséquent postérieur de sept mois
seulement à celui des lettres de la Religieuse, prou-
verait seul, à défaut de l'avis au lecteur, très-explicite
sur ce point [2], combien le public était avide de sem-

1. Lettre à Mme de Grignan, du 19 juillet.
2. Voir p. 60.

blables publications. Ce n'était pas seulement le genre qui était créé et exploité par un écrivain de profession, c'était aussi un véritable roman qui se prolongeait et se dénouait à la plus grande satisfaction des lecteurs, et, plus encore, sans doute, des lectrices. Les cinq lettres, les vraies lettres de la Religieuse, prenaient fin sur un cri de désespoir, sur un abandon, poignant comme la réalité. Dès que le bel esprit s'en mêla, ce fut pour adoucir et enjoliver ce dénouement, et laisser entrevoir, comme dans une comédie ou un roman à la mode, la réunion des amants, et peut-être leur mariage, après un voyage en cour de Rome. C'est en effet ce qui arriva. Après les *Lettres de la Dame portugaise* vinrent de prétendues *Réponses*. Dans l'avis au lecteur placé en tête de celles parues à Lyon, en 1669, l'éditeur terminait par cette phrase tout à fait consolante : « L'on m'a assuré que le gentilhomme qui avait écrit ces lettres est retourné en Portugal. » La même année parurent, à Grenoble, de *Nouvelles réponses*; mais, cette fois, l'auteur les donnait pour ce qu'elles étaient, c'est-à-dire pour un jeu d'esprit, auquel l'exemple d'Aulus Sabinus, écrivant des réponses aux Héroïdes d'Ovide, et surtout la « beauté » des premières Portugaises, devaient servir d'excuses.

Telle est l'histoire de ces diverses lettres connues sous le nom générique de *lettres portugaises* : les unes — les cinq premières — très-véritables et très-admirables; les autres, pure imitation, ou frivole jeu d'esprit, qui, sans avoir à aucun degré la même valeur, offrent cependant un intérêt considérable comme spécimen de la langue amoureuse de cette époque, et surtout comme termes de comparaison entre le cri de la passion, et les modulations plus ou moins fausses des beaux esprits du temps.

Cette comparaison démontre invinciblement l'authenticité des lettres de Marianna Alcaforada. La traduction en a pu être plus ou moins fidèle ; mais la pensée, le style même dans ces grandes lignes appartiennent sans conteste possible à la pauvre Marianna et ne peuvent appartenir qu'à elle. Quant au traducteur, son nom fut imprimé pour la première fois, avec celui du destinataire, dans l'édition de 1690. On lit, en effet, dans l'avis au lecteur de cette édition : « Le nom de celui auquel ces lettres ont été écrites est le chevalier de Chamilly, et le nom de celui qui en a fait la traduction est Guilleragues. »

Ce Guilleragues n'était autre que Pierre Girardin de Guilleragues, premier président de la Cour des Aides de Bordeaux, répandu dans la meilleure société du temps, et l'un des amis le plus particulier de Mme Scarron qui, devenue marquise de Maintenon [1], et, ce qu'on sait, lui fit avoir l'ambassade de Constantinople où il mourut en 1689. Célèbre par ses bons mots, c'est lui qui disait de Pelisson qu'il abusait de la permission qu'ont les hommes d'être laids [2].

Fut-il aussi, et cette fois, l'auteur et non pas seulement le traducteur des *Lettres de la Dame portugaise* et

---

1. Voici ce qu'en dit Saint-Simon, chez lequel il faut toujours faire la part de la prévention et de la médisance : « Guilleragues n'étoit autre qu'un gascon gourmand, plaisant, de beaucoup d'esprit, d'excellente compagnie, qui avoit des amis et qui vivoit à leurs dépens, parce qu'il avoit tout friassé, et encore étoit-ce à qui l'auroit. Il avoit été intime de Mme Scarron, qui ne l'oublia pas dans sa fortune, et qui lui procura l'ambassade de Constantinople (en 1679) pour se remplumer. Mais il y trouva, comme ailleurs, moyen de tout manger. » — C'est à lui que Boileau a dédié sa V^e épître, qui commence par ces vers :

> Esprit né pour la cour, et maître en l'art de plaire,
> Guilleragues, qui sais et parler et te taire....

2. *Lettres de Mme de Sévigné*, édit. Regnier, t. III, p. 353.

des *Réponses?* Nous en doutons ; le style nous en paraît trop différent de celui des cinq premières portugaises pour qu'on puisse les attribuer à la plume, beaucoup plus ferme, qui traduisit les lettres de Marianna Alcaforada. Ce qui est incontestable, c'est que les *Nouvelles réponses*, publiées à Grenoble, et de quelques mois à peine postérieures aux premières *Réponses* parues à Paris, ont été composées par un auteur différent. Tout au plus pourrait-on reconnaître la même main dans les *Lettres de la Dame portugaise* et dans les premières *Réponses*. Il y aurait lieu alors de se demander si elles ne sont pas de l'avocat Subligny, auquel, nous ne savons sur quels indices, on a attribué quelquefois la traduction des *Lettres* de la Religieuse portugaise, bien que les éditions, postérieures à 1690, portent constamment le nom de Guilleragues comme en étant le traducteur.

Il nous reste maintenant à dire un mot de cette nouvelle édition et à indiquer brièvement les qualités que nous nous sommes efforcé de lui donner, et qui manquaient aux éditions précédentes. Cette nouvelle édition se distingue en effet des autres sous ce triple rapport : la fidélité à reproduire les éditions originales des lettres portugaises, l'ordre dans lequel les quatre séries de lettres comprises sous cette dénomination générale ont été reproduites, et enfin leur réunion dans un ensemble dont s'étaient écartés les éditeurs de la fin du xviiie siècle et du commencement du xixe : l'abbé de Saint-Léger, en 1796, M. Barbier, en 1806, et enfin le baron de Souza-Botelho en 1824. L'édition de M. de Souza, si recommandable par la correction du texte, laissait cependant encore à désirer sur ce point, et, de plus, ne contenait que les cinq lettres de la Religieuse portugaise. Celles de 1796 et de 1806 avaient un défaut plus grand encore : celui de confondre entièrement les lettres de la Religieuse portugaise avec celles de la Dame portugaise, si différentes cependant, et de les présenter toutes comme adressées au marquis de Chamilly par une seule et même personne. De plus, comme celle donnée postérieurement par M. de Souza, elles ne contenaient point les *Réponses*. Quant aux anciennes éditions parues en France et en Hollande et postérieures à 1690, elles contiennent bien les douze lettres portugaises, tantôt suivies, tantôt entremêlées des treize réponses ; mais chacune de ces réponses y est considérée comme se référant à l'une des douze lettres, tandis qu'en réalité elles n'ont aucun rapport avec les sept lettres de la Dame portugaise et n'ont trait qu'aux seules lettres de la Religieuse. L'ordre que nous avons adopté, le seul qui soit logique, est l'ordre chronologique : 1° les cinq lettres de la Religieuse portugaise ; 2° l'imitation à laquelle elles donnèrent lieu sous le titre de *Deuxième partie des lettres Portugaises* ; 3° les *Réponses* ; 4° les *Nouvelles réponses*. Pour chacune de ces séries, nous avons reproduit avec la plus scrupuleuse fidélité le texte des éditions originales, ainsi que les divers *avis au lecteur* et *préface* dont elles sont précédées. Sauf les fautes matérielles et en quelque sorte typographiques, nous avons laissé subsister certaines incorrections de style, qui sont bien celles de l'auteur et qu'il ne nous appartenait pas de corriger[1].

EUGÈNE ASSE.

1. Voici, pour compléter ce que nous pourrions appeler l'histoire bibliographique des *Lettres portugaises*, la liste de leurs diverses éditions :

1° — ÉDITIONS ORIGINALES :

Lettres portugaises, traduites en françois. A Paris, chez Claude Barbin, au Palais, sur le second perron de la Sainte-Chapelle,

1669, petit in-12 de 182 pages (les cinq lettres de la Religieuse)
Bibliothèque nationale, réserve n° Z 989. — *Lettres portugaises,
seconde partie. A Paris, chez C. Barbin, 1669*, petit in-12 de
151 pages (les sept lettres de la Dame du monde portugais). Bibl.
nationale, n° Z 990 B. — *Réponses aux Lettres portugaises, traduites en françois. A Paris, chez J.-Baptiste Loyson, 1669*, petit
in-12 de 138 pages. Bibl. nat., réserve Z 990 A. — *Réponses aux
Lettres portugaises. A Grenoble, chez Robert Philippes, proche les
RR. PP. Jésuites, 1669*, petit in-12 de 144 pages. Bibl. nat.,
réserve Z 990 Aa.

2° ÉDITIONS POSTÉRIEURES :

*Lettres d'une Religieuses portugaise, traduites en françois. A Co-
logne, chez Pierre Marteau, s. d.*; petit in-12 de 58 pages. Citée
par M. de Souza, qui lui assigna la date de 1665 et la prit pour
modèle de son édition. — *Lettres portugaises, traduites en français; seconde édition. Paris, C. Barbin, 1669*; petit in-12 de 182 p.
Bibl. nat., réserve Z 989 A. — *Lettres portugaises, traduites en
françois; troisième édition. A Paris, chez C. Barbin, 16..2*; petit
in-12 de 182 pages. Bibl. nat. Z 990 et réserve Z 990 (les cinq lettres
de la Religieuse). — *Lettres portugaises, seconde partie. A Paris,
chez C. Barbin, 1673*; petit in-12 de 151 pages. Bibl. nat. Z 990 Bª.
— *Lettres d'une Religieuse, écrites au chevalier de C*, officier
français, avec celles du dit chevalier. Cologne, P. Marteau, 1678*;
petit in-12. (Catalogue La Vallière, et citée par M. de Souza.) —
*Lettres portugaises avec les Réponses, traduites en françois. A Lyon,
chez Thomas Amaulry, 1680*; petit in-12 de 116 pages. (Les cinq
Réponses de Loyson entremêlées aux cinq Lettres de la Religieuse.)
Bibl. nat., réserve Z 990 Baa. — *Seconde partie des Lettres portu-
guaises, traduites en françois. A Lyon, chez Th. Amaulry, 1681*;
petit in-12 de 119 pages. (Les sept lettres de la IIᵉ partie et les
cinq réponses de Loyson.) Bibl. nat., réserve Z 990 Ba. — *Douze
lettres d'amour d'une religieuse portugaise, écrites au chevalier
de C*. La Haye, 1682*; petit in-12. (Citée par M. Techener : Catalogue de 1869. Elle paraît être la première édition où les douze
lettres et les onze réponses se trouvent réunies, mais confondues.)
— *Lettres d'amour d'une religieuse portugaise, écrites au chevalier
de C*, officier en Portugal; dernière édition. A La Haye, chez
Abraham de Hont et Jacob Van Ellen Kuysen, 1689*; petit in-12
de 191 pages. Bibl. nat. Z 990 Bb. (Réunion des sept lettres de la
IIᵉ partie, suivies des cinq lettres de la Iʳᵉ, entremêlées avec les
onze réponses confondues. — *Lettres d'amour d'une Religieuse
portugaise, écrites au chevalier de C*, etc. Chez Corneille de Graef,
La Haye, 1690.* (Citée par M. de Souza.) — *Lettres d'amour d'une
Religieuse portugaise, écrites au chevalier de Cᵈ, officier français*

en Portugal; dernière édition, augmentée de sept lettres avec leurs réponses qui n'ont pas encore paru dans les impressions précédentes; s. l., 1696; petit in-12 de 209 pages. Bibl. nat. Z 990 Bc. (Même ordre que dans l'édition précédente.) — *Lettres d'amour d'une Religieuse portugaise, écrites au chevalier de C*, officier françois en Portugal, enrichies et augmentées de plusieurs nouvelles lettres fort tendres et passionnées de la Présidente de F* à M. le baron de B*; dernière édition.* La Haye, Abraham de Hondt, 1701; petit in-12 de 310 pages. (Bibliothèque de M. Amb.-Firmin Didot.) — *Lettres portugaises.* Paris, Delance, 1796; 2 vol. in-12. I, xxxiv, 125; 140 pages. Bibl. nat., réserve Z 990 Bd. (Les douze lettres confondues et sans les Réponses, avec une préface de l'abbé Mercier de Saint-Léger.) — *Idem*, 1806; 1 vol. in-12 de 183 pages. Bibl. nat. Z 990 Be (avec les notes de Barbier). — *Lettres portugaises;* nouvelle édition Paris, Kleffer, 1821; in-12 de 131 pages. Bibl. nat. Z990 B^f. — *Lettres portugaises; nouvelle édition, conforme à la première.* Paris, Didot, 1824; in-12. (Donnée par M. de Souza.) — *Idem.* Paris, bureau de la *Bibliothèque choisie*, 1853; in-12 de 95 pages. (Reproduction à bon marché de la précédente.)

LETTRES PORTUGAISES

—

PREMIÈRE PARTIE

1

AU LECTEUR[1]

J'ai trouvé les moyens, avec beaucoup de soin et de peine, de recouvrer une copie correcte de la traduction de cinq[2] Lettres portugaises[3] qui ont été écrites à un gentilhomme de qualité qui servoit en Portugal. J'ai vu tous ceux qui se connoissent en sentiments, ou les louer, ou les chercher avec tant d'empressement, que j'ai cru que je leur ferois un singulier plaisir de les imprimer. Je ne sais point le nom de celui auquel on les a écrites, ni de celui qui en a fait la traduction[4]; mais il m'a semblé que je ne devois pas leur déplaire en les rendant publiques. Il est difficile qu'elles n'eussent, enfin, paru avec des fautes d'impresssion qui les eussent défigurées.

1. Cet avis au lecteur est placé en tête de l'édition originale de 1669, *Paris, Barbin*, pet. in-12 de 182 p. Le privilége porte la date du 28 Octobre 1668, et l'achevé d'imprimer celle du 4 Janvier 1669.

2. Dans l'édition de 1689 (*La Haye, Abraham de Hond*, in-12), la première qui ait réuni les douze lettres portugaises, on lit : *de douze*, au lieu de cinq.

3. La même édition ajoute : *avec les réponses desdites lettres*.

4. Dans l'édition de 1690 qui donne pour la première fois les noms du destinataire et du traducteur, cette phrase a été remplacée par celle-ci : *Le nom de celui auquel on les a écrites est M. le chevalier de Chamilly, et le nom de celui qui en a fait la traduction est Guilleraque* (Guilleragues, comme on l'écrit aujourd'hui et comme le porte l'édit. de 1778). L'édition de 1689 ne les désignait que par des initiales.

PREMIÈRE PARTIE

LETTRE PREMIÈRE[1]

Considère, mon amour, jusqu'à quel excès tu as manqué de prévoyance. Ah ! malheureux, tu as été trahi, et tu m'as trahie par des espérances trompeuses. Une passion sur laquelle tu avois fait tant de projets de plaisirs ne te cause présentement qu'un mortel désespoir, qui ne peut être comparé qu'à la cruauté de l'absence qui le cause. Quoi ! cette absence, à laquelle ma douleur, tout ingénieuse qu'elle est, ne peut donner un nom assez funeste, me privera donc pour toujours de regarder ces yeux dans lesquels je voyois tant d'amour, et qui me faisoient connoître des mouvements qui me combloient de joie, qui me tenoient lieu de toutes choses, et qui enfin me suffisoient ? Hélas ! les miens sont privés de la seule lumière qui les animoit, il ne leur reste que des larmes, et je ne les ai employés à aucun usage qu'à pleurer sans cesse, depuis que j'appris que vous étiez résolu à un éloignement qui m'est si insupportable qu'il me fera mourir en peu de temps. Cependant il me semble que j'ai quelque attachement pour

1. Voir les réponses, p. 71 et 125.

1.

des malheurs dont vous êtes la seule cause : je vous ai destiné ma vie aussitôt que je vous ai vu; et je sens quelque plaisir en vous la sacrifiant. J'envoie mille fois le jour mes soupirs vers vous, ils vous cherchent en tous lieux, et ils ne me rapportent pour toute récompense de tant d'inquiétudes qu'un avertissement trop sincère que me donne ma mauvaise fortune, qui a la cruauté de ne souffrir pas que je me flatte, et qui me dit à tous moments : Cesse, cesse, Mariane infortunée, de te consumer vainement, et de chercher un amant que tu ne verras jamais, qui a passé les mers pour te fuir, qui est en France au milieu des plaisirs, qui ne pense pas un seul moment à tes douleurs, et qui te dispense de tous ces transports, desquels il ne te sait aucun gré? Mais non, je ne puis me résoudre à juger si injurieusement de vous, et je suis trop intéressée à vous justifier. Je ne veux point m'imaginer que vous m'avez oubliée. Ne suis-je pas assez malheureuse, sans me tourmenter par de faux soupçons? Et pourquoi ferois-je des efforts pour ne me plus souvenir de tous les soins que vous avez pris de me témoigner de l'amour? J'ai été si charmée de tous ces soins, que je serois bien ingrate si je ne vous aimois avec les mêmes emportements que ma passion me donnoit quand je jouissois des témoignages de la vôtre. Comment se peut-il faire que les souvenirs de moments si agréables soient devenus si cruels? et faut-il que contre leur nature ils ne servent qu'à tyranniser mon cœur? Hélas! votre dernière lettre le réduisit en un étrange état : il eut des mouvements si sensibles, qu'il fit, ce semble, des

efforts pour se séparer de moi et pour vous aller
trouver. Je fus si accablée de toutes ces émotions
violentes, que je demeurai plus de trois heures abandonnée de tous mes sens. Je me défendis de revenir
à une vie que je dois perdre pour vous, puisque je
ne puis la conserver pour vous. Je revis enfin, malgré moi, la lumière; je me flattois de sentir que je
mourois d'amour; et d'ailleurs j'étois bien aise de
n'être plus exposée à voir mon cœur déchiré par la
douleur de votre absence. Après ces accidents, j'ai
eu beaucoup de différentes indispositions; mais puis-
je jamais être sans maux tant que je ne vous verrai
pas? Je les supporte cependant sans murmurer, puisqu'ils viennent de vous. Quoi? est-ce là la récompense que vous me donnez pour vous avoir si tendrement aimé? Mais il n'importe, je suis résolue à
vous adorer toute ma vie, et à ne voir jamais personne; et je vous assure que vous ferez bien aussi de
n'aimer personne. Pourriez-vous être content d'une
passion moins ardente que la mienne? Vous trouverez, peut-être, plus de beauté (vous m'avez pourtant
dit autrefois que j'étois assez belle), mais vous ne
trouverez jamais tant d'amour, et tout le reste n'est
rien. Ne remplissez plus vos lettres de choses inutiles, et ne m'écrivez plus de me souvenir de vous.
Je ne puis vous oublier, et je n'oublie pas aussi que
vous m'avez fait espérer que vous viendrez passer
quelque temps avec moi. Hélas! pourquoi n'y voulez-
vous pas passer toute votre vie? S'il m'étoit possible
de sortir de ce malheureux cloître, je n'attendrois
pas en Portugal l'effet de vos promesses : j'irois, sans

garder aucune mesure, vous chercher, vous suivre, et vous aimer par tout le monde; je n'ose me flatter que cela puisse être, je ne veux point nourrir une espérance qui me donneroit assurément quelque plaisir, et je ne veux plus être sensible qu'aux douleurs. J'avoue cependant que l'occasion que mon frère m'a donnée de vous écrire a surpris en moi quelques mouvements de joie, et qu'elle a suspendu pour un moment le désespoir où je suis. Je vous conjure de me dire pourquoi vous vous êtes attaché à m'enchanter comme vous avez fait, puisque vous saviez bien que vous deviez m'abandonner? Et pourquoi avez-vous été si acharné à me rendre malheureuse? que ne me laissiez-vous en repos dans mon cloître? Vous avois-je fait quelque injure? Mais je vous demande pardon : je ne vous impute rien ; je ne suis pas en état de penser à ma vengeance, et j'accuse seulement la rigueur de mon destin. Il me semble qu'en nous séparant il nous a fait tout le mal que nous pouvions craindre. Il ne sauroit séparer nos cœurs : l'amour qui est plus puissant que lui les a unis pour toute notre vie. Si vous prenez quelque intérêt à la mienne, écrivez-moi souvent. Je mérite bien que vous preniez quelque soin de m'apprendre l'état de votre cœur et de votre fortune. Surtout venez me voir. Adieu, je ne puis quitter ce papier; il tombera entre vos mains; je voudrois bien avoir le même bonheur. Hélas! insensée que je suis! je m'aperçois que cela n'est pas possible. Adieu, je n'en puis plus. Adieu, aimez-moi toujours, et faites-moi souffrir encore plus de maux.

LETTRE II[1]

Il me semble que je fais le plus grand tort du monde aux sentiments de mon cœur, de tâcher de vous les faire connoître en vous les écrivant. Que je serois heureuse si vous en pouviez bien juger par la violence des vôtres! mais je ne dois pas m'en rapporter à vous, et je ne puis m'empêcher de vous dire, bien moins vivement que je ne le sens, que vous ne devriez pas me maltraiter, comme vous faites, par un oubli qui me met au désespoir, et qui est même honteux pour vous. Il est bien juste, au moins, que vous souffriez que je me plaigne des malheurs que j'avois bien prévus quand je vous vis résolu de me quitter. Je connois bien que je me suis abusée, lorsque j'ai pensé que vous auriez un procédé de meilleure foi qu'on n'a accoutumé d'avoir, parce que l'excès de mon amour me mettoit, ce semble, au-dessus de toutes sortes de soupçons, et qu'il méritoit plus de fidélité qu'on n'en trouve d'ordinaire. Mais la disposition que vous avez à me trahir l'emporte enfin sur la justice que vous devez à tout ce que j'ai fait pour vous. Je ne laisserois pas d'être bien malheureuse, si vous ne m'aimiez que parce que je vous aime, et je voudrois tout devoir à votre seule inclination; mais je suis si éloignée d'être en cet état, que je n'ai pas reçu une seule lettre de vous depuis six mois. J'attribue tout ce malheur à l'aveuglement avec lequel je me suis aban-

1. Voir les réponses, p. 76 et 130.

donnée à m'attacher à vous. Ne devois-je pas prévoir que mes plaisirs finiroient plutôt que mon
amour? Pouvois-je espérer que vous demeureriez
toute votre vie en Portugal, et que vous renonceriez
à votre fortune et à votre pays pour ne penser qu'à
moi? Mes douleurs ne peuvent recevoir aucun soulagement, et le souvenir de mes plaisirs me comble
de désespoir. Quoi! tous mes désirs seront donc
inutiles! et je ne vous verrai jamais en ma chambre
avec toute l'ardeur et tout l'emportement que vous
me faisiez voir! Mais, hélas! je m'abuse, et je ne
connois que trop que tous les mouvements qui oc-
cupoient ma tête et mon cœur n'étoient excités en
vous que par quelques plaisirs, et qu'ils finissoient
aussitôt qu'eux. Il falloit que, dans ces moments trop
heureux, j'appelasse ma raison à mon secours pour
modérer l'excès funeste de mes délices, et pour m'an-
noncer tout ce que je souffre présentement; mais je
me donnois toute à vous, et je n'étois pas en état de
penser à ce qui eût pu empoisonner ma joie, et m'empêcher de jouir pleinement des témoignages ardents
de votre passion. Je m'aperçevois trop agréablement
que j'étois avec vous, pour penser que vous seriez un
jour éloigné de moi. Je me souviens pourtant de vous
avoir dit quelquefois que vous me rendriez malheureuse; mais ces frayeurs étoient bientôt dissipées,
et je prenois plaisir à vous les sacrifier, et à m'abandonner à l'enchantement et à la mauvaise foi de vos
protestations. Je vois bien le remède à tous mes
maux, et j'en serois bientôt délivrée si je ne vous aimois plus. Mais, hélas! quel remède! Non, j'aime

mieux souffrir encore davantage que vous oublier. Hélas! cela dépend-il de moi? Je ne puis me reprocher
d'avoir souhaité un seul moment de ne vous plus aimer. Vous êtes plus à plaindre que je ne suis, et il
vaut mieux souffrir tout ce que je souffre que de
jouir des plaisirs languissants que vous donnent vos
maîtresses de France. Je n'envie point votre indifférence, et vous me faites pitié. Je vous défie de m'oublier entièrement. Je me flatte de vous avoir mis en
état de n'avoir sans moi que des plaisirs imparfaits ;
et je suis plus heureuse que vous, puisque je suis
plus occupée. L'on m'a fait depuis peu portière en
ce couvent ; tous ceux qui me parlent croient que je
suis folle ; je ne sais ce que je leur réponds ; et il faut
que les religieuses soient aussi insensées que moi
pour m'avoir cru capable de quelque soin. Ah!
j'envie le bonheur d'Emmanuel et de Francisque[1].
Pourquoi ne suis-je pas incessamment avec vous,
comme eux? Je vous aurois suivi, et je vous aurois
assurément servi de meilleur cœur. Je ne souhaite
rien en ce monde que vous voir. Au moins souvenez-
vous de moi! je me contente de votre souvenir, mais
je n'ose m'en assurer. Je ne bornois pas mes espérances à votre souvenir quand je vous voyois tous les
jours; mais vous m'avez bien appris qu'il faut que je
me soumette à tout ce que vous voudrez. Cependant
je ne me repens point de vous avoir adoré ; je suis
bien aise que vous m'ayez séduite ; votre absence
rigoureuse, et peut-être éternelle, ne diminue en

---

1. Deux petits laquais portugais (A. N.).

rien l'emportement de mon amour; je veux que tout
le monde le sache; je n'en fais point un mystère, et
je suis ravie d'avoir fait tout ce que j'ai fait pour
vous contre toute sorte de bienséance. Je ne mets
plus mon honneur et ma religion qu'à vous aimer éperdument toute ma vie, puisque j'ai commencé à vous aimer. Je ne vous dis point toutes ces
choses pour vous obliger à m'écrire. Ah! ne vous
contraignez point, je ne veux de vous que ce qui
viendra de votre mouvement, et je refuse tous les témoignages de votre amour dont vous pourriez vous
empêcher. J'aurai du plaisir à vous excuser, parce
que vous aurez peut-être du plaisir à ne pas prendre
la peine de m'écrire; et je me sens une profonde disposition à vous pardonner toutes vos fautes. Un officier français a eu la charité de me parler ce matin
plus de trois heures de vous, il m'a dit que la paix de
France étoit faite[1]. Si cela est, ne pourriez-vous pas
me venir voir et m'emmener en France? Mais je ne
le mérite pas. Faites tout ce qu'il vous plaira ; mon
amour ne dépend plus de la manière dont vous me
traiterez. Depuis que vous êtes parti, je n'ai pas eu
un seul moment de santé, et je n'ai aucun plaisir
qu'en nommant votre nom mille fois le jour. Quelques
religieuses qui savent l'état déplorable où vous m'avez
plongée me parlent de vous fort souvent. Je sors le

1. La paix d'Aix-la-Chapelle qui fut signée entre la France et
l'Espagne, le 2 mai 1668, et mit fin à la guerre dite de dévolution. Elle avait été précédée d'une triple alliance formée entre la
Hollande, l'Angleterre et la Suède, et, le 3 février, d'un traité qui
mettait fin aux hostilités entre l'Espagne et le Portugal.

moins qu'il m'est possible de ma chambre, où vous êtes venu me voir tant de fois, et je regarde sans cesse votre portrait, qui m'est mille fois plus cher que ma vie. Il me donne quelque plaisir, mais il me donne aussi bien de la douleur, lorsque je pense que je ne vous reverrai peut-être jamais. Pourquoi faut-il qu'il soit possible que je ne vous verrai peut-être jamais? M'avez-vous pour toujours abandonnée? Je suis au désespoir. Votre pauvre Mariane n'en peut plus, elle s'évanouit en finissant cette lettre. Adieu, adieu, ayez pitié de moi.

LETTRE III[1]

Qu'est-ce que je deviendrai? Et qu'est-ce que vous voulez que je fasse? Je me trouve bien éloignée de tout ce que j'avois prévu. J'espérois que vous m'écririez de tous les endroits où vous passeriez, et que vos lettres seroient fort longues; que vous soutiendriez ma passion par l'espérance de vous revoir; qu'une entière confiance en votre fidélité me donneroit quelque sorte de repos, et que je demeurerois cependant dans un état assez supportable, sans d'extrêmes douleurs. J'avois même pensé à quelques foibles projets de faire tous les efforts dont je serois capable pour me guérir, si je pouvois connoître bien certainement que vous m'eussiez tout à fait oubliée. Votre

1. Voh les réponses, p. 84 et 136.

éloignement, quelques mouvements de dévotion, la crainte de ruiner entièrement le reste de ma santé par tant de veilles et par tant d'inquiétudes, le peu d'apparence de votre retour, la froideur de votre passion et de vos derniers adieux, votre départ fondé sur d'assez méchants prétextes, et mille autres raisons, qui ne sont que trop bonnes et que trop inutiles, sembloient me promettre un secours assez assuré, s'il me devenoit nécessaire. N'ayant enfin à combattre que contre moi-même, je ne pouvois jamais me défier de toutes les foiblesses, ni appréhender tout ce que je souffre aujourd'hui. Hélas! que je suis à plaindre de ne partager pas mes douleurs avec vous et d'être toute seule malheureuse! Cette pensée me tue, et je meurs de frayeur que vous n'ayez jamais été extrêmement sensible à tous nos plaisirs. Oui, je connois présentement la mauvaise foi de tous vos mouvements : vous m'avez trahie toutes les fois que vous m'avez dit que vous étiez ravi d'être seul avec moi. Je ne dois qu'à mes importunités vos empressements et vos transports; vous aviez fait de sang-froid un dessein de m'enflammer; vous n'avez regardé ma passion que comme une victoire, et votre cœur n'en a jamais été profondément touché. N'êtes-vous pas bien malheureux, et n'avez-vous pas bien peu de délicatesse de n'avoir su profiter qu'en cette manière de mes emportements? Et comment est-il possible qu'avec tant d'amour je n'aie pu vous rendre tout à fait heureux? Je regrette, pour l'amour de vous seulement, les plaisirs infinis que vous avez perdus. Faut-il que vous n'ayez pas voulu en jouir? Ah! si vous les connoissiez,

vous trouveriez sans doute qu'ils sont plus sensibles
que celui de m'avoir abusée ; et vous auriez éprouvé
qu'on est beaucoup plus heureux, et qu'on sent quelque chose de bien plus touchant quand on aime violem-
ment que lorsqu'on est aimé. Je ne sais ni ce que je suis,
ni ce que je fais, ni ce que je désire; je suis déchirée
par mille mouvements contraires. Peut-on s'imaginer
un état si déplorable? Je vous aime éperdument, et
je vous ménage assez pour n'oser, peut-être, souhaiter
que vous soyez agité des mêmes transports. Je me tue-
rois, ou je mourrois de douleurs sans me tuer, si j'étois
assurée que vous n'avez jamais aucun repos, que votre
vie n'est que trouble et qu'agitation, que vous pleurez
sans cesse, et que tout vous est odieux. Je ne puis
suffire à mes maux ; comment pourrois-je supporter la douleur que me donneroient les vôtres, qui me
seroient mille fois plus sensibles. Cependant je ne
puis aussi me résoudre à désirer que vous ne pensiez
point à moi; et, à vous parler sincèrement, je suis jalouse avec fureur de tout ce qui vous donne de la joie,
et qui touche votre cœur et votre goût en France. Je
ne sais pourquoi je vous écris. Je vois bien que vous
aurez seulement pitié de moi , et je ne veux point de
votre pitié. J'ai bien du dépit contre moi-même,
quand je fais réflexion sur tout ce que je vous ai sacrifié. J'ai perdu ma réputation ; je me suis exposée à
la fureur de mes parents, à la sévérité des lois de ce
pays contre les religieuses, et à votre ingratitude,
qui me paroît le plus grand de tous les malheurs. Cependant je sens bien que mes remords ne sont pas
véritables, que je voudrois, du meilleur de mon cœur,

avoir couru pour l'amour de vous de plus grands dangers, et que j'ai un plaisir funeste d'avoir hasardé ma vie et mon honneur. Tout ce que j'ai de plus précieux ne devoit-il pas être en votre disposition? Et ne dois-je pas être bien aise de l'avoir employé comme j'ai fait? Il me semble même que je ne suis guère contente, ni de mes douleurs, ni de l'excès de mon amour, quoique je ne puisse, hélas! me flatter assez pour être contente de vous. Je vis, infidèle que je suis, et je fais autant de chose pour conserver ma vie que pour la perdre! Ah! j'en meurs de honte; mon désespoir n'est donc que dans mes lettres? Si je vous aimois autant que je vous l'ai dit mille fois, ne serois-je pas morte il y a longtemps? Je vous ai trompé; c'est à vous à vous plaindre de moi. Hélas! pourquoi ne vous en plaignez-vous pas? Je vous ai vu partir, je ne puis espérer de vous voir jamais de retour; et je respire cependant! Je vous ai trahi, je vous en demande pardon, mais ne me l'accordez pas. Traitez-moi sévèrement; ne trouvez point que mes sentiments soient assez violents; soyez plus difficile à contenter; mandez-moi que vous voulez que je meure d'amour pour vous; et je vous conjure de me donner ce secours, afin que je surmonte la faiblesse de mon sexe, et que je finisse toutes mes irrésolutions par un véritable désespoir. Une fin tragique vous obligeroit sans doute à penser souvent à moi, ma mémoire vous seroit chère, et vous seriez peut-être sensiblement touché d'une mort extraordinaire. Ne vaut-elle pas mieux que l'état où vous m'avez réduite? Adieu, je voudrois bien ne vous avoir jamais vu. Ah ! je sens vivement la fausseté de ce sentiment, et je connois, dans le moment que je vous écris, que j'aime bien mieux être malheureuse en vous aimant que de ne vous avoir jamais vu. Je consens donc sans murmure à ma mauvaise destinée, puisque vous n'avez pas voulu la rendre meilleure. Adieu, promettez-moi de me regretter tendrement, si je meurs de douleur, et qu'au moins la violence de ma passion vous donne du dégoût et de l'éloignement pour toutes choses. Cette consolation me suffira, et s'il faut que je vous abandonne pour toujours, je voudrois bien ne vous laisser pas à une autre. Ne seriez-vous pas bien cruel de vous servir de mon désespoir pour vous rendre plus aimable, et pour faire voir que vous avez donné la plus grande passion du monde? Adieu encore une fois. Je vous écris des lettres trop longues : je n'ai pas assez d'égard pour vous ; je vous en demande pardon, et j'ose espérer que vous aurez quelque indulgence pour une pauvre insensée, qui ne l'étoit pas, comme vous savez, avant qu'elle vous aimât. Adieu. Il me semble que je vous parle trop souvent de l'état insupportable où je suis ; cependant je vous remercie dans le fonds de mon cœur du désespoir que vous me causez, et je déteste la tranquillité où j'ai vécu avant que je vous connusse. Adieu ; ma passion augmente à chaque moment. Ah ! que j'ai de choses à vous dire !

LETTRE IV[1]

Votre lieutenant vient de me dire qu'une tempête vous a obligé de relâcher au royaume d'Algarve[2]? Je crains que vous n'ayez beaucoup souffert sur la mer, et cette appréhension m'a tellement occupée, que je n'ai plus pensé à tous mes maux. Êtes-vous bien persuadé que votre lieutenant prenne plus de part que moi à tout ce qui vous arrive? Pourquoi en est-il mieux informé? Et enfin pourquoi ne m'avez-vous point écrit? Je suis bien malheureuse si vous n'en avez trouvé aucune occasion depuis votre départ, et je la suis bien davantage si vous en avez trouvé sans m'écrire! Votre injustice et votre ingratitude sont extrêmes, mais je serois au désespoir si elles vous attiroient quelque malheur; et j'aime beaucoup mieux qu'elles demeurent sans punition que si j'en étois vengée. Je résiste à toutes les apparences qui me devroient persuader que vous ne m'aimez guère, et je sens bien plus de disposition à m'abandonner aveuglément à ma passion qu'aux raisons que vous me donnez de me plaindre de votre peu de soin. Que vous m'auriez épargné d'inquiétudes, si votre procédé eût été aussi languissant les premiers jours que je vous vis qu'il m'a paru depuis quelque temps! Mais qui n'auroit été abusée comme moi par tant

1. Voir les réponses, p. 86 et 139.
2. Province de Portugal, située au sud, dont la pointe occidentale forme le cap Saint-Vincent, et qui possède plusieurs ports : Lagos, Faro.

d'empressements, et à qui n'eussent-ils paru sincères? Qu'on a de peine à se résoudre à soupçonner longtemps la bonne foi de ceux qu'on aime! Je vois bien que la moindre excuse vous suffit; et sans que vous preniez le soin de m'en faire, l'amour que j'ai pour vous vous sert si fidèlement que je ne puis consentir à vous trouver coupable que pour jouir du sensible plaisir de vous justifier moi-même. Vous m'avez consommée par vos assiduités, vous m'avez enflammée par vos transports; vous m'avez charmée par vos complaisances; vous m'avez assurée par vos serments; mon inclination violente m'a séduite; et les suites de ces commencements, si agréables et si heureux, ne sont que des larmes, que des soupirs, et qu'une mort funeste, sans que je puisse y apporter aucun remède. Il est vrai que j'ai eu des plaisirs bien surprenants en vous aimant, mais ils me coûtent d'étranges douleurs, et tous les mouvements que vous me causez sont extrêmes. Si j'avois résisté avec opiniâtreté à votre amour; si je vous avois donné quelque sujet de chagrin et de jalousie pour vous enflammer davantage; si vous aviez remarqué quelque ménagement artificieux dans ma conduite; si j'avois enfin voulu opposer ma raison à l'inclination naturelle que j'ai pour vous, dont vous me fîtes bientôt apercevoir (quoique mes efforts eussent été sans doute inutiles), vous pourriez me punir sévèrement et vous servir de votre pouvoir; mais vous me parûtes aimable avant que vous m'eussiez dit que vous m'aimiez; vous me témoignâtes une grande passion, j'en fus ravie, et je m'abandonnai à vous aimer éperdu-

ment. Vous n'étiez point aveuglé comme moi, pourquoi avez-vous donc souffert que je devinsse en l'état où
je me trouve? Qu'est-ce que vous vouliez faire de
tous mes emportements, qui ne pouvoient vous être
que très-importuns? Vous saviez bien que vous ne
seriez pas toujours en Portugal, et pourquoi m'y avez-
vous voulu choisir pour me rendre si malheureuse?
Vous eussiez trouvé sans doute en ce pays quelque
femme qui eût été plus belle, avec laquelle vous eussiez eu autant de plaisir, puisque vous n'en cher-
chiez que de grossiers; qui vous eût fidèlement aimé
aussi longtemps qu'elle vous eût vu; que le temps
eût pu consoler de votre absence, et que vous auriez
pu quitter sans perfidie et sans cruauté. Ce procédé
est bien plus d'un tyran attaché à persécuter que
d'un amant qui ne doit penser qu'à plaire. Hélas!
pourquoi exercez-vous tant de rigueur sur un cœur
qui est à vous? Je vois bien que vous êtes aussi facile
à vous laisser persuader contre moi que je l'ai été à
me laisser persuader en votre faveur. J'aurois résisté, sans avoir besoin de tout mon amour et sans
m'apercevoir que j'eusse rien fait d'extraordinaire,
à de plus grandes raisons que ne peuvent être celles
qui vous ont obligé à me quitter. Elles m'eussent
paru bien foibles, et il n'y en a point qui eussent jamais pu m'arracher d'auprès de vous; mais vous
avez voulu profiter des prétextes que vous avez trou-
vés de retourner en France. Un vaisseau partoit. Que
ne le laissiez-vous partir? Votre famille vous avoit
écrit. Ne savez-vous pas toutes les persécutions que
j'ai souffertes de la mienne? Votre honneur vous en-

gageoit à m'abandonner. Ai-je pris quelque soin du mien? Vous étiez obligé d'aller servir votre Roi. Si tout ce qu'on dit de lui est vrai, il n'a aucun besoin de votre secours, et il vous auroit excusé. J'eusse été trop heureuse si nous avions passé notre vie ensemble ; mais puisqu'il falloit qu'une absence cruelle nous séparât, il me semble que je dois être bien aise de n'avoir pas été infidèle, et je ne voudrois pas, pour toutes les choses du monde, avoir commis une action si noire. Quoi ! vous avez connu le fond de mon cœur et de ma tendresse, et vous avez pu vous résoudre à me laisser pour jamais, et à m'exposer aux frayeurs que je dois avoir que vous ne vous souveniez plus de moi que pour me sacrifier à une nouvelle passion ! Je vois bien que je vous aime comme une folle : cependant je ne me plains point de toute la violence des mouvements de mon cœur ; je m'accoutume à ses persécutions, et je ne pourrois vivre sans un plaisir que je découvre et dont je jouis en vous aimant au milieu de mille douleurs. Mais je suis sans cesse persécutée avec un extrême désagrément par la haine et par le dégoût que j'ai pour toutes choses. Ma famille, mes amis et ce couvent, me sont insupportables. Tout ce que je suis obligée de voir, et tout ce qu'il faut que je fasse de toute nécessité m'est odieux. Je suis si jalouse de ma passion, qu'il semble que toutes mes actions et que tous mes devoirs vous regardent. Oui, je fais quelque scrupule si je n'emploie tous les moments de ma vie pour vous. Que ferois-je, hélas ! sans tant de haine et sans tant d'amour qui remplissent mon cœur ? Pourrois-je

survivre à ce qui m'occupe incessamment, pour mener
une vie tranquille et languissante ? Ce vide et cette
insensibilité ne peuvent me convenir. Tout le monde
s'est aperçu du changement entier de mon humeur,
de mes manières et de ma personne. Ma mère m'en
a parlé avec aigreur, et ensuite avec quelque bonté.
Je ne sais ce que je lui ai répondu ; il me semble que
je lui ai tout avoué. Les religieuses les plus sévères
ont pitié de l'état où je suis, il leur donne même
quelque considération et quelque ménagement pour
moi. Tout le monde est touché de mon amour, et
vous demeurez dans une profonde indifférence, sans
m'écrire que des lettres froides, pleines de redites,
la moitié du papier n'est pas rempli, et il paroît
grossièrement que vous mourez d'envie de les avoir
achevées. Dona Brites me persécuta ces jours passés
pour me faire sortir de ma chambre ; et croyant me
divertir, elle me mena promener sur le balcon d'où
l'on voit Mertola[1] ; je la suivis, et je fus aussitôt frappée d'un souvenir cruel, qui me fit pleurer tout le
reste du jour. Elle me ramena, et je me jetai sur
mon lit, où je fis mille réflexions sur le peu d'apparence que je vois de guérir jamais. Ce qu'on fait
pour me soulager aigrit ma douleur, et je trouve
dans les remèdes mêmes des raisons particulières de

1. Mertola, petite ville de la province d'Alem-Tejo. Elle peut-
être facilement aperçue de Beja, qui, par sa situation sur une éminence, domine la campagne environnante. C'est dans l'Alem-Tejo
et sur la frontière qui le sépare de l'Espagne qu'eurent lieu presque
tous les combats livrés aux troupes espagnoles par le comte de
Schomberg, auquel la cour de Lisbonne conféra même, en récompense de ses services, le titre de comte de Mertola avec la grandesse.

m'affliger. Je vous ai vu souvent passer en ce lieu avec un air qui me charmoit, et j'étois sur ce balcon le jour fatal que je commençai à sentir les premiers effets de ma passion malheureuse. Il me sembla que vous vouliez me plaire, quoique vous ne me connussiez pas : je me persuadai que vous m'aviez remarquée entre toutes celles qui étoient avec moi. Je m'imaginai que lorsque vous vous arrêtiez, vous étiez bien aise que je vous visse mieux et j'admirasse votre adresse et votre bonne grâce lorsque vous poussiez votre cheval. J'étois surprise de quelque frayeur lorsque vous le faisiez passer dans un endroit difficile ; enfin je m'intéressois secrètement à toutes vos actions. Je sentois bien que vous ne m'étiez point indifférent, et je prenois pour moi tout ce que vous faisiez. Vous ne connoissez que trop les suites de ces commencements ; et quoique je n'aie rien à ménager, je ne dois pas vous les écrire, de crainte de vous rendre plus coupable, s'il est possible, que vous ne l'êtes, et d'avoir à me reprocher tant d'efforts inutiles pour vous obliger à m'être fidèle. Vous ne le serez point. Puis-je espérer de mes lettres et de mes reproches ce que mon amour et mon abandonnement n'ont pu sur votre ingratitude ? Je suis trop assurée de mon malheur ; votre procédé injuste ne me laisse pas la moindre raison d'en douter, et je dois tout appréhender, puisque vous m'avez abandonnée. N'aurez-vous de charmes que pour moi, et ne paroîtrez-vous pas agréable à d'autres yeux ? Je crois que je ne serai pas fâchée que les sentiments des autres justifient les miens en quelque façon ; et je voudrois que toutes les femmes de France vous trouvassent aimable, qu'aucune ne vous aimât, et qu'aucune ne vous plût. Ce projet est ridicule et impossible; (néanmoins j'ai assez éprouvé que vous n'êtes guère capable d'un grand entêtement, et que vous pourrez bien m'oublier sans aucun secours, et sans y être contraint par une nouvelle passion. Peut-être voudrois-je que vous eussiez quelque prétexte raisonnable. Il est vrai que je serois plus malheureuse, mais vous ne seriez pas si coupable. Je vois bien que vous demeurerez en France sans de grands plaisirs, avec une entière liberté : la fatigue d'un long voyage, quelque petite bienséance, et la crainte de ne répondre pas à mes transports vous retiennent. Ah! ne m'appréhendez point. Je me contenterai de vous voir de temps en temps et de savoir seulement que nous sommes en même lieu : mais je me flatte peut-être, et vous serez plus touché de la rigueur et de la sévérité d'une autre que vous ne l'avez été de mes faveurs. Est-il possible que vous serez enflammé par de mauvais traitements? Mais avant que de vous engager dans une grande passion, pensez bien à l'excès de mes douleurs, à l'incertitude de mes projets, à la diversité de mes mouvements, à l'extravagance de mes lettres, à mes confiances, à mes désespoirs, à mes souhaits, à ma jalousie. Ah! vous allez vous rendre malheureux; je vous conjure de profiter de l'état où je suis, et qu'au moins ce que je souffre pour vous ne vous soit pas inutile. Vous me fîtes, il y a cinq ou six mois, une fâcheuse confidence, et vous m'avouâtes de trop

bonne foi que vous aviez aimé une dame en votre
pays. Si elle vous empêche de revenir, mandez-
le-moi sans ménagement, afin que je ne languisse
plus. Quelque reste d'espérance me soutient encore,
et je serai bien aise (si elle ne doit avoir aucune
suite) de la perdre tout à fait et de me perdre moi-
même. Envoyez-moi son portrait avec quelqu'une
de ses lettres, et écrivez-moi tout ce qu'elle vous
dit. J'y trouverois peut-être des raisons de me consoler ou de m'affliger davantage. Je ne puis demeurer plus longtemps dans l'état où je suis, et il n'y a
point de changement qui ne me soit favorable. Je
voudrois aussi avoir le portrait de votre frère [1] et de

1. Hérard Bouton, comte de Chamilly, baron de Montagu, fils
de Nicolas Bouton, créé comte de Chamilly en 1644, et de Marie de Cirey, fille d'un conseiller au parlement de Dijon, né le
13 janvier 1630. Il était alors mestre de camp du régiment de
cavalerie *Prince de Condé*, et gouverneur du château de Dijon
depuis le 15 décembre 1660. Il avait épousé, le 2 octobre 1660,
Catherine Lecomte de Nonant, fille de Jacques, marquis de Nonant,
lieutenant général au gouvernement de Normandie, et de Marie
Dauvet des Marests, petite-fille, par sa mère, du chancelier de
France, Brulart de Sillery, et sœur de la marquise du Plessis-
Châtillon. A ce moment même le comte de Saint-Léger faisait,
sous le comte de Chamilly, son frère aîné, la campagne de Fran-
che-Comté, et prenait part au siège de Dôle (9-14 février 1668). Il
mourut dans le courant de l'année 1672. — Voici l'éloge qu'en a fait
Saint-Simon : « Le père et le frère aîné du maréchal (*de Chamilly*)
s'attachèrent à M. le prince, le suivirent partout, en furent estimés :
cet aîné, depuis son retour de Flandre, se distingua tellement aux
guerres de Hollande, sous les yeux du roi, qu'il en acquit assez
de part dans son estime et dans sa confiance pour encourir la
jalousie et la haine de Louvois, malgré lequel pourtant il alloit
être maréchal de France lorsqu'il mourut, et que le roi a dit depuis
qu'il lui avoit destiné la première compagnie de ses gardes du
corps qui viendroit à vaquer. » T. II, p. 130.

3

votre belle-sœur[1]. Tout ce qui vous est quelque
chose m'est fort cher, et je suis entièrement dévouée
à ce qui vous touche : je ne me suis laissé aucune
disposition de moi-même. Il y a des moments où
il me semble que j'aurois assez de soumission pour
servir celle que vous aimez. Vos mauvais traitements et vos mépris m'ont tellement abattue, que
je n'ose quelquefois penser seulement qu'il me
semble que je pourrois être jalouse sans vous déplaire, et que je crois avoir le plus grand tort du
monde de vous faire des reproches. Je suis souvent
convaincue que je ne dois point vous faire voir avec
fureur, comme je fais, des sentiments que vous dé-
savouez. Il y a longtemps qu'un officier attend votre
lettre : j'avois résolu de l'écrire d'une manière à
vous la faire recevoir sans dégoût, mais elle est trop
extravagante, il la faut finir. Hélas! il n'est pas en
mon pouvoir de m'y résoudre ; il me semble que je
vous parle quand je vous écris, et que vous m'êtes
un peu plus présent. La première ne sera pas si
longue ni si importune ; vous pourrez l'ouvrir et la
lire sur l'assurance que je vous donne. Il est vrai
que je ne dois point vous parler d'une passion qui
vous déplaît, et je ne vous en parlerai plus. Il y aura
un an dans peu de jours que je m'abandonnai toute
à vous sans ménagement. Votre passion me paroissoit fort ardente et fort sincère, et je n'eusse jamais
pensé que mes faveurs vous eussent assez rebuté
pour vous obliger à faire cinq cents lieues et à vous

1. Voir la note précédente.

exposer à des naufrages pour vous en éloigner : personne ne m'étoit redevable d'un pareil traitement. Vous pouvez vous souvenir de ma pudeur, de ma confusion et de mon désordre ; mais vous ne vous souvenez pas de ce qui vous engageroit à m'aimer malgré vous. L'officier qui doit vous porter cette lettre me mande pour la quatrième fois qu'il veut partir. Qu'il est pressant ! il abandonne sans doute quelque malheureuse en ce pays. Adieu, j'ai plus de peine à finir ma lettre, que vous n'en avez eu à me quitter peut-être pour toujours. Adieu, je n'ose vous donner mille noms de tendresse, ni m'abandonner sans contrainte à tous mes mouvements. Je vous aime mille fois plus que ma vie, et mille fois plus que je ne pense. Que vous m'êtes cher, et que vous m'êtes cruel ! vous ne m'écrivez point : je n'ai pu m'empêcher de vous dire encore cela. Je vais recommencer, et l'officier partira. Qu'importe, qu'il parte ! J'écris plus pour moi que pour vous : je ne cherche qu'à me soulager. Aussi bien la longueur de ma lettre vous fera peur : vous ne la lirez point. Qu'est-ce que j'ai fait pour être si malheureuse ? Et pourquoi avez-vous empoisonné ma vie ? Que ne suis-je née en un autre pays ! Adieu, pardonnez-moi ; je n'ose plus vous prier de m'aimer : voyez où mon destin m'a réduite ! Adieu.

LETTRE V[1]

Je vous écris pour la dernière fois, et j'espère vous faire connoître, par la différence des termes et de la manière de cette lettre, que vous m'avez enfin persuadée que vous ne m'aimiez plus, et qu'ainsi je ne dois plus vous aimer. Je vous renverrai donc par la première voie tout ce qui me reste encore de vous. Ne craignez pas que je vous écrive ; je ne mettrai pas même votre nom au-dessus du paquet. J'ai chargé de tout ce détail dona Brites, que j'avais accoutumée à des confidences bien éloignées de celle-ci : ses soins me seront moins suspects que les miens. Elle prendra toutes les précautions nécessaires, afin de pouvoir m'assurer que vous avez reçu le portrait et les bracelets que vous m'avez donnés. Je veux cependant que vous sachiez que je me sens, depuis quelques jours, en état de brûler et de déchirer ces gages de votre amour, qui m'étoient si chers ; mais je vous ai fait voir tant de foiblesse, que vous n'auriez jamais cru que j'eusse pu devenir capable d'une telle extrémité. Je veux donc jouir de toute la peine que j'ai eue à m'en séparer, et vous donner au moins quelque dépit. Je vous avoue, à ma honte et à la vôtre, que je me suis trouvée plus attachée que je ne veux vous le dire à ces bagatelles, et que j'ai senti que j'avois un nouveau besoin de toutes mes réflexions pour me défaire de chacune en particulier, lors même que je me flat-

---

1. Voir les réponses, p. 97 et 146.

fois de n'être plus attachée à vous ; mais on vient à bout de tout ce qu'on veut avec tant de raisons. Je les ai mises entre les mains de dona Brites. Que cette résolution m'a coûté de larmes ! Après mille mouvements et mille incertitudes que vous ne connoissez pas, et dont je ne vous rendrai pas compte assurément, je l'ai conjurée de ne m'en parler jamais, de ne me les rendre jamais, quand même je les demanderois pour les revoir encore une fois, et de vous les renvoyer enfin sans m'en avertir.

Je n'ai bien connu l'excès de mon amour que depuis que j'ai voulu faire tous mes efforts pour m'en guérir ; et je crains que je n'eusse osé l'entreprendre si j'eusse pu prévoir tant de difficultés et tant de violences. Je suis persuadée que j'eusse senti des mouvements moins désagréables en vous aimant, tout ingrat que vous êtes, qu'en vous quittant pour toujours. J'ai éprouvé que vous m'étiez moins cher que ma passion, et j'ai eu d'étranges peines à la combattre, après que vos procédés injurieux m'ont rendu votre personne odieuse.

L'orgueil ordinaire de mon sexe ne m'a point aidée à prendre des résolutions contre vous. Hélas ! j'ai souffert vos mépris ; j'eusse supporté votre haine et toute la jalousie que m'eût donnée l'attachement que vous eussiez pu avoir pour une autre. J'aurois eu au moins quelque passion à combattre ; mais votre indifférence m'est insupportable. Vos impertinentes protestations d'amitié et les civilités ridicules de votre dernière lettre m'ont fait voir que vous aviez reçu toutes celles que je vous ai écrites ; qu'elles n'ont causé dans

3.

votre cœur aucun mouvement, et que cependant vous
les avez lues. Ingrat! Je suis encore assez folle pour
être au désespoir de ne pouvoir me flatter qu'elles ne
soient pas venues jusques à vous, et qu'on ne vous les
ait pas rendues. Je déteste votre bonne foi. Vous avois-
je prié de me mander sincèrement la vérité? Que ne
me laissiez-vous ma passion? Vous n'aviez qu'à ne me
point écrire; je ne cherchois pas à être éclaircie. Ne
suis-je pas bien malheureuse de n'avoir pu vous obliger
à prendre quelque soin de me tromper, et de n'être
plus en état de vous excuser? Sachez que je m'aperçois que vous êtes indigne de tous mes sentiments,
et que je connois toutes vos méchantes qualités. Cependant (si tout ce que j'ai fait pour vous peut mériter que vous ayez quelques petits égards pour les
grâces que je vous demande) je vous conjure de ne
m'écrire plus, et de m'aider à vous oublier entièrement. Si vous me témoigniez, foiblement même, que
vous avez eu quelque peine en lisant cette lettre, je vous
croirois peut-être; et peut-être aussi votre aveu et
votre consentement me donneroient du dépit et de la
colère, et tout cela pourroit m'enflammer. Ne vous
mêlez donc point de ma conduite, vous renverseriez
sans doute tous mes projets, de quelque manière que
vous voulussiez y entrer. Je ne veux point savoir le
succès de cette lettre; ne troublez pas l'état que je
me prépare: il me semble que vous pouvez être content des maux que vous me causez (quelque dessein que vous eussiez fait de me rendre malheureuse). Ne m'ôtez point de mon incertitude; j'espère
que j'en ferai avec le temps quelque chose de tran-

quille. Je vous promets de ne vous point haïr: je me
défie trop des sentiments violents pour oser l'entreprendre. Je suis persuadée que je trouverois peut-
être en ce pays un amant plus fidèle et mieux fait;
mais, hélas! qui pourra me donner de l'amour? La
passion d'un autre m'occupera-t-elle? La mienne
a-t-elle pu quelque chose sur vous? N'éprouvé-je
pas qu'un cœur attendri n'oublie jamais ce qui l'a
fait apercevoir des transports qu'il ne connoissoit pas
et dont il étoit capable; que tous ses mouvements
sont attachés à l'idole qu'il s'est faite ; que ses premières idées, et que ses premières blessures ne peuvent être ni guéries ni effacées; que toutes les passions
qui s'offrent à son secours, et qui font des efforts
pour le remplir et pour le contenter, lui promettent
vainement une sensibilité qu'il ne retrouve plus;
que tous les plaisirs qu'il cherche, sans aucune envie
de les rencontrer, ne servent qu'à lui faire bien
connoître que rien ne lui est si cher que le souvenir de ses douleurs? Pourquoi m'avez-vous fait
connoître l'imperfection et le désagrément d'un attachement qui ne doit pas durer éternellement, et les
malheurs qui suivent un amour violent lorsqu'il n'est
pas réciproque? Et pourquoi une inclination aveugle
et une cruelle destinée s'attachent-elles, d'ordinaire,
à nous déterminer pour ceux qui seroient sensibles
pour quelque autre?

Quand même je pourrois espérer quelque amuse-
ment dans un nouvel engagement, et que je trouverois quelqu'un de bonne foi, j'ai tant de pitié de moi-
même que je ferois beaucoup de scrupule de mettre

le dernier homme du monde en l'état où vous m'avez réduite; et quoique je ne sois pas obligée à vous ménager, je ne pourrois me résoudre à exercer sur vous une vengeance si cruelle, quand même elle dépendroit de moi par un changement que je ne prévois pas.

Je cherche dans ce moment à vous excuser, et je comprends bien qu'une religieuse n'est guère aimable d'ordinaire. Cependant il semble que si on étoit capable de raisons dans les choix qu'on fait, on devroit plutôt s'attacher à elles qu'aux autres femmes. Rien ne les empêche de penser incessamment à leur passion : elles ne sont point détournées par mille choses qui dissipent et qui occupent dans le monde. Il me semble qu'il n'est pas fort agréable de voir celles qu'on aime, toujours distraites par mille bagatelles ; et il faut avoir bien peu de délicatesse pour souffrir (sans en être au désespoir) qu'elles ne parlent que d'assemblées, d'ajustements et de promenades. On est sans cesse exposé à de nouvelles jalousies : elles sont obligées à des égards, à des complaisances, à des conversations. Qui peut s'assurer qu'elles n'ont aucun plaisir dans toutes ces occasions, et qu'elles souffrent toujours leurs maris avec un extrême dégoût et sans aucun consentement? Ah ! qu'elles doivent se défier d'un amant qui ne leur fait pas rendre un compte bien exacte là-dessus, qui croit aisément et sans inquiétude ce qu'elles lui disent, et qui les voit avec beaucoup de confiance et de tranquillité sujettes à tous ces devoirs. Mais je ne prétends pas vous prouver par de bonnes raisons que vous de-

viez m'aimer ; ce sont de très-méchants moyens, et
j'en ai employés de beaucoup meilleurs qui ne m'ont
par réussi. Je connois trop bien mon destin pour tâcher à le surmonter : je serai malheureuse toute ma
vie ! Ne l'étois-je pas en vous voyant tous les jours?
Je mourois de frayeur que vous ne me fussiez pas
fidèle ; je voulois vous voir à tous moments, et cela
n'étoit pas possible ; j'étois troublée par le péril que
vous couriez en entrant dans ce couvent ; je ne vivois pas lorsque vous étiez à l'armée ; j'étois au désespoir de n'être pas plus belle et plus digne de vous ;
je murmurois contre la médiocrité de ma condition ; je
croyois souvent que l'attachement que vous me paroissiez avoir pour moi vous pourroit faire quelque
tort ; il me sembloit que je ne vous aimois pas assez ;
j'appréhendois pour vous la colère de mes parents, et
j'étois enfin dans un état aussi pitoyable qu'est celui
où je suis présentement. Si vous m'eussiez donné
quelques témoignages de votre passion depuis que
vous n'êtes plus en Portugal, j'aurois fait tous mes
efforts pour en sortir ; je me fusse déguisée pour
vous aller trouver. Hélas ! qu'est-ce que je fusse devenue, si vous ne vous fussiez plus soucié de moi
après que j'eusse été en France? Quel désordre ! quel
égarement ! quel comble de honte pour ma famille
qui m'est si chère depuis que je ne vous aime plus !
Vous voyez bien que je connois de sang-froid qu'il
étoit possible que je fusse encore plus à plaindre que
je ne suis ; et je vous parle au moins raisonnablement
une fois en ma vie. Que ma modération vous plaira !
et que vous serez content de moi ! Je ne veux point

le savoir; je vous ai déjà prié de ne m'écrire plus, et je vous en conjure encore.

N'avez-vous jamais fait quelque réflexion sur la manière dont vous m'avez traitée? Ne pensez-vous jamais que vous m'avez plus d'obligation qu'à personne du monde? Je vous ai aimé comme une insensée. Que de mépris j'ai eu pour toutes choses! Votre procédé n'est point d'un honnête homme. Il faut que vous ayez eu pour moi de l'aversion naturelle, puisque vous ne m'avez pas aimée éperdument. Je me suis laissé enchanter par des qualités bien médiocres. Qu'avez-vous fait qui dût me plaire? Quel sacrifice m'avez-vous fait? N'avez vous pas cherché mille autres plaisirs? Avez-vous renoncé au jeu et à la chasse? N'êtes-vous pas parti le premier pour aller à l'armée? N'en êtes-vous pas revenu après tous les autres? Vous vous y êtes exposé follement, quoique je vous eusse prié de vous ménager pour l'amour de moi. Vous n'avez point cherché les moyens de vous établir en Portugal, où vous étiez estimé. Une lettre de votre frère vous en a fait partir sans hésiter un moment; et n'ai-je pas su que, durant le voyage, vous avez été de la plus belle humeur du monde. Il faut avouer que je suis obligée à vous haïr mortellement. Ah! je me suis attiré tous mes malheurs. Je vous ai d'abord accoutumé à une grande passion avec trop de bonne foi, et il faut de l'artifice pour se faire aimer; il faut chercher avec quelque adresse les moyens d'enflammer, et l'amour tout seul ne donne point de l'amour. Vous vouliez que je vous aimasse; et comme vous aviez formé ce dessein, il n'y a rien que vous n'eus-

siez fait pour y parvenir. Vous vous fussiez même
résolu à m'aimer s'il eût été nécessaire ; mais vous
avez connu que vous pouviez réussir dans votre entreprise sans passion, et que vous n'en aviez aucun besoin. Quelle perfidie ! Croyez-vous avoir pu impuné-
ment me tromper ? Si quelque hasard vous ramenoit
en ce pays, je vous déclare que je vous livrerai à la
vengeance de mes parents. J'ai vécu longtemps dans
un abandon et dans une idolâtrie qui me donne de l'horreur, et mon remords me persécute avec une rigueur
insupportable. Je sens vivement la honte des crimes
que vous m'avez fait commettre, et je n'ai plus, hélas ! la passion qui m'empêchoit d'en connoître l'é-
normité. Quand est-ce que mon cœur ne sera plus
déchiré ? Quand est-ce que je serai délivrée de cet
embarras cruel ? Cependant, je crois que je ne vous
souhaite point de mal, et que je me résoudrois à consentir que vous fussiez heureux ; mais comment pour-
rez-vous l'être, si vous avez le cœur bien fait ? Je
veux vous écrire une autre lettre, pour vous faire
voir que je serai peut-être plus tranquille dans
quelque temps. Que j'aurai de plaisir de pouvoir
vous reprocher vos procédés injustes, après que je
n'en serai plus si vivement touchée ; et lorsque je
vous ferai connoître que je vous méprise, que je
parle avec beaucoup d'indifférence de votre trahison,
que j'ai oublié tous mes plaisirs et toutes mes douleurs, et que je ne me souviens de vous que lorsque
je veux m'en souvenir ! Je demeure d'accord que
vous avez de grands avantages sur moi, et que vous
m'avez donné une passion qui m'a fait perdre la rai-

son ; mais vous devez en tirer peu de vanité. J'étois jeune, j'étois crédule ; on m'avoit enfermée dans ce couvent depuis mon enfance ; je n'avois vu que des gens désagréables ; je n'avois jamais entendu les louanges que vous me donniez incessamment ; il me sembloit que je vous devois les charmes et la beauté que vous me trouviez et dont vous me faisiez apercevoir ; j'entendois dire du bien de vous ; tout le monde me parloit en votre faveur : vous faisiez tout ce qu'il falloit pour me donner de l'amour. Mais je suis enfin revenue de cet enchantement : vous m'avez donné de grands secours, et j'avoue que j'en avois un extrême besoin. En vous renvoyant vos lettres, je garderai soigneusement les deux dernières que vous m'avez écrites ; et je les relirai encore plus souvent que je n'ai lu les premières, afin de ne retomber plus dans mes foiblesses. Ah ! qu'elles me coûtent cher, et que j'aurois été heureuse, si vous eussiez voulu souffrir que je vous eusse toujours aimé! Je connois bien que je suis encore un peu trop occupée de mes reproches et de votre infidélité ; mais souvenez-vous que je me suis promise un état plus paisible et que j'y parviendrai, ou que je prendrai contre moi quelque résolution extrême, que vous apprendrez sans beaucoup de déplaisir. Mais je ne veux plus rien de vous ; je suis une folle de redire les mêmes choses si souvent. Il faut vous quitter et ne penser plus à vous ; je crois même que je ne vous écrirai plus. Suis-je donc obligée de vous rendre un compte exact de tous mes divers mouvements?

LETTRES PORTUGAISES

—

DEUXIÈME PARTIE

AU LECTEUR [1]

Le bruit qu'a fait la traduction des cinq Lettres portugaises a donné le désir à quelques personnes de qualité d'en traduire quelques nouvelles, qui leur sont tombées entre les mains. Les premières ont eu tant de cours dans le monde, que l'on devoit appréhender avec justice d'exposer celles-ci au public ; mais comme elles sont d'une femme du monde qui écrit d'un style différent de celui d'une religieuse [2], j'ai cru que cette différence pourroit plaire, et que peut-être l'ouvrage n'est pas si désagréable qu'on ne me sache quelque gré de le donner au public.

1. Cet avis au lecteur est placé en tête de la première édition de cette seconde partie des Lettres portugaises, *Paris, Barbin,* 1669, pet. in-12, de 151 p. Le privilége porte la date du 28 Octobre 1668, et l'achevé d'imprimer celle du 20 Août 1669 : d'où il résulte que cette seconde partie parut sept mois après la première.

2. Cette phrase prouve l'erreur singulière dans laquelle sont tombés les éditeurs qui ont attribué à la religieuse portugaise les lettres contenues dans cette seconde partie, erreur qui date de loin puisqu'elle remonte certainement à l'édition de 1689 — dans laquelle les lettres de cette seconde partie sont placées avant celles de la première — et peut-être même à une édition de 1682, signalée par M. Techener, mais que nous n'avons pas tenue entre nos mains.

DEUXIÈME PARTIE

LETTRE PREMIÈRE

Il est donc possible que vous ayez été un moment en colère contre moi ; et qu'avec une passion la plus tendre et la plus délicate qui fut jamais, je vous aie donné un instant de chagrin ! Hélas ! de quel remords ne serois-je point capable si je manquois à la fidélité que je vous dois ; puisque je ne m'accuse que d'un excès de délicatesse, et que je ne puis me pardonner votre courroux ? Mais pourquoi faut-il qu'il me donne ce remords ? N'ai-je pas eu raison de me plaindre, et n'offenserois-je pas votre propre passion si j'avois pu souffrir, sans murmure, que vous ayez la force de me cacher[1] quelque chose ? Hé, bon Dieu ! je fais des reproches continuels à mon âme de ce qu'elle ne vous découvre pas assez l'ardeur de ses mouvements, et vous voulez me cacher tous les secrets de la vôtre ! Quand mes regards sont trop languissants, il me semble qu'ils ne servent que ma

---

1. Dans l'édition de 1669 on lit *lascher* ; mais le mot *cacher* qu'on trouve plus bas, prouve que c'est là une erreur typographique que les éditeurs de 1702 et de 1796 ont corrigée avec raison.

4.

tendresse, et qu'ils volent quelque chose à mon
ardeur. S'ils sont trop vifs, ma langueur leur fait le
même reproche, et avec les actions du monde les
plus parlantes, je crois n'en pas assez dire, pendant
que vous me faites des réserves d'une bagatelle. Ah !
que ce procédé m'a touchée, et que je vous aurois fait
de pitié, si vous aviez pu voir tout ce qu'il m'a fait
penser ! Mais pourquoi suis-je si curieuse? Pourquoi veux-je lire dans une âme où je ne trouverois que de la tiédeur, et peut-être de l'infidélité? C'est
votre honnêteté propre qui vous rend si réservé,
et je vous ai de l'obligation de votre mystère.
Vous voulez m'épargner la douleur de connoître
toute votre indifférence, et vous ne dissimulez vos
sentiments que par pitié pour ma foiblesse. Hélas !
que ne m'avez-vous paru tel dans les commencements de notre connoissance! peut-être que mon
cœur se fût réglé sur le vôtre. Mais vous ne vous
êtes résolu à m'aimer avec peu d'empressement que
quand vous avez reconnu que j'en avois jusques à la
fureur. Ce n'est pourtant pas par tempérament que
vous êtes si retenu. Vous êtes emporté, je l'éprouvai
hier au soir. Mais, hélas ! votre emportement n'est
pas fait pour le courroux, et vous n'êtes sensible qu'à
ce que vous croyez des outrages. Ingrat, que vous a
fait l'amour, pour être si mal partagé? Que n'em-
ployez-vous cette impétuosité pour répondre à la
mienne? Pourquoi faut-il que ces démarches préci-
pitées ne se fassent pas pour avancer les moments de
notre félicité? Et qui diroit en vous voyant si
prompt à sortir de ma chambre, quand le dépit

vous en chasse, que vous êtes si lent à y venir, quand l'amour vous y appelle? Mais je mérite bien ce traitement : j'ai pu vous ordonner quelque chose. Est-ce à un cœur tout à vous à entreprendre de vous donner des lois? Allez, vous avez bien fait de l'en punir, et je devrois mourir de honte d'avoir cru être maîtresse d'aucun de mes mouvements. Ah! que vous saviez bien comme il faut châtier cette espèce de révolte. Vous souvient-il de la tranquillité apparente avec laquelle vous m'offrites, hier au soir, de m'aider à ne plus vous voir? Avez-vous bien pu m'offrir ce remède, ou pour mieux dire, m'avez-vous cru capable de l'accepter? car dans la délicatesse de mon amour, il me seroit bien plus douloureux de me voir soupçonnée d'un crime, que de vous en voir commettre un. Je suis plus jalouse de ma passion que de la vôtre, et je vous pardonnerois plus aisément une infidélité que le soupçon de me la voir faire : oui, c'est de moi-même que je veux être contente plutôt que de vous. Ma tendresse m'est si précieuse, et l'estime que je fais de vous m'y fait trouver tant de gloire, que je ne sais point de plus grand crime que de vous en laisser douter. Mais comment en douteriez-vous? Tout vous le persuade et dans votre cœur et dans le mien. Vous n'avez pas une négligence qui ne vous apprenne que je vous aime jusques à l'adoration; et l'amour m'a si bien appris l'art de tirer du profit de toutes choses, qu'il n'y a pas jusques à la retenue de mes caresses qui ne vous convainque de l'excès de ma passion. N'avez-vous jamais remarqué cet effet de ma complaisance? Combien de fois ai-je retenu les transports de ma joie à votre arrivée, parce qu'il me sembloit remarquer dans vos yeux que vous me vouliez plus de modération? Vous m'auriez fait grand tort si vous n'aviez pas observé ma contrainte dans ces occasions ; car ces sortes de sacrifices sont les plus pénibles pour moi, que je vous aie jamais faits ; mais je ne vous les reproche point. Que m'importe que je sois parfaitement heureuse, pourvu que ce qui manque à mon bonheur augmente le vôtre ? Si vous étiez plus empressé, j'aurois le plaisir de me croire plus aimée ; mais vous n'auriez pas celui de l'être tant. Vous croiriez devoir quelque chose à votre amour, et j'ai la gloire de voir que vous ne devez rien qu'à mon inclination. N'abusez pourtant pas de cette générosité amoureuse, et n'allez pas vous aviser de la pousser jusques à m'arracher le peu d'empressement qui vous reste ; au contraire, soyez généreux à votre tour, et venez me protester que le désintéressement de ma tendresse augmente la vôtre ; que je ne hasarde rien quand je crois mettre tout au hasard, et que vous êtes aussi tendre et aussi fidèle, que je suis tendrement et fidèlement à vous.

LETTRE II

Sans mentir, cette dame d'hier au soir est bien laide ; elle danse d'un méchant air, et le comte de Cugne avait eu grand tort de la dépeindre comme une

belle personne. Comment pûtes-vous demeurer si
longtemps auprès d'elle? Il me sembloit, à l'air de
son visage, que ce qu'elle vous disoit n'étoit point
spirituel. Cependant vous avez causé avec elle une
partie du temps que l'assemblée a duré, et vous avez
eu la dureté de me dire que sa conversation ne vous
avoit pas déplu. Que vous disoit-elle donc de si
charmant? Vous apprenoit-elle des nouvelles de
quelque dame de France qui vous soit chère, ou
si elle commençoit à vous le devenir elle-même?
car il n'y a que l'amour qui puisse faire soutenir une
si longue conversation. Je ne trouvai point vos François nouveaux arrivés si agréables, j'en fus obsédée
tout le soir, ils me dirent tout ce qu'ils purent imaginer de plus joli, et je voyois bien qu'ils l'affec-
toient; mais ils ne me divertirent point, et je crois
que ce sont leurs discours qui m'ont causé la mi-
graine effroyable que j'ai eue toute la nuit. Vous ne
le sauriez point si je ne vous l'apprenois. Vos gens
sont occupés sans doute à aller savoir comme cette
heureuse Françoise se trouve de la fatigue d'hier au
soir; car vous la fîtes assez danser pour la faire malade. Mais qu'a-t-elle de si charmant? la croyez-vous
plus tendre et plus fidèle qu'une autre? lui avez-vous
trouvé une inclination plus prompte à vous vouloir
du bien que celle que je vous ai fait paroître? Non
sans doute, cela ne se peut pas; vous savez bien que,
pour vous avoir vu passer seulement, je perdis tout
le repos de ma vie, et que, sans m'arrêter à mon
sexe et à ma naissance, je courus la première aux
occasions de vous voir une seconde fois. Si elle en a

fait davantage, elle est à votre lever ce matin, et le petit Durino la trouvera sans doute assise auprès de votre chevet. Je le souhaite pour votre félicité : j'aime si fort votre joie[1], que je consens à la faire toute ma vie aux dépens de la mienne propre, et si vous voulez régaler ce bel objet de la lecture de cette lettre ici, vous le pouvez faire sans scrupule. Ce que je vous écris ne sera pas inutile à l'avancement de vos affaires ; j'ai un nom connu dans ce royaume, on m'y a toujours flattée de quelque beauté, et j'avois cru en avoir jusques au moment que votre mépris m'a désabusée. Proposez-moi donc pour exemple à votre nouvelle conquête, dites-lui que je vous aime jusques à la folie ; je veux bien en tomber d'accord, et j'aime mieux contribuer à ma perte par un aveu que de nier une passion si chère. Oui, je vous aime mille fois plus que moi-même. Au moment que je vous écris, je suis jalouse, je l'avoue ; votre procédé d'hier a mis la rage dans mon cœur, et je vous crois infidèle, puisqu'il faut vous dire tout. Mais, malgré tout cela, je vous aime plus qu'on n'a jamais aimé. Je hais la marquise de Furtado, de vous avoir donné l'occasion de voir cette nouvelle venue. Je voudrois que la marquise de Castro n'eût jamais été, puisque c'étoit à ces noces que vous deviez me donner la douleur que je ressens. Je hais celui qui a inventé la danse, je me hais moi-même, et je hais la Fran-

---

1. Corneille a dit en ce sens :

Je vous aime, Émilie, et le ciel me foudroye
Si cette passion ne fait toute ma joie.

(Note de l'édition de 1796.)

çoise mille fois plus que tout le reste ensemble ; mais de tant de haines différentes, aucune n'a eu l'audace d'aller jusques à vous. Vous me paroissez toujours aimable. Sous quelque forme où je vous regarde, et jusques aux pieds de cette cruelle rivale qui vient troubler toute ma félicité, je vous trouvois mille charmes qui n'ont jamais été qu'en vous. J'étois même si sotte que je ne pouvois m'empêcher d'être ravie qu'on vous les trouvât comme moi ; et bien que je sois persuadée que c'est à cette opinion que je devrai peut-être la perte de votre cœur, j'aime mieux me voir condamnée à cet abîme de désespoir, que de vous souhaiter une louange de moins. Mais comment est-ce que l'amour peut faire pour accorder tant de choses opposées? Car il est certain qu'on ne peut pas avoir plus de jalousie pour tout ce qui vous approche que j'en ai, et cependant j'irois au bout du monde vous rechercher de nouveaux admirateurs. Je hais cette Françoise d'une haine si acharnée, qu'il n'y a rien de si cruel que je ne me croie capable de faire pour la détruire : et je lui souhaiterois la félicité d'être aimée de vous, si je pensois que cet amour vous rendît plus heureux que vous ne l'êtes. Oui, je sens bien, j'aime tant votre joie, je me trouve si heureuse quand je vous vois content, que s'il falloit immoler tout le plaisir de ma vie à un instant du vôtre, je le ferois sans balancer. Pourquoi n'êtes vous pas comme cela pour moi ? Ah! que si vous m'aimiez autant que je vous aime, que nous aurions de bonheur l'un et l'autre! Votre félicité feroit la mienne, et la vôtre en seroit bien plus parfaite. Aucune personne sur la terre n'a tant d'amour dans le cœur que j'en ai ; nulle ne connoît si bien ce que vous valez ; et vous me ferez mourir de pitié, si vous êtes capable de vous attacher à quelque autre, après avoir été accoutumé à mes manières d'aimer : croyez-moi, mon cher, vous ne sauriez être heureux qu'avec moi. Je connois les autres femmes par moi-même, et je sens bien que l'amour n'a fait naître que moi sur la terre pour vous. De quoi deviendroit toute votre délicatesse, si elle ne trouvoit plus mon cœur pour y répondre ? ces regards si éloquents et si bien entendus seroient-ils secondés par d'autres yeux, comme ils le sont par les miens ? Non, cela n'est pas possible ; seuls nous savons bien aimer ; et nous mourrions de chagrin l'un et l'autre si nos deux âmes avoient trouvé quelque assortiment qui n'eût pas été elles-mêmes.

LETTRE III

Quand donc finira votre absence ? Passerez-vous encore aujourd'hui sans revenir à Lisbonne, et ne vous souvenez-vous point qu'il y a déjà deux jours que vous êtes parti ? Pour moi, je pense que vous avez envie de me trouver morte à votre retour ; et c'est moins pour accompagner le Roi à la visite des vaisseaux que vous avez quitté la Cour que pour vous défendre d'une maîtresse incommode. En effet, je le suis au dernier point, il faut en tomber d'accord ; je ne suis jamais contente ni de vous ni de moi-même. Une absence de vingt-quatre heures me met à la mort, et ce qui seroit un excès de félicité pour un autre n'en est pas toujours une pour moi. Tantôt il me semble que vous n'en avez pas assez, d'autres fois je vous en trouve tant, que je crains de ne la pas faire toute seule ; et il n'y a pas jusques à mes transports qui ne me chagrinent, quand je crois m'apercevoir que vous ne les remarquez pas assez bien. Vos distractions me font peur ; je voudrois vous voir tout renfermé dans vous-même, lorsque j'y fais tout ce qui s'y passe ; et quand vous manquez à en sortir pour examiner mes emportements, vous me mettez au désespoir. Je ne suis pas sage, je l'avoue, mais le moyen de l'être et d'avoir[1] autant d'amour que j'en ai ? Je sais bien qu'il seroit de la raison d'être en repos au moment que j'écris. Vous n'êtes qu'à deux pas de la ville, votre devoir vous y retient, et la maladie de mon frère m'auroit empêché de vous voir depuis que vous êtes absent ; de plus, il n'y a point de femmes où vous êtes, et c'est une grande inquiétude hors de mon cœur. Mais, hélas ! qu'il y en est resté d'autres, et qu'il est vrai qu'une amante se fait des tourments de toutes choses quand elle aime comme je fais ! Ces armes, ces vaisseaux, cet équipage de guerre, vont vous désaccoutumer des plaisirs pacifiques de l'amour. Peut-être à l'heure qu'il est, vous envisagez le moment de notre sépara-

---

1. L'édition de 1669 porte *est d'avoir* : mais c'est une faute typographique évidente que nous trouvons d'ailleurs corrigée dans l'édition de 1671.

tion comme un malheur infaillible, et vous commen-
cez à donner des raisons à votre cœur pour l'y faire
résoudre. Ah ! la vue des plus grandes beautés de
l'Europe ne seroit pas si funeste pour moi que celle
de nos canons, s'il est vrai qu'ils produisent cet effet
sur votre esprit. Ce n'est pas que je veuille combattre votre devoir, j'aime votre gloire plus que je ne
m'aime moi-même, et je sais bien que vous n'êtes pas
né pour passer tous vos jours auprès de moi ; mais je
voudrois que cette nécessité vous donnât autant d'horreur qu'elle m'en donne, que vous n'y puissiez songer
sans trembler, et que, toute inévitable qu'une séparation doive paroître, vous ne puissiez croire de la supporter sans mourir. Ne m'accusez pas toutefois d'aimer à voir votre désespoir, vous ne verserez jamais
une larme que je ne voulusse essuyer. Je serai la première à vous prier de supporter courageusement ce
qui m'arrachera la vie par un excès de douleur, et
je ne me consolerois pas d'avoir été au monde, si je
croyois que mon absence vous laissât sans consolation. Que veux-je donc? Je n'en sais rien. Je veux
vous aimer toute ma vie jusques à l'adoration; je
veux, s'il se peut, que vous m'aimiez de même ; mais
on ne peut vouloir tout cela sans vouloir en même
temps être la plus folle de toutes les femmes. Que
cette folie ne vous dégoûte pas de moi : je n'en ai jamais été capable que pour vous, et je ne la voudrois
pas changer[1] pour la plus solide sagesse, s'il falloit,

---

1. Édition de 1669 : *Je ne le voudrois pas la changer.* Erreur matérielle que nous indiquons mais que nous ne croyons pas
devoir maintenir, malgré nos scrupules d'exacte fidélité.

pour être sage, vous aimer un peu moins que je ne
fais. Votre esprit a mille charmes ; vous m'avez dit que
vous en trouvez autant dans le mien ; mais je renonce-
rois à nous en voir à tous deux, s'il s'opposoit au progrès de notre folie. C'est l'amour qui doit régner sur
toutes les fonctions de notre âme. Tout ce qui est en
nous doit être fait pour lui ; et pourvu qu'il soit satisfait, il m'est indifférent que la raison se plaigne.
Avez-vous été de ce sentiment depuis que je ne
vous ai vu? Je tremble de peur que vous n'ayez eu
toute la liberté de votre esprit. Mais seroit-il possible
qu'il vous en fût resté, en parlant d'une guerre qui
doit vous éloigner de moi? Non, vous n'êtes pas capable de cette trahison ; vous n'aurez pas vu un soldat qui ne vous ait arraché un soupir, et j'aurai le
plaisir d'entendre dire à votre retour, que votre esprit
est journalier, et que vous n'en avez point eu pendant
votre voyage. Pour moi, je suis assurée que personne
ne vous parlera de moi, qui ne m'accuse de ce défaut. Je dis des extravagances qui étonnent tous ceux
qui m'entendent ; et si la maladie de mon frère n'au-
torisoit mes égaremens, on croiroit parmi mon domestique que je suis devenue insensée ; il ne s'en
faut guère que je ne la sois aussi. Vous pouvez juger
du déréglement de mon esprit par celui de cette
lettre ; mais voilà comme vous devez m'en vouloir.
Les ravages que votre absence a faits sur mon visage
doivent vous paroître plus agréables que la fraîcheur
du plus beau teint ; et je me trouverois bien horrible si trois jours de la privation de votre vue ne
m'avoient point enlaidie. Que deviendrai-je donc si je

la perds pour six mois? Hélas! on ne s'apercevra point du changement de ma personne ; car je mourrai en me séparant de vous. Mais il me semble entendre quelque bruit dans les rues, et mon cœur m'annonce que c'est le bruit de votre retour. Ah! mon Dieu, je n'en puis plus : si c'est vous qui arrivez, et que je ne puisse vous voir en arrivant, je vais mourir d'inquiétude et d'impatience ; et si vous n'arrivez pas après l'espérance que je viens de concevoir, le trouble et la révolution des mouvements de mon âme vont m'ôter le sentiment.

LETTRE IV

Quoi! vous serez toujours froid et paresseux? et rien ne pourra troubler votre tranquillité? Que faut-il donc faire pour l'ébranler? Faut-il se jeter dans les bras d'un rival à votre vue? car hors ce dernier effet d'inconstance, que mon amour ne me permettra jamais, je crois vous avoir dû faire appréhender tous les autres? J'ai reçu la main du duc d'Almeida à la promenade ; j'ai affecté d'être auprès de lui pendant le souper. Je l'ai regardé tendrement toutes les fois que vous avez pu le remarquer ; je lui ai même dit des bagatelles à l'oreille que vous pouviez prendre pour des choses d'importance, et je n'ai pu vous faire changer de visage. Ingrat! avez-vous bien l'inhumanité d'aimer si peu une personne qui vous aime tant? Mes soins, mes faveurs et ma fidélité n'ont-ils point mérité

un moment de votre jalousie? Suis-je si peu précieuse pour celui qui m'est plus précieux que mon
repos et que ma gloire, qu'il puisse envisager ma
perte sans frayeur? Hélas! l'ombre de la vôtre me
fait trembler. Vous ne jetez pas un regard sur une
autre femme, qui ne me cause un frisson mortel;
vous n'accordez pas une action à la civilité[1] la plus
indifférente, qui ne me coûte vingt-quatre heures de
désespoir : et vous me voyez parler tout un soir à
un autre, à votre vue, sans témoigner la moindre inquiétude! Ah! vous ne m'avez jamais aimée, et je sais
trop bien comme on aime pour croire que des sentiments si opposés aux miens puissent s'appeler de
l'amour. Que ne voudrois-je point faire pour vous punir de cette froideur! Il y a des moments où je suis
si transportée de dépit, que je souhaiterois d'en aimer un autre. Mais quoi? au milieu de ce dépit, je ne
vois rien au monde d'aimable que vous! Hier même,
que vos tiédeurs vous ôtoient mille charmes pour mes
yeux, je ne pouvois m'empêcher d'admirer toutes
vos actions. Vos dédains avoient je ne sais quoi de
grand qui exprimoit le caractère de votre âme, et
c'étoit de vous que je parlois à l'oreille du duc, tant
je suis peu la maîtresse des occasions de vous offenser.
Je mourois d'envie de vous voir faire quelque chose
qui me fournît un prétexte de vous faire une brus-
querie publique; mais comment aurois-je pu vous la
faire? Ma colère même est un excès d'amour, et dans

1. C'est avec une grande vraisemblance que M. Barbier a vu
ici une interversion des mots et qu'il a imprimé : *Vous n'accordez
pas une civilité à l'action la plus indifférente.*

le moment où je suis outrée de rage pour votre tranquillité, je sens bien que j'aurois des raisons de la
défendre si je ne vous aimois jusqu'au déréglement. En effet, mon frère nous observoit; la moindre
affectation que vous eussiez témoignée de me parler
m'auroit perdue. Mais ne pouviez-vous avoir de la
jalousie sans la faire remarquer? Je me connois au
mouvement de vos yeux, et j'aurois bien vu des choses
dans vos regards, que le reste de la compagnie n'y
auroit pas vu comme moi. Hélas! je n'y vis jamais
rien de tout ce que j'y cherchois; j'avoue que j'y
trouvai de l'amour, mais étoit-ce de l'amour qui devoit y être en ce temps-là? Il falloit y trouver du dépit et de la rage; il falloit me contredire sur tout ce
que je disois, me trouver laide, cajoler une autre
dame à ma vue; enfin il falloit être jaloux, puisque
vous aviez des sujets apparents de l'être. Mais au
lieu de ces effets naturels d'un véritable amour, vous
me donnâtes mille louanges, vous prîtes la même main
que j'avois donnée au duc, comme si elle n'avoit pas
dû vous faire horreur! et je vis l'heure que vous alliez
me féliciter sur ce que le plus honnête homme de
notre Cour s'étoit attaché auprès de moi! Insensible
que vous êtes, est-ce comme cela qu'on aime? et êtes-
vous aimé de moi de cette sorte? Ah! si je vous
avois cru si tiède, avant que de vous aimer comme je
fais! Mais quoi? quand j'aurois pu voir tout ce que je
vois, et plus encore, s'il se peut, je n'aurois pu résister au penchant de vous aimer. C'a été une violence d'inclination dont je n'ai pas été la maîtresse;
et puis quand je songe aux moments de plaisir que

cette passion m'a causé, je ne puis me repentir de l'avoir conçue. Que ne ferois-je point si j'étois contente de vous, puisque je suis si transportée d'amour dans le temps où j'ai le plus de sujet de m'en plaindre ! Mais vous en savez les différences, vous m'avez vue satisfaite, vous m'avez vue mécontente, je vous ai rendu des grâces, je vous ai fait des plaintes ; et dans la colère, comme dans la reconnoissance, vous m'avez toujours vue la plus passionnée de toutes les amantes ! Un si beau caractère ne vous donnera-t-il point d'émulation ? Aimez, mon cher insensible, aimez autant que vous êtes aimé ! il n'y a de plaisir véritable pour l'âme que dans l'amour : l'excès de la joie naît de l'excès de la passion, et la tiédeur fait plus de tort aux gens qui en sont capables qu'à ceux contre qui elle agit. Ah ! si vous aviez bien éprouvé ce que c'est qu'un véritable transport amoureux, combien porteriez-vous d'envie à ceux qui les ressentent ? Je ne voudrois pas pour votre cœur même être capable de votre tranquillité ; je suis jalouse de mes transports, comme du plus grand bien que j'aie jamais possédé ; et j'aimerois mieux être condamnée à ne vous voir de ma vie qu'à vous voir sans emportement.

LETTRE V

Est-ce pour éprouver ma docilité que vous m'écrivez comme vous faites ? ou s'il est possible que vous pensiez tout ce que vous me mandez pour me

croire capable d'en aimer un autre[1]? Patience: bien
que cette opinion blesse mortellement ma délicatesse,
je l'ai souvent eue de vous, moi qui vous aime plus
qu'on n'a jamais aimé! Mais de croire cette infidélité
consommée, de me dire des injures et de vouloir
me persuader que je ne vous verrai jamais, ah!
c'est là ce que je ne saurois supporter. J'ai été jalouse, et quand on aime parfaitement on n'est point
sans jalousie; mais je n'ai jamais été brutale, je n'ai
jamais perdu votre idée de vue; et dans le plus fort
de mon dépit, je me suis toujours souvenu que vous
étiez celui que je soupçonnois. Ah! que je vois de
défauts dans votre passion! que vous savez mal aimer,
et qu'il est aisé de concevoir que vous n'avez point
d'amour dans le cœur, puisque tout ce que vous
laissez échapper sans étude est si peu digne du nom
d'amour! Quoi! ce cœur que j'ai acheté de tout le
mien, ce cœur que tant de transports et tant de fidélité m'ont fait mériter, et que vous m'avez assuré que
je possédois, est capable de m'offenser de cette sorte!
Ses premiers mouvements sont des injures; et quand
vous le laissez agir sur sa foi, il ne m'exprime que
des outrages! Allez, ingrat que vous êtes, je veux
vous laisser vos soupçons, pour vous punir de les
avoir conçus; il vous devoit être assez doux de me
croire tendre et fidèle pour faire votre tourment

---

1. Dans l'édition de 1796 et dans celle de 1806 cette phrase
est corrigée ainsi, mais sans raisons suffisantes : *Est-ce pour
éprouver ma docilité, que vous m'écrivez comme vous faites? ou est-
il possible que vous pensiez tout ce que vous me mandez? Me croire
capable d'en aimer un autre!...*

d'en douter. Il me seroit aisé de vous guérir, et la liberté de vous offenser ne m'est que trop interdite pour mon repos. Mais je veux vous laisser une erreur qui me venge; et si vous en croyez mon ressentiment, toutes vos conjectures sont injustes, et je suis la plus infidèle de toutes les femmes. Je n'ai pourtant point vu l'homme qui cause votre jalousie; la lettre qu'on prétend être de moi n'en est pas, et il n'y a point d'épreuve où je ne pusse me soumettre sans crainte, s'il me plaisoit de vous donner cette satisfaction. Mais pourquoi vous la donnerois-je? Est-ce par des invectives qu'on l'obtient? et n'auriez-vous pas sujet de me croire aussi lâche que vous me dépeignez si vous deviez ma justification à vos menaces? Vous ne me verrez plus, dites-vous; vous sortez de Lisbonne, de peur d'être assez malheureux pour me rencontrer, et vous poignarderiez le meilleur de vos amis s'il vous faisoit la trahison de vous amener chez moi. Cruel! que vous a donc fait ma vue pour vous être si insupportable? Elle ne vous a jamais annoncé que des plaisirs, vous n'avez jamais rencontré dans mes yeux que de l'amour et de l'empressement de vous le témoigner; est-ce là de quoi vous obliger à quitter Lisbonne pour ne plus me voir? Ne partez point si vous n'avez que cette raison qui vous y oblige. Je vous épargnerai la peine de m'éviter; aussi bien c'est à moi à fuir et non pas à vous. Ma vue ne vous a coûté que l'indulgence de vous laisser aimer, et la vôtre me coûte toute la gloire et tout le repos de ma vie! J'avoue qu'elle en a souvent fait la joie aussi. Quand je me représente

l'émotion secrète que je ressentois, lorsque je croyois
discerner vos pas dans une promenade; la douce langueur qui s'emparoit de tous mes sens, quand je ren-
controis vos regards, et le transport inexprimable de
mon âme, lorsque nous avions la liberté d'un moment d'entretien : je ne sais comme j'ai pu vivre
avant que de vous voir, et comment je vivrai quand
je ne vous verrai plus. Mais vous avez dû sentir ce que
j'ai senti ; vous étiez aimé, et vous disiez que vous aimiez, et cependant vous êtes le premier à me propo-
ser de ne me voir plus! Ah! vous serez satisfait, et
je ne vous verrai de ma vie? J'aurois pourtant un
plaisir extrême à vous reprocher votre ingratitude,
et il me semble que ma vengeance seroit plus entière
si mes yeux et toutes mes actions vous confirmoient
mon innocence. Elle est si parfaite, et le mensonge
qu'on vous a fait si aisé à détruire, que vous ne
pourriez me parler un quart d'heure sans être persuadé de votre injustice et sans mourir de regret de
l'avoir commise. Cette pensée m'a déjà sollicitée deux
ou trois fois de courir chez vous ; je ne sais même si
elle ne m'y conduira point malgré moi avant la fin de
la journée ; car mon dépit est assez violent pour
m'ôter la raison. Mais je m'étois fait une si douce
habitude de vous étudier, que je crains de vous déplaire par cet éclat. Je vous ai toujours vu pratiquer
une discrétion sans égale ; vous avez eu plus de soin
de ma réputation que moi-même, et vous avez quelquefois porté vos précautions jusqu'à me forcer de
m'en plaindre. Que diriez-vous si je faisois quelque
chose qui découvrît notre intrigue, et qui me scan-

dalisât parmi les gens d'honneur? Vous auriez du
mépris pour moi, et je mourrois si je vous en croyois
capable; car, quoi qu'il arrive, je veux toujours être
estimée de vous. Plaignez-vous, dites-moi des injures,
faites-moi des trahisons, haïssez-moi, puisque vous
le pouvez! mais ne me méprisez jamais. Je puis vivre
sans votre amour, dès l'instant que cet amour ne fera
plus votre félicité; mais je ne puis vivre sans votre
estime, et je crois que c'est par cette raison que j'ai
tant d'impatience de vous voir; car il n'est pas possible que ce soit par un effet de tendresse; je serois
bien insensée d'aimer un homme qui me traite comme
vous me traitez! Cependant à bien prendre votre
colère, ce n'est qu'un excès de passion qui la cause,
vous ne seriez pas si transporté si vous étiez moins
amoureux. Ah! que ne puis-je me persuader cette
vérité! que les outrages que vous m'avez faits me
seroient chers! Mais non, je ne veux point me flatter
de cette erreur agréable. Vous êtes coupable. Quand
vous ne le seriez pas; je veux le croire, afin de vous
punir de me l'avoir laissé penser. Je n'irai d'aujourd'hui dans aucun lieu où vous puissiez me voir,
je passerai l'après-midi chez la marquise de Castro,
qui est malade, et que vous ne voyez point. Enfin,
je veux être en colère, et voici la dernière lettre que
vous verrez jamais de moi.

LETTRE VI

Est-ce bien moi-même qui vous écris? êtes-vous celui que vous étiez autrefois? Par quel prodige m'avez-vous marqué de l'amour sans me donner de la joie? Je vous ai vu de l'empressement et des dépits impatients; j'ai lu dans vos yeux ces mêmes désirs où vous m'avez toujours trouvée si sensible. Ils étoient aussi ardents que quand ils faisoient toute ma félicité. Je suis aussi tendre et aussi fidèle que je la fus jamais; et cependant je me trouve tiède et nonchalante. Il semble que vous n'ayez fait qu'une illusion à mes sens, qui n'a pu passer jusqu'à mon cœur. Ah! que les reproches que vous vous êtes attirés me coûtent cher! et qu'un jour de votre négligence me dérobe de transports! Je ne sais quel démon secret m'inspire sans cesse que c'est à ma colère que je dois vos tendresses, et qu'il y a plus de politique que de sincérité dans les sentiments que vous m'avez fait paroître. Sans mentir, la délicatesse est un don de l'amour qui n'est pas toujours aussi précieux qu'on se le persuade, j'avoue qu'elle assaisonne les plaisirs, mais elle aigrit terriblement les douleurs. Je m'imagine toujours vous voir dans cette distraction qui m'a causé tant de soupirs. Ne vous y trompez pas, mon cher, vos empressements font toute ma félicité; mais ils feroient toute ma rage, si je croyois les devoir à quelque autre chose qu'au mouvement naturel de votre cœur. Je crains l'étude des actions beaucoup plus que la froideur du tem-

pérament; et l'extérieur est pour les âmes grossières
un piége où les âmes délicates ne peuvent être sur-
prises. Vous dirai-je toutes mes manies là-dessus? Ce
fut hier l'excès de votre emportement qui fit naître
tous mes soupçons. Vous me sembliez hors de vous,
et je vous cherchois à travers de tout ce que vous
paroissiez. O Dieu! que serois-je devenue si j'avois
pu vous convaincre de dissimulations? Je préfère
votre passion à ma fortune, à ma gloire et à ma vie ;
mais je supporterois plus aisément les assurances de
votre haine que les fausses apparences de votre
amour. Ce n'est point au dehors que je m'arrête,
c'est aux sentiments de l'âme : soyez froid, soyez né-
gligent, soyez même léger si vous le pouvez, mais
ne soyez jamais dissimulé. La trahison est le plus
grand crime qu'on puisse commettre contre l'amour,
et je vous pardonnerois plus volontiers une infidélité que le soin que vous prendriez à me la dégui-
ser. Vous me dites hier au soir de grandes choses, et
j'aurois souhaité que vous eussiez pu vous voir vous-
même dans ce moment comme je vous voyois : vous vous
seriez trouvé tout autre qu'à votre ordinaire. Votre
air étoit encore plus grand qu'il ne l'est naturellement; votre passion brilloit dans vos yeux, et elle les
rendoit plus tendres et plus perçants. Je voyois que
votre cœur venoit sur vos lèvres. Hélas! que je suis
heureuse, il n'y venoit point à faux ! car enfin je ne
vous sens que trop, et il n'est guère en mon pouvoir
de vous sentir moins. Le plaisir d'aimer de toute
mon âme est un bien que je tiens de vous; mais il ne
vous est plus possible de me le ravir. Je connois bien

que je vous aimerai toujours malgré moi, et je suis
sûre que je vous aimerai même malgré vous. Voilà
des assurances dangereuses : mais quoi! vous n'avez
pas un cœur qu'il faille retenir par la crainte, et je
ne croirois votre conquête guère assurée si je ne la
conservois que par là. L'honnêteté et la reconnoissance sont comptées pour quelque chose dans l'a-
mitié, mais elles ne tiennent pas lieu beaucoup
dans l'amour. Il faut suivre son cœur sans consulter
sa raison. La vue de ce qu'on aime enlève l'âme malgré qu'on en ait : au moins sais-je bien que voilà
comme je suis pour vous. Ce n'est ni l'habitude de
vous voir ni la crainte de vous fâcher, en ne vous
voyant pas, qui m'oblige à rechercher votre vue.
C'est une avidité curieuse qui part du cœur, sans art
et sans réflexion. Je vous cherche souvent en des
lieux où je suis assurée que je ne vous trouverai pas.
Si vous êtes comme cela pour moi, sans doute que
l'instinct de nos cœurs fera qu'ils se rencontreront
partout. Je suis forcée de passer la meilleure partie
du jour dans un lieu où vous ne pouvez vous trouver. Mais abandonnons-nous à notre passion, lais-
sons-nous guider à nos désirs, et vous verrez que
nous ne laisserons pas de passer agréablement le
temps que nous ne pouvons être ensemble.

LETTRE VII

Ne tenons pas nos serments, mon cher, je vous prie, il coûte trop de les observer : voyons-nous, et que ce soit, s'il se peut, tout à l'heure. Vous m'avez soupçonnée d'infidélité, vous m'avez exprimé ces soupçons d'une manière outrageante ; mais je vous aime plus que moi-même, et je ne puis vivre sans vous voir. A quoi bon de nous faire des absences volontaires, n'en avons-nous pas assez d'inévitables à éprouver? Venez rendre toute la joie à mon âme par un moment d'entretien en liberté. Vous me mandez que vous ne voulez me voir que pour me demander pardon. Ah! venez, quand ce seroit pour me dire des injures; venez, je vous en conjure : j'aime mieux voir vos yeux irrités, que de ne les point voir du tout. Mais, hélas! je ne hasarde guère, quand je laisse ce choix dans votre disposition. Je sais que je les verrai tendres et brûlants d'amour : ils m'ont déjà paru tels ce matin à l'église; j'y ai lu la confusion de votre crédulité, et vous avez dû voir dans les miens des assurances de votre pardon. Ne parlons plus de cette querelle, ou si nous en parlons, que ce soit pour en éviter une pareille à l'avenir. Comment pourrions-nous douter de notre amour? Nous ne sommes au monde que pour lui. Je n'aurois jamais eu le cœur que j'ai s'il n'avoit dû être plein de votre idée; vous n'auriez pas l'âme que vous avez si vous n'aviez pas dû m'aimer; et ce n'est

que pour vous aimer autant que vous êtes aimable,
et que pour m'aimer autant que vous êtes aimé, que
que le ciel nous a faits si capables d'amour l'un et
l'autre. Mais dites-moi, de grâce, avez-vous senti
tout ce que j'ai senti depuis que nous feignons de
nous vouloir du mal? Car nous ne nous en sommes
jamais voulu, nous n'en avons pas la force, et notre
étoile est plus puissante que tous les dépits. Grand
Dieu! que j'ai trouvé cette feinte pénible! que mes
yeux se sont faits de violence, quand ils vous ont
déguisé leurs mouvements, et qu'il faut être ennemi
de soi-même pour se dérober un moment de bonne
intelligence, quand on s'aime comme nous nous aimons! Mes pas me portoient malgré moi où je devois
vous rencontrer. Mon cœur, qui s'est fait une habitude
si douce d'épanchément à votre rencontre, cherchoit mes yeux pour les répandre ; et comme je m'ef-
forçois de les lui refuser, il me donnoit des élans
secrets qui ne peuvent être compris que par ceux
qui les ont éprouvés. Il me semble que vous avez été
tout de même. Je vous ai trouvé dans des lieux où
le hasard ne pouvoit vous conduire; et s'il faut
vous confier toutes mes vanités, je n'ai jamais remarqué tant d'amour dans vos regards que depuis
que vous affectez de n'en plus laisser voir. Qu'on est
insensé de se donner toutes ces gênes! mais plutôt
qu'on fait bien de se montrer ainsi son âme tout entière! Je connoissois toute la tendresse de la vôtre,
et j'aurois distingué ses mouvements amoureux entre
ceux de toutes les autres âmes; mais je ne connoissois ni votre colère, ni votre fierté. Je savois bien

que vous étiez capable de jalousie, puisque vous aimiez; mais je ne connoissois point le caractère que
cette passion prenoit dans votre cœur. C'auroit été
trahison que de m'en laisser douter plus longtemps,
et je ne puis m'empêcher de vouloir du bien à votre
injustice, puisqu'elle m'a fait faire une découverte si
importante. Je vous avois voulu jaloux, je vous l'ai
trouvé; mais renoncez à votre jalousie, comme je
renonce à ma curiosité. Quelque figure que prenne
un amant, il n'y en a point de si avantageuse pour
lui que celle d'un amant heureux. C'est une grande
erreur que de dire qu'un amant est sot quand il est
content. Ceux qui ne sont pas aimables sous cette
forme le seroient encore moins sous une autre; et
quand on n'a pas assez de délicatesse pour profiter
du caractère d'un amant satisfait, c'est la faute du
cœur et non pas celle de la félicité. Hâtez-vous de
venir me confirmer cette vérité, mon cher, je vous en
prie. Je ne serois pas si peu délicate que d'en re-
tarder l'instant par une si longue lettre, si je ne savois que vous ne pouvez me voir à l'heure que je
vous écris. Quelque plaisir que je trouve à vous entretenir de cette sorte, je sais bien lui préférer celui
d'un autre entretien; il n'y a que moi qui goûte le
plaisir de vous écrire, et vous partagez celui de me
voir. Mais quoi? je ne puis avoir l'un qu'avec des
ménagements de bienséance, et j'ai l'autre quand il
me plaît. Présentement que tous les gens de notre
maison reposent, et se croient peut-être heureux
de bien reposer, je jouis d'un bonheur que le repos
le plus profond ne sauroit me donner. Je vous écris;

mon cœur vous parle, comme si vous deviez lui répondre; il vous immole ses veilles avec son impatience. Ah! qu'on est heureux quand on aime parfaitement! et que je plains ceux qui languissent dans l'oisiveté qui naît de la liberté! Bonjour, mon cher! Le jour commence à paroître; il auroit paru bien plus tôt qu'à l'ordinaire s'il avoit consulté mon impatience : mais il n'est pas amoureux comme nous; il faut lui pardonner sa lenteur, et tâcher à la tromper par quelques heures de sommeil, afin de la trouver moins insupportable.

RÉPONSES

AUX

LETTRES PORTUGAISES

AU LECTEUR [1]

La curiosité que vous avez eue de voir les cinq Lettres portugaises écrites à un gentilhomme de retour de Portugal en France, m'a persuadé que vous ne seriez pas moins curieux de voir ses réponses; elles me sont tombées entre les mains de la part d'un de ses amis qui m'est inconnu, il m'a assuré qu'étant en Portugal il en obtint les copies écrites, en langue du pays, d'une abbesse d'un monastère qui recevoit ces lettres, et les retenoit, au lieu de les donner à la Religieuse à qui elles s'adressoient. Je ne sais pas le nom de celui qui les a écrites ni qui en a fait la traduction [2], mais j'ai cru ne leur rendre pas de déplaisir en les rendant publiques, puisque les autres le sont déjà. Les personnes qui se reconnoissent en ce genre d'écriture ne les ont pas désapprouvées. Quoi qu'il en soit, si elles ne sont pas aussi galantes que les autres, elles sont aussi touchantes. L'on m'a assuré que le gentilhomme qui les a écrites est retourné en Portugal.

1. Avis au lecteur de la première édition, *Paris, J.-Baptiste Loyson*, 1669, petit in-12 de 138 p.

2. Le privilège dément un peu cette assertion, en indiquant qu'elles ont été traduites par le Sr D. F. D. M.

RÉPONSES[1]

LETTRE PREMIÈRE[2]

J'avoue que vous exprimez l'amour que vous me portez par des termes si doux, que je serois un insensible si je n'en étois vivement touché : les témoignages que vous m'en avez donnés la première fois que j'eus l'honneur de vous voir, étoient des marques trop certaines pour n'en être pas convaincu. Il n'étoit pas de besoin de me les réitérer par des sentiments si pressants de votre tendresse ; cela ne fait qu'affliger un misérable amant qui ne pense qu'à vous, ne respire et ne vit que pour vous. Tous les moments du jour et de la nuit, vous êtes de mon imagination l'idée la plus douce qui flatte mon âme et mes sens. Je ne dors ni nuit ni jour, ou si le sommeil me ferme les yeux un moment, ce n'est que pour me gêner davantage par d'agréables songes qui vous représentent à mes sens. Ah ! plût à Dieu que ces songes amoureux n'eussent jamais d'entrée dans mon imagination, ou

---

1. Ces réponses se réfèrent toutes exclusivement à la 1re partie des Lettres portugaises, c'est-à-dire aux lettres écrites par la religieuse portugaise.
2. Cette lettre répond à la première de la 1re partie, p. 5

qu'ils y demeurassent toujours après mon réveil.
Mais que dis-je, malheureux? Ah! je trahis ma passion. Je me reprends : je me plais dans ma souffrance,
et je trouve qu'il m'est doux de l'endurer[1] pour l'objet le plus aimable et la personne la plus charmante
du monde. Ce sont les purs sentiments de mon âme.
Vous m'avez toujours paru telle dès le moment que
je fus assez heureux de vous voir, et je conçus dès
lors un amour si violent pour vous, que je ne fais
depuis que languir doucement dans vos fers. Jugez
après cela si votre amour a manqué de prévoyance
en mon endroit? Non, non, vous n'êtes point trahie;
vos espérances sont fondées sur une personne qui ne
vous manquera qu'à la fin de sa vie. Je connois que
votre passion est extrême, et que mon absence vous
est cruelle; mais elle ne vous sauroit causer plus de
tourment que la vôtre me cause de douleurs et de
déplaisirs, et j'espère que mon retour ne vous donnera pas plus de contentement que votre présence
me donnera de joie. Prenez courage, madame, apai-
sez votre douleur; qu'elle ne soit plus ingénieuse à
vous tourmenter pour une personne qui ne dépend
que de vous et qui est toute à vous. J'espère revoir
l'éclat charmant de vos beaux yeux, qui me tient
lieu de tous les plaisirs, et qui fait toute ma félicité.
Que ces beaux yeux donc se raniment, qu'ils repren-
nent leur première clarté et qu'ils cessent de verser
des larmes! Soyez assurée qu'ils reverront celui que

---

1. Il y a dans l'original : *d'endurer*; faute typographique que
nous croyons devoir corriger.

vous avez tant souhaité. Si mon éloignement vous est ennuyeux, le vôtre me l'est encore davantage, puisqu'il m'a fait mourir mille fois le jour. Il est bien doux de recevoir une si belle vie que la vôtre et d'en jouir heureusement; mais ne parlez pas de me la sacrifier : je n'ai rien en moi qui mérite un si beau sacrifice, sinon la qualité d'un parfait amant, et c'est sous un titre si doux que j'ose l'accepter, et vous sacrifier la mienne tout entière. Je sais que vous envoyez incessamment des soupirs vers moi, et j'en pousse à tout moment vers vous; les vôtres m'apprennent votre inquiétude, et les miens vous annoncent mon amour qui durera éternellement, et vous doivent faire espérer que vous verrez un jour la fin de votre tristesse. Cessez donc, Madame, de vous affliger davantage, et sachez que les plus doux plaisirs de la France me sont de rigoureux supplices, quand je songe que je suis assez malheureux d'être éloigné de vous. Je sais que vous êtes très-persuadée de ma tendresse, comme vous me le témoignez, puisque vous vous souvenez encore des empressements que j'ai eus pour vous et des services que je vous ai rendus : c'est peu de chose au regard de mon amour, qui va infiniment au delà de ce qu'il a fait pour vous. La moindre reconnoissance que vous en avez, vaut mille fois plus que tous les soins imaginables que le plus parfait amant pourroit prendre pour vous servir. Que ces petits soins que j'ai eus pour vous ne vous tourmentent plus; mais songez plutôt à ceux que j'ai présentement de vous en aller témoigner de nouveaux. Ne pensez plus aussi à ma dernière lettre,

mais bien à celle que je vous écris ; elle doit vous faire
ressentir autant de joie que les autres vous ont causé
de déplaisirs. Pour moi, je vous assure que je n'ai
jamais été plus sensiblement touché que lorsque j'ai
reçu de vos nouvelles, et que je me suis pâmé plus
de trois heures de joie et d'amour dans le cercle des
plus belles dames de ce pays. Mais tout cela n'est
rien au prix des ressentiments que j'ai présentement
de la douleur que vous souffrez de mon absence, et
je vous puis assurer que je participe de tout mon
cœur à tous les maux et aux différentes indispositions que vous avez. Ce sont autant de traits qui me
percent à tout moment le cœur, et plus le souvenir
de votre amour et de vos perfections est doux,
plus je suis accablé de douleur du mal que vous endurez. Mais à quoi bon vous plaindre davantage du
mal que vous souffrez en m'aimant? Que puis-je faire
plus, sinon que de vous adorer tous les jours, et
que de vous sacrifier ma vie? Ce sont les termes
si doux dont vous vous servez pour me témoigner votre amour, et moi j'ai un sensible déplaisir
de n'en avoir pas de plus pressants pour vous exprimer ma tendresse. Je me résous à suivre entièrement
vos sentiments d'amour, et à vous consacrer tous les
miens sans les partager avec aucune personne. Ils
sont tous à vous, ils ne regardent que vous, et je vous
assure que jamais mon âme ne poussera aucun soupir
que pour vous. Aussi ne puis-je aimer une personne
plus parfaite et plus accomplie : le seul mérite de
votre beauté et de votre amour vous doit être un
présage assuré que je n'aurai jamais d'autre inclina-

tion que pour vous. Croyez, madame, que si j'ai quitté le Portugal, ç'a été pour le déplaisir que j'ai eu de ne pouvoir pas assez familièrement converser avec vous dans votre malheureux cloître. Je vous ai fait espérer que j'irai passer quelque temps avec vous, mais je sais bien que c'est trop peu ; et puisque vous le désirez, j'y passerai toute ma vie ; je chercherai les moyens d'accomplir vos volontés, et de vous rendre les respects et les adorations que je vous dois comme à la plus belle et à la plus parfaite amante. Je vous confirme cette vérité, pour mettre fin, tous deux, à nos déplaisirs et à nos douleurs. J'ai une extrême joie de savoir que la lettre que j'ai reçue de M. votre frère ait donné quelque trêve à vos déplaisirs : elle m'a aussi beaucoup soulagé. Je sais que votre enchantement et votre passion amoureuse proviennent de moi, mais vous n'ignorez pas que je n'en ai pas moins pour vous ; et si je vous ai rendue malheureuse, je me suis aussi rendu malheureux en vous quittant. Mais ce ne sera pas pour longtemps : ni mon éloignement ni votre cloître ne m'empêcheront pas de vous aimer et de m'approcher de vous. Ce lieu possède un trésor qui n'appartient qu'à moi ; c'est ce que vous connoîtrez à mon retour, et dont vous pouvez être assurée par mes lettres. Le malheureux destin ne nous a séparés que pour un temps, mais l'amour a uni nos cœurs pour jamais. Je vous écrirai souvent pour vous témoigner l'intérêt que je prends à la conservation de votre vie, et que je souffre vos douleurs, afin que vous connoissiez par là que mon amour est au plus haut point. Adieu, je

n'en puis plus, je conserve votre lettre plus chère-
ment que ma propre vie, je la baise mille fois le
jour, et plût à Dieu vous pouvoir embrasser de la même
manière. Je l'espère un jour, et que le destin nous
réunira ainsi qu'il nous a séparés. Adieu! la plume me
tombe de la main, j'attends avec impatience votre
réponse. Conservez-moi votre amitié, et croyez que
je ne retournerai en Portugal que pour vous délivrer
des maux que vous endurez pour moi, qui vous suis
tout acquis, et qui suis plus à vous mille fois qu'à
moi-même.

LETTRE II[1]

C'est a tort que vous m'accusez de vous maltraiter, et de vous mettre en oubli; je ne crois pas en
vérité que vous ayez de tels sentiments de moi, ou si
cela est, vous n'avez pas encore reçu ma lettre. Je
m'assure que lorsque vous l'aurez reçue, vous en
serez entièrement dissuadée. Je ne puis que faire
présentement, sinon de vous désabuser de cette
croyance, en vous témoignant toujours la forte passion que j'ai pour vous : je serois le plus perfide
amant du monde, si après tant de témoignages si
doux de mon amitié, et de la reciproque que vous
m'avez rendue, je ne persévérois pas dans mon
amour. Oui, madame, croyez que je suis et serai toujours le même. Mon éloignement ne fait que m'en-

1. Cette lettre répond à la seconde de la 1re partie, p. 9.

flammer davantage ; il me cause un tourment si rigoureux, que je juge aisément par le mal que je souffre,
de la violence du vôtre. Cessez donc de vous affliger
davantage, oubliez ce désespoir où vous êtes, si vous
ne voulez donner la mort à un misérable qui ne pense
à toute heure qu'à vous, et dont vous augmentez infiniment les supplices par le surcroît de vos douleurs
et des plaintes que vous me faites. Ah ! pourquoi
vous ai-je jamais vue ? ou lorsque je vous ai vue, que
n'aviez-vous moins d'amour et de beauté ? Mais,
que dis-je malheureux ! non, je ne voudrois pas, pour
mille vies comme la mienne, avoir été privé du bonheur de vous voir, puisque cette première vue a fait
le comble de ma félicité. J'en suis content, et si je
souffre éloigné de vous, ce sont des tourments si
doux, que je ne saurois m'en plaindre qu'avec injustice ;
ou si je m'en plains, c'est de savoir les vôtres, et de
connoître les plaintes que vous faites contre une personne qui n'a pas un moment de vie que pour
vous. Ne me faites point ces reproches honteux que
je vous ai abusée, cela est indigne d'un honnête
homme et d'un véritable amant ; vous devez être persuadée par la tendresse que j'ai pour vous, que mon
procédé est de meilleure foi. L'excès de mon amour
vous doit mettre au-dessus de tous ces soupçons ;
comme vous êtes la plus agréable et la plus parfaite
amante, aussi méritez-vous plus de fidélité et d'a-
mour que l'on en trouve dans tous les amants du
monde. Mais à quoi bon me dire que je vous trahis ?
Est-ce là la justice que vous rendez à mon amour, et
voulez-vous m'arracher la vie par des termes si

rigoureux? Que vous ai-fait pour avoir ces sentiments de moi ? Ai-je manqué de fidélité? Avez-vous
reconnu quelque froideur en moi? Vous ai-je rendu
quelque déplaisir ? Je choisirois plutôt mille fois la
mort que de vous avoir désobligée en aucune manière.
Vous dites que vous n'avez point reçu de mes nouvelles depuis six mois, mais accusez-en l'infidélité du
messager, puisque je vous ai écrit deux fois depuis ce
temps-là, et non l'aveuglement que vous croyez avoir
eu en m'aimant. Nos plaisirs ne sont point finis, ou, s'ils
le sont, ce n'est que pour un temps. Vous me reverrez
un jour en Portugal, et vous devez être assurée que
je veux renoncer de tout mon cœur à mes parents, à
mes biens et à mon pays, pour m'attacher entièrement à vous. Si vos douleurs sont vraies, vos désirs
ne seront point inutiles. J'espère jouir de vos douceurs et de vos charmes dans votre chambre plus tôt
que vous ne croyez, avec toute l'ardeur et les ressentiments d'amour que vous désirez de moi, sans
que nos plaisirs finissent qu'à la fin de la vie.
Réjouissez-vous dans cette heureuse espérance de
goûter plus que jamais les plus tendres délices
de notre amour. Je sais que vous m'avez dit que
je vous rendrois malheureuse, mais ce n'est que
pour un temps, puisque mon éloignement fini,
ma présence et la vôtre nous feront goûter à tous
deux, des joies excessives ; ne cherchons point d'autres
remèdes à nos maux, que l'espérance de nous revoir au
plus tôt. Si nous souffrons, souffrons agréablement ;
vous me dites que je suis plus à plaindre que vous,
mais je ne le suis pas davantage, puisque votre amour

va jusqu'à l'excès; ou, si je le suis, ce ne sont pas mes maîtresses de France qui me rendent malheureux, puisque vous êtes la seule à qui je me suis entièrement dévoué : je vous prie de tout mon cœur d'en être convaincue. Si vous avez pitié de moi, que ce soit pour l'amour que je vous porte, et non point pour mon indifférence dont vous m'accusez : c'est faire injustice à ma passion. Mais c'est à bon droit que vous vous flattez que je ne puis goûter que des plaisirs imparfaits sans vous, puisque je n'en ai aucun que celui d'être incessamment occupé à vous, comme vous l'êtes à moi. J'ai bien de la joie de savoir que vous soyez portière de votre couvent, c'est un moyen assuré de faire réussir nos intentions; mais je vous conjure de cacher votre amour plus que vous n'avez fait, afin que nous puissions la continuer avec plus d'assurance. N'enviez point le bonheur d'Emmanuel et de Francisque, ils ne sont avec moi qu'en qualité de laquais, et je ne les considère qu'à cause qu'ils viennent de vous; mais, pour vous, vous êtes la véritable maîtresse de mon cœur. Plût à Dieu néanmoins que vous me fussiez aussi présente! que je me tiendrois heureux! puisque tout mon désir n'est que de vous servir et de vivre et mourir avec vous. J'avoue que je ne me sers que des mêmes termes dont vous usez pour me témoigner votre amour; mais où en pourrois-je trouver de plus doux et de plus sincères que ceux qui partent de votre cœur? Si je les répète, ce n'est que pour vous assurer que je ne désire pas seulement me souvenir éternellement de vous, mais encore vous posséder toute ma vie au lieu que vous souhaiterez.

Je me sacrifie à vous avec le même zèle que vous me
témoignez. Je vous aime et je vous adore de toute
mon âme. Ne vous imaginez point être séduite à
cause de ma longue absence; elle finira bientôt, et
vous connoîtrez le contraire de ce que vous avez cru
de moi. L'emportement de mon amour est du moins
égal au vôtre. N'ayez point de déplaisir d'avoir trop
divulgué votre amour, contre l'honneur du monde et
de votre religion; au contraire, comme c'est une
perfection que d'aimer, vous avez cet avantage et
cette consolation avec moi, que nous avons atteint
au plus haut point. Je vous conjure de croire que
ma passion est égale à la vôtre, et que je mets pareillement toute ma religion et mon bonheur à vous aimer éperdument. Vous m'affligez lorsque vous me
dites, que vous ne voulez pas que je me contraigne
à vous écrire. Dites-moi, je vous prie, puis-je jamais
m'empêcher de vous faire savoir de mes nouvelles, et
de vous assurer que je vous adore comme la personne
la plus parfaite et la plus accomplie? Pourquoi dites-
vous que vous prendrez plaisir à m'excuser et à me
pardonner? si je n'en fais rien, pensez-vous que je
vous puisse oublier? Je n'ai point de plus grande
satisfaction que lorsque je pense à vous, et lorsque
je mets la plume à la main pour vous écrire, ni plus
de déplaisir que lorsque je la quitte. Je suis infiniment
obligé à ce galant homme qui a eu la bonté de vous
entretenir de moi tant de temps. Assurez-vous que,
puisque la paix est faite en France, je vous donnerai le contentement que vous désirez de moi, et que
je vous ferai voir ce beau pays au plus tôt qu'il me

sera possible. Adieu, consolez-vous, conservez ma
santé en conservant la vôtre. Que mon portrait vous
tienne lieu de ma personne, comme le vôtre me tient
lieu de tout ce que j'aime le plus, jusqu'à ce qu'un
heureux destin nous ait approchés les uns des autres.
Adieu, je ne vous abandonnerai jamais. Je finis,
croyez que je souffre toutes vos douleurs; mais je
vous conjure de ne prendre point de part aux miennes, de peur d'augmenter les vôtres.

LETTRE III[1]

C'est à ce coup que je suis au désespoir d'apprendre que mes lettres ne vous soient pas rendues. Ah!
mon Dieu, que ferai-je, et que deviendrai-je, si ces
dernières nouvelles ne vont pas jusques à vous? D'où
vient que je reçois les vôtres, et que vous ne recevez
pas les miennes? J'avoue que vous êtes bien éloignée
de tout ce que vous aviez prévu; mais au moins si
une de mes lettres pouvoit tomber entre vos mains,
seriez-vous consolée d'un éloignement si ennuyeux!
Ne doutez pas, madame, que je n'aie fait réponse,
avec tous les empressements de mon amour, à toutes
les vôtres que j'ai reçues aux lieux où j'ai passé[2], et
croyez que je vous récrirai à l'avenir par des personnes qui me seront plus affidées pour vous assu-

1. Cette lettre répond à la troisième de la 1re partie, p. 13.
2. Le texte porte *je passé*, erreur typographique qu'on peut
corriger par *je passai*, ou *j'ai passé* comme nous faisons.

rer de ma passion. Non, je ne vous oublierai jamais, je vous aime trop ardemment. Ne finissez
point votre amour, non plus que je finirai la mienne ;
mais terminez vos langueurs et vos inquiétudes,
et espérez qu'à mon retour vous goûterez toutes
les douceurs que vous attendez de moi. Ne vous
ennuyez point, je ne tâche qu'à me débarrasser
de toutes mes affaires les plus pressées pour vous
aller secourir. Hélas ! que je vous plains de savoir que
vous soyez si inquiétée pour mon sujet ! et que
j'ai un déplaisir extrême que vous n'ayez point de
connaissance que toutes ces douleurs sont autant de
traits qui me blessent mortellement ! Mais quelle
gêne est-ce pour moi d'être malheureux à ce point
d'apprendre que mes nouvelles n'aillent pas jusques
à vous. Cela me fait mourir de tristesse, je n'en puis
plus, mon mal est dans le dernier excès. Je connois
présentement que c'est avec raison que vous me
soupçonnez d'infidélité. Accusez-moi de tout ce qu'il
vous plaira, j'y consens, et vous pouvez me traiter
avec toutes sortes de rigueurs, puisque je ne puis me
justifier. Cependant Dieu m'est témoin que je ne
vous ai jamais trahie, et que je n'ai point eu plus de
plaisir et de satisfaction que lorsque j'ai été seul avec
vous. Ne me reprochez point que vous n'êtes redevable de mes soins et de mes empressements qu'à vos
importunités, vous ne les devez qu'à votre mérite et
qu'au véritable amour que j'ai eu pour vous. Je ne
vous ai aimée qu'en qualité de la personne la plus
parfaite et la plus accomplie qui fut au monde, et
lorsque je vous ai enflammée, comme vous dites, je

n'ai fait que vous rendre semblable à moi-même. Si
vous m'avez rendu heureux en me faisant goûter de
plaisirs infinis, j'espère encore un jour cette même
grâce de vous, avec une pareille satisfaction, et des
transports aussi doux que ceux que vous m'avez
témoignés. Prenez patience, ne soyez point agitée
de tant de divers mouvements. Si vous m'aimez éperdument, je vous aime au delà de ce que l'on ne peut
exprimer. Il n'y a que vous seule qui occupe mon
cœur et mon âme, et je n'ose vous dire que je suis tous
les jours agité des mêmes transports, de peur de
vous jeter dans le dernier désespoir. Je sais bien que
vous avez un excès de douleur de me savoir éloigné
de vous ; mais l'espérance que je vous donne de vous
aller voir en Portugal, ne doit-elle pas diminuer vos
déplaisirs? Souvenez-vous de cette promesse, et des
serments d'amour et de fidélité que je vous ai faits, et
vous vivrez avec plus de satisfaction et de joie. J'approuve et aime votre jalousie, c'est une marque assurée de votre tendresse, quoique ce soit à tort que vous
soyez jalouse, car je n'ai jamais aimé que vous. Je n'o-
serois vous dire que vous me causez un désespoir mortel de vous savoir réduite à une telle extrémité, puisque
vous méprisez le zèle que j'ai pour vous; néanmoins je
suis convaincu que vous changerez de langage quand
vous connoîtrez mon procédé. Terminez toutes vos
afflictions, ne vous repentez pas d'avoir aimé une personne qui vous est tout acquise. Votre réputation n'est
pas perdue pour m'avoir aimé. Ni la sévérité de vos
parents, ni la rigueur des lois du pays contre vous,
ne m'empêcheront pas de vous faire jouir du bonheur

que vous souhaitez pour toute votre vie. Je sais le
moyen de ne vous paroître pas davantage ingrat
pour l'amour que vous me portez. Si vous avez tout
hasardé pour moi, je veux aussi tout abandonner
pour vous. Attendez encore un peu de temps, et vous
flattez de l'espoir que je vous donne ; vous connoîtrez à la fin que le but de mes promesses est tel que
vous le souhaitez. Je suis persuadé, quoique vous me
disiez, que le désespoir où vous êtes réduite pour
moi est plus dans votre cœur que dans vos lettres.
Vous ne me voulez dissimuler votre amour, que parce
que vous croyez que je ne me suis pas acquitté de
mon devoir en vous écrivant ; mais j'espère que cette
lettre vous désabusera de la mauvaise opinion que
vous avez de moi. L'amour et le respect que je vous
porte me disent incessamment que je vous appartiens
tout entier, et que le ciel nous a faits l'un pour l'autre.
Je n'ai pour vous que les sentiments les plus tendres
que l'on peut avoir pour une véritable maîtresse.
Conservez-vous pour l'amour de moi, afin que nous
puissions goûter ensemble les plaisirs les plus doux,
quand je serai assez heureux de vous posséder.
Domptez ces transports dont vous êtes agitée ; ne me
parlez pas de cette fin tragique que vous espérez de
moi. Cette pensée me tue et me fait mourir d'horreur et d'effroi, je ne suis pas capable d'avoir des
sentiments si cruels : la passion que j'ai pour vous
est si forte que je ne puis que vous aimer éperdument. Ne vous affligez donc pas jusqu'à la mort ! mais
conservez votre belle vie qui m'est si chère, afin de
conserver la mienne. Ne m'attristez pas davantage,

prenez compassion de moi en ayant pitié de vous.
Je vous regrette si tendrement, que si vous périssiez
pour moi je ne vous survivrois pas un moment. La
passion violente que vous avez pour moi me donne du
dégoût et de l'éloignement pour toutes choses, de
crainte que j'ai qu'il ne vous en arrive mal. N'appréhendez pas que je vous délaisse jamais pour une autre
maîtresse, c'est une espèce de cruauté dont je ne
suis pas capable. Votre passion ne peut servir qu'à
m'animer davantage à vous aimer, et non pas à me
glorifier de la victoire que vous prétendez que j'ai
sur vous, afin de me rendre plus aimable envers une
autre maîtresse. Je ne vous aime point par vanité,
je ne suis pas si superbe ni si mal appris que d'en
venir à ce point ; c'est affaire à des fous d'en user de
la manière. Votre douceur, vos vertus, et vos autres
perfections méritent un traitement plus doux et plus
respectueux ; vous savez que j'ai toujours caché notre
amour le plus que j'ai pu, de peur de vous désobli-
ger. Je n'ai point plus de joie que quand je lis vos
lettres ; je ne trouve rien de si charmant ; vous les
croyez longues, et moi je les trouve si courtes que je
vous conjure de les faire plus longues. Ne vous qua-
lifiez pas d'insensée, vous êtes trop sage en amour,
et trop prudente en toute autre chose pour vous attribuer cette mauvaise qualité. Puisque je suis assez heureux pour recevoir vos lettres, écrivez-moi souvent,
afin que je compatisse à vos douleurs, et fuyez ce désespoir que vous dites que je vous cause, pour vivre
dans la tranquillité. Adieu, si votre amour augmente
de moment en moment, la mienne est dans la dernière

violence. Adieu, je meurs de déplaisir si vous ne m'apprenez au plus tôt les choses que vous avez à me dire. Je prie Dieu de tout mon cœur que cette lettre vous soit fidèlement rendue, pour vous témoigner l'ardeur de ma passion. Adieu.

LETTRE IV [1]

J'ai bien de la joie d'apprendre que mon lieutenant vous ait saluée de ma part et vous ait dit de mes nouvelles. Je vous suis infiniment obligé du soin et de la tendresse que vous avez pour moi, je vous conjure de croire que j'en ai aussi réciproquement pour vous. N'appréhendez pas qu'il me soit arrivé de mal pendant mon voyage sur mer ; il a été heureux pour moi, car j'ai très-peu souffert. Je vous aurois écrit aussi bien qu'à mon lieutenant, mais la crainte que j'avois que mes lettres ne vous fussent pas rendues, non plus que les autres, m'a obligé de différer. J'espère que vous recevrez celle que je vous envoie, fidèlement car la personne qui vous la doit rendre m'est bon ami. Si j'en reçois encore une des vôtres qui m'apprenne que vous n'ayez pas reçu de mes nouvelles, je partirai incontinent pour vous aller consoler. Je n'ai point manqué à vous récrire à toutes les occasions que j'en ai eues, et de vous faire réponse. Il faut que j'avoue que je suis le plus malheureux

1. Cette lettre répond à la quatrième de la 1re partie, p. 18.

de tous les amants, quoique le plus fidèle, puisque vous ne recevez point mes lettres? Je ne puis que faire davantage, sinon de vous témoigner toujours la même tendresse que j'ai pour vous, comme j'ai fait dans les autres. Mais à quoi bon vous récrire tant de fois, puisque mes réponses ne vont pas jusques à vous? Il n'importe, je veux continuer. Je n'ai jamais plus de satisfaction, et je respire aisément lorsque j'ai la plume à la main pour vous; mais je deviens tout languissant, et je semble mourir aussitôt que je la quitte. Lorsque vous m'écrivez, je meurs de déplaisir et de joie, sans pouvoir mourir : de déplaisir de vous savoir si affligée, sans recevoir de mes nouvelles; et de joie, lorsque je reçois des vôtres par vos lettres. Je les conserve plus que ma propre personne, comme de précieux gages de votre amour, pour vous en rendre un compte fidèle, quand je serai assez heureux de vous voir. J'avoue que vous avez raison de me traiter d'ingrat, puisque vous ne recevez aucune réponse de moi, mais je suis persuadé que vous aurez des sentiments contraires quand je vous en aurai désabusée. J'ai toujours conservé la même tendresse que j'ai eue pour vous, et que je vous ai témoignée dans votre chambre. Ma vie, mes biens et mon honneur, tout est à vous, tout dépend de vous : je vous les sacrifie. Je vous aime, je vous adore de tout mon cœur et de toute mon âme; je vous conjure de le croire. Ne vous plaignez plus à l'avenir de mon peu de soin et de mes empressements envers vous; je les ai de la même manière que j'ai eue auparavant. Que je suis malheureux que je ne vous puis dire ma pensée bouche à bouche ! que vous sauriez des témoignages d'amour ! Mais il n'en seroit pas besoin, mes yeux languissants et ma contenance amoureuse vous feroient lire aisément dans mon cœur la passion qui m'enflamme. Épargnez toutes ces inquiétudes que vous avez pour moi, et apprenez que mon procédé est tel que celui que je vous fis paroître les premiers jours que je vous vis. Vous n'êtes point abusée ; mes soins et mes empressements ont toujours été sincères, et le seront pour vous toute ma vie. Ne soupçonnez point ma bonne foi. Je vous aime tendrement. Je ne saurois vous faire d'excuse de la négligence dont vous m'accusez, je n'en suis nullement coupable, je vous aime trop ardemment, et vous avez raison en cette rencontre de me justifier vous-même. J'avoue que mes assiduités, mes transports, mes complaisances, mes serments, mon inclination violente, et mes commencements si agréables et si heureux, vous ont entièrement charmée et enflammée, mais vous n'êtes point séduite ; c'est en vain que vous répandez tant de larmes, puisque je persévère, et que je suis toujours le même. Si vous avez goûté beaucoup de plaisir en m'aimant, j'espère que vous en aurez encore autant et davantage à l'avenir. Finissez vos douleurs et les mouvements qui agitent votre âme. Vous me faites pitié ! je sens que je meurs de désespoir, lorsque vous m'assurez que vous souffrez pour moi. Ne me dites point que vous n'avez pas résisté avec opiniâtreté à mon amour ! je le sais. Vous ne m'avez jamais donné de chagrin ni de jalousie pour m'enflammer davantage. C'est une marque assurée de la tendresse naturelle que vous avez pour moi ; c'est aussi ce qui m'oblige à vous aimer et vous adorer éternellement. J'admire, et j'aime en même temps, cette naïveté sans artifice, et cette conduite amoureuse sans déguisement, dont vous avez usé en mon endroit. Ah ! quel bonheur pour moi d'avoir rencontré dans une maîtresse une douceur si grande, une inclination si tendre et si naturelle, une amour si parfaite, et une beauté si accomplie ! Que ne vous dois-je pas pour tant de belles perfections qui se rencontrent dans vous? Puisque vous me les sacrifiez tous les jours avec tant de tendresse et d'ardeur, je serois le plus ingrat et le plus perfide de tous les amants , si je n'en avois pas une véritable reconnoissance . Je l'ai tout entière, et si vous en avez été persuadée le peu de temps que j'ai eu l'honneur de votre conversation, vous le serez encore davantage à l'avenir. Que vos témoignages d'amour sont doux , quand vous me dites que je vous parus aimable auparavant que je vous eusse dit que je vous aimois , et que vous avez été ravie de m'aimer éperdument ! Quel zèle ! quelle complaisance, ou plutôt quel excès d'amour ! Et quel bonheur pour moi de me savoir aimé de la manière par une personne si accomplie ! Quels remercîments ne vous dois-je pas? et de quelles paroles me puis-je servir présentement pour vous témoigner une passion réciproque à la vôtre? Vous épuisez mon génie par des discours si tendres ; et mon amour, quoiqu'ingénieux, n'a point de termes plus pressants, pour vous exprimer l'ardeur de mon zèle, que ceux dont vous vous êtes servie pour me déclarer votre affection. Je vous dirai seulement que

8.

mes transports amoureux sont inconcevables et que je vous aime infiniment. Quoique ces paroles disent beaucoup, je sais bien qu'elles disent peu pour vous ; néanmoins vous pouvez être assurée par là que votre esprit n'a point été aveuglé, comme vous croyez, puisque je vous aime pareillement de tout mon cœur. Vos emportements m'ont toujours paru si doux et si agréables, que j'en ai toujours été charmé. Je crois avoir fait un digne choix en Portugal, lorsque je vous ai préférée à toute autre personne pour aimer fidèlement, et pour toutes autres sortes de perfections, puisque ç'a été toujours mon dessein, après mon retour, de vivre et mourir avec vous. Ne m'accusez donc plus de cruauté, et ne me traitez plus de tyran : je n'exerce aucune rigueur contre vous, que celle que vous vous imaginez à cause que vous ne recevez point mes lettres. Il est vrai que vous eussiez pu résister à mon cœur, et que par une bonté particulière vous avez voulu vous attacher à moi. Mais ne vous plaignez pas de ce que je vous ai quittée, j'ai eu de puissantes raisons pour le faire ; et cependant, quoiqu'elles soient très-fortes, je ne l'aurois pas fait si vous n'y aviez consenti. Ni le vaisseau qui partoit pour aller en France, ni ma famille, ni mon honneur, ni le service du Roi, que j'honore, ne m'eussent jamais obligé à vous abandonner, si vous ne me l'eussiez pas permis. Ne saviez-vous pas que j'étois tout à vous ? Que ne m'avez-vous donc retenu ? Vous n'aviez qu'à agréer l'offre que je vous fis de demeurer avec vous, j'y aurois consenti avec toute la joie imaginable. Mais ce qui vous doit consoler, vous et moi, c'est que le temps de mon départ s'approche, et que vous verrez dissiper la crainte et les frayeurs que vous avez de ne me revoir jamais. Ne soyez plus persécutée de cette appréhension! et puisque vous aimez avec tant de violence, que ce soit sans douleur ni sans déplaisir! Quittez cette haine et ce dégoût que vous avez pour toutes choses, ne vous tourmentez plus; que votre famille, vos amis et votre couvent servent à vous consoler, et que tout ce qui vous a obligée de vous attrister serve à vous récréer et non pas à vous faire souffrir. Croyez très-assurément que si vous employez tous les moments de votre vie pour moi, que je fais la même chose pour vous. Ainsi, que votre cœur soit tout rempli d'amour. Quittez la haine que vous avez pour toutes choses, vivez dans la tranquillité et le repos! ne menez plus une vie languissante! Cachez votre passion jusqu'à mon retour, afin que madame votre mère, messieurs vos parents et les religieuses soient désabusés de votre passion. Si tout le monde est touché de votre amour, je vous conjure de croire que j'y prends plus d'intérêt que qui que ce soit. Mes lettres ne sont pas si froides que vous vous imaginez. C'est que votre esprit est préoccupé d'amour. Si elles n'ont pas été aussi longues que vous le souhaitez, c'est que j'ai cru en peu de mots dire beaucoup; puisque je n'ai jamais plus de plaisir que lorsque je vous écris. Vous ne devez pas vous affliger pour aimer si parfaitement que vous faites. Divertissez votre esprit pour donner trêve à vos douleurs. Que ce balcon où vous allez quelquefois vous promener avec dona Brites vous soit un sujet de joie, puisque c'est là où a commencé à naître cette passion qui vous enflamme, et à laquelle je vous ai toujours témoigné que je réponds si tendrement. Vous ne vous méprîtes pas quand vous crûtes que j'eus dès lors le dessein de vous plaire ; en effet, c'étoit toute ma passion. Je vous ai remarquée par-dessus toutes vos compagnes ; je vous ai considérée attentivement ; et je suis si fort épris de votre beauté et de toutes vos autres perfections, que je me suis laissé facilement aller au désir de vous aimer. Je connus dès lors par un geste amoureux, mais agréable, que vous aviez de l'inclination pour moi, et que vous preniez un singulier plaisir à tout ce que je faisois, comme si mon amour vous avoit suggéré dans le cœur que toutes mes actions n'avoient pour but que votre seule complaisance. Mais tous ces doux commencements de notre amour ne nous doivent pas emporter au désespoir, et me faire passer pour coupable en votre endroit, puisque j'ai fait toutes ces choses pour une bonne fin, et que je vous aime aussi fidèlement que vous m'aimez. Vous devez tout espérer de moi, je ne suis point ingrat de toutes les tendresses que vous avez pour moi. Mon corps, mon âme, ma vie, mon honneur et mes biens, tout est à vous. Mon procédé est meilleur que vous ne croyez. N'appréhendez point que je vous abandonne, c'est une espèce de lâcheté et d'ingratitude qui m'est si odieuse qu'elle n'aura jamais de prise sur moi. Si vous êtes persuadée que j'ai quelques charmes, ou quelque chose d'agréable en moi, je vous en fais un sacrifice. Je ne veux jamais plaire à d'autres qu'à vous. Puisque vous trouvez que j'ai

quelque mérite, il me suffit. Toutes les plus belles
créatures au prix de vous ne me sont rien, je n'en veux
aimer aucune que vous. Pourvu que je sois toujours
bien dans votre esprit, je suis au comble de mes
vœux. Ne me souhaitez donc point tant l'amour des
plus belles dames de France, vous connoîtrez à la
fin que je ne suis point sujet au changement, et que
les plus charmants objets ne me sauroient faire oublier l'amour que j'ai pour vous. Je ne cherche point
de prétexte spécieux pour vous paroître coupable
et vous rendre malheureuse : ce n'est point mon
dessein de demeurer longtemps en France, je n'y
puis captiver ma liberté sans vous y posséder. Ni la
fatigue d'un long voyage, ni les dangers les plus
grands, ni le respect de mes parents, ni mes biens,
ni mon honneur, ni quelque bienséance que ce puisse
être, ne me peuvent détourner de vous aller rendre
mes adorations. Je réponds de tout mon cœur à vos
amoureux transports ; votre passion ne sauroit être
plus violente que la mienne. Plût à Dieu être éternellement dans un même lieu attaché auprès de vous,
pour vous contempler, vous servir, vous aimer et vous
adorer ! Je ne dis point ceci pour vous flatter ; je suis
tellement enchanté par vos charmes et vos faveurs,
que je ne fais que languir peu à peu de désespoir que
j'ai de ne vous pouvoir pas revoir assez tôt. Bien loin
d'être touché de la rigueur et de la sévérité d'une autre
maîtresse, les plus doux traitements, les plus charmantes caresses, les faveurs les plus avantageuses,
les promesses les plus belles de l'objet le plus agréable, ne me sauroient détourner un moment de votre

amour. Étouffez cette crainte inutile dans votre cœur, ne pensez pas que je vous quitte pour une autre personne. Qu'avez-vous dans vous-même qui ne soit très-aimable? et qu'y a-t-il de plus charmant que votre beauté, de plus doux que votre entretien, de plus agréable que votre compagnie, de plus tendre que votre amour, de plus attrayant que vos plaisirs, de plus touchant que vos soupirs, de plus stable que vos promesses, de plus fervent que votre zèle? Après tant d'appas et de perfections, pouvez-vous avoir la moindre pensée que je vous puisse délaisser pour me rendre malheureux sous l'esclavage d'une autre maîtresse? Non, madame, ne vous imaginez pas que je sois si inconstant; j'ai trop d'amour et de respect pour en user de la manière. Il est vrai que je vous ai dit en confidence, il y a déjà quelque temps, que j'avois aimé une autre dame en France; mais son mérite n'est rien en comparaison de ce que vous valez; ses appas ne sont que l'ombre des vôtres, son entretien est fade, sa conversation me rebute, et, pour tout vous dire enfin, je ne la vois plus. Pour vous confirmer cette vérité, je vous enverrai une de ces lettres avec son portrait. Vous pourrez juger par là de sa beauté, de son esprit et de sa conduite. Je crois que vous n'en serez pas jalouse, quand vous aurez reconnu tout ce que je vous dis; et lorsque j'aurai l'avantage de vous voir, je vous entretiendrai des discours qu'elle me tient : ce sera un sujet de divertissement pour vous consoler. Et puisque vous prenez tant de part à tout ce qui m'est cher, je vous porterai le portrait de mon frère et de ma belle-sœur. Vous dites qu'il y a des

moments où il vous semble que vous auriez assez de
soumission pour servir celle que j'aime : cette pensée
est fort obligeante, mais puisque vous avez tant de
bonté pour moi, je vous conjure d'employer ce bon
service pour vous. Vous êtes seule que je veux adorer
et servir toute ma vie. Ne soyez pas persuadée que je
vous fais de mauvais traitements, ni que j'aie aucun
mépris pour vous; toutes ces choses sont infiniment
éloignées de mon esprit ; je sais trop bien connoître
votre mérite, le respect et le zèle que j'ai pour vous.
C'est à tort que vous êtes jalouse et que vous me faites
ces reproches. J'approuve avec ardeur les plus doux
sentiments de votre âme, et vous consacre entièrement
tous les mouvements de mon cœur. Je vous conjure de
m'écrire souvent de vos lettres qui me sont si chères
que je les conserve avec plus de soin que tous les plus
grands trésors du monde. Vous ne les sauriez faire
assez longues pour moi. Votre passion me plaît si
fort que je n'ai jamais plus de joie que lorsque je la vois
tracée amplement sur le papier : cela vous soulage et
moi aussi, et mon déplaisir est que je ne suis pas
présent pour donner trêve à vos maux. Je sais qu'il
y a un an présentement que vous me donnâtes les dernières et les plus douces faveurs de votre amour. Je me
souviendrai toute ma vie de ce bienheureux jour. Que
d'agréables transports ! que de doux emportements !
que d'ardeur ! que de feu ! que d'amour ne me témoi-
gnâtes-vous pas ! que de douceurs inconcevables ne
me fîtes-vous pas goûter ! Mon âme pensa s'envoler
dans le comble de la joie et des plaisirs qu'elle reçut.
Vos autres faveurs, et la sincérité avec laquelle vous

en avez usé depuis, m'ont tellement charmé que je ne
vous ai quittée qu'avec un regret non pareil, pour
entreprendre un long voyage qui me cause une infi-
nité de déplaisirs. Quand je pense aux bienheureux
moments que j'ai goûtés avec vous, je me souviens de
cette aimable pudeur qui pour lors éclata sur votre
charmant visage. S'il y parût quelque confusion, cela
ne servit que pour m'enflammer davantage. Plût à
Dieu que cet officier dont vous me parlez n'eût pas
parti si tôt, j'aurois eu la satisfaction d'être entretenu
plus longtemps des douceurs que vous m'auriez écrites! Adieu! si vous avez peine à finir votre lettre,
j'ai un extrême regret de mettre fin à la mienne.
N'appréhendez pas que je vous quitte, j'ai trop de
tendresse pour vous. Je vous remercie de tout mon
cœur de l'amour que vous avez pour moi; je vous
prie de croire que j'en ai réciproquement pour vous.
Que les noms de tendresse que vous me voulez donner me seroient agréables, si vous me les aviez exprimés par votre lettre! Mais n'importe, il me suffit
que vous les ayez dans le cœur, puisque le temps ne
vous a pas permis de me les écrire. Je n'en ai pas
moins pour votre personne. Je me donne tout à
vous; mon corps, mon âme, mes biens, mon honneur,
tout cela depend de vous; je vous fais un sacrifice de
tout ce que j'ai de plus cher. Que je vous aime! que
je vous respecte! que je vous adore! Quels transports
d'amour n'ai-je pas pour vous! que vous m'êtes chère! que le sort m'est cruel de m'avoir éloigné de vous!
que vous me faites de compassion! que vous me causez de déplaisirs: de compassion pour tous les tendres

sentiments que vous avez pour moi, et de déplaisirs
de ce que je ne puis vous témoigner la réciproque de
l'amour que vous avez pour moi en votre présence!
Quels respects! quelles soumissions! quelles tendresses ne vous montrerois-je pas? Que vous connoîtriez
une âme sincère! que vous verriez un cœur ouvert!
que de joie! que de plaisirs! que de satisfaction!
que de consolation ne recevriez-vous pas ausssi bien
que moi? Adieu, écrivez-moi plus amplement à l'avenir; je prends un plaisir infini à la douceur que vous
me témoignez par vos lettres. Adieu, consolez-vous,
j'aurai le bonheur de vous aller voir au plus tôt pour
vous convaincre de la fidélité de mon amour. Adieu,
vous me faites pitié.

LETTRE V [1]

Quel rigoureux traitement me faites-vous! Hélas!
qui vous oblige à ne vouloir plus m'écrire? Quel déplaisir vous ai-je rendu? Quelle assurance avez-vous
que je ne vous aime plus? Je suis enflammé de votre
amour plus que jamais; je vous respecte et je vous
adore de tout mon cœur, et suis prêt d'abandonner tout ce que j'ai de plus cher, pour me soumettre
à vous. Je vous conjure de me continuer votre amitié,
et de conserver les gages de mon amour : ne les
donnez, ni ne les montrez à personne. Ayez mon por-

1. Cette lettre répond à la cinquième de la 1re partie, p. 28.

trait devant vos yeux, considérez-le attentivement ;
portez ces bracelets pour l'amour de moi, ne me les
renvoyez point, et n'employez pas Dona Brites, qui a
été la confidente de nos plus doux secrets, à me rendre
de si sensibles déplaisirs. Que le désespoir ne vous
emporte pas contre moi, modérez votre haine : je suis
innocent de tout ce que vous pouvez m'imputer. Ne
brûlez pas ces précieux gages que vous avez de moi,
ou si vous les consumez, que ce soit au feu de votre
amour. Ne me poursuivez point avec tant de haine,
c'est une espèce de cruauté et de foiblesse, dont votre
grand cœur ne fut jamais capable. L'amour est une
vertu qui vous est si chère ! Vous avez trop de générosité, pour être inconstante et pour me vouloir maltraiter. D'où vient cette rigueur ? ne vous suis-je pas
soumis jusqu'au dernier soupir de ma vie ? Pourquoi
vous emporter contre moi ? que vous ai-je fait ?
quelle satisfaction désirez-vous d'une personne qui
ne vous a point offensée ? Quoique je sois innocent,
je veux vous paroître coupable puisque vous le
souhaitez ; mais de quel crime m'accusez-vous ? Se-
rez-vous inflexible envers moi, qui fais gloire de vous
sacrifier tout ce que je suis ? Mais, hélas ! que dis-je ?
le moyen de vous appaiser ? Vous êtes tellement ir-
ritée contre moi, que je ne saurois que devenir. Que
ferai-je ? à qui aurai-je recours ? qui fera ma paix
avec vous, puisque je suis absent ? qui vous assurera
de ma constance, puisque vous êtes persuadée du
contraire ? Pour éloigner cette haine de votre cœur,
je vous conjure de penser souvent aux délices de
l'amour que nous avons goûtées ensemble, et aux assu-

rances que je vous ai données de ne vous abandonner
jamais. Entretenez-vous de moment en moment avec
Dona Brites de ces douceurs ; consolez-vous toutes
deux ensemble; songez à l'excès de ma passion et de
la vôtre ; prévoyez toutes ces difficultés et ces violences dont vous me parlez ; opposez-les aux efforts que
vous faites pour me quitter, et soyez convaincue que
vous aurez des mouvements incomparablement plus
agréables en m'aimant toujours, qu'en me quittant
pour jamais. Quoi ! vous voulez délaisser un amant si
constant et si fidèle, qui vous a été si cher, que vous
avez aimé si tendrement, qui a été l'objet le plus
doux de votre passion, à qui vous avez donné des
témoignages si pressants de votre affection, que vous
avez embrassé avec tant d'ardeur et d'empressement, et qui par ses caresses vous a rendu si
doucement la réciproque. L'amour a trop bien uni
nos cœurs : quoi que vous fassiez, je ne crois pas que
vous puissiez vaincre une passion si forte et si
agréable. C'est pour m'éprouver que vous m'écrivez
de la manière, ou si c'est tout de bon, votre haine et
votre rigueur sont si mal fondées, qu'elles ne peuvent pas durer longtemps. Ne m'accusez point de
mépris et d'indifférence. J'ose prendre le ciel à témoin de l'estime et de l'attachement que j'ai toujours
eus pour vous. Si je vous ai fait des protestations
d'amitié par mes lettres, ç'a été avec des respects et
des soumissions véritables ; si vous les aviez toutes
reçues, vous seriez persuadée du contraire de ce que
vous m'avez écrit. Je crois que MM. vos parents et
Madame votre abbesse, à qui nos amours sont sus-

pectes, sont d'intelligence ensemble, et qu'ils vous ont donné de fausses lettres, au lieu des réponses que j'ai faites à toutes les vôtres, que j'ai reçues avec joie et lues avec plaisir. Cela m'oblige à ne vous plus écrire davantage, de peur d'accident, mais à partir dans quinze jours pour vous aller trouver en Portugal. Après cette promesse que je vous fais de vous revoir au plus tôt, je vous conjure de rentrer en vous-même, et de faire agir votre passion amoureuse au lieu de votre haine. Si vous vous êtes éclaircie, ce doit être de l'estime, du respect et de l'amour que j'ai pour vous, et non pas du contraire. Je n'ai jamais eu de plus forte passion que de vous aimer, vous servir et vous adorer. Si j'avois été assez ingrat de vouloir vous quitter, après toutes vos faveurs, je vous en aurois donné des preuves devant mon départ, soit par paroles ou par mon refroidissement, ou j'aurois fait agir Dona Brites ou quelque autre confidente pour vous obliger à ne me récrire point, ou j'aurois tâché de vous détromper en ne vous faisant point de réponses, ou, sous quelque prétexte spécieux, j'aurois feint d'être obligé à demeurer en France pour ne vous point revoir. Ai-je usé de tous ces stratagèmes ? Vous ai-je trompé par mes discours ? Avez-vous reconnu quelque froideur en moi ? Ai-je fait agir quelqu'un pour vous détourner de mon amour ? Ne m'avez-vous pas récrit ? N'ai-je pas reçu vos lettres ? Vous ai-je pas fait réponse ? Ai-je cherché l'occasion de demeurer en France sans vous ? Vous ai-je dit que je ne veux point retourner en Portugal ? Vous ai-je donné quelque sujet de déplaisir ? Ne vous ai-je pas découvert les véritables sentiments de mon âme ? Ai-je manqué de civilité, d'amour et de respect en votre endroit ? De quoi vous plaignez-vous ? de quoi m'accusez-vous, et que vous ai-je fait enfin, pour m'être si cruelle ? Désabusez-vous, Madame, et ne me croyez pas capable de faire une telle lâcheté que de vous abandonner. Ne m'attribuez point toutes ces méchantes qualités que vous dites, et jugez-moi digne de tous les sentiments et de toutes les douceurs que vous avez pour moi. N'espérez pas que je vous donne occasion de m'oublier : cette grâce que vous me demandez ne sert en même temps qu'à m'affliger et à m'enflammer davantage. Il est vrai que j'ai eu peine en lisant votre lettre ; mais c'est à cause de vos reproches, de vos menaces, de vos mépris, du mauvais traitement que vous me faites, et du désespoir où vous me jetez. Sans ces déplaisirs, que de joie ! que de contentement ! et que de satisfaction n'aurois-je pas reçu en apprenant de vos nouvelles ! N'importe, quelque rigueur dont vous usiez envers moi, je me veux consoler, dans l'espérance que j'ai de fléchir votre colère. Je souffre vos mépris et vos emportements, mais la raison ramènera un jour le calme dans votre âme, et vous fera connoître, quand je serai en votre présence, que vous avez affligé un innocent Pourquoi m'écrivez-vous que je ne me mêle point de votre conduite ? Qui peut avec plus de justice en prendre le soin que moi ? Doutez-vous de ma discrétion ! ne savez-vous pas jusqu'à quel point j'ai pris part à tout ce qui vous touche sans vous gêner ? Je sais bien que vous êtes très-sage, que vous marchez

9.

droit dans vos entreprises, et que vos actions sont
sans reproches; si je me suis informé de ce que vous
faites, ce n'a été que pour admirer votre sagesse en
vos conseils, votre prudence dans votre conduite, et
votre adresse en tout ce que vous entreprenez, dont
vous venez à bout avec une facilité si merveilleuse
que c'est une chose aussi surprenante qu'admirable.
Toutefois, puisque cela vous choque, je suis prêt à
m'en désintéresser, seulement pour vous obéir. Puis-
je faire plus pour me remettre bien auprès de vous,
et pour vous obliger à favoriser ma passion, et continuer votre tendresse? Commandez, je suis prêt de
vous satisfaire, plus pour finir les maux que vous endurez, que pour terminer mes douleurs. Je souffre agréablement tout ce qui vient de vous, vos rigueurs les
plus sévères n'ont que des appas pour moi. Je vous
rends grâces, même du mauvais traitement que vous
me faites : cela ne sert qu'à allumer ma flamme et la
rendre plus vive; je suis content d'endurer de la
manière, pourvu que ma souffrance apporte quelque
soulagement à vos douleurs, et vous rende plus contente. Plût à Dieu que vous pûssiez vivre heureuse
et tranquille dans la certitude de mon amour! Après
m'avoir fait paroître une si grande aversion, vous
me promettez de ne me point haïr : cela est très-
obligeant; mais je prendrai la liberté de vous dire
que vous feriez plus de justice à mon amour, si vous
m'aimiez comme devant, puisque je n'ai rien fait
qui vous puisse déplaire. Je suis convaincu que
vous pouvez trouver un amant qui aura plus de mérite que moi, mais je suis assuré que vous n'en trou-

verez jamais un qui soit plus fidèle et plus constant
que je le suis. Votre passion peut tout sur mon esprit : elle m'a enflammé, elle vous a occupée et m'a
occupé tout à fait et ne m'a pas laissé en liberté un
moment. Vous en êtes témoin, puisque vous avouez
que l'on ne sauroit oublier ce qui cause des transports dont l'on est capable; que les mouvements
d'un cœur s'attachent à l'objet qu'il a aimé; que
les premières idées ne se peuvent effacer; que les
premières blessures sont incurables; que toutes les
passions, et les plus doux plaisirs que l'on cherche,
sans aucune envie, sont inutiles pour détourner de
ce que l'on aime le plus, et ne servent qu'à faire
connoître que rien n'est plus cher que le souvenir
des douleurs que l'on souffre. Que ces paroles sont
douces dans la bouche d'une véritable amante! et
qu'elles ont d'appas et de charmes pour un amant
qui est dans le désespoir! Ah ! qu'elles me consolent,
et qu'elles me font bien connoître que je suis encore
dans votre cœur, puisqu'il est sujet à des sentiments
si doux. Mais combien dois-je espérer d'être encore
mieux auprès de vous, quand vous connoîtrez que
mon attachement est très-parfait, que mon amour est
réciproque, que votre inclination n'a point été
aveugle, et que vous vous êtes attachée à une personne qui fait gloire de vous aimer toute sa vie.

Je sais bien, Madame, que vous avez tant de douceur et de compassion, que vous ne voudriez pas
mettre ni moi, ni personne en l'état pitoyable où
vous êtes réduite : c'est une marque assurée de votre
bon naturel. Je vous prie de croire aussi que c'est

mon inclination, et que si vous souffrez, je n'y ai
contribué en aucune manière.

Ne cherchez point à m'excuser de ce côté là ; je ne
suis point criminel de ce que vous m'accusez. Je suis
persuadé qu'une religieuse, accomplie comme vous
êtes, est infiniment aimable. Les raisons que vous
apportez, pour montrer qu'on les doit aimer plus
particulièrement que les femmes du monde, sont
très-puissantes ; mais, sans avoir égard à toutes ces
belles preuves que vous mettez en avant, je vous
dirai en peu de mots, que je ne vous ai considérée que
pour votre propre mérite. Le procédé des femmes
du monde me déplaît ; la plupart sont sujettes au
changement, elles ne sauroient aimer en un seul
lieu, ou si elles aiment, ce n'est que par feinte, par
complaisance et par intérêt. La rigueur dont elles
usent, le mépris, la peine, la coquetterie, les dissimulations, causent aux amants cent fois plus de déplaisir que de joie. Je sais bien que vous n'alléguez
pas ces raisons pour vous faire aimer : vous avez des
qualités trop recommandables pour attirer les cœurs
les plus fiers ; vos charmes sont si puissants que l'on
n'y peut résister ; la beauté, la constance, la fidélité,
la douceur vous font admirer, servir et adorer, de
tous ceux qui ont l'avantage de vous connoître. Les
autres beautés sont peu de chose auprès de vous,
et j'ose dire que c'est un crime de renfermer une
personne si accomplie que vous dans un couvent. Si
vous êtes malheureuse, ce n'est qu'en qualité de
captive, dont vous pouvez vous délivrer quand il
vous plaira. Vous avez appréhendé sans raison que

je ne vous fusse infidèle, en ne vous voyant pas tous les jours. Ne savez-vous pas qu'il n'étoit point en mon pouvoir, ni au vôtre de nous entrevoir si souvent, puisque vous étiez enfermée, et à cause du danger où je m'exposois en entrant dans votre monastère ? Si je vous ai quittée pour aller à l'armée, ce n'a été qu'après votre consentement, et votre seul mérite étoit capable de me retenir. Si vous m'aviez commandé de demeurer, j'aurois quitté très-volontiers le service de mon Prince, pour m'attacher entièrement à vous, sans craindre la colère de vos parents et la rigueur des lois du pays. Je n'ai pas manqué à vous donner des témoignages de ma passion, depuis que je suis en Portugal. S'ils ne sont parvenus jusques à vous, je n'en suis pas coupable, mais j'aurois bien du déplaisir que vous fussiez sortie du couvent pour me venir trouver en France. Non pas que je n'eusse une joie infinie de vous embrasser en ce beau pays, mais à cause du péril où vous vous fussiez exposée, et de la fatigue que vous eussiez endurée en chemin. Je sais bien le moyen de faire réussir cette entreprise, lorsque je serai assez heureux de vous voir, si vous êtes encore dans ce dessein. J'ose bien vous parler de la manière dans mes lettres, puisque Madame votre abbesse et MM. vos parents sont instruits de notre procédé. Cependant la modération de votre amour, votre froideur, votre mépris, et votre changement si prompt, me causent un si grand déplaisir, que j'en suis dans le désespoir ; mais il n'importe, je me console, car je suis si persuadé de votre douceur et de votre amour, que je m'assure que sitôt que vous aurez reçu ma lettre et que vous m'aurez vu un moment, vous changerez de résolution. Je n'ignore pas, Madame, que je ne vous aie plus d'obligation qu'à personne du monde : vous m'avez aimé éperdument, vous m'avez donné votre cœur, vous m'avez sacrifié votre honneur et votre vie, au mépris de vos parents, de votre religion et de la sévérité des lois du pays. Que de reconnoissances ne vous dois-je pas pour une amour si violente ! Croyez-vous que je vous puisse oublier, et que je vous abandonne après des marques si grandes de votre amour? Vous auriez raison, madame, de vous emporter contre moi, si j'étois assez ingrat d'en venir à ce point de ne vous avoir pas récrit, ni témoigné réciproquement que je vous aime, avec la même ardeur que vous me faites. Mon procédé ne seroit pas d'un honnête homme, je serois un traître, un méchant, et l'amant le plus ingrat du monde. Au contraire, Dieu m'est témoin que j'ai toujours persévéré à vous adorer et vous aimer plus que moi-même. Je n'ai jamais manqué de respect ni d'amour pour vous ; je vous ai récrit avec toute l'ardeur et la civilité possible ; je vous ai donné des preuves de la passion la plus parfaite et la plus violente qu'un homme puisse avoir pour la personne la plus aimable et la plus accomplie. Je persévère toujours dans ces sentiments. Que puis-je faire davantage? Que désirez-vous de moi? Je vous ai fait un sacrifice de tout ce que je suis et de tout ce qui m'appartient. Je suis prêt d'abandonner tout pour vous, et de faire un long voyage, de passer les mers et d'exposer ma vie à la merci des eaux, pour vous aller

chercher jusque dans votre monastère : il ne restera plus, après tant de marques de ma passion (si je
suis assez heureux de surmonter tous ces hasards)
que de m'aller immoler tout de nouveau à votre co
lère. C'est ce que je ferai, lorsque j'aurai le bien et
l'avantage de vous voir. Je veux m'exposer, quoique
innocent de tout ce que vous m'accusez, comme une
victime à l'ardeur de votre courroux, sans résister à
la moindre de vos volontés. Toutes ces preuves de
la passion que j'ai pour vous sont bien éloignées, ce
me semble, de l'aversion naturelle que vous croyez
que j'ai, puisque je vous chéris infiniment, et que je
vous suis entièrement soumis. Je sais bien que je n'ai
aucunes qualités recommandables qui méritent votre
amour, que celle d'un véritable amant, quoique
vous n'en soyez plus persuadée. Vous me demandez
ce que j'ai fait pour vous plaire ? quel sacrifice je
vous ai fait ? si je n'ai pas cherché tous mes plaisirs ?
Et moi, je vous demande si je ne vous ai pas obéi en
tout ce qu'il vous a plu ? si je ne vous ai pas sacrifié
tout ce que je suis et tout ce qui m'appartient ; et si
j'ai cherché d'autres plaisirs que ceux que vous m'a-
vez accordés ? Si j'ai joué ou été à la chasse, n'avez-
vous pas approuvé ces récréations ? Si j'ai été à l'armée, n'y avez-vous pas consenti ? Si j'en suis revenu
des derniers, j'ai été retenu par violence ; et si je
me suis exposé aux coups, ç'a été avec le plus de
prudence et de sagesse qu'il m'a été possible ; mais
toujours avec honneur, pour être plus digne de vous.
Et lorsque j'en ai été de retour, si je ne me suis pas
établi en Portugal, c'est que je n'ai pas trouvé d'oc-

casion assez favorable à notre amour. Il est vrai
qu'une lettre de mon frère m'a fait partir, mais
c'étoit pour une occasion si pressante, qu'elle ne
souffroit point de retardement. Vous en êtes tombée
d'accord, et si vous m'aviez commandé de différer
mon voyage, et même de demeurer, je vous aurois
obéi. J'ai pensé mourir d'ennui et de douleur en
chemin, et si je me suis un peu réjoui, ce n'a été que
pour me conserver pour vous. Après cela que faut-il
faire ? Quelle raison avez-vous de me haïr mortellement, comme vous dites, sinon celle que vous vous
êtes imaginée ? Quels malheurs vous êtes-vous attirés,
sinon ceux que vous avez bien voulu ? Si vous m'avez
accoutumé une grande passion avec bonne foi, je n'en
ai point abusé ; au contraire, j'ai su la ménager, et vous
rendre la réciproque avec fidélité. Si vous n'avez point
usé d'artifice en mon endroit, n'ai-je pas été sincère
au vôtre ? Il faut, dites-vous, chercher avec adresse les
moyens d'enflammer : ai-je résisté à votre passion ?
Et pourquoi ne voulez-vous pas que l'amour ne
donne de l'amour, puisque le véritable secret d'être
aimé est d'aimer ? Vous dites que j'ai voulu que vous
m'aimassiez ; je l'avoue. Mais quand je n'aurois pas
formé ce dessein, vous m'auriez aimé, puisque vous
m'avez confessé que vous m'aimiez auparavant que
je vous eusse donné des preuves de mon amour. Que
si sans votre consentement je me fusse efforcé de vous
aimer, aurois-je pas eu raison ? puisque je ne connoissois rien en vous que d'aimable. Il est vrai que
je vous ai crue d'une complexion assez amoureuse,
mais je ne vous ai pas aimée avec moins de passion ;

au contraire, c'est ce qui l'a augmentée au plus haut
point. C'est en quoi je n'ai point usé de perfidie. Je
ne vous ai point trompée : je ne crains point vos menaces. Je suis persuadé que, quand vous aurez exa-
miné mes raisons, vous êtes trop raisonnable pour livrer à la vengeance de MM. vos parents un amant qui
est innocent. Si vous croyez avoir vécu dans l'abandonnement et dans l'idolâtrie en m'aimant, n'ai-je pas fait
la même chose en votre endroit? Nous ne différons
qu'en trois points, savoir : que vous avez changé, et
que je suis constant ; que vous avez un remords de
m'avoir aimé, et que je n'en ai point de vous avoir
aimée ; que vous avez honte de votre amour que
vous faites passer pour un crime, et moi je n'en ai
point, parce que je suis convaincu que c'est une vertu
que d'aimer. Votre passion ne vous a pas empêchée
d'en connoître l'énormité, puisqu'il n'y en a point :
de quoi donc votre cœur est-il déchiré? quel est ce
cruel embarras qui vous gêne? je ne suis point cause de
tous vos déplaisirs; je vous ai toujours aimée et fidèlement servie. Ainsi, vous avez raison de ne me souhaiter
point de mal, et de vous résoudre à consentir que je
vive heureux; je puis l'être facilement, si vous voulez, puisque je n'ai jamais manqué de générosité
envers vous. J'espère que vous n'aurez point la peine
de me récrire une autre lettre pour me faire voir que
vous serez plus tranquille ; je serai arrivé auparavant
en Portugal, où ma présence vous apportera la tranquillité que vous désirez, en vous désabusant des
procédés injustes, dont vous me croyez coupable
et pour lesquels vous me voulez faire des reproches.

Ce sera lorsqu'au lieu de me mépriser vous me donnerez des louanges; au lieu de m'accuser de trahison, vous reconnoîtrez ma fidélité, et qu'au lieu d'oublier vos plaisirs, vous y penserez tous les jours, et que je serai dans votre esprit et votre souvenir mieux que jamais je n'ai été. Si vous croyez que j'aie quelques avantages sur vous, pour avoir su vous enflammer, je n'en tire point de vanité; je sais bien que je ne dois ce bonheur ni à votre jeunesse, ni à votre crédulité, ni aux louanges que je vous ai données, ni à toutes les raisons que vous apportez, mais à votre seule bonté. Quoique tout le monde vous dît du bien de moi, et vous parlât en ma faveur, je n'ai jamais eu la témérité de l'attribuer à mon mérite. Tout ce que j'ai fait n'a pas été pour vous tromper par enchantement, mais pour vous donner un véritable amour, puisque j'ai toujours la même passion pour vous. Je vous conjure de conserver toutes mes lettres, et de les lire souvent pour affermir votre amour, et non pour vous en détourner. Ce m'est un bonheur et un plaisir incomparable, d'être toujours aimé d'une personne si parfaite et si accomplie que vous. Je vous prie de croire que je vous aimerai pareillement et adorerai toute ma vie. Oubliez ces reproches que vous avez envie de me faire, et ne me traitez point d'infidèle : vous apprendrez le contraire, lorsque vous me verrez en Portugal, plutôt en vous souvenant de moi qu'en m'oubliant; vous ne prendrez point d'autre résolution que de persévérer toujours dans vos mêmes transports, quand je vous aurai désabusée de la fausse croyance que vous avez de moi. Adieu, je vous conjure encore un coup de ne me quitter jamais, et de penser incessamment à la violente passion que j'ai pour vous. Ne m'écrivez plus aussi, peut-être que vos lettres ne me seroient pas rendues pendant mon voyage. Adieu, je vous rendrai un compte exact de tous mes divers mouvements, et vous m'en rendrez un des vôtres tel qu'il vous plaira, quand j'aurai le bien et l'avantage de vous voir. Adieu.

NOUVELLES RÉPONSES

AUX

LETTRES PORTUGAISES

PRÉFACE[1]

Pour la satisfaction du lecteur et pour ma propre justification, je crois que je dois dire deux mots du dessein qui m'a obligé d'entreprendre ces Lettres. Je ne prétends pas d'éclaircir ici le lecteur si les cinq Portugaises sont ou véritables ou supposées, ni si elles s'adressent, comme l'on dit, à un des signalés seigneurs du royaume; ce n'est pas sur cette matière que je veux faire montre de mon savoir : je dirai seulement que l'ingénuité et la passion toute pure, qui paroissoient dans ces cinq Lettres portugaises, permettent à peu de gens de douter qu'elles n'aient été véritablement écrites. Quant au dessein qui m'a obligé à y faire des réponses, je suis trop franc pour dissimuler ce que m'en a dit un des plus beaux esprits de France. On m'a d'abord représenté la grandeur de l'entreprise, la difficulté d'y réussir et la témérité dont on m'accuseroit si la réussite

1. Préface de l'édition originale de 1669, *Grenoble*, *Robert Phillippes*; petit in-12 de 144 p.

Bien que ces Réponses aient paru la même année que les Réponses publiées par Loyson, nous pensons que leur apparition fut de quelques mois postérieure, et c'est ce qui nous détermine à leur donner le titre de *Nouvelles Réponses*. Notre conviction à cet égard se fonde : 1° sur la date de la cession faite par l'auteur des premières Réponses, cession qui porte la date du 8 février 1669, alors que les Lettres de la religieuse portugaise n'avaient elles-mêmes paru qu'au mois de janvier 1669; 2° sur la vraisemblance qu'il y a que l'édition de Paris, où avaient paru les Lettres, objet des Réponses, dut précéder l'édition de Grenoble; 3° sur une tradition presque constante qui a fait placer ces Réponses publiées par le libraire R. Phillippes après celles publiées par Loyson.

n'étoit pas favorable. On m'a dit qu'une passion violente
avoit inspiré ces cinq premières Lettres, et qu'un
homme qui ne seroit pas touché d'une pareille passion
ne réussiroit jamais heureusement à y faire des réponses; que c'étoit une fille qui avoit fait les premières,
et que, dans l'âme des personnes de ce sexe, les passions étoient plus fortes et plus ardentes que dans celle
d'un homme où elles sont toujours plus tranquilles;
que c'étoit, outre cela, une religieuse, plus capable
d'un grand attachement et d'un transport amoureux
qu'une personne du monde; et que moi, n'étant ni fille
ni religieuse, ni peut-être amoureux, je ne pourrois
pas seconder, dans mes Lettres, ces sentiments qu'on
admire avec sujet dans les premières. Enfin on m'a
proposé le dessein d'Aulus Sabinus, qui avoit répondu
à quelques-unes des épîtres héroïdes d'Ovide, mais avec
si peu de succès que celles-là ne faisoient presque que
relever l'éclat de celles-ci, quoique ce ne fût qu'un jeu
d'esprit où la passion et le cœur n'avoient nulle part.
C'en étoit bien là assez pour rebuter un courage moins
échauffé que le mien : pour moi, je ne me rendis pas à
ces raisons, je vis bien que la beauté naturelle des Portugaises étoit inimitable et qu'elles pouvoient justement
être appelées un prodige d'amour; je crus, néanmoins,
que quand mes réponses n'en seroient pas si prodi-
gieuses, elles ne laisseroient pas pour cela de passer.
Si elles ne sont pas si amoureuses et si passionnées,
qu'y faire? pourvu qu'il y ait quelque feu. J'aime mieux
qu'on me prenne pour un homme d'esprit que pour un
homme amoureux. En tout cas, que l'on s'imagine, si
mes réponses sont si peu supportables, que je ne les ai
faites ainsi que pour mieux imiter celles dont la dame
portugaise se plaint dans la quatrième Lettre, page 22,
où elle les nomme des *Lettres froides et pleines de re-*

dites, et dans la lettre cinquième, page 29, où elle se plaint des *impertinentes protestations d'amitié et des civilités ridicules* dont son amant avoit rempli sa dernière lettre. C'est bien là, à mon avis, la moindre grâce que l'on me puisse accorder. Si l'on considère pourtant la grandeur du dessein, on ne me blâmera pas entièrement de n'y avoir pas bien réussi ; au contraire, peut-être louera-t-on mon entreprise. Les raisons qui sont au commencement de cette préface, et que je trouve invincibles, serviront, au pis-aller, à me mettre à couvert des traits de la critique, pour ne pas dire de l'envie. Au reste, le lecteur sera peut-être étonné de voir six Lettres, qui ne répondent qu'à cinq ; mais je l'avertis que la première des Portugaises parlant d'une Lettre que lui avoit déjà écrite son amant lors de son départ, j'ai cru que je ne pouvois pas me dispenser d'en faire une. Je n'avois garde de laisser passer un si beau sujet d'écrire sans en profiter. C'est tout ce que j'avois à dire. Adieu.

NOUVELLES RÉPONSES[1]

LETTRE PREMIÈRE[2]

Adieu, Mariane, adieu! Je te quitte, et je te quitte
avec ce déplaisir de ne te pouvoir pas persuader le

1. La première édition que nous connaissions de ces *Nouvelles
Réponses* est celle de 1669 ; *Grenoble, Robert Philippes*, pet. in-12
de 144 p. Comme les premières *Réponses* (*Loyson*, 1669), elles se
réfèrent exclusivement aux cinq lettres de la religieuse portugaise.
Plus tard, en 1680, il en parut une seconde édition, *Lyon, Thomas
Amaulry*, pet. in-12 de 116 p., dans laquelle les réponses se trouvent entremêlées aux lettres formant la *première partie* des lettres
portugaises. Le même libraire donna, l'année suivante, une nouvelle
édition de la *seconde partie des Lettres portugaises* (*Lyon, Amaulry,
1681 ; pet. in-12 de 119 p.*), en la faisant suivre, par une confusion bien souvent reproduite depuis, des cinq réponses publiées
par Loyson et qui cependant ne se réfèrent en aucune façon à cette
seconde partie, mais uniquement à la première. Enfin, un an plus
tard, en 1682, une édition de Hollande (*s.n., à la Sphère*), réunit
pour la première fois en un seul volume et sous le titre unique de
Douze lettres d'une Religieuse portugaise écrites au chevalier de C***,
les cinq lettres de Marie Alcaforada et les sept lettres de la dame
portugaise, en y joignant les cinq *réponses* de Loyson et les sept
de R. Philippes qui formèrent ainsi, mais très-arbitrairement, autant de réponses distinctes à chacune des douze lettres non moins
arbitrairement confondues et à sept desquelles elles ne se réfèrent
nullement.

2. Cette première lettre n'est pas, à proprement parler, une
réponse, puisqu'elle annonce ce départ et cette absence du chevalier de Chamilly, comte de Saint-Léger, qui donnèrent lieu aux
cinq lettres de Marie Alcaforada. C'est, du reste, ce qui explique
le nombre de six lettres, et non de cinq, dont se compose ce nouveau recueil.

désespoir où me jette la nécessité inévitable de mon départ. Mais je t'en convaincrai, chère Mariane, et la vie que je quitterai bientôt après t'avoir quittée ne te permettra plus de douter de l'excès de mes douleurs. Sais-tu bien, ma chère âme, ce que veulent dire ces deux mots, *je te quitte?* et crois-tu que je puisse dire que je *meurs*, en termes plus clairs et plus intelligibles? Oui, je meurs, puisque je t'abandonne! Je m'éloigne de la vie en m'éloignant de toi, et je vas au tombeau en retournant à ma patrie. Je pars pourtant, me diras-tu, et je te laisse. Ah! cruelle, que ces paroles sont fortes, qu'elles sont puissantes, qu'elles sont éloquentes, et que ton amour qui y paroît fait un étrange effet sur mon cœur et ébranle furieusement mes résolutions! Quoi? faut-il que des témoignages de la passion que tu as pour moi, sans que j'en puisse raisonnablement douter, fassent aujourd'hui un effet si contraire à celui qu'ils avoient accoutumé de faire? Ma joie et mon repos en dépendoient, c'étoient les sources de mon bonheur et de ma félicité; ils faisoient tous mes plaisirs, ils étouffoient mes sanglots, séchoient mes larmes, calmoient mes inquiétudes, dissipoient mes craintes : et maintenant ils ne font que causer de nouveaux troubles dans mon âme et qu'y faire naître des appréhensions. Je vois bien la raison de ce changement : je profitois de tout le bien que promettoient les premières marques de ton amour, j'en goûtois à longs traits toutes les douceurs, et j'avois la satisfaction d'y répondre par mille paroles et par mille actions capables de persuader des personnes plus incrédules que

vous de la grandeur et de la violence de ma
flamme, au lieu que maintenant je vois les biens
qu'elles m'offrent sans pouvoir les accepter, et je ne
puis répondre à ces marques d'affection que par un
voyage qui m'éloigne de vous de cinq cents lieues.
Jugez par là de mon infortune et de la cruauté de
mon destin, et considérez à qui de nous deux mon
départ doit être le plus funeste. Pourquoi suis-je
venu en Portugal? Pourquoi venir si loin pour me
rendre malheureux tout le reste de mes jours? Pourquoi vous avoir vue? Pourquoi vous ai-je aimée?
Devois-je mettre tout mon plaisir à vous voir, si je
devois un jour ne vous voir pas, et ma vie devoit-
elle dépendre de vous, puisque je devois un jour vous
quitter? Que n'ai-je eu pour quelque dame de France
ces sentiments tendres et passionnés que vous m'a-
vez inspirés? La cruauté d'une absence n'auroit pas
entièrement renversé mes plaisirs, et l'espoir d'un
prompt retour, qu'on peut toujours avoir avec raison
d'une personne qui quitte son pays, nous auroit
laissé, dans nos chagrins mêmes, une merveilleuse satisfaction. Mais que dis-je, téméraire! en aurois-je
pu avoir une véritable sans vous? Quelque autre eût-
elle été capable de me causer des transports si doux,
de me faire passer des moments si tendres que ceux
que j'ai passés dans votre chambre? Non, cela n'est
pas possible! Il falloit vos yeux, pour me donner autant d'amour que j'en pris à votre vue; il falloit votre
cœur, pour être le digne objet de mes soins et de mes
adorations; il vous falloit tout entière, pour me
causer ces plaisirs extraordinaires, dont il est bien

11

nisé de se ressouvenir et qu'il est impossible d'exprimer ; il falloit toute mon amour et toute la vôtre, pour causer ces transports et ces extases amoureuses. Ah ! que cette pensée est douce ! que cette idée est touchante ! que cette réflexion est agréable ! Puis-je la faire, et faire le dessein de partir ? Puis-je songer à les rompre par un voyage ? Votre amour, vos caresses, capables d'arrêter auprès de vous les premiers hommes du monde, d'attendrir les plus insensibles, de fléchir les plus cruels et les plus barbares, me laisseront-elles la liberté de m'éloigner ? Mon amour toute seule consentira-t-elle à cette absence ? Je vois bien que c'est moi qui voudrois partir, et que c'est moi qui ne le veux pas, ou, pour parler plus juste, qui ne le peux pas. Je ne le veux ni ne le peux ; mais il le faut. Dure nécessité ![1] étrange contrainte ! qui me force à vous quitter lorsque je vous aime avec le plus d'empressement. Je vous aime, chère vie de mon âme, et j'ose bien dire que je vous aimois moins dans certaines conjonctures, auxquelles vous croyiez que je vous aimois le plus. Je meurs d'amour pour vous, et c'est aujourd'hui que je commence à sentir certains mouvements intérieurs qui m'avoient été jusqu'à présent inconnus. Que ces sentiments impétueux viennent mal à propos ! Ils ne peuvent que me tourmenter : dans un autre temps, ils auroient pu me rendre le plus heureux des hommes. Vous m'avez parlé souvent de la

---

1. L'édit. de 1780 *d'une nécessité*, que nous corrigeons ainsi avec l'édit. de 1702.

grandeur de votre amour ; vous avez plus fait, vous
m'en avez donné des preuves, en me disant pourtant
que ces preuves, quelque grandes qu'elles fussent,
n'exprimoient pas suffisamment vos sentiments. J'avois
bien de la peine à vous croire en ce temps-là ; mais
que je vois bien aujourd'hui combien ces paroles pouvoient être vraies, puisque dans ce moment que je
vous écris je me sens tout à fait incapable de vous
exprimer la moindre partie des mouvements qui m'a-
gitent, qui me tourmentent sans cesse, et qui me
rendent misérable. La perte de ma vie, ni celle de
ma raison, ne suffiroient pas, ce me semble, à vous
représenter l'inquiétude funeste de mon âme, ni le
pitoyable état de mon cœur. Que ne le voyez-vous?
ce seroit bien alors que vous cesseriez de m'accuser,
que vous n'appelleriez plus léger le sujet qui m'o-
blige à retourner en France, et que vous déploreriez
avec moi le malheureux état de ma condition, de ma
fortune et de mon amour. En effet, je suis contraint
à vous quitter lorsque je vous aime le plus, lorsque
vous me témoignez plus d'amour que jamais, lorsque
vous me soupçonnez de vous aimer le moins. Ainsi
je cours le hasard de vous perdre, et de vous quitter
à même temps. Hélas! quelle affliction seroit la
mienne, si je vous perdois lorsque je souffre le plus
pour l'amour de vous! Vous étiez toute à moi, quand
mes plaisirs aussi bien que mon inclination me ren-
doient tout à vous; vous m'aimiez toujours quand je
ne bougeois de votre couvent ; vous faisiez tout pour
moi, quand je ne faisois ni ne souffrois rien pour
vous : aujourd'hui que je commence à endurer pour

vous, ne m'aimerez-vous plus? Considérez qu'il est bien aisé d'aimer une personne auprès de laquelle on goûte mille contentements, et qu'on est bien plus obligé d'aimer ceux qui souffrent pour nous, que ceux qui se divertissent par nous[1]. J'ai savouré cent plaisirs auprès de vous : vous m'aimiez. Je ressens maintenant mille maux à cause de vous : ne m'en aimez pas moins; je vous en conjure, aimable personne! et je finis avec cette prière. Aussi bien vient-on de m'avertir que tout est prêt, et qu'on n'attend que moi. Ah! pourquoi m'attend-on? que n'est-on impatient, et que ne me laisse-t-on en ce pays? On ne le fera pas : il n'y a pas lieu de l'espérer. Adieu donc, Mariane, et souvenez-vous de moi! Ayez pitié des absens, n'oubliez pas les soins que j'ai pris à vous donner de l'amour en vous persuadant la mienne; n'oubliez pas mes promesses, mes assurances, mes protestations, ni mes serments. Oubliez encore moins les vôtres, par lesquels vous vous êtes mille fois donnée à moi pour toujours. Pensez quelquefois à nos plaisirs; pensez aussi quelquefois à mon infortune. Je me vais mettre sur le plus infidèle des éléments : que n'est-il aussi le plus cruel! et s'il est vrai que je ne vous verrai plus, et que vous m'oublierez dans cette absence (ce que je ne puis m'imaginer), que ne m'engloutit-il mille fois! que ne fait-il échouer mon vaisseau contre un banc de sable! Que ne le rompt-il contre un écueil, et que ne fait-il en ma faveur le traitement qu'il a fait à cent personnes moins misérables que moi! Si ce mal-

---

1. Éd. 1660 *pour nous*. — Éd. 1689 et 1702 *par nous*.

heur m'arrive, ma douleur et mon désespoir ne lais-
seront pas à la mer et aux vents la charge funeste de
me priver du jour; et dans le chagrin mortel qui me
saisira de me voir abandonné par une personne que
j'aimois plus que ma vie, j'aurai cette dernière satisfaction de mourir, et pour vous et par vous. Ne
vous faites pas ce tort, ne me faites pas cette injustice : je crois que si vous m'ôtiez de votre souvenir,
vous seriez aussi blâmable que je serois à plaindre.

LETTRE II[1]

N'étoit-ce pas assez de mes malheurs? Le désespoir d'être réduit à vous abandonner ne pouvoit-il
pas seul me rendre assez infortuné, sans qu'il fallût
y joindre vos déplaisirs, auxquels je suis cent fois
plus sensible qu'aux miens propres? Quoi! vous ne
m'oubliez pas? Vous pensez encore à un misérable!
vous vous réjouissez de mon amour! Ah! c'en est
assez : contentez-vous de me plaindre, et ne prenez
pas autant de part à mes chagrins que moi-même. Il
n'est pas juste que vous vous affligiez autant de ma
perte que je fais de la vôtre. Vous trouverez en mille
lieux un honnête homme sur lequel vos yeux feront
les mêmes effets qu'ils ont faits sur moi, et pour qui
vous pourrez avoir de la tendresse. Mais que dis-je!
souffrirois-je que vous eussiez pour quelque autre

1. Cette lettre répond à la première de la 1re partie, p. 5.

11.

ces sentiments que vous avez juré mille fois ne pouvoir avoir que pour moi? Si je vous croyois capable d'un tel changement, je ne sais de quel excès je ne serois point capable moi-même ; et cet heureux, que vous auriez choisi pour occuper ma place, ne seroit pas assuré de la vie, tant que je serois en état de hasarder la mienne. Je vous demande pardon de cet emportement : il est bien difficile de garder un sang froid en une pareille matière. Modérez pourtant un peu vos transports, et si vous prenez mes plaisirs de France pour la cause de vos douleurs, apprenez combien elles ont peu de fondement. L'image de Mariane que j'avois si profondément gravée dans le cœur fut la première chose qui, après m'avoir occupé pendant tout le temps de mon voyage, occupa encore mon esprit à l'entrée de mon pays. Et vous le dirai-je? ce fut cette image qui étouffa en moi certains sentiments de joie qui sont si naturels à ceux qui peuvent revoir leur patrie. Je pensai d'abord à vous, et voyant que ce n'étoit pas le lieu où il falloit vous chercher, au contraire que c'étoit celui où je ne vous trouverois jamais, je faillis à tomber dans ce pitoyable état auquel vous m'apprenez dans votre lettre que vous avez été. Je vis mes parents, je reçus des visites de mes amis, et j'en rendis quelques autres, et, parmi tant de sujets d'une joie au moins apparente, je témoignai un déplaisir si évident et un chagrin si violent, que les plus insensibles eurent pitié de l'état où ils me voyoient. Ils se doutoient bien que j'avois apporté cette maladie de Portugal, mais ils en ignoroient la cause, et j'étois le seul qui savoit l'origine

de mon mal, et le remède qu'il y faudroit apporter.
Combien de fois ai-je souhaité de pouvoir soulager mes douleurs, en les partageant et en les com-
muniquant! J'ai regretté mille fois l'absence de Dona
Brites, par le moyen de laquelle je vous ai si souvent
exprimé mon amour. Je ne vous dirai pas avec quelle
ardeur j'ai souhaité votre présence, quelle résolution
j'ai faite pour la recouvrer : si vous m'aimez, vous
vous les imaginez suffisamment, et vous pouvez les me-
surer à l'envie que vous avez de me revoir ; si vous ne
m'aimez plus, qu'ai-je que faire de vous les représenter et de vous donner lieu de vous moquer de
mes inquiétudes? Enfin je ne goûte aucun repos, le
jour et la nuit me sont également importuns. Si
j'ouvre les yeux au matin, je ne les ouvre qu'aux
larmes, et j'ouvre aussitôt ma bouche aux soupirs et
aux plaintes ; la pensée de notre éloignement et du
peu d'apparence que je vois à nous rapprocher me
jette dans une mélancolie insurmontable. Si je les
ferme le soir, les songes et les visions me remplissent l'esprit de Mariane; quelquefois de Mariane présente, et je suis au désespoir à mon réveil de voir la
fausseté de mes songes et le renversement de ma
joie ; quelquefois de Mariane absente, et je suis encore au désespoir de voir à mon réveil que les choses
les plus trompeuses deviennent certaines et indubi-
tables, et sont des oracles assurés qui me prédisent
des maux inévitables et qui me les représentent à
toute heure pour ne me laisser pas un moment de
repos et de quiétude. Voilà quelle est ma vie! voilà
quels sont mes plaisirs et mes divertissements!

Voyez s'il y a lieu de me porter envie, et si je n'ai pas sujet de former autant de plaintes que vous contre cette cruelle absence qui nous sépare? J'étois en cet état quand je reçus votre lettre ; je la baisai mille fois avant que l'ouvrir et je sentis dans mon âme un mouvement de joie, qui m'étoit inconnu depuis que je vous avois quittée. Je l'ouvris, j'y vis des caractères que mes yeux ne purent démentir et je fus surpris que vous eussiez pu trouver la commodité de m'écrire. J'appris, en la lisant, que votre frère vous avoit fourni l'occasion de me donner de vos nouvelles. Que je pardonnai de bon cœur alors à toute votre famille les empêchements qu'elle avoit tâché d'apporter à notre commune satisfaction, les obstacles qu'elle y avoit mis, la haine qu'elle avoit conçue contre moi, et tout ce qu'elle avoit pu nous faire souffrir, tant à votre considération qu'à la mienne ! que je lui voulus du bien de cette dernière action, qui récompense avec avantage toutes les précédentes ! Je l'appellai l'auteur de mon bonheur, et lui vouai dès lors une amitié aussi grande que l'amour que je vous ai si souvent jurée. Mais, mon cœur, que vos maux, que vos douleurs, que vos désespoirs, que vos appréhensions, que vos plaintes me touchèrent sensiblement ! J'en vins jusqu'à souhaiter de ne vous avoir jamais aimée, de n'avoir jamais été aimé de vous, puisque c'étoit mon amour et la vôtre qui vous causoient tant de dérèglements. La perte de votre santé altéra d'abord la mienne. Votre évanouissement, cet abandon de vos sens m'abandonna à la fureur et presqu'à la mort, car j'avois cru jusqu'à

présent que ce n'étoit qu'auprès de moi que vous
étiez sujette à des abandonnements. Ah! conservez-
vous, n'exposez pas ainsi nos deux vies, quittez ces
souffrances, quelque chères qu'elles vous soient à
cause de moi; c'est par là qu'elles me sont insupportables, et je ne les puis endurer en vous, surtout tant que
vous m'en considérerez comme l'auteur et que vous
m'en croirez l'unique sujet. Hélas! si les douleurs
que je souffre, ou que je pourrois endurer à l'avenir,
suffisoient pour apaiser les vôtres, vous seriez bientôt convaincue que vous n'avez nulle raison de vous
plaindre et de m'accuser. S'il ne falloit que ma vie
pour vous délivrer de tous vos maux, vous verriez
bien, par la diligence que j'apporterois à vous la sacrifier, que je n'ai rien de plus précieux, rien de plus
cher que votre repos. Cependant vous me reprochez
de vous avoir rendue malheureuse, comme si j'étois
moi-même exempt de ces tristesses dévorantes qui
me rendent la vie si ennuyeuse et si insupportable, et
qui ne me font trouver que des pointes et que des épines où les autres ne rencontrent que des lys et des roses. Ah! de grâce, cessez de m'accuser, aussi bien que
de me soupçonner que je puisse aimer en ces lieux quelque autre que vous. Je sais que je n'y trouverai jamais
tant de charmes que j'en ai admirés en votre personne.
Mais quand il seroit possible que j'en trouvasse encore
davantage, je ne trouverois pas chez moi un cœur propre à recevoir de nouvelles impressions, ni à perdre
celles que vous y avez mises. Je vous aime trop pour
former jamais un pareil dessein. Bien loin de l'exécuter, le changement, ni la distance des lieux, n'ap-

porte aucune altération à mon amour : il n'en apporte qu'à mes plaisirs. Je goûtois plus de douceurs en vous aimant en Portugal ; je souffre plus de maux en vous aimant en France. Voilà toute la différence que j'y trouve, mais je vous aime toujours et partout. Je ressens en tous lieux la satisfaction de vous aimer et celle que donne l'espérance d'être aimé. Je ne saurois vivre sans l'un ni sans l'autre ; je réponds du premier, répondez-moi du second. Adieu, ne vous abandonnez plus si fort à la douleur. Ne me soupçonnez d'aucune indifférence, d'aucun changement, ni d'aucun oubli. Doutez moins de moi que de vous-même ; mais pourtant aimez-moi toujours beaucoup et plaignez-moi un peu ; je vous en donne chaque jour sujet par les maux que j'endure. Adieu.

LETTRE III[1]

Jusques à quand dureront vos soupçons ? Ces sentiments injurieux que vous avez de moi ne finiront-ils jamais de me croire coupable, quoique je ne sois que malheureux ? Hélas ! quel est l'état où je me trouve réduit ! Cruelle et funeste absence, quel désordre n'apportes-tu pas et quelles suites dangereuses n'as-tu pas ? Parce que je suis absent, est-ce une nécessité absolue que je sois lâche, que je sois ingrat, que je sois infidèle, perfide et parjure ? Ah ! Mariane, je suis

---

1. Cette lettre répond à la deuxième de a 1re partie, p. 9.

au désespoir, et de ce que vous m'accusez avec tant
d'injustice, et des maux que vous endurez avec tant
de rigueur pour l'amour de moi. Je n'ai pas eu un
seul moment de plaisir depuis mon départ, j'ai été
comme enseveli dans les chagrins et dans les déplaisirs. La vie m'a été un continuel supplice. J'attendois
de vos lettres quelque soulagement à mes continuelles
douleurs, et cependant elles les augmentent et les
rendent absolument incurables. Tous les caractères,
tous les termes, toutes les lignes en sont empoi-
sonnés. Si j'y apprends que vous vivez, j'y apprends
à même temps que vous n'y vivez que pour souffrir
et que vous mourez chaque jour sous des tourments
étranges et inconcevables ; si j'y vois que vous vous
souvenez de moi, je vois bientôt que ce n'est que
pour m'accuser et pour m'imputer tous les maux que
vous endurez ; si vous m'y marquez que vous m'aimez, c'est ou pour me reprocher que je ne vous aime
pas, ou pour me dire que vous mourez. Ne sauriez-
vous vivre sans souffrir? Quoi que vous disiez de mes
sentiments, je juge bien facilement par moi-même que
vous ne le pouvez pas. Au moins souvenez-vous de moi
sans m'accuser, et aimez-moi sans mourir. Souffrez,
Mariane : je n'ose pas vous dire de ne souffrir plus,
parce que je ne vous veux pas conseiller de ne m'aimer
plus, et que je sais que quand on aime une personne
absente, il faut souffrir ou mourir. Je ne veux pas
vous dispenser d'une nécessité de laquelle je prétends ne me dispenser jamais. Dure extrémité! qui
m'oblige à prier de souffrir une personne pour laquelle je souffrirois tous les tourments imaginables,

pour laquelle je m'exposerois aux plus cruels dangers, et pour laquelle j'exposerois mille fois mille vies si je les avois. Souffrez pourtant, j'y consens; mais ne vous imaginez pas, contre la vérité et contre toutes les apparences, que ce soit pour un infidèle que vous souffrez. Souvenez-vous de quelle manière je vous ai aimée, et combien vous m'avez aimé. Voyez ce que j'ai fait et ce que je dois faire, et ne vous défiez ni de mon amour ni de mon devoir. Remettez-vous dans l'esprit tout ce que j'ai pu vous dire autrefois pour vous persuader que je vous adorois. Pensez à mes promesses, si souvent réitérées, de n'aimer jamais autre que vous. Souvenez-vous encore que vous m'avez cru, et que cette créance a été l'origine de ma félicité, et qu'elle vous a obligée à m'aimer et à me faire passer tant et tant de doux moments. Il est vrai que j'ai quitté ces plaisirs en quittant le Portugal, mais je n'ai pas quitté ma passion; on ne s'en défait pas si aisément, elle m'est trop chère pour ne la pas conserver tout le reste de mes jours. C'est la seule rivale que vous avez dans mon cœur, qui ne le seroit pas si elle n'étoit votre ouvrage. N'en soyez pas jalouse, c'est cette passion qui me dit incessamment de vous aimer. «Adore, me dit-elle à tous moments, adore ta chère Mariane, ne me conserve que pour l'amour d'elle; elle m'a donné la naissance, c'est à toi de m'entretenir : si je ne puis plus paroître dans tes yeux ni dans ta bouche, fais que je paroisse dans ton cœur et dans tes lettres. » En vérité, j'ai quelque sujet de me plaindre de vous ; et s'il est vrai que je sois bien dans votre cœur, il est

encore plus vrai que je suis bien mal dans votre esprit. Vos soupçons me sont furieusement injurieux.
Je ne vous aurois jamais crue capable de pareils sentiments en mon endroit. Qu'ai-je fait ? qu'est-il arrivé
depuis mon départ qui ait pu vous obliger à quitter cette confiance que vous aviez auparavant en moi ?
Qu'ai-je fait, méchante, depuis ce temps, que vous
pleurer, que me plaindre, que vous aimer ? Ce procédé vous paroit-il d'un inconstant et d'un homme attaché à quelque beauté de France, comme vous me le
reprochez ? Cependant vous m'accusez, et peu s'en
faut que vous ne me condamniez sur ce que je ne
vous écris pas assez souvent. Hélas ! en aime-t-on
moins pour en écrire moins ? Avant que notre mauvaise fortune nous eût séparés, croyez-vous que je
ne vous aimasse que pendant le temps que je vous
entretenois, et que ma flamme prit fin avec la conversation ? Je vous aimois en vous quittant, je vous
aimois en me promenant, je vous aimois en retournant vous voir, et toujours aussi ardemment que
je vous aimois entre mes bras. Quand je ne pouvois
pas vous le dire, vous m'avez dit cent fois que vous
vous le disiez à vous-même, et que vous repassiez
dans votre esprit mes assurances et mes protestations.
Que n'en faites-vous autant aujourd'hui ? Ah ! c'est
que vous ne m'aimez plus. Je le vois bien, et la
seule chose que j'appréhendois tant est enfin arrivée.
C'est tout ce que je puis m'imaginer d'une personne
qui ne me demande que du papier pour preuve de
mon amour. Considérez la différence de vos prières
et des miennes. Je vous prie de m'aimer toujours,

vous me priez de vous écrire ; je vous demande l'effet de tant de promesses que vous m'avez faites de me conserver votre cœur, de ne m'oublier jamais, de penser continuellement en moi, et vous me demandez des lettres. Il est vrai que vous me demandez moi-même. Ah ! je suis un ingrat, ou plutôt un insensé. Vous m'aimez plus que je ne mérite, bien que pourtant vous ne m'aimiez pas plus que je vous aime. Que cette dernière demande m'est avantageuse ! Elle me paroît pourtant inutile. Ne suis-je pas à vous ? Hélas ! je suis tant à vous, que je ne suis pas à moi. Je ne pense qu'en vous, je ne vis que pour vous, vos douleurs sont les miennes, vos afflictions me tourmentent, vos maux me tuent. Puis-je mieux être à vous ? Plût au ciel que la nouvelle de la paix qu'un officier françois vous a donnée fût vraie, ce seroit à vos genoux que je vous irois confirmer que je vous aime : je les mouillerois de mes larmes, et je mourrois de joie de me voir rejoint à la personne dont l'absence me fait mourir de regret. Ah ! que vous n'auriez plus sujet d'appréhender un second éloignement, si ma bonne fortune me pouvoit ramener une seconde fois dans votre chambre. Je sais trop bien maintenant quelles sont les cruautés de l'absence pour m'y retourner exposer. Mais, hélas ! me pourrai-je voir un jour en état d'exécuter ce que je vous promets ? Cette paix dont vous me parlez est-elle assurée ? Je le souhaite, et je n'ose pas le croire ; je suis trop malheureux pour qu'un tel bonheur m'arrive. J'appréhende effroyablement ce que vous me dites : *Je ne vous verrai peut-être jamais*. Ce

n'est pas, ma chère âme, que je vous aie abandonnée;
j'abandonnerois mes parents, mes biens, ma fortune
et ma vie plutôt que vous : c'est le bonheur qui nous
a abandonnés l'un et l'autre, et sans lequel il est bien
difficile que nous nous revoyions. Que cette pensée
est funeste! qu'elle est contraire à notre repos! Hélas! c'est celle-là même qui est la cause de votre désespoir et de votre évanouissement. Ah! Mariane, je
suis donc la cause de l'un et de l'autre; et je me contente de pleurer et de soupirer pour vous, au même
temps que vous mourez pour moi. Ah! cruel, que
je suis barbare et impitoyable! vos yeux perdent la
lumière et leur éclat ordinaire, et les miens se con-
tentent de répandre des larmes! votre belle bouche
se fermera, et la mienne ne s'ouvrira qu'à quelques
sanglots! tous vos sens vous abandonnent, et les
miens sont encore assez à moi pour vous consoler! Et
j'ose vous assurer avec tout cela que je vous aime!
Adieu, je meurs de honte de n'être pas mort de
désespoir et d'amour, et si les destins me sont encore
assez ennemis pour me faire survivre à ma honte et
pour prolonger la fureur où me jettent les sentiments
que j'ai présentement, il n'est ni guerre ni danger
qui m'empêche de retourner en Portugal, et d'aller
sacrifier à vos pieds, et peut-être, hélas! à votre
tombeau, la vie du plus lâche de tous les amants et
de celui qui méritoit le moins vos faveurs. Je ne puis
plus vous écrire, je suis indigne de prendre cette liberté : mes sens qui le reconnoissent se révoltent
contre moi; mon esprit refuse de me fournir des
pensées, et ma main de les écrire; à peine vous

puis-je assurer que, malgré tout mon procédé, il ne
laisse pas d'être très-vrai que je vous aime plus que
toutes choses. Adieu! Adieu!

LETTRE IV[1]

Que j'aurois, aussi bien que vous, de choses à vous
dire, et que je vous en dirois beaucoup si je croyois
que vous ajoutassiez quelque foi à mes paroles, et si
je ne connoissois depuis quelque temps que vous
avez conçu d'étranges et de peu favorables opinions
de mon honneur et de mon amour. J'ai en vain
tâché de vous éclaircir de mes sentiments, vous ne
m'en prenez pas moins dans votre dernière lettre
pour un infidèle et pour un trompeur. Ah! que j'avois
bien prévu le malheur qui me devoit arriver, et que
j'avois bien toujours appréhendé que vous oublieriez mon amour et ma fidélité à mesure que je
m'éloignerois. Mais quoi! vous ne vous contentez pas
de me soupçonner depuis mon départ, vous dites
encore que je ne vous aimois pas même dans le Portugal. Ah! cruelle! que ce reproche m'est sensible,
qu'il me touche vivement! J'ai donc toujours été
un dissimulé? Quoi? votre passion, votre amour
étoit-elle si peu clairvoyante, qu'elle ne pût pas reconnoître mes déguisements et mes contraintes? ou
comment est-elle devenue si éclairée depuis que je

1. Cette lettre répond à la troisième de la 1re partie, p. 13.

suis en France, pour vous avoir pu faire apercevoir de mille choses passées que vous n'aviez point vues en leur temps? Croyez-moi, chère Mariane, vous ne vous êtes point trompée quand vous avez cru que je vous aimois, et vous ne vous tromperez point encore quand vous croirez que je vous aime plus que jamais et plus que toutes les choses du monde. Oui, Mariane, je vous ai aimée sans consulter l'avenir, ni les suites que pourroit avoir ma passion; je me donnai tout à vous dès le moment que je vous vis; ma raison avait beau me dire qu'il faudroit partir un jour, mon amour me persuadoit au contraire que je ne partirois jamais : mon cœur me disoit qu'il n'y consentiroit point, et je me disois à moi-même que je ne le pourrois pas. Je vous découvris l'effet que vos yeux avoient fait sur mon âme; vous me crûtes, il est vrai, et vous eûtes pitié de moi; vous m'aimâtes même, cela m'est trop avantageux pour l'oublier ni pour le dissimuler : mais comment eussiez-vous pu faire pour ne me croire pas, pour ne me plaindre pas, et, si je l'ose dire, pour ne m'aimer pas? Vous vîtes tant d'ingénuité, tant de franchise sur mon visage, tant de vérité dans mes discours, si peu de ménagement et si peu d'artifice dans ma conduite, que vous ne pûtes ne me croire pas. Quand je vous parlai de ma passion naissante, de ce que je ressentois dans l'âme pour vous, de ce feu qui me dévoroit et qui de vos yeux avoit si bien sû passer dans mon cœur; quand je vous exprimois mes divers mouvements, mes espérances et mes craintes, et l'état pitoyable où les unes et les autres me rédui-

soient, le moins que vous puissiez à mon égard,
n'étoit-ce pas de devenir sensible et pitoyable à tant
de maux dont vous étiez la cause? Depuis, mes assiduités, mes prières, mes soupirs, mes larmes, ou
pour le dire en un mot, mon amour attira le vôtre.
Que mon bonheur étoit extrême en ce temps là!
Vous le connûtes par mille marques que je vous en
donnai, dont vous ne doutiez pas comme vous faites à
présent; cela vous obligea à me combler de vos faveurs
et à me faire passer mille douces heures auprès de
vous, dans des contentements et dans des transports
que vous étiez seule capable de donner. Vous vous
en ressouvenez de ces transports et de ces plaisirs;
mais vous ne voulez pas sans doute vous ressouvenir
de la manière avec laquelle je m'abandonnai aux
uns et aux autres. Quand vous me reprochez que je
paroissois avoir de la froideur même dans ces occasions, ah! Mariane, que dites-vous? Un rocher en
eût-il été capable? Avez-vous oublié combien mes
petits emportements vous donnoient de la joie? Ne
les avez-vous pas souvent admirés? Ne vous en êtes-
vous pas même quelquefois étonnée? Vous en êtes
venue jusqu'à me dire que je vous aimois trop, et
vous me dites aujourd'hui que je ne vous aimois pas
même alors. Hélas! peut-être dirois-je vrai, si je vous
disois que vous ne m'aimez plus. Vous m'estimez
trop peu pour m'aimer beaucoup. Je vois bien dans
vos lettres quelque chose de bien tendre et de bien
touchant, cela me fait bien aussi du plaisir; mais je
ne puis pas m'imaginer, avec toutes vos paroles, que
vous puissiez m'aimer, tant que vous croirez que je

ne vous aime point et que je ne vous aimai jamais. Changez donc d'opinion, ayez-en une meilleure de moi : quelques sujets que j'aie de soupçonner votre fidélité, je ne vous en ai rien voulu encore faire savoir ; je veux être certain de votre faute avant que de vous accuser. Cette jalousie m'est venue depuis quelques jours ; elle ne m'empêche pourtant pas de vous aimer de toute mon âme, et de vous prier d'être assurée que vos maux, dont vous continuez de me parler, me deviennent absolument insupportables, et quoique peut-être ils ne soient pas si grands chez vous, ils sont extrêmes à mon égard. Ils me persuadent que vous m'aimez ; faites que la part que j'y prends vous persuade aussi véritablement que je suis toujours et tout à vous. Adieu.

LETTRE V [1]

C'est maintenant que je connois bien ce que j'ai perdu, et la haute félicité dont je suis déchu ; je n'aurois jamais cru que l'absence fût un si grand mal et qu'elle causât tant d'ennuis, lors même qu'elle semble devoir donner quelques plaisirs. J'ai quitté la chose du monde qui m'étoit et qui m'est encore la plus chère ; je prévoyois bien quelque chose de fâcheux et de cruel dans cette séparation, mais je croyois que ses rigueurs seroient beaucoup adoucies par l'assurance

---

1. Cette lettre répond à la quatrième de la 1re partie, p. 18.

dans laquelle je serois de votre amour, et par celle
que je vous donnerois de la continuation de la mienne.
Je croyois, lorsque je vous voyois tous les jours, qu'a-
vec toutes ces conditions, je pourrois un jour ne vous
voir pas sans être extraordinairement malheureux.
Cependant je vois bien le contraire de ce que je
m'étois imaginé. Il n'est rien que de funeste dans
l'absence, rien n'en peut soulager les douleurs, et les
remèdes de ces maux diffèrent en bien peu des maux
mêmes; tout y est matière d'inquiétude et de désespoir. J'ai bien le plaisir de vous aimer : hélas! le
puis-je dire sans vous offenser? qu'il est petit, qu'il
est médiocre ce plaisir, et qu'il est peu capable de
dissiper les ennuis et les craintes qui m'environnent
incessamment. J'ai le plaisir de vous aimer; mais ai-je
celui de vous le dire? ai-je celui de vous le persuader par mes serments ni par mes actions? ai-je celui
de vous voir ou me croire ou en douter, pour pouvoir ou vous remercier ou vous rassurer? ai-je le
plaisir de passer quelques heures auprès de vous,
de vous parler, ni de vous ouïr? Et sans tout cela,
Mariane, y a-t-il du plaisir à aimer? Disons donc
que je n'ai pas le plaisir d'aimer, mais que j'ai celui de souffrir pour vous, qui effectivement me soulage dans mes plus grands malheurs. Vous me direz
que j'ai du moins la satisfaction d'être assuré que
vous m'aimez; pardonnez-moi encore si je dis que
cette satisfaction est bien légère et a bien peu de
fondement. Je ne m'en rapporte qu'à vous : si les
sentiments que j'ai vus dans vos lettres sont véritables, en êtes-vous plus contente? Goûtez-vous de

grands plaisirs sur ce que je vous ai dit et juré mille
fois que je vous aimerois toujours et partout, et que
les faveurs de la bonne fortune, ni les caprices de la
mauvaise, n'apporteroient aucun changement à ma
passion? En avez-vous passé, pour tout cela, des moments plus tranquilles? M'en avez-vous moins soupçonné d'infidélité? En avez-vous moins souffert de
douleurs? Et croyez-vous que je sois plus exempt de
jalousie que vous ou que je sois plus assuré de vos
paroles que vous des miennes? Ah! je vous aimerois moins que vous ne m'aimez, si je vous en
croyois plus que vous ne m'en croyez. Sachez donc
que j'ai mes craintes et mes soupçons aussi bien
que vous, qui me dérobent toute ma vie et qui ne
me laissent pas un moment en repos. Je tremble
de perdre ce que j'ai tant pris de plaisir à acquérir et à conserver; j'appréhende que vous ne
vous donniez à quelque autre, et que, pendant
que je souffre incessamment à cinq cents lieues
de vous, vous ne riiez avec quelque autre de l'état
pitoyable où vous vous persuadez bien que je suis.
Considérez un peu si mes appréhensions sont sans
fondement. Je sais que vous m'avez aimé, que vous
m'avez même tendrement aimé, que vous n'avez pas
exigé de moi de grands ni de longs empressements
pour être persuadée de ma flamme et pour me donner votre cœur. Qui me répondra que je ne perde
pas avec une égale facilité ce que j'ai gagné avec si peu
de peine; et que huit jours d'absence ne m'ôtent pas
ce que huit jours de présence me donnèrent? Vous
me soupçonnez bien avec beaucoup moins de sujet :

s'il est des femmes en France, il est des hommes en Portugal, et mille personnes vous peuvent aimer, au lieu que je ne puis aimer personne. Que je reçus de chagrin, quand j'appris que l'on vous avoit fait portière dans votre couvent! Quelles pensées ne roulèrent pas alors dans mon esprit! « Hélas! dis-je en moi-même, chacun verra ces beaux yeux qui te donnèrent tant d'amour, et qui pourra les voir sans en prendre? Oui, chacun pourra l'aimer, et Mariane aimée de tout le monde ne pourra-t-elle aimer personne?» L'officier qui me rendit votre lettre me confirma puissamment dans mes soupçons : il me dit que vous n'aviez pas toujours les yeux attachés sur mon portrait, comme vous avez voulu me le persuader ; qu'il y avoit quelques personnes dont les visites fréquentes ne vous déplaisoient pas et auxquelles vous plaisiez infiniment. Que ce rapport me causa d'étranges mouvements! Quelquefois je ne pouvois assez vous accuser, et le plus souvent je ne pouvois assez m'accuser. « Je l'ai abandonnée, disois-je, pourquoi ne m'abandonnera-t-elle? Je l'aime pourtant encore, reprenois-je, pourquoi ne m'aimera-t-elle pas? Et si je n'aime qu'elle, pourquoi en aimera-t-elle d'autre que moi? » Ces sentiments de jalousie ont causé dans mon âme un désordre que je ne puis comparer qu'à celui que me causèrent à même temps vos reproches. J'y vis effectivement des témoignages d'amour que je n'osai pas soupçonner de feinte ni de déguisement, mais que j'accusai d'injustice. Pourquoi partis-je, me dites-vous? Hélas! l'ignorez-vous, et que votre intérêt se joignit au mien pour

m'obliger à partir? L'éclat qu'avoit fait notre amour
nous obligeoit à quelque ménagement. Nous n'en
étions capables ni l'un ni l'autre. Un vaisseau part : il
est vrai, je profitai de cette occasion. Vous le sûtes,
nous en fûmes également affligés. Quoique les suites
de ce départ ne vous fussent pas entièrement connues, vous dites que je témoignai de la froideur à
cette séparation. Oui, Mariane, je l'avoue, mes sens
m'abandonnèrent, ma chaleur me quitta, et je parus
dans un état à faire désespérer ceux qui me voyoient,
non-seulement de ma santé, mais encore de ma vie ;
et la froideur que j'eus quand nous nous séparâmes
étoit de celles qui suivent la séparation de l'âme et du
corps. Ni mon devoir, ni mon honneur, ni ma fortune, n'étoient pas ce qui m'obligea à vous quitter.
J'étois plus attaché à vous qu'à toutes les choses du
monde, je vous devois mes soins ; l'honneur d'être
souffert auprès de vous étoit le seul où j'aspirois, et
j'avois moins d'amour pour ma fortune que d'envie
de trouver quelque bonne fortune dans mon amour ;
mais votre intérêt se joignant au mien, votre bonheur
et votre devoir dépendant en quelque manière de
mon départ, ce que vous me faisiez connoître si souvent en me disant que *je vous rendois malheureuse;* en falloit-il davantage pour m'obliger à
m'éloigner, à m'exposer à tous les tourments pour
vous en épargner, à m'exposer aux souffrances pour
vous en délivrer? Enfin, je partis, je m'éloignai,
nous nous séparâmes. Ah ! cruel départ, funeste
éloignement, mortelle séparation ! J'eus continuellement les yeux tournés du côté de votre couvent ;

mon cœur y poussoit tous ses soupirs; mon âme fit
tous ses efforts pour s'y envoler. Hélas! depuis ce jour
je n'ai eu que malheur, que chagrin, que tristesse;
notre vaisseau fut battu de la tempête, et comme
vous l'avez su, nous fûmes contraints de relâcher
au royaume d'Algarve. Je n'ai jamais eu plus de fermeté que dans cette tempête; je ne craignois la mer
ni les vents; tout ce que je pouvois craindre étoit
arrivé : c'étoit notre éloignement. Je n'appréhendois
point comme les autres de faire aucune perte : j'avois
tout perdu en vous quittant. Que j'eusse été fortuné
si j'eusse pu me perdre moi-même, après vous avoir
abandonnée! Hélas! j'étois réservé à de plus grands
déplaisirs; ils ne devoient pas finir si tôt, et ma vie
ne fut prolongée que pour prolonger mes afflictions.
Combien en ai-je supporté depuis! Comme si ce
n'eût pas été assez des miennes, il m'a fallu encore
essuyer les vôtres; j'ai pleuré, et quand j'ai cru
que votre amour vous faisoit souffrir pour moi et
quand j'ai cru que vous m'oubliez; j'ai soupiré avec
vous, j'ai souffert avec vous, j'ai failli à mourir
avec vous; et ce qui m'a le plus touché, c'est que lors
même que je vous ai cru infidèle, j'ai soupiré tout
seul, j'ai souffert tout seul, j'ai failli à mourir tout
seul. Je suis encore dans cet état, je suis flottant
entre l'espérance d'être aimé et la crainte de ne l'être
plus. Votre lettre semble bien me rassurer un peu;
mais, hélas! qu'est-ce qu'une lettre? vous m'y demandez le portrait et des lettres de ma nouvelle maîtresse. Non, Mariane, je ne vous les enverrai point,
je les estime trop, et ce sont des gages trop précieux

pour m'en vouloir défaire. Votre portrait (car c'est celui de la nouvelle maîtresse) me fait goûter de trop agréables moments, je ne m'en saurois passer, surtout depuis que j'ai appris que le mien fait une partie de vos occupations. Je passe les jours entiers au-devant du vôtre, où je me repais de cette image dans le malheur qui me prive de la présence de l'original. Vos lettres, qui sont un second portrait de votre âme, me sont trop favorables, et je ne m'en déferai jamais. Voilà comment je réponds à votre jalousie si peu juste et si mal fondée. En vérité, croyez-vous que je voulusse m'engager à une nouvelle inclination, qui ne me sauroit promettre tant de plaisirs que la vôtre et qui pourroit me causer autant d'ennuis? Non, Mariane, je mourrai avec la passion que vous m'avez inspirée, je ne la quitterai jamais, je n'en prendrai jamais d'autre, et je vous témoignerai par mes actions toutes passionnées et par des effets qui peut-être vous surprendront que vous avez plus de raison que vous ne pensez de ne me prier plus de vous aimer. Adieu.

LETTRE VI[1]

Enfin, Mariane, vous ne m'aimez plus, et vous triomphez dans votre lettre de cette victoire que vous avez obtenue sur votre cœur. Vous ne vous

---

1. Cette lettre répond à la cinquième de la 1re partie, p. 20.

contentez pas même de ne me vouloir plus aimer, vous voulez encore que je ne vous aime plus et que je ne vous écrive plus. Je trouve que vous avez raison; mon amour vous feroit honte, il vous reprocheroit à tous moments votre perfidie, et mes lettres remplies d'une aigreur et d'une passion qui ne leur est pas ordinaire vous feroient repentir de votre résolution. Mais, que je suis insensé! cette résolution est trop bien affermie pour pouvoir être ébranlée, et ce n'est pas seulement depuis votre dernière lettre que vous l'avez prise. Si les objets ne sont présents à vos yeux, ils ne le sont jamais à votre mémoire, et vous commençâtes à m'oublier dès que vous commençâtes à perdre tant soit peu mon vaisseau de vue. Je vois maintenant l'origine de ces petites querelles, de ces plaintes, et de ces jalousies dont vous remplissiez toutes vos lettres. C'étoient autant de préparatifs pour ce grand dessein que vous venez d'exécuter si heureusement; vous vouliez chercher quelque prétexte légitime à votre inconstance; vous m'accusiez pour me trahir avec plus de sûreté, et vous m'imputiez faussement une infidélité, afin d'y trouver une excuse pour la vôtre. Cruelle! c'est donc ainsi que vous donnez de l'amour sans en prendre; c'est ainsi que vous quittez votre passion, sans l'ôter à ceux à qui vous en aviez donné! Qui vous eût jamais cru capable d'une pareille action qui répond si peu à vos premiers emportements, à vos premiers desseins, et même à vos premières lettres? Que sont devenus ces sentiments si généreux et si amoureux en même temps? ces plaintes si touchantes? ces résolutions qui m'étoient si avantageuses? Infidèle! qu'est devenu votre amour? et que voulez-vous que devienne la mienne? Ne puis-je pas vous accuser d'être plus légère que le papier sur lequel vous m'avez fait tant et tant de protestations d'une inviolable fidélité? Belles, mais vaines protestations! agréables, mais trompeuses promesses! qu'ai-je fait pour vous faire dégénérer en mépris, en menaces et en résolutions de vengeances? Vous me menacez, Mariane! que vos menaces sont inutiles en l'état où je suis présentement! vous ne m'en sauriez faire qui me pussent faire appréhender de plus grands maux que ceux que je ressens. Non, je n'ai plus rien à craindre, parce que je n'ai plus rien à perdre; et tout est perdu, puisque je perds Mariane. Quel nouveau déplaisir peut-on me causer après celui-là? On peut m'ôter la vie; que m'importe! je ne l'aime point depuis que vous ne m'aimez plus; je ne considère la vie que comme ce qui prolongera mes malheurs et mon désespoir; je ne voulois vivre que pour vous aimer; je croyois même n'avoir vécu que depuis le temps que je vous aimois; aujourd'hui que vous ne voulez plus que je vous aime, qu'ai-je que faire de la vie?

Au moins, en m'ôtant votre amour, en me voulant encore obliger à me défaire de la mienne, vous deviez me laisser mon innocence. Ne pouviez-vous devenir coupable sans m'accuser, et falloit-il m'imputer de faux crimes pour en commettre un véritable en mon endroit? Hélas! que je suis bien malheureux! Comme si vous avoir quittée et avec vous tous les plaisirs, si m'être éloigné de cinq cents lieues de tout ce que j'aimois, si vivre dans la crainte de ne vous revoir plus; comme si tout cela n'étoit pas d'assez grands maux, il a fallu que par un surcroît d'affliction vous m'ayez ôté votre amour que pourtant, si je l'ose dire, j'avois si bien méritée, que j'avois acquise par tant de fidélité, par tant d'assiduité, par tant de complaisances, et qui m'avoit coûté tant de larmes, tant de douleurs et tant d'inquiétudes! Vous ne vous contentez pourtant pas encore de cette extrémité, vous ne voulez ni que je vous aime, ni que je vous écrive. Ah! Mariane, ce n'est pas en de pareils commandements que j'ai fait vœu de vous obéir; vous pouvez ne m'aimer point, et vous faites ce que vous pouvez; mais je n'en suis pas de même, je ne puis ne vous aimer pas, et malgré l'injustice de votre procédé, je veux mourir pour Mariane inconstante, puisqu'ainsi que je l'avois résolu, je ne puis plus vivre pour Mariane fidèle. Je vous écrirai, et je ferai voir tant d'amour et tant d'empressement dans mes lettres, que peut-être cette profonde tranquillité que vous vous promettez en sera un peu émue. Que j'aurai du plaisir, si cela peut arriver, quand j'apprendrai que mes inquiétudes vous en causent, et que votre repos sera un peu altéré par la perte entière du mien! Je me flatte vainement du petit espoir de vengeance; je vous suis trop indifférent; vous ne m'aimez plus, et c'est tout dire; vous ne prenez aucune part en ce qui peut m'arriver; vous m'imputez même une indifférence que vous avez, parce que vous me la souhaitez. Eh bien, je ferai mon possible pour l'avoir; je tâcherai te procurer à mon âme cette funeste paix que je ne puis acquérir qu'en vous perdant. Hélas! puis-je être tranquille sans vous? et cette quiétude sied-elle bien à une personne qui a tout perdu, excepté le cruel ressouvenir de sa perte? Non, je n'aurai aucun repos que je ne vous aie obligée à changer de sentiment. Et quand je ne pourrois pas vous obliger à me redonner votre amour, je me fais fort de vous toucher de pitié, et de me faire plaindre si je ne puis me faire aimer.

Qui eût jamais prévu que de si beaux commencements eussent dû avoir des suites si fâcheuses, et qu'une amour aussi ardente qu'étoit la vôtre pût finir par une indifférence aussi froide que celle que vous me témoignez? Je devois pourtant bien m'y attendre; et si j'avois tant soit peu raisonné, je ne serois pas surpris du changement qui vient d'arriver en vous. Votre amour étoit trop prompte et trop violente pour durer; et vous aviez trop d'empressements étant auprès de moi, pour n'avoir pas de froideur quand vous n'y seriez plus! D'ailleurs, je devois bien considérer que votre amour ne dureroit pas si longtemps que la mienne. La vôtre, comme vous avez bien su me le reprocher, n'étoit fondée que sur des qualités très-médiocres qui sont en moi, et la mienne étoit appuyée sur mille qualités éminentes que chacun admire en vous. Outre cela, j'aimois une religieuse, et cent proverbes de votre nation ne m'avertissoient-ils pas qu'il n'est rien à quoi l'on se dût moins fier qu'à l'amour d'une religieuse? Vous avez beau faire leur éloge : l'expérience est plus forte que

13.

vos paroles, et je ne m'étonne point maintenant de
ce qu'elles ne se ressouviennent plus d'un homme
qu'elles ne voient plus, ni de ce qu'un absent est mort
dans leur esprit. Il n'est rien de plus naturel que
l'envie que l'on a pour les choses rares ou défendues;
et les hommes étant l'un et l'autre à une religieuse,
il n'est pas surprenant qu'elles en veuillent toujours
avoir quelqu'un devant les yeux; qu'elles n'aiment
que ceux qu'elles voient; ni qu'elles considèrent les
absents comme des gens qui ne sont point et qui
n'ont jamais été. C'est par là que je vous ai perdue
en vous perdant de vue; au lieu qu'une femme du
monde, étant chaque jour parmi les hommes, en
est moins empressée, et n'en choisit qu'un à qui elle
se donne toute et qu'elle aime absent comme présent jusqu'au dernier soupir de sa vie. Votre âme
me paraissoit néanmoins trop grande et trop relevée pour me donner lieu de la soupçonner des
bassesses du vulgaire; je vous croyois aussi constante que passionnée; je pensois que votre feu seroit
aussi durable qu'il étoit ardent; mais, je vois bien
le contraire de ce que je m'étois imaginé. Qu'il est
difficile en amour de ne croire pas ce que l'on
souhaite!

Cependant, j'ai reçu des lettres, un portrait et des
bracelets que vous m'avez renvoyés. Pourquoi me
les renvoyer? que ne les brûliez-vous? je me pourrois figurer mon malheur moins grand qu'il n'est,
et me flatter que vous les auriez gardés? Que ne
les avez-vous effectivement gardés? Appréhendiez-
vous qu'ils ne vous fissent ressouvenir d'un homme

que vous ne voulez plus aimer, et que vous ne voulez
plus croire d'avoir aimé? Ah! je vous réponds qu'ils
n'en auroient rien fait : un portrait ne feroit pas ce
que n'a pu faire l'original; des lettres sont inutiles où
les serments de vive voix ne peuvent rien, et des bracelets sont de bien foibles chaînes pour retenir une
personne qui sait si bien rompre ses résolutions et
ses promesses. Enfin, je n'en serois pas plus aimé;
vous ne m'en auriez pas moins oublié quand vous
auriez gardé toutes ces choses? Pour moi, j'ai votre
portrait que je ne prétends pas de vous renvoyer; ce
n'est pas que j'aie besoin de sa présence pour penser
à vous, votre dernière lettre ne m'y fait que trop
songer; je le conserve seulement pour pleurer sur
la copie les maux que vous me faites injustement
souffrir. Ne m'enviez pas cette petite félicité, si du
moins je puis donner ce nom à ce qui ne fera qu'augmenter mes douleurs. Dans mon malheur présent,
il me représentera ma bonne fortune passée, et vous
savez que la pensée d'un bien qu'on n'a plus est un
des plus grands maux qui accablent un misérable. Ce
sera devant cette copie que je justifierai toutes mes
actions, et que je prendrai de nouvelles forces pour
pouvoir supporter plus constamment les tourments
auxquels vous me destinez. Si je n'ose plus vous apprendre que je vous aime, je le dirai à votre portrait,
je me plaindrai à lui de votre changement et de votre
cruauté, et je passerai ainsi le reste de ma vie en vous
aimant malgré vous, en souffrant pour vous, et en
me plaignant, quoiqu'avec beaucoup de retenue et de
modération, de ce que vous traitez avec tant de ri-

gueur et d'inhumanité un homme qui vous adore.
Ouvrez cette lettre, Mariane, ne la brûlez pas sans
la lire; ne craignez pas de vous engager : votre résolution est plus forte que mes paroles, vous ne la
romprez pas pour si peu de chose, et ce n'est pas là
mon espérance. Tout ce que je prétends, c'est de
vous y faire voir mon innocence et la fermeté de mon
amour, qui résistera à toutes les attaques que vous
lui pourrez donner, comme il a déjà résisté aux caprices d'une infortune contraire et aux cruautés
d'une si longue et si fâcheuse absence. Vous verrez
que je suis toujours amant, tantôt de Mariane présente, tantôt de Mariane absente ; quelquefois de
Mariane passionnée, quelquefois de Mariane indifférente; de Mariane douce et de Mariane cruelle : mais
toujours de Mariane. Voilà tout ce que je veux vous
persuader, afin que vous donniez quelques plaintes
à mes souffrances et quelques larmes à mon trépas,
lorsque vous en apprendrez l'agréable nouvelle.
Adieu.

LETTRES

DE

MADEMOISELLE AÏSSÉ

A MADAME CALANDRINI

NOTICE

sur

MADEMOISELLE AÏSSÉ

Nous n'avons pas à faire l'éloge du mérite littéraire et historique des lettres de Mlle Aïssé, les nombreuses éditions qu'elles ont eues le proclament assez. Bien qu'elles s'étendent seulement sur une période de sept années, de 1726 à 1733, elles sont infiniment précieuses pour les historiens de cette première partie du règne de Louis XV si pauvre en documents originaux et en mémoires. Sur le ministère de M. le Duc qu'on a appelé avec raison une seconde régence, sur les commencements de l'administration du cardinal de Fleury, souvent sur la politique, beaucoup sur la société, on trouve là des détails qui ne sont pas ailleurs. Rien ne ressemble moins au « cailletage » dont Mlle Aïssé avait horreur, et aux nouvelles à la main, qui furent la plaie du xviiie siècle, que cette correspondance. Si en témoin véridique elle dit le mal comme le bien, elle ne se complaît jamais aux récits scabreux, et se garde de colporter les récits suspects. « Comme je voudrois rendre mes lettres un peu moins sèches et plus intéressantes, a-t-elle dit elle-même, j'écris les nouvelles que je sais bien. Je n'aimerois pas à vous mander tout ce qui se dit à Paris. Vous savez, madame, que je hais les faussetés et les exagérations : ainsi tout ce que j'écrirai sera sûrement vrai[1]. »

Comme écrivain, Mlle Aïssé est un de ceux où le cœur est supérieur à l'esprit sans pour cela lui faire tort. Au sortir de la Régence, à côté de Mme de Tencin, qui met-

---

1. Lettre III, p. 187.

tait la corruption en maximes[1], élevée par une très-
digne sœur de celle-ci, elle a les émotions sincères, les
indignations honnêtes, qui avaient presque complète-
ment disparu des mœurs et du langage de son temps.
Douée de beaucoup de jugement, la raison chez elle n'a
pas tué cependant la sensibilité. C'est par là qu'elle se distingue de Mme du Deffand, son amie et sa rivale posthume
dans le genre épistolaire, comme elle se distingue aussi
de Mlle de Lespinasse par le sentiment contenu, sans
cette exagération de passion qui choque quelquefois dans
les lettres, d'ailleurs si touchantes, de l'amie du comte
de Mora et de d'Alembert. Entre les lettres de Mlle Aïssé
et celles de la Religieuse portugaise le contraste est plus
frappant encore : ici c'est la passion dans toute sa violence, dans toutes ses exigences ; là c'est encore elle,
peut-être même plus profonde, mais moins impérieuse,
sachant se sacrifier à l'objet aimé, et ne faisant pas
même de l'amour un égoïsme à deux.

Et cependant, si jamais femme entra dans la vie par
la porte du roman, ce fut bien Mlle Aïssé. Entourée
d'un séduisant mystère, son berceau avait été placé dans
une région de cet Orient où toute une école de conteurs
cherchait alors des héroïnes. Même dans le monde des
mouches, du rouge et de la poudre, on l'appelait la
belle Circassienne, et cette sorte de tradition charmante
qui, comme un doux parfum, demeura après elle,
inspira à l'abbé Prévost son roman de l'*Histoire d'une
Grecque moderne.*

L'ambassadeur de France à Constantinople, M. de
Ferriol, mélange singulier de gentilhomme, de financier et de mondain délicat, tourné légèrement à la
vie orientale par un long séjour dans les États du
Grand Seigneur, avait acheté Aïssé presque enfant, et

---

1. C'est elle qui donnait à Marmontel ce conseil pour se pousser
dans le monde : « Faites-vous plutôt des amies que des amis. »

comme ses amis les Turcs achetaient une belle esclave.
Peut-être même acheta-t-il la paire, si nous prêtons
l'oreille aux médisances de l'avocat Barbier à propos
d'un prétendu mariage du comte de Bautru-Nogent
avec une jeune esclave que son ami l'ambassadeur de
France à Constantinople avait ramenée[1]. Jusqu'à quel
point M. de Ferriol en usa-t-il en maître avec Mlle Aïssé?
C'est là une question délicate qui a soulevé de gros dé-
bats et sur laquelle certains critiques ont un peu trop
traité M. de Ferriol de Turc à Maure.

Charles de Ferriol, baron d'Argental, comte de Ferriol, conseiller du roi en ses conseils, ambassadeur
extraordinaire de Louis XIV à la Porte Ottomane,
était, sous des apparences un peu brusques et avec
des vivacités qui compliquèrent plus d'une fois ses mis-
sions diplomatiques, un assez bon homme au fond.
N'est-ce pas Mlle Aïssé elle-même qui nous fait son
éloge[2]? Il est vrai que c'est à l'occasion de la maussade,
avare et tracassière Mme de Ferriol, et l'on peut craindre qu'ici l'éloge n'emprunte beaucoup au contraste.
L'on ne saurait cependant méconnaître, dans le passage
que nous rappelons, une sorte de cri du cœur, auquel
il semble juste de se tenir. Un autre témoignage, très-
secondaire, mais aussi très-désintéressé, confirme d'ailleurs celui de l'enfant d'adoption du comte de Ferriol.
Un voyageur, qui parcourait alors, par les ordres de
Louis XIV, la Grèce et l'Asie Mineure, Paul Lucas, et
qui eut l'occasion de fréquenter, dans le cours de l'année 1705, l'ambassadeur de France à Constantinople, se
loue beaucoup de son affabilité[3] et ne tarit pas sur sa
magnificence.

1. *Journal de Barbier*, t. II, p. 257.
2. Voir p. 263.
3. *Voyage du sieur Paul Lucas, fait par ordre du Roy, dans la
Grèce, l'Asie Mineure, la Macédoine et l'Afrique.* Paris, 1712, in-12,
t. Ier, p. 31, 43, 44 et 47. V. aussi *Corresp. de M. de Ferriol*, p. 37.

M. de Ferriol, qui paraît avoir guerroyé avant de devenir diplomate, traitait les affaires un peu trop en soldat, et le reproche lui en a été fait non sans raison[1]. On se le représente volontiers comme un autre comte d'Estrades, ou, mieux encore, comme ce belliqueux comte de Merle qui, en 1760, se rendit à l'audience du roi de Portugal en grand uniforme de capitaine de mousquetaires, pour y défendre son droit de préséance, contre l'ambassadeur d'Angleterre Lord Kinnoul [2].

Tel était l'homme, assez bon au demeurant, mais vif et emporté à ses heures, auquel fut liée pendant vingt-cinq ans (1695-1722) la destinée de la jeune Aïssé.

D'après une tradition conservée parmi les amis de la famille de Ferriol, et confirmée par Mlle Aïssé dans une sorte de placet adressé au cardinal de Fleury [3], ce fut vers l'année 1698 que M. de Ferriol, alors envoyé en mission particulière auprès du grand-vizir, acheta d'un marchand d'esclaves une jeune enfant qui pouvait avoir trois ou quatre ans et à laquelle on donnait, dans la langue du pays, le nom d'Haïdée. C'est de ce nom, qu'on trouve écrit ainsi dans les lettres de M. de Ferriol [4] et auquel lord Byron devait conserver toute sa physionomie orientale en le donnant à l'adorable créature qu'a immortalisée le deuxième chant de *Don Juan*, c'est de ce nom, disons-nous, que les contemporains du Régent et de Mme de Parabère, les lecteurs des *Lettres persanes* et bientôt des pastiches orientaux de Voltaire et de Crébillon fils, ont fait celui d'Aïssé. Moins harmonieux peut-être, il ne réveille pas cependant de moins tendres et de moins aimables souvenirs.

1. Le comte de Flassan l'estime « un militaire un peu trop emporté. » *Histoire de la diplomatie*, t. IV, p. 175 et 242.
2. Voir les *Mémoires de Malouet*, t. Ier, p. 13-15.
3. Voir la lettre VII, p. 216.
4. *Correspondance*, publiée par M. Varenbergh, p. 256, 381 et 372.

La jeune enfant achetée ainsi par M. de Ferriol était-elle de noble et même de royale origine? Devait-elle la naissance à quelque puissant chef circassien tué avec tous les siens dans un combat contre les Turcs? C'est du moins ce qu'on pouvait conjecturer des vagues souvenirs laissés dans la mémoire de Mlle Aïssé par une enfance plus libre, plus heureuse, entourée de respects et de pompeuses magnificences. Quoi qu'il en soit, M. de Ferriol, pour cette raison ou pour une autre, la prit tout d'abord en grande affection, et l'envoya en France auprès de sa belle-sœur Mme de Ferriol, femme du receveur général des finances du Dauphiné.

Suivant Mlle Aïssé elle-même[1], elle avait environ quatre ans lorsqu'elle fut amenée en France. En agissant ainsi, M. de Ferriol, qui était garçon et vieux garçon —il avait 51 ans—, avait-il une arrière-pensée plus maritale que paternelle, ou même, par un sentiment moins avouable, était-ce une maîtresse accomplie qu'il entendait se réserver pour l'avenir? Question indiscrète que nous n'aurions pas soulevée, mais qui, l'ayant été à la suite de la publication, faite en 1828, d'une lettre écrite par M. de Ferriol, et dont le sens paraît au premier abord terrible pour la mémoire de Mlle Aïssé[2], ne saurait être désormais évitée. Ajoutons tout de suite qu'elle doit être résolue suivant nous, comme elle l'avait

1. Lettre VII, p. 216.
2. Voici cette lettre, publiée pour la première fois en 1828 par M. de La Porte pour la *Société des Bibliophiles français :*

Lettre de M. de Ferriol, ambassadeur à Constantinople, à mademoiselle Aïssé.

Lorsque je vous retiray des mains des infidelles et que je vous acheptay, mon intention n'estoit pas de me préparer des chagrins, et de me rendre malheureux ; au contraire, je prétendis profiter de la décision du destin sur le sort des hommes pour disposer de vous à ma volonté, et pour en faire un jour ma fille ou ma maîtresse. Le mesme destin veut que vous soiés l'une et l'autre, ne

été déjà pour MM. Sainte-Beuve[1], Ravenel et Labitte, dans un sens tout à fait favorable à cette âme si belle. Presque à son lit de mort et dans une sorte de testament moral, Mlle Aïssé n'écrivait-elle pas à Mme Calandrini : « Je vous ai fait l'aveu de·toutes mes faiblesses, elles sont bien grandes, mais jamais je n'ai pu aimer qui je ne pouvais estimer. » Un pareil cri de la conscience vaut des preuves. Sur ce point délicat nous partagions déjà la conviction de ces sagaces critiques, lorsqu'une récente publication faite à l'étranger est venue ajouter une nouvelle force aux raisons alléguées par eux. Ce que n'avait pas fait la France, qui possède l'inappréciable dépôt du ministère des affaires étrangères, et où les papiers des familles de Ferriol et de Tencin n'ont pas sans doute été tellement dispersés ou détruits qu'il n'en reste quelque chose, un érudit étranger, M. Émile Varenbergh, vient de l'accomplir à Anvers en publiant une partie de la correspondance du

m'estant pas possible de séparer l'amour de l'amitié, et des désirs ardens d'une tendresse de père; et tranquille, conformés-vous au destin, et ne séparés pas ce qu'il semble que le Ciel ayt pris plaisir de joindre.

Vous auriés esté la maistresse d'un Turc qui aurait peut-estre partagé sa tendresse avec vingt autres, et je vous aime uniquement, au point que je veux que tout soit commun entre nous, et que vous disposiés de ce que j'ay comme moy mesme.

Sur touttes choses plus de brouilleries, observés vous et ne donnés aux mauvaises langues aucune prise sur vous, soyés aussy un peu circonspecte sur le choix de vos amyes, et ne vous livrés à elles que de bonne sorte, et quand je seray content, vous trouverés en moy ce que vous ne trouveriés en nul autre, les nœuds à part qui nous lient indissolublement.

Je t'embrasse, ma chère Aïssé, de tout mon cœur.

1. Ce fut en 1846 que parut pour la première fois, dans la *Revue des Deux Mondes* du 15 janvier, la *Notice* de Sainte-Beuve sur Mlle Aïssé. Cette notice est certainement l'une de ses œuvres les plus achevées. Voir encore Cranford, *Essais sur la littérature française*, Paris, 1828, t. 1er, 191; l'*Année littéraire*, 1788, t. VI, p. 209; et le *Mercure*, août 1788, p. 181.

comte de Ferriol d'après deux registres manuscrits de la Bibliothèque de Gand[1]. De cette correspondance, en grande partie composée de lettres échangées entre l'ambassadeur et son beau-frère le président de Ferriol, il résulte que les sentiments ainsi exprimés à distance par le premier au sujet de la jeune Aïssé étaient d'une nature exclusivement paternelle. A une époque où elle atteignait sa treizième ou quatorzième année et où l'enfant faisait place à la jeune fille, M. de Ferriol ne parle d'elle qu'en la comprenant toujours avec ses neveux, les jeunes Pont-de-Veyle et d'Argental, sous la dénomination affectueuse de : « nos enfants ». Il y a loin de ce langage à celui d'un séducteur en expectative ou d'un libertin, à demi musulmanisé, se ménageant pour l'avenir une fleur de harem[2].

Presque jamais, même quand il lui envoie de Constantinople quelques présents en guise de souvenirs, il ne la sépare des enfants de Mme de Ferriol, de la famille, serions-nous tentés de dire. En 1708, par exemple, il termine ainsi une lettre à son frère : « Je n'écris pas à ma sœur (*sa belle-sœur*), embrasse-la pour moy et mes

---

1. Comment cette correspondance, dont le premier registre (n° 153) contient les brouillons des lettres écrites par M. de Ferriol de 1699 à 1700, et le deuxième (n° 152) de simples copies, a-t-elle été échouer dans une bibliothèque de la Belgique, c'est ce qui peut s'expliquer par les mêmes causes qui accrurent celles de l'Angleterre et de la Russie de tant de richesses historiques et artistiques méconnues ou proscrites par la Révolution. Signalons en même temps à M. Varenbergh la légère erreur dans laquelle il est tombé en qualifiant M. de Ferriol du titre de marquis.

2. Le 24 décembre 1707, il écrit : « J'ay fort interrogé M. de Bizy sur tout ce qui s'est passé en Provence et à Paris, il m'a dit beaucoup de bien *de nos enfans*, il m'a encore appris la mort du fils de M. le marquis de Torcy, dont j'ay été très affligé. » — Le 18 avril 1708 : « Je n'écris pas à ma belle-sœur, embrassez-la pour moy et *nos enfans*; je suis à vous plus que jamais. » — Le 14 mai : « J'embrasse de tout mon cœur ma chère sœur et *nos enfans*. »

14.

enfans; les fichus que j'ay envoyés à Haïdée sont partis
de Smyrne... » (18 janvier)[1]. Une fois, il est vrai, une
seule fois il se sert d'une expression plus cérémonieuse
et plus galante : « Je salue la belle Haïdée, » écrit-il en
terminant sa lettre du 12 mars 1709. Mais Aïssé avait
alors quinze ans, et cet âge aussi bien que la pointe
d'ironie qui perce dans ce langage inusité empêchent
que ces mots tirent à conséquence. D'ailleurs l'argu-
ment décisif n'est pas là, il est dans le passage d'une
lettre où le jaloux, pourquoi ne pas dire le maître et le
sultan, se seraient assurément montrés à découvert si
M. de Ferriol eût fait dès lors, sur la liberté du cœur de
Mlle Aïssé, les réserves qu'on lui a supposées d'après la
lettre publiée par M. de La Porte. Celle qu'il avait
achetée, et qu'il pouvait en quelque sorte considérer
comme son bien, avait alors quinze ans, et, sa beauté lui
tenant lieu de dot, les prétendants s'étaient déjà présen-
tés. Le bruit en parvient à M. de Ferriol. Pour un Ar-
nolphe qui ménage pour lui-même un mariage des deux
mains, ou même de la gauche seulement, avec une Agnès
de Circassie, le moment était critique et prêtait à la
vivacité du langage. Que répond-il donc? « On a déjà
demandé, écrit-il froidement, simplement à son frère,
on a demandé Haïdée en mariage, je la trouve bien
jeune; j'ay cependant écrit à ma belle-sœur que si le
party était bon il ne fallait pas le rejetter. » (16 octobre
1708)[2].

Sans doute ces calculs tout paternels purent, lors du
retour de M. de Ferriol en France, faire place à d'autres
plus égoïstes et moins honnêtes. Mais ce retour n'eut lieu
qu'en 1711. A cette époque M. de Ferriol avait soixante-
quatre ans, et sa santé était fort délabrée. Frappé
d'une sorte d'apoplexie, dans les derniers mois de son

1. *Correspondance*, p. 256.
2. *Correspondance*, p. 323.

séjour à Constantinople, il y avait un instant passé pour
fou et été tenu en chartre privée par son propre secrétaire et par ses gens. Cet âge, cet état valétudinaire méritent d'être considérés dans le débat. Ce sont là des garan-
ties, comme Sainte-Beuve l'a finement remarqué. Ce que
nous révèle à cet égard la *Correspondance* nouvellement publiée n'en diminue pas la valeur[1]. Souvenons-
nous encore que Mlle Aïssé avait de seize à dix-sept ans
quand « son Aga » revint à Paris habiter en commun
avec M. et Mme de Ferriol et avec leurs enfants l'hôtel de
la rue Neuve-Saint-Augustin qui portait alors son nom.
N'oublions pas que cet âge n'est plus celui de l'ignorance,
et qu'elle-même enfin a dit qu'elle « ne pouvait aimer qui
elle ne pouvait estimer. » En pareille matière, où le mot
de la marquise de Lassay à son mari : « Comment faites-
vous, monsieur, pour être si sûr de ces choses-là, » sera
éternellement vrai, le mieux n'est-il pas d'en croire les
seules personnes qui soient nécessairement dans le secret, surtout lorsque ces personnes sont sincères, re-
pentantes, comme le fut Mlle Aïssé ?

Pendant les treize années qui s'écoulèrent entre l'arrivée de Mlle Aïssé en France et le retour de M. de Ferriol, dans quel milieu se trouva-t-elle placée, quelle fut
son éducation, son existence enfin? Pour répondre à ces
questions il faut faire connaître, plus intimement que
nous ne l'avons fait encore, la famille de Ferriol.

Né en 1650 et de trois ans plus âgé que l'ambassadeur,
le président de Ferriol à qui, ou plus exactement à la
femme de qui l'ambassadeur confia Mlle Aïssé, était, malgré son titre tout parlementaire, plutôt un financier qu'un
magistrat. Sa charge de conseiller au parlement de Metz,

1. Voir surtout p. 301, 309, 317, 331, 383. On lit également
dans Dangeau, à la date du 10 juin 1718 : « M. de Ferriol, qui
a été longtemps ambassadeur à Constantinople et qui est fort
vieux, est à l'extrémité. » T. XVII, p. 322. Il mourut le 26 octobre 1722, âgé de 75 ans.

paraît l'avoir beaucoup moins occupé que celle de receveur général des finances du Dauphiné, la même que remplit un peu plus tard l'un des célèbres frères Pâris. C'est du moins ce qui ressort très-bien de la correspondance des deux frères nouvellement publiée et dans laquelle le receveur général joue, avec Samuel Bernard, Blondel de Jouvancourt et Blondel de Sissonne, le rôle d'agent financier pour les sommes importantes que le service du roi et le soin des intérêts français en Orient mettaient à la disposition de l'ambassadeur[1]. Très-clairvoyant sur les intérêts de son frère et de sa belle-sœur, le comte de Ferriol conseillait même au premier, en 1708, une retraite qu'il croyait prudente. « Je suis persuadé, écrivait-il, que vous trouverés beaucoup de douceur avec M. Desmarest (le Contrôleur général), mais ne songez-vous point à quitter les finances ? Je crois qu'il en est tems et que vous devriez vous y disposer ; vous pourriés même vous servir dans cette occasion de la faveur de M. Desmarest ; il est bon de se donner une espèce de repos et de se mettre en état de ne laisser pas à sa famille des affaires embrouillées[2]. »

Il faut croire que les avis du comte de Ferriol ne furent pas suivis ou que, s'ils le furent, les aventures dans lesquelles les Ferriol semblent s'être lancés pendant le Système, en compromirent singulièrement les bons effets ; car nous entendrons souvent Mlle Aïssé se plaindre plus tard de la gêne de la maison, et des économies auxquelles se livrait Mme de Ferriol, plus encore par nécessité que par avarice.

Mais, même alors, la principale figure de la maison était celle de la Présidente. Par elle les Ferriol se trou-

---

1. Voir p. 173, 185, 201, s. — Sur la liste des financiers qui furent taxés en 1717 par la Chambre de justice, Augustin de Ferriol figure pour 150,000 livres. *Vie privée de Louis XV*, p. 167.
2. *Correspondance*, p. 300. Lettre du 26 mai 1708.

vaient alliés aux Tencin, et par elle aussi l'esprit d'intrigue, d'ambition et de galanterie, si particulier à ceux-ci, venait s'ajouter aux vues et aux mœurs financières de ceux-là et produire le plus singulier assemblage qui fut peut-être dans cette société si féconde cependant en contrastes. De vingt-quatre ans plus jeune que son mari, Mᵐᵉ de Ferriol atteignait à peine sa vingt-cinquième année quand Mˡˡᵉ Aïssé fut confiée à ses soins. Elle était de tous points la digne sœur aînée de Mᵐᵉ de Tencin, qui, sous la Régence, allait tenir à un titre suspect la maison du cardinal Dubois. En effet si sa liaison avec le maréchal d'Uxelles n'était pas encore formée elle était bien près de l'être. Deux frères, l'abbé de Tencin, remuant et ambitieux, mais en somme homme d'esprit et d'humeur égale, le président de Tencin retenu en Dauphiné par l'exercice de sa charge, et une troisième sœur, la comtesse de Grolée, que d'Argenson appelle une « bête bavarde, » double épithète qui, par comparaison avec le jugement qu'il porte sur Mᵐᵉ de Ferriol et sur Mᵐᵉ de Tencin, peut presque paraître un éloge : telle était, avec les d'Argenson, les Allois, les Silvecane, les Barral, alliés aux Tencin et aux Ferriol, la famille au milieu de laquelle se trouva placée Mˡˡᵉ Aïssé.

Fut-elle élevée au couvent des Nouvelles-Catholiques, ainsi qu'on l'a supposé, d'après un tendre et mélancolique souvenir accordé par elle à une de ses compagnes[1]? La proximité de l'hôtel Ferriol et de ce couvent, situé rue Sainte-Anne, donne à cette supposition une grande vraisemblance. Toutefois c'est vainement que nous avons cherché le nom de Mˡˡᵉ Aïssé sur le registre des entrées et des sorties tenu par cette communauté religieuse et déposé aux Archives nationales après sa suppression en

1. Lettre XXXIV, p. 360.

1792. L'on devrait même abandonner tout à fait cette idée si ce registre[1] ne commençait pas à l'année 1700 seulement, et si, par suite, l'on ne pouvait attribuer à son entrée antérieure dans la communauté l'absence de mention qui la concerne.

Quoi qu'il en soit, tout annonce que Mlle Aïssé reçut une excellente éducation, qui se perfectionna bientôt dans la compagnie très-lettrée et très-élégante où nous la rencontrons, à la fin du règne de Louis XIV. Par les jeunes de Ferriol, Pont-de-Veyle, et d'Argental, elle connut Voltaire à ses débuts; par Mme de Lambert, tous les habitués de son salon; Fontenelle, Sainte-Aulaire, Montesquieu; par Bolingbroke enfin, très-probablement, les philosophes et les politiques du *Club de l'entresol*. Les lettres de lord Bolingbroke nous le montrent à ce moment très-lié avec Mme de Ferriol et avec Mme de Parabère, auprès de laquelle il était même fort empressé. De là sans doute l'amitié qui unit Mlle Aïssé à cette grande pécheresse, de laquelle on peut dire, après avoir lu les lettres où son amie nous la représente si bonne pour elle, si attentive à alléger ses douleurs, qu'il doit lui être beaucoup pardonné parce qu'elle a beaucoup aimé. De là certainement l'intimité qui se forma entre elle et la marquise de Villette, cette aimable cousine de Mme de Maintenon, devenue, vers 1720, la seconde femme du vicomte Bolingbroke[2].

Nous la voyons, dans les lettres de ce dernier, invitée à ce château de la Source, domaine que le célèbre exilé anglais avait acheté près d'Orléans. Elle dut plus d'une fois y rencontrer Voltaire, qui plus tard, retrouvant en Suisse Mlle Rieu, petite-fille de Mme Calandrini, ne fut pas étranger à l'heureuse indiscrétion à laquelle

1. Archives nat. Sect. hist. LL 1662.
2. *Lettres historiques, politiques, philosophiques et littéraires* de

nous devons la publication de ces lettres qu'il voulut annoter de sa main [1].

Si par d'Argental, Bolingbroke et Mme de Tencin, Mlle Aïssé confinait au monde des lettres et de la politique, elle se trouvait, par le comte de Ferriol, en plein pays de cour. Nous savons par elle-même que les maîtres de l'hôtel de Ferriol étaient fort liés avec leur voisin le duc de Gesvres. Une sorte d'idylle enfantine s'était même ébauchée entre la petite Aïssé âgée de huit ans et le jeune de Gesvres qui en avait onze. C'est ce qu'elle appelle, avec une simplicité charmante, ses amours avec le duc de Gesvres. « Nous étions tous deux très-innocents, dit-elle, moi dévote, lui autre chose [2]. » Plus tard le prince de Bournonville conçut pour elle un sentiment très-vif, mais cependant assez respectueux pour l'empêcher de mentionner dans son testament celle dont une libéralité même posthume aurait froissé la délicatesse.

Le Régent, dit-on, ne fut pas non plus insensible aux charmes et à la beauté exotique de la belle Circassienne. Mais elle ne savait pas donner son cœur sans son estime, et l'on doit croire que la réputation trop bien établie du Régent défendit mieux Mlle Aïssé de ses entreprises que la vertu douteuse et que la surveillance aisément corruptible de Mme de Ferriol.

On peut conclure d'un autre passage de ses lettres qu'elle fut de bonne heure fort liée avec Mlle de Duras, plus tard duchesse de Fitz-James. Mais une relation des

lord Bolingbroke, 3 vol. in-8, 1808, *passim.* — Cette intimité de Mlle Aïssé avec la vicomtesse Bolingbroke devint bientôt assez grande pour qu'elle la mît dans la confidence de ses sentiments pour le chevalier d'Aydie, et même pour qu'elle concertât avec elle le complot nécessaire d'un prétendu voyage en Angleterre, pendant la durée duquel elle mit au monde, à Paris, celle qu'elle appelle dans ses lettres « la pauvre petite », et à qui fut donné le nom de Célénie Leblond.

1. Voir p. 882, et l'Appendice.
2. Lettre XXIX, p. 341.

Ferriol, qu'il faut surtout noter, en raison des conséquences qu'elle eut sur la destinée de Mlle Aïssé, est
celle qu'ils avaient avec les Bautru-Nogent et, par eux,
avec les Biron et les d'Aydie, leurs alliés par le double
mariage du duc de Biron et de Blaise d'Aydie, comte de
Bénoge, père du comte de Rions, avec les deux filles
du comte de Bautru-Nogent[1].

Le comte de Rions, célèbre par sa liaison et peut-
être son mariage secret avec la duchesse de Berri, fille
du Régent, avait pour cousin le chevalier d'Aydie. Tout
puissant au Luxembourg, il y avait déjà introduit le
frère aîné de celui-ci, le comte d'Aydie, dont la femme
succéda à la comtesse de Brancas comme dame d'honneur de la duchesse et mourut à dix-huit ans, en 1717[2].
La conspiration de Cellamare, en interrompant la carrière de l'aîné qui s'y trouva compromis, ne nuisit
pas cependant au cadet : car le chevalier passe pour
avoir été un instant distingué par la duchesse de Berri.
A ce moment le chevalier d'Aydie[3] ne se sépare pas
encore de ce groupe d'épicuriens et de libertins que la
société du Temple préparait pour la Régence. Parmi
les hôtes assidus du Grand-Prieur, le président Hénault énumère : « M. de Caumartin, l'abbé de Bussi,
le chevalier de Caux qui faisoit penser à Thevenard
quand il chantoit, M. d'Aremberg, le chevalier d'Aydie

---

1. La comtesse de Bautru-Nogent était elle-même sœur du duc
de Lauzun. Voir Saint-Simon, t. XIII, p. 74.

2. *Mémoires de Dangeau*, XVI, § 12, p. 380, et XVII, 430, et
le *Mercure de France*, sept. 1717, p. 187.

3. Blaise-Marie d'Aydie, né vers 1692 ou même 1698, fils d'Armand Aydie, vicomte d'Aydie, et de Marie de Sainte-Aulaire. Chevalier de Malte et, successivement, lieutenant de la 3e compagnie des
gardes du corps, brigadier en 1740, il mourut probablement le
19 décembre 1768, et non en 1760, comme cela semble résulter du
Mercure de janvier 1769. Voir, sur ce point encore douteux pour nous,
l'*Appendice*. Craufurd le fait descendre du « fameux Odet d'Aydie »,
bâtard de cette maison de Foix qui donna des rois à la Navarre.

et le bailli de Froulay[1]. » Il ne tarda pas cependant à
s'amender, et cessa bientôt d'être un roué de la Régence
pour se transformer en l'amant le plus fidèle et le plus
tendre. Mlle Aïssé eut l'honneur de cette conversion, et
ce fut sous sa douce et salutaire influence que le cousin
de Rions devint le modèle des chevaliers, celui dont Voltaire s'inspira pour son Couci d'*Adélaïde Du Guesclin*[2].
On a dit que la première rencontre du chevalier et de
Mlle Aïssé avait eu lieu chez Mme Du Deffand, nous serions plutôt tenté de croire que cette tendre intimité
naquit dans le salon de M. de Ferriol lui-même, ou
bien encore chez les Biron ou les Nogent.

Nous nous garderions bien d'entrer dans les détails
de ces amours vraies, sincères, où chacun des amants
rivalisa de dévouement, d'abnégation, de sacrifice, le
chevalier pour se faire agréer comme époux sans cesser
d'être amant, Mlle Aïssé pour refuser un mariage qu'elle
jugeait contraire aux intérêts de celui dont elle mettait
la gloire au-dessus de son propre honneur. C'est dans
les lettres mêmes de Mlle Aïssé qu'il faut lire ces douloureux combats entre son amour et ce qu'elle estimait
son devoir. Nous ne croyons pas qu'il y ait une lecture
plus touchante que celle des lettres où elle nous fait
assister jour par jour à la lutte entre la chrétienne qui
se repent de ses faiblesses et ne veut plus y retomber
et l'amante qui ne peut anéantir son amour, mais n'en
garde que ce qu'il a d'immatériel et de divin.

1. *Mémoires*, p. 99.
2. « C'est un sujet, écrivait-il à l'occasion de cette tragédie, tout
français et tout de mon invention où j'ai fourré le plus que j'ai pu
d'amour, de jalousie, de fureur, de bienséance, de probité et de
grandeur d'âme. J'ai imaginé un sire de Couci, qui est un très-
digne homme, comme on n'en voit guère à la cour, comme qui
dirait le chevalier d'Aydie ou le chevalier de Froulay. » Lettre du
24 février 1733. — Et encore : « Si vous revoyez les deux chevaliers sans peur et sans reproche, joignez ma reconnoissance à la
sienne. » 13 janvier 1736.

Dans l'édition des *Lettres de Mlle Aïssé* que nous offrons au public, nous avons adopté le texte si savamment établi par M. Ravenel, et c'est pour nous un devoir de lui rendre un public hommage. Toutefois, l'étude attentive que nous en avons faite à nouveau, nous a conduit à le modifier sur certains points, fort rares, sans doute, mais ayant leur importance. Nous avons ainsi substitué au nom du maréchal de *Villars* celui du maréchal de Villeroy (p. 319), et assigné à la lettre VI une date un peu antérieure à celle qui lui avait été donnée. Par les notes nombreuses et détaillées que nous avons jointes au texte, on verra que nous n'avons rien voulu omettre de ce qui peut éclairer le lecteur sur les personnages nommés par Mlle Aïssé, et venir en aide à ceux qui consulteront ces lettres au point de vue de l'histoire et de la biographie. Nous croyons, en cela, avoir beaucoup ajouté aux précédentes éditions , et reconstitué, autant que possible, cette société au milieu de laquelle a vécu Mlle Aïssé et qu'elle a si bien peinte.

EUGÈNE ASSE.

1. Voici la bibliographie très-exacte des lettres de Mlle Aïssé : *Lettres de Mademoiselle Aïssé à madame C........., qui contiennent plusieurs anecdotes de l'histoire du temps, depuis l'année 1726 jusqu'en 1733. Précédées d'un narré très-court de l'histoire de mademoiselle Aïssé, pour servir à l'intelligence de ses lettres, avec des notes, dont quelques-unes sont de M. de Voltaire.* A Paris, chez La Grange, 1787. Petit in-12, IV-242 p. Biblioth. nationale. Z 1838 A. t. 1. — *Lettres de mademoiselle Aïssé à madame C........., etc. Nouvelle édition, corrigée et augmentée du portrait de l'auteur.* A Lausanne, chez Jean Mourier, et à Paris, chez La Grange, 1788. Pet. in-12 de 242 p. — *Lettres de mademoiselle Aïssé.* Paris, Léopold Collin, 1805. In-12. — *Lettres de mademoiselle Aïssé, accompagnées d'une notice biographique* (par M. de Barante) *et de notes explicatives* (par Auger). Paris, Chamerot, 1823. In-12 de 237 p. — *Lettres de mademoiselle Aïssé à madame Calandrini*, 5e édition, revue et augmentée par M. M.-J. Ravenel, avec une notice par M. Sainte-Beuve. Paris, Gerdès et Lecou, 1846, In-12 de 325 p. Biblioth. nationale. Z 1038 A. t. 5. Cette édition a eu plusieurs réimpressions.

LETTRES

DE

MADEMOISELLE AÏSSÉ

A MADAME CALANDRINI

LETTRE PREMIÈRE

De Paris, octobre 1726.

Je n'ai pu me résoudre à vous écrire plus tôt; j'ai envisagé avec chagrin que l'on ne vous laisseroit pas lire mes lettres; ainsi j'ai mieux aimé laisser passer les premiers empressements. Mandez-moi, madame, de vos nouvelles. Êtes-vous remise de la fatigue du voyage? J'ai plus fait de vœux pour que vous eussiez le beau temps qu'un amant n'en auroit fait : il ne seroit assurément pas plus occupé et affligé que moi de votre départ. Le soleil, la pluie, les vents, me paraissoient des embrasemens, des inondations, des ouragans : enfin j'ai respiré quand j'ai vu arriver le jour bienheureux pour vos parens et vos amis où ils vous ont enfin revue. Vous me manderez, s'il vous plaît, quelques détails de votre réception : je partage toutes les amitiés que vous recevez. Hélas ! je ne puis passer dans la rue où vous avez demeuré sans avoir le cœur serré et les larmes aux yeux.

Je reviens d'Ablon[1], où j'ai passé quelques jours tête à tête avec madame de Ferriol[2]. J'y ai toujours pensé à vous, et je dis à ma compagne le regret que j'avois que vous n'eussiez pas vu cette guinguette : dans l'instant je vois entrer dans le salon madame votre fille[3] ; jugez de ma joie. Elle passa ici pour aller à la Jaquinière : elle venoit de je ne

1. Ablon, dans le département de Seine-et-Oise, sur la rive gauche de la Seine.

2. Angélique Guérin de Tencin, fille d'Antoine Guérin de Tencin, mort premier président du Sénat de Chambéry le 31 octobre 1705, et de Louise Buffevant, mariée à Augustin de Ferriol, conseiller, puis président honoraire au Parlement de Metz. Née vers 1674, et âgée alors 52 ans, elle mourut le 1er février 1736. Elle était sœur de l'archevêque d'Embrun et de la célèbre Mme de Tencin. Voici le portrait que Saint-Simon trace des deux sœurs, inséparables par leurs galanteries et par leur esprit d'intrigues : « L'une qui a passé sa vie à Paris dans les meilleures compagnies de la ville, femme d'un M. de Ferriol demeuré assez ignoré et belle-sœur de celui qui a été ambassadeur à Constantinople ; l'autre religieuse professe pendant plusieurs années dans les Augustines de Montfleury, aux environs de Grenoble. Toutes deux belles, aimables ; madame de Ferriol avec plus de douceur et de galanterie, l'autre avec infiniment plus d'esprit, d'intrigues et de débauche. » Saint-Simon, *Addit. aux mém. de Dangeau*, t. XVIII, p. 158. — L'hôtel de Ferriol, où habitaient M. et Mme de Ferriol avec leurs deux fils, Pont-de-Veyle et d'Argental, et Mademoiselle Aïssé, était situé rue Neuve-Saint-Augustin. Il était mitoyen avec l'hôtel du maréchal d'Uxelles, dont on verra plus loin la liaison avec Mme de Ferriol, et faisait face à celui de Gesvres, qui occupait à peu près l'emplacement où sont situées aujourd'hui la rue et la salle Ventadour.

3. Renée-Magdeleine Calandrini, mariée à Jean-Louis Rieu, bourgeois de Genève. Voir l'Appendice.

sais où, aux environs. Notre dame prenoit du café ; elle vouloit se lever ; madame votre fille se précipita pour l'en empêcher. Le chien noir, qui est assez mal morigéné, saute sur la tasse de café pour japer, la renverse sur sa maîtresse : le désespoir s'empare de ladite dame ; fichu sali, robe unie tachée. Vous jugez de l'embarras de madame Rieu qui auroit voulu être à cent lieues de là. Pour moi, je vous l'avoue, j'eus tant envie de rire, que madame votre fille se remit. Cependant, passé ces premiers momens, on lui fit toutes sortes de politesses. Elle la trouva très-belle : en effet, elle l'étoit aussi, quoique dans un grand négligé.

Je parle toujours du voyage de Pont-de-Veyle [1], qui me procurera le bonheur d'aller vous voir. J'espère qu'à force d'en parler je forcerai d'y aller. Je suis occupée de ce projet : les hommes ne peuvent être sans quelques désirs. Je me flattois d'être une petite philosophe ; mais je ne le serai jamais sur ce qui touche le sentiment.

Pont-de-Veyle [2] se porte un peu mieux : il vous

---

1. Pont-de-Veyle, terre en Bresse, sur la rive gauche de la Veyle, dans un vallon fertile, couronné de coteaux. Elle appartenait à la famille de Ferriol qui en prenait le titre de comte de Pont-de-Veyle.

2. Antoine de Ferriol, comte de Pont-de-Veyle, fils aîné de Mme de Ferriol. Né le 1er octobre 1697, lecteur du Roi depuis 1720, il fut en 1740 nommé intendant général des classes par le ministre Maurepas son ami, et mourut le 3 septembre 1774. S'il passe pour avoir eu quelque part aux romans de sa tante, Mme de Tencin, il est l'auteur très-avoué de trois comédies, le Complaisant (1732), le Fat puni (1738) et le Somnambule (1739), resté au répertoire. La riche bibliothèque théâtrale qu'il avait formée fut, après sa mort, acquise par le duc d'Orléans. Grand faiseur de vers

assure de ses respects. D'Argental [1] est dans l'île
enchantée, chez son amie, qui a hérité considérable-
ment ; il revient à la Saint-Martin.

Legrand donna, l'autre jour, une comédie [2] qui
tomba de la plus belle chute que j'aie jamais vue. Il
n'en a pas été de même d'un opéra que deux violons
ont donné. Le sujet est *Pyrame et Thisbé* [3] : il y
eut une très-jolie décoration ; ils reçurent bien des
applaudissemens.

Je passe mes jours à chasser aux petits oiseaux :
cela me fait grand bien. L'exercice et la dissipation
sont de très-bons remèdes pour les vapeurs et les
chagrins : je reviens de mes courses avec appétit et
sommeil. L'ardeur de la chasse me fait marcher,
quoique j'aie les pieds moulus : la transpiration que

de société, il faillit, en mars 1749 être impliqué dans la disgrâce
du comte de Maurepas dont on l'accusait d'avoir été le collabo-
rateur dans le fameux quatrain qui causa la chute de ce ministre.
Voir les *Mémoires d'Argenson*, édit. de la *Bibl. elzévirienne*, t. III,
p. 260. — Pont-de-Veyle avait deux ou trois ans de moins que
Mlle Aïssé.

1. Charles-Augustin de Ferriol, titré comte d'Argental par la
possession d'une terre de ce nom située dans le Forez, à 30 kil.
de Saint-Étienne, frère de Pont-de-Veyle, et bien connu par sa
longue liaison avec Voltaire. Né le 20 décembre 1700, conseiller
au Parlement de Paris depuis le 21 février 1721 jusqu'au 30 juillet 1743, il refusa, en 1738, l'Intendance de Saint-Domingue, fut,
en 1759, accrédité par le duc de Parme comme son représentant
près la cour de France, et mourut à Paris le 5 janvier 1788. Il
épousa, en octobre 1737, Jeanne du Bouchet, fille d'un surintendant du duc de Berry, dont il devint veuf en décembre 1774.

2. *La Chasse au Cerf*, jouée le 14 octobre 1726. — Marc-Antoine
Legrand, acteur et auteur dramatique, né le 17 février 1676, mort
le 7 janvier 1728.

3. La première représentation de cet opéra, dont la musique
était de Rebel et Francœur, et les paroles de La Serre, eut
lieu le 17 octobre 1726.

cet exercice m'occasionne me convient. Je suis hâlée comme un corbeau : je vous ferois peur si vous me voyiez ; je voudrois bien en être à la peine. Que je serois heureuse si j'étois encore avec vous, madame ! Avouez que vous ne seriez point fâchée d'être encore à Paris. Pour moi, je donnerois bien une pinte de mon sang pour que nous fussions ensemble actuellement : je vous rendrois compte de mille choses, je goûterois le plaisir de vous revoir. Au lieu de ce bien, j'ai des regrets : que cela est différent !

Le chevalier [1] est en Périgord, où je crois qu'il s'ennuie : sa santé est toujours délicate, son cœur toujours plus tendre. Je vous enverrois avec plaisir des copies de ses lettres : mais non, il y a des choses qui vous déplairoient, et j'aurois honte que vous les vissiez. L'abbé [2] vit l'autre jour madame Rieu chez moi : ce fut un coup de foudre. Il revint le lendemain à Ablon : il me dit qu'il n'avoit jamais rien vu de si beau, à son gré. Les lys et les roses ne sont

---

1. Ici, comme dans tout le cours de la correspondance, cette expression désigne le chevalier d'Aydie. Issu d'une famille possessionnée dans le Périgord, le chevalier se rendait sans doute au château de Vaugoubert, habité par son père, et où eut lieu bientôt (10 juin 1727) le mariage d'une de ses sœurs, Marie d'Aydie, avec François d'Abzac, marquis de Mayac. Plus tard, ce fut le château de Mayac qui devint l'objet de ses fréquentes visites.

2. L'abbé Odet d'Aydie, frère du chevalier, né en 1702. Nommé aumônier du Roi, le 26 janvier 1736 ; pourvu en décembre 1737 de l'abbaye d'Uzerche, qu'il échangea, en avril 1745, contre celle de Savigny ; il mourut à Périgueux, le 5 août 1794, âgé de 92 ans. D'Argenson nous le montre au mieux avec Mlle de Charolais, et mêlé à une combinaison ministérielle, dans laquelle Vauréal, évêque de Rennes, prélat galant et diplomate, aurait été nommé secrétaire d'État des affaires étrangères (août 1739). *Mémoires*, t. II, p. 231.

pas si fraîches qu'elle étoit ce jour-là ; son air de modestie et de douceur plut si fort à ce pauvre abbé, qu'il m'en parle toutes les fois qu'il me voit. Cependant il avoit été prévenu. On l'avoit annoncée, et je lui dis : « Vous allez voir une des belles femmes de Paris. » Malgré cela, il fut surpris.

M. Berthier[1] vous aime toujours de même, quoiqu'il ait changé son goût pour moi en amitié. On vous aime pour vous, et non pas pour les autres. Vous le savez bien ; et, quand vous dites le contraire, vous parlez contre votre pensée. En bonne foi, peut-on vous connoître sans vous aimer ? J'en laisse juge votre cœur.

Adieu, madame : aimez-moi, et soyez assurée que personne dans le monde ne vous aime, ne vous estime et ne vous respecte autant qu'Aïssé.

1. Berthier de Sauvigny, né vers 1680, fils de Claude-Bénigne Berthier de Savigny, conseiller au parlement de Dijon, puis à celui de Paris, mort le 2 mars 1682, et de Louise-Marie de Machault, décédée le 25 août 1692. Elevé par le chancelier Boucherat, son tuteur, il était, depuis le 5 juin 1715, conseiller à la IVᵉ chambre des enquêtes, la même où siégeait d'Argental. Il ne faut pas le confondre avec son frère aîné, Louis-Bénigne, né le 3 novembre 1676, président de la Vᵉ chambre des enquêtes depuis le 13 juillet 1713, marié en 1708 avec Jeanne Orry, sœur du contrôleur général. C'est de ce dernier, mort en septembre 1745, que descendait le malheureux Berthier de Sauvigny, intendant de Paris, massacré avec son beau-père Foulon, le 23 juillet 1789. On voit par la correspondance de Voltaire que celui-ci les comptait parmi ses amis, avec le président de Maisons, Pont-de-Veyle, d'Argental et le duc de Brancas. Les deux frères, toutefois, étoient diversement appréciés, comme le prouve ce passage du *Journal de police sous Louis XV* : « On nomme M. Berthier de Sauvigny à l'intendance du Languedoc. On dit plus de bien de cet intendant que du président Berthier, son frère. » (27 juillet 1743.)

LETTRE II

De Paris, novembre 1726.

J'ai reçu la lettre que vous avez eu la bonté de m'écrire de votre campagne : je ne doute point que vous n'ayez eu un plaisir bien vif de vous être vu recevoir avec tant d'amitié. Les démonstrations de joie que l'on a eues de votre retour ne peuvent être feintes : ainsi, madame, vous avez joui d'un bonheur que les rois mêmes ne goûtent pas. Vous me direz qu'il n'étoit point nécessaire que vous fussiez malheureuse pour être aimée ; que vous le seriez tout autant, et même davantage, si vous étiez dans une fortune riante. L'expérience, il est vrai, fait voir que l'adversité et la mauvaise fortune déplaisent aux hommes, et que, le plus souvent, les bonnes qualités, le mérite, sont les zéros, et le bien le chiffre qui les fait valoir ; mais cependant on se rend toujours à la vertu. Je conviens qu'il faut en avoir beaucoup pour qu'elle supplée au manque de richesses : ainsi, madame, rien n'est plus flatteur que l'accueil obligeant que vous avez reçu. Vous êtes amplement dédommagée des injustices du Sort. Je suis charmée que vous vous portiez mieux ; rien ne contribue à la santé comme d'avoir sujet d'être content de soi. Je fais tous mes efforts pour déterminer M.[1] et madame de

1. Augustin de Ferriol, écuyer, comte d'Argental, successivement conseiller et président honoraire au parlement de Metz, trésorier-receveur des finances du Dauphiné. Il étoit fils de ce Jacques

Ferriol d'aller à Pont-de-Veyle; ils disent que c'est bien leur dessein, mais je ne le croirai que lorsque nous partirons. Il n'y a pas de jour que je ne leur fasse sentir le besoin de leur présence dans leurs terres, et celui de quitter quelque temps Paris.

M. de Bonnac[1] va à Soleure. Je lui ai parlé de madame votre sœur; madame de Bonnac[2] espère la voir souvent pendant son séjour dans ce pays-là. Comme il n'y a pas loin de Genève, nous irons, vous et moi, les voir; me dédirez-vous? M. et madame de Ferriol et Pont-de-Veyle vous font mille tendres complimens et respects. Pour d'Argental, il est dans l'île enchantée; on ne sait plus quand il en sortira. J'occupe sa chambre, parce que je fais raccommoder la mienne, qui sera charmante; je suis bien fâchée

de Ferriol, conseiller au parlement de Metz, qui opina pour la mort dans le procès de Fouquet (mort en 1666), et de Marie de Silvecane. Né vers 1650, il mourut à Paris le 3 février 1737.

1. Jean-Louis d'Usson, marquis de Bonnac. Entré dans la diplomatie en 1701, il avait de 1716 à 1725 représenté le roi de France à Constantinople, et venait d'être nommé en novembre 1726 ambassadeur auprès des cantons suisses, en remplacement du marquis d'Avaray. Né vers 1772, il mourut le 1er sept. 1738. — Saint-Simon a dit de lui : « C'étoit un neveu paternel de Bonrepos (ambassadeur en Danemark et en Hollande) qui avoit eu l'honneur d'épouser la fille aînée de Biron, à la vérité fort chargé d'enfants et pour rien. Il avoit de l'esprit et de l'expérience, et de la capacité dans les négociations, où il avoit passé sa vie. On l'avoit employé de bonne heure en Allemagne, puis dans le Nord, et en Pologne longtemps, enfin en Espagne, et on avoit eu lieu partout d'en être content. L'emploi délicat, mais fort lucratif de Constantinople, parut à la fois une dot et une récompense pour lui. » *Mémoires*, t. VIII, p. 339.

2. Madeleine-Françoise de Gontaut, fille aînée du maréchal de Biron, et, par sa mère Marie-Antonine de Bautru-Nogent, parente du chevalier d'Aydie. Née vers 1693, mariée le 22 novembre 1715 au marquis de Bonnac, elle mourut le 18 mars 1739.

que vous ne la voyiez pas : mes réparations me reviendront à cent pistoles. J'ai vu M. Saladin le cadet ; je me suis senti une tendresse pour lui dont je ne me serois pas doutée il y a six mois ; et je crois que je l'aurois eue pour M. Buisson , s'il avoit vécu. Les gens que j'ai connus chez vous me sont chers. Il y a longtemps que je n'ai vu madame votre fille ; elle a été à la campagne, et moi de mon côté. Nous sommes allés passer les fêtes à Ablon, mademoiselle de Villefranche [1], madame de Servigny [2], M. et madame de Ferriol, MM. de Fontenay, La Mésangère , le chevalier et Clémencey [3] : nous avons fait grand feu

1. Fille de Jean du Puy de Montbrun, marquis de Villefranche et de Marie-Marguerite de Friesen, sœur du comte Henri de Friesen, maréchal de camp général des armées de l'empereur, mort en 1706. Sa beauté était célèbre. « Il y avoit alors (1713), dit le président Hénault, trois beautés distinguées : Mme Martel (on l'avait surnommé la *Belle Viennoise*), Mlle de Villefranche, et Mme de Monasterol. » *Mém.*, p. 26. — Une note manuscrite de d'Hozier, relative à un fils du marquis de Villefranche et citée par M. Ravenel, dit quelques choses de plus : « C'est le frère de la belle Mlle de Villefranche, dont la mère s'aide ici pour leur subsistance commune ; c'est à quoi M. le comte de Toulouse ne nuit pas. » — Voltaire a dit d'elle : « Mlle de Montbrun récite très-joliment des pièces comiques Je l'ai entendue déclamer des rôles du *Misanthrope* avec beaucoup d'art et beaucoup de naturel. » *Corresp.*, 1715.

2. Marie-Marguerite de Carvoisin d'Achy, née vers 1683, morte le 30 mai 1742. Elle avait épousé, en janvier 1720, Pierre Brunel, comte de Servigny, président en la chambre des comptes, et était sœur de la marquise de Mimeure, l'amie de Voltaire.

3. Philippe-Claude Fyot de la Marche, appelé d'abord le chevalier, puis le comte de la Marche-Clémencey. Né vers 1706, successivement sous-lieutenant de la compagnie des gendarmes anglais, brigadier en 1743, maréchal de camp en 1745, lieutenant général en 1748, il mourut le 15 avril 1750. Il était frère du président de la Marche, l'ami et le condisciple de Voltaire. Les Mimeure étaient une branche de la famille Fyot de la Marche.

et bonne chère. Vous en êtes étonnée ; mais c'est pour longtemps. La maîtresse de la maison craignoit La Mésangère [1]. Elle n'a jamais osé appeler Clément, son chien noir, ni Champagne ; elle a été de très-bonne humeur, malgré sa contrainte, et la partie s'est très-bien passée. La Mésangère fut charmant. M. de Fontenay [2] m'a chargée de vous assurer de ses respects.

Il faut un peu vous parler des spectacles. Les deux petits violons Francœur et Rebel ont fait un opéra ; le sujet est *Pyrame et Thisbé.* Il est fort joli, quant à la musique ; car, pour le poëme, il est mauvais : il y a une décoration nouvelle. Le premier acte représente une place publique, avec des arcades et des

1. Très-probablement Antoine Scott, seigneur de la Mésangère, maître d'hôtel ordinaire du roi, fils de Guillaume Scott de la Mésangère, conseiller au parlement de Rouen, et de cette fille de madame de la Sablière (Marguerite de Rambouillet) à laquelle La Fontaine dédia sa fable de *Daphnis et Alcimadure*, et qui s'était, en 1690, remariée à Nocé. Né le 15 novembre 1680, il avait épousé, le 26 juillet 1713, Anne-Élisabeth Bourret, fille du trésorier de la duchesse de Nemours, et mourut le 4 mars 1743. C'était un homme d'esprit, que le *Système* avait assez maltraité. « Ayant trouvé, raconte Barbier, un pauvre qui lui demandoit l'aumône, et qui lui dit : « Je suis un pauvre gentilhomme ruiné « par un moulin à poudre qui a été brûlé, » il lui répondit : « Hé- « las ! monsieur, je suis un pauvre gentilhomme qui ai été ruiné « par un moulin à papier. » *Journal,* t. Ier, p. 324, et t. III, p. 273. La seconde Madame de la Mésangère, n'était pas indigne de la première : « Elle est fort aimable, dit encore Barbier, sait beaucoup de choses et très-bien, et sans paroître les savoir, et joue parfaitement du clavecin. » T. III, p. 450 et 453. — Un frère aîné de M. de la Mésangère, Guillaume, était président de la Chambre des comptes de Normandie.

2. Peut-être un parent de Nocé, dont le nom seigneurial était Fontenay.

colonnes; ce qui est admirable[1]. La perspective est parfaitement bien suivie, et les proportions bien gardées. Le pauvre Thevenard[2] tombe si fort, que je

[1]. Les décors de cet opéra étaient de Servandoni, sauf les figures qui étaient de Dumont, de l'académie de peinture.

Le *Mercure* d'octobre 1726 décrit ainsi cette décoration « qui fait, dit-il, l'admiration de tout le monde » : « Elle représente le superbe palais de Minos, dont on voit le vestibule voûté, soutenu par huit colonnes de pierre d'ordre toscan, avec des bossages rustiques vermiculés. A droite et à gauche sont deux grands passages qui conduisent à des portiques du même ordre d'architecture, par où s'échappent des accidents de lumière qui sont d'un effet surprenant. Aux deux côtés de la grande entrée du palais, on a placé deux groupes de figures qui représentent des enlèvements, en marbre blanc, sur leurs piédestaux, disposés avec beaucoup d'art. La façade du palais est d'ordre dorique, depuis le rez-de-chaussée jusqu'au tiers de l'élévation, avec des colonnes de marbre cannelées qui soutiennent le grand arc du milieu, de 25 pieds de haut, surmonté de son archivolte, où l'on voit des Renommées appuyées sur le sommet, avec des trophées de chaque côté, de grande manière. Au rez-de-chaussée, il y a une continuation de pilastres de même ordre, entre lesquels sont des niches, bas-reliefs et statues antiques. Les métopes de la corniche sont ornées de trophées d'armes, et au-dessus de cet ordre règne une suite d'arcades, avec des balustrades dans les arcades. Le milieu du dedans du palais représente une grande galerie en enfilade d'arcades très-élevées, soutenue par 24 colonnes isolées, avec contre-pilastres; interrompue sur sa largeur par deux grands salons circulaires ouverts par le haut, avec une balustrade en terrasse, qui communique aux divers appartements. Le premier salon est soutenu par des colonnes isolées, entre lesquelles sont des statues de marbre blanc assises sur des piédestaux. Aux deux côtés du salon, ce sont deux grands escaliers pour monter aux terrasses. Une statue équestre en bronze sur son piédestal de marbre blanc qui fait un effet admirable est placée au milieu du grand salon, qui communique à droite et à gauche à des colonnades circulaires d'ordre dorique, de marbre jaune antique, ainsi que toutes les colonnes et pilastres du rez-de-chaussée du palais. L'effet le plus surprenant que cette récréation produit aux yeux, après la recherche de la conception et l'excellent goût de l'architecture, c'est la grandeur du lieu que l'innocente magie de la perspective, jointe à l'union des coloris et à l'entente des lumières, fait paroître si vaste, qu'on est frappé d'admiration et d'étonnement. »

[2]. Gabriel-Vincent Thévenard, âgé alors de 57 ans, étoit né le

16

ne doute pas qu'il ne soit sifflé dans six mois. Pour Chassé[1], c'est son triomphe, il est acteur dans cet opéra; son rôle est très-beau; il fait deux octaves pleins. La Antier[2] en est folle. Mademoiselle Le Maure[3] est rentrée; et Muraire[4], qui a été très-mal,

10 août 1669. Il avait débuté en 1697, se retira en 1730, et mourut le 24 août 1741.

1. Claude-Dominique de Chassé, né en 1698, mort le 25 oct. 1786. Les vers suivants, improvisés dans un souper chez la duchesse de Luxembourg, font allusion à sa qualité d'excellent gentilhomme et à son genre de talent.

> Avez-vous entendu Chassé,
> Dans la pastorale d'*Issé?*
> Ce n'est plus cette voix tonnante,
> Ce ne sont plus ces grands éclats :
> C'est un gentilhomme qui chante
> Et qui ne se fatigue pas.
>
> (*Journal de Barbier*, t. VIII, p. 132.)

Et Dorat dans son poëme de la *Déclamation théâtrale*, chant III :

> Mais c'est peu de la voix, c'est peu de la figure,
> Si vous ignorez l'art d'achever l'imposture,
> De parer ces présents, d'y joindre l'action
> Et cette vérité d'où naît l'illusion.
>
> . . . .
> Faites-vous, s'il le faut, une secrète étude
> De chaque mouvement et de chaque attitude.
>
> . . . .
> C'est par là que Chassé régna sur notre scène.

2. Marie Antier, née en 1687. Elle se retira du théâtre en 1741 et mourut le 3 décembre 1747.

3. Catherine-Nicole Le Maure, née en 1704. Retirée du théâtre dès 1735, elle ne mourut qu'en 1786. Dorat décrit ainsi son talent :

> La célèbre Le Maure, honneur de notre scène,
> Asservissoit Euterpe aux lois de Melpomène.
> Elle phrasoit son chant sans jamais le charger :
> Ce qui languissoit trop, elle osoit l'abréger.
> Ce long récitatif, où l'auditeur sommeille,
> Fixoit alors l'esprit en caressant l'oreille.
>
> (*La Déclamation théâtrale*, chant III.)

4. Il avait, dit Laborde, une des plus belles hautes-contre qu'on ait jamais entendues. *Essai s. la musique anc. et mod.*, 1780.

se porte bien. Le bruit avoit couru qu'il se faisoit moine ; mais le métier est trop bon, et il ne quitte point l'Opéra. Il y a une nouvelle actrice, nommée Pellissier [1], qui partage l'approbation du public avec la Le Maure : pour moi, je suis pour la Le Maure ; sa voix, son jeu, me plaisent plus que celui de mademoiselle Pellissier. Cette dernière a la voix très-petite, et elle l'a toujours forcée sur le théâtre ; elle est très-bonne pantomime ; tous ses gestes sont justes et nobles; mais elle en a tant que mademoiselle Antier paroît tout d'une pièce auprès d'elle. Il me semble que, dans le rôle d'amoureuse, quelque violente que soit la situation, la modestie et la retenue sont choses nécessaires ; toute passion doit être dans les inflexions de la voix et dans les accens. Il faut laisser aux hommes et aux magiciens les gestes violens et hors de mesure ; une jeune princesse doit être plus modeste [2].

1. Née en 1707, elle avait débuté à l'Opéra en 1722. Retirée en 1741, elle mourut le 24 mai 1749. Elle remplissait le rôle de *Thisbé*. « Elle s'y est surpassée, dit le *Mercure* d'octobre 1726. Quoiqu'elle n'ait pas une voix des plus éclatantes, elle chante d'une manière à se faire entendre d'un bout de la salle à l'autre, et articule tous les mots si distinctement, qu'on n'en perd pas une syllabe ; son action ajoute encore de nouvelles grâces à ses chants. » Voir dans Marais (t. IV, p. 226) et dans Barbier (t. II, p. 155) son singulier procès avec un riche juif de Hollande, qui se termina par la pendaison de celui-ci en effigie et par le supplice très-réel de son agent Joinville.

2. La Harpe, qui loue beaucoup ce passage, ajoute cette remarque qui prouve que, malgré l'excellence du précepte de Mlle Aïssé, le style de la Le Maure fut plus imité que celui de la Pélissier : « Qu'auroit-elle donc dit de nos jours, si elle eût vu des femmes exprimer l'amour comme des Bacchantes, et la colère comme des Furies, et des acteurs et actrices ne parler qu'à coups de poing et prendre de l'emportement pour de la passion, et la démence pour de la chaleur? » *Corresp. littér. avec le grand-duc de Russie*, t. V, p. 84.

Voilà mes réflexions. En êtes-vous contente? Le public rend justice à mademoiselle Le Maure ; et quand on l'a revue sur le théâtre, elle parut premièrement à l'amphithéâtre, tout le parterre se retourna et battit des mains pendant un quart d'heure. Elle reçut ces applaudissemens avec une grande joie, et fit des révérences pour remercier le parterre. Madame la duchesse de Duras[1], qui protége la Pellissier, étoit furieuse, et me fit signe que c'étoit moi et madame de Parabère[2] qui avions payé des gens pour battre des mains. Le lendemain, la même chose arriva, et mademoiselle Pellissier en pensa crever de dépit.

La Comédie est de retour de Fontainebleau où il y a jubilé : nous ne l'avons pas ici, à cause de M. le cardinal de Noailles[3]. On est affamé de tragédies,

---

1. Angélique-Victoire de Bournonville, née le 23 janvier 1686, mariée le 3 janvier 1706 à Jean de Durfort, duc de Duras, maréchal en 1741. Voici le portrait qu'en fait Saint-Simon : « Elle dansoit à ravir. Jamais personne ne représenta mieux la déesse de la jeunesse. Elle en avoit tous les agrémens et toute la gaieté. » *Mémoires*, III, 217. Voir encore Rulhières : *Anecdotes sur Richelieu.* — Elle mourut le 30 septembre 1764.

2. Marie-Magdeleine de la Vieuville, fille de René-François, marquis de la Vieuville, duc à brevet, gouverneur du Poitou, et de Marie-Louise de la Chaussée-d'Eu, dite Mlle d'Arest ; veuve, depuis le 13 février 1716, de César-Alexandre de Beaudean, comte de Parabère, qu'elle avait épousé le 8 juin 1711. Née le 6 octobre 1693, elle mourut le 14 août 1755. Elle est célèbre par sa liaison avec le Régent.

3. Ce jubilé de 1726 fut un des nombreux incidents de la querelle relative à la bulle *Unigenitus*. Le pape, se fondant sur ce que ce jubilé était un jubilé centenaire, en avait subordonné l'obtention à une demande spéciale, ce qui lui avait permis de le refuser aux prélats *appelants*, parmi lesquels était le cardinal de Noailles, archevêque de Paris. Le roi lui-même avait été obligé de faire son jubilé à Fontainebleau (23-25 novembre 1726), ville

parce que, depuis Fontainebleau[1], on ne joue que des farces. Pour la Comédie Italienne, on y joue la critique de l'opéra[2], qui, à ce qu'on dit, est fort jolie. La pauvre Silvia[3] a pensé mourir : on prétend qu'elle a un petit amant qu'elle aime beaucoup; que son mari, de jalousie, l'a battue outrément, et qu'elle a fait une fausse couche de deux enfants, à trois mois; elle a été très-mal; elle est mieux à présent. Mademoiselle Flaminia[4] avoit eu la méchanceté d'instruire le mari des galanteries de sa femme. Vous jugez bien, à l'amour que le parterre avoit pour Flaminia, combien il l'a maltraitée. Les bals vont commencer, mais ils seront sûrement aussi déserts que l'année passée.

Permettez que je fasse ici quelques petites coquetteries à monsieur votre mari. Je suis extrêmement touchée du petit mot qu'il a mis dans votre lettre; et dussiez-vous le battre de jalousie, je lui dirai que je l'aime beaucoup.

comprise dans la juridiction de l'archevêque de Sens, *non appelant*. Voir le *Journal de l'abbé d'Orsanne*, t. VI, p. 121.

1. Le séjour de la cour à Fontainebleau avait duré du 2 septembre au 25 novembre. Parmi les pièces qui y furent jouées, nous remarquons : *Rodogune* et le *Florentin*, le *Misanthrope* et le *Médecin malgré lui*, *Andromaque* et le *Cocher supposé*, *Inès de Castro* et l'*Avocat Patelin*, les *Comédiens esclaves* et *Arlequin dans l'île de Ceylan*, l'*Amour précepteur*, *Arlequin voleur*, etc.

2. *Pyrame et Thisbé*, parodie, par Riccoboni et Romagnesi, jouée pour la première fois le 8 novembre 1726. Les rôles étaient remplis par Pacquett, Thomassin, Riccoboni et Mlle Lalande.

3. Excellente actrice pour les pièces de Marivaux (note de Voltaire). — Son vrai nom était Jeanne-Rose-Guyone Benozzi. Elle avait épousé Joseph-Antoine-Jean-Gaetan-Maximilien Balletti, dit Mario, et mourut le 16 septembre 1758.

4. Hélène-Virginie Balletti, née à Paris vers 1685, morte le 29 décembre 1771.

A mademoiselle votre fille.

Je suis persuadée, mademoiselle, que vous avez un peu d'amitié pour moi : votre extrême vérité m'en assure; le retour est naturel, à tous les cœurs bien faits, d'aimer qui nous aime. Continuez, je vous prie, de parler un peu de moi à madame votre mère : choisissez, s'il vous plaît, le moment où vous vous mettez à table, pour que je puisse avoir part à votre conversation. Plût à Dieu que j'en fusse témoin! Adieu, mesdames; recevez mes tendres embrassades.

Voici une lettre d'un officier des Invalides à M. Voisin, pour obtenir la permission de se marier.

« Monseigneur,

« J'aurois cru que le précepte de saint Paul étoit bon
« à suivre, surtout quand il dit *qu'il vaut mieux se*
« *marier que brûler*. C'est ce qui m'a fait prendre
« la liberté de demander à Votre Grandeur la per-
« mission d'épouser mademoiselle d'Auval, fille d'un
« mérite et d'une sagesse consommés. C'est ce que
« tous ceux qui la connoissent certifieront à Votre
« Grandeur. Cependant monsieur notre gouverneur
« m'a défendu de voir cette demoiselle, si je ne vou-
« lois être démis de mon emploi. J'ai obéi à cette
« défense : et, si Votre Grandeur ne trouve pas à pro-
« pos ce mariage, je la supplie très-instamment,
« pour le salut de mon âme, de m'en présenter une
« autre, ou bien d'envoyer ordre au père Pascal,
« mon confesseur, de m'absoudre quand je vais à con-

« fesse ; ce qu'il m'a refusé. Je fais tous mes efforts
« pour contenter ce bon père, mais en vain, Dieu ne
« m'ayant point donné à trente-huit ans le don de
« continence. Enfin, monseigneur, si vous me pro-
« curez le paradis sans femmes, et que je vienne à
« mourir plus tôt que Votre Grandeur, je ne laisserai
« point Dieu en repos qu'il ne vous ait marqué une
« place digne de votre mérite dans son paradis.

« Je suis, etc. »

LETTRE III

De Paris, décembre 1726.

Je n'ai pas de plus grand plaisir que de causer
avec vous, et comme je voudrois rendre mes lettres
un peu moins sèches et plus intéressantes, j'écris les
nouvelles que je sais bien : je n'aimerois pas à vous
mander tout ce qui se dit à Paris. Vous savez, madame, que je hais les faussetés et les exagérations :
ainsi tout ce que j'écrirai sera sûrement vrai. J'ai
reçu hier des lettres d'Angleterre, où on m'apprend
le mariage de mademoiselle de Saint-Jean[1] avec

1. Henrietta Saint-John, fille de Henry, vicomte Saint-John de
Bettersea, et de sa seconde femme Angélique-Madeleine Pelissary. Elle était sœur consanguine de lord Bolingbroke, et nièce de
Mme Calendrini. Ce fut le 20 juin 1726 qu'eut lieu son mariage
avec Robert Knight, de Barrels, esq., élevé plus tard (30 avril
1763) à la pairie, sous le titre de lord Luxborough de Shannon,
vicomte Barrels.

M. Knight, fils du trésorier[1] de la compagnie des
Indes : on prétend qu'il a des biens immenses. Argent, argent, que de vanités vous étouffez ! que d'or-
gueils vous soumettez ! que de pensées honnêtes vous
faites évanouir ! Auriez-vous jamais cru que milord[2],
entêté de sa noblesse comme il l'est, fort riche, et
ayant une seule fille, il la marie à un gentillâtre, elle
qui devoit être mariée à un pair[3] ? Elle va venir à
Paris voir la famille de son mari, qui sont de bonnes
gens, mais sur un ton bien différent du sien : elle
verra tous les petits Anglichons qui sont en France.
Je crois qu'elle s'ennuiera et s'impatientera souvent.

Le chevalier est beaucoup mieux, il revient ici.
Voici une petite histoire assez plaisante [4]. Un chanoine de Notre-Dame, fameux janséniste, homme de
beaucoup d'esprit, et de réputation pour ses mœurs,
qui a professé dans plusieurs universités, fort craint
des molinistes, et très-aimé de M. l'archevêque de
Paris, âgé de soixante-dix ans[5], a succombé à l'envie

1. Mademoiselle Aïssé se trompe. Il était caissier de la compagnie de la mer du Sud, et il se retira en France avec la caisse ;
il a vécu longtemps avec plus de magnificence que de bonne réputation (anc. note).

2. Voir p. 207, note 2.

3. La demoiselle en était folle. Ce mariage s'est fait contre
l'aveu des parents. (Note de Voltaire.)

4. L'histoire est très-vraie. (Note de Voltaire.) — Nous la trouvons racontée, avec quelques détails de plus, dans le *Journal de
Marais*, t. III, p. 465, et dans les *Mémoires de Barbier*, édition
Charpentier, t. I, p. 448. — Voir encore les *Mémoires de Maurepas* et la facétie de Voltaire : *Conformez-vous au temps.*

5. Jean-Gabriel Petit de Montempuis, né vers 1676, alors rec-
teur-chef de l'appel de l'Université, chanoine de Notre-Dame. Il
mourut le 23 novembre 1763. Son aventure (décembre 1726) fit
éclore nombre de couplets satiriques, dont la paternité, pour quel-

de voir la comédie. Il avoit souvent dit à ses amis qu'il ne mourroit pas avant d'y aller, ayant une très-grande passion de voir une chose dont il entendoit parler sans cesse. On prenoit ce discours pour une plaisanterie. Son laquais lui avoit demandé plusieurs fois ce qu'il vouloit faire des vieilles nippes de sa grand'mère qu'il gardoit depuis longtemps. Il lui avoit répondu qu'elles pouvoient lui être nécessaires. Enfin, ne pouvant résister davantage, il communiqua son dessein à son laquais, qui étoit un vieux domestique dans lequel il avoit beaucoup de confiance, et lui dit qu'il vouloit s'habiller en femme avec les hardes de sa grand'mère. Le laquais fut très-surpris ; il chercha à dissuader son maître d'exécuter cet insensé déguisement, en l'assurant que les nippes étoient si antiques qu'il seroit sûrement remarqué, au lieu que, restant avec son habit, on pourroit très-bien n'y pas faire attention, le spectacle étant rempli d'abbés. Le chanoine ne se rendit point à ses raisons ; il craignoit d'être reconnu par ses écoliers : il lui dit que, comme il étoit vieux, on ne seroit point surpris de le voir avec des hardes à la vieille mode. Il s'ajuste avec la cornette haute, l'habit troussé, et tous les falbalas imaginés en ce temps-là pour suppléer aux paniers. Il arrive à la Comédie et se place à l'amphithéâtre. Cette figure étonna, comme vous pouvez le penser. Les voisins commencèrent à en parler; le murmure augmenta. Armand[1], acteur qui faisoit le rôle

---

ques-uns du moins, fut attribuée au P. Du Cerceau, qui s'en défendit dans le *Mercure* de janvier 1727.

1. François-Huguet Armand, né en 1699, mort le 26 nov. 1765.

d'Arlequin, aperçut le chanoine, alla dans l'amphithéâtre, et examina le personnage; il s'en approcha,
et lui dit : «Monsieur, je vous conseille de décamper;
vous êtes reconnu, et votre habit grotesque fait rire
le parterre, au point que je crains quelque scandale. »
Le pauvre homme, bien troublé, remercie le comédien et le prie de l'aider à sortir. Armand lui dit de
le suivre, et, pressé par la scène qu'il falloit aller
jouer, il va très-vite. Le chanoine le perd de vue au
sortir de l'amphithéâtre. Il entend les huées du parterre, il trouve l'escalier qui se partage en deux, dont
l'un conduit à la rue, et l'autre dans la salle des exempts.
Comme il ne connoissoit point les lieux, son malheur
voulut qu'il se méprît; il descend dans cette salle où
l'exempt se tient ordinairement. Il y étoit alors. Il fut
frappé de cette figure de femme singulière, qui avoit
l'air troublé et interdit; il l'arrêta, ne doutant point
que ce fût quelque aventurier déguisé, et conduisit à
M. Hérault[1], lieutenant de police, notre pauvre docteur qui fondoit en larmes, et qui offrit cent louis à
l'exempt pour le laisser aller. Il lui conta son histoire,
lui dit son nom, mais ce coquin fut inexorable; c'est
la première fois qu'il a refusé de l'argent, pour faire
un scandale affreux. Le lieutenant de police vit avec
plaisir notre chanoine; et, comme il étoit courtisan
moliniste, il lui fit une très-grande réprimande, et le
nomma devant beaucoup de monde. Le janséniste
pleura. On lui a envoyé une lettre de cachet pour
aller à soixante lieues d'ici, je ne sais pas bien où.

1. Voir Lettre XVII.

M. de Prie [1] étoit l'autre jour dans la chambre du Roi, appuyé sur une table ; la bougie alluma sa perruque. Il fit ce que bien d'autres auroient fait en pareil cas, il l'éteignit avec les pieds : l'incendie fini, il la remit sur sa tête. Cela répandit une odeur très-forte. Le Roi entra dans ce moment ; il fut frappé du parfum, et, ignorant ce que c'étoit, il dit sans aucune malice : « Il sent bien mauvais ici ; je crois qu'il sent la corne brûlée. » A ce discours, vous comprenez bien que l'on rit : le Roi et la noble assemblée firent des éclats de rire désordonnés. Le pauvre cocu n'eut point d'autres ressources que ses jambes, et il s'enfuit bien vite.

Voici une épigramme de Rousseau contre Fontenelle.

Depuis trente ans, un vieux berger normand
Aux beaux esprits s'est donné pour modèle ;
Il leur apprend à traiter galamment
Les grands sujets en style de ruelle.
Ce n'est le tout ; chez l'espèce femelle
Il brille encor, malgré son poil grison ;
Et n'est caillette, en honnête maison,

1. Louis, marquis de Prie, né le 9 mars 1673, ambassadeur à Turin en 1713, brigadier des armées du Roi en février 1719. Il avait épousé, le 27 décembre 1713, Agnès Berthelot de Pleneuf. En 1719, il était revenu de son ambassade de Turin avec sa femme, fort belle et depuis fort galante (Saint-Simon, t. XI, p. 92). Il avait été, avec la duchesse de La Ferté, parrain du roi Louis XV, que l'on avait baptisé en toute hâte par suite des craintes qu'avait données la mort de son frère aîné le duc de Bretagne. C'était un mari du genre débonnaire. « M. de Prie, rapporte Marais, dit qu'il ne se mêle point de donner des chevaux à sa femme lorsqu'elle va à la chasse de Chantilly, parce que M. le Duc la monte. Il veut dire qu'il la fournit de chevaux. Il dit à tous moments : Je suis ravi de ça, et on lui a donné le nom de M. *Ravi de ça*. » *Journal*, t. I, p. 298. — Remarié, le 21 déc. 1732, avec Marie de Biaudos, il mourut le 8 mai 1751.

Qui ne se pâme à sa douce faconde.
En vérité, caillettes ont raison :
C'est le pédant le plus joli du monde[1].

Madame de Parabère a quitté M. le Premier[2], et M. d'Alincourt[3] ne la quitte pas, quoique je sois persuadée qu'il ne sera jamais son amant. Elle a des façons charmantes avec moi ; elle sait bien que je

1. Cette épigramme, au jugement de Sainte-Beuve, qui s'en exprimait dans une conversation avec notre ami Léo Joubert, est une des trois plus belles de la langue française. Les deux autres, à son dire, sont celles de Piron contre Desfontaines (*Cet écrivain fameux par cent libelles...*) et de Lebrun contre La Harpe (*Ce petit homme à son petit compas*). Ce jugement est reproduit dans sa *Notice sur Piron*.
2. Henri-Camille, marquis de Beringhen, né le 1er août 1693, fils de Jacques-Louis de Beringhen et de Marie-Madeleine d'Aumont. Il avait succédé à la charge de premier écuyer par la mort de son frère, le 1er novembre 1723. A la différence de celui-ci, que Saint-Simon dépeint comme « un homme obscur au dernier point, timide, solitaire, embarassé du monde, » mais « avec de l'esprit et de la lecture, » ce second Beringhen avait fait beaucoup parler de lui, et failli compromettre, par sa rivalité avec le Régent au sujet de Mme de Parabère, sa confirmation dans cette charge de premier écuyer qui était dans sa famille depuis 1650. Il avait alors 36 ans, et ne mourut qu'en janvier 1770, sans laisser de postérité d'Angélique-Sophie d'Hautefort qu'il avait épousée en 1743.
3. François-Camille de Neufville-Villeroy, marquis, puis duc d'Alincourt, mestre de camp de cavalerie, était le second fils du duc de Villeroy et le petit-fils du maréchal. Né vers 1697, il avait épousé, le 4 septembre 1720, Marie-Joseph de Boufflers, fille puînée du maréchal de Boufflers, et mourut le 26 décembre 1732. Il est fort parlé de lui dans les chroniques galantes du temps. Il passa pour être l'amant de Mme d'Averne, qui le quitta pour le Régent, de la marquise de Prie, de mesdames de Nesle et de Polignac, qui, au dire de Buvat, se battirent en duel pour lui (Soulavie fait honneur de l'aventure au duc de Richelieu). Enfin l'on peut lire tout au long dans Barbier la scandaleuse affaire qui, en 1722, le fit exiler de la Cour avec son frère aîné le jeune duc de Retz, les marquis de Meuse et de Rambures, le duc de Boufflers et le comte de Ligny. *Journal de Barbier*, Charpentier, t. I, p. 227. Voir encore Rulhière, *Anecdotes sur Richelieu*, et le *Journal de Marais*, t. II, p. 319.

crains d'avoir l'air d'être sa complaisante ; et, comme
elle n'ignore point que tous les yeux sont sur elle,
elle ne me propose plus de partie. Elle m'a dit cent
fois qu'elle ne pouvoit avoir de plus grand plaisir
que de me voir, que, toutes les fois que je voudrois,
elle en seroit charmée. Son carrosse est toujours à
mon service. Ne croyez-vous pas qu'il seroit ridicule
de ne la point voir du tout ? D'ailleurs je n'ai aucune
raison de m'en plaindre, bien au contraire ; n'ai-je
pas reçu de sa part mille amitiés dans toutes les occasions ? On ne me peut soupçonner d'être sa confidente, ne la voyant que de temps en temps : enfin, je
me conduirai de mon mieux. Mais, en vérité, madame, je n'ai rien vu qui me confirme les bruits qui
courent sur son nouvel engagement ; elle est avec lui
très-polie, très-modeste, a l'air indifférent. La seule
chose qui donneroit des soupçons, c'est que, sachant
les discours du public, elle auroit dû peut-être ne
pas le recevoir chez elle ; mais elle dit qu'elle n'a pas
le dessein de s'enterrer ; que si elle refuse sa porte à
M. d'Alincourt, le lendemain il faudra qu'elle la refuse à un autre, et que tour à tour elle chasseroit tout
le monde, et qu'elle n'en seroit pas quitte encore,
pour être dans la solitude ; que l'on diroit qu'elle ne
les congédie que pour que le public en soit instruit :
elle aime mieux, ajoute-t-elle, attendre du temps
pour être justifiée [1]. Adieu, ma chère dame : c'est
toujours avec un regret infini que je vous quitte ; mais
la poste va partir.

1. Le portrait que fait, de madame de Parabère, le comte de
Caylus, son contemporain et son ami, ne contredit pas celui de

LETTRE IV

De Paris, 6-10 janvier 1727.

Vous êtes surprise que j'aie resté si longtemps sans
vous écrire; mais, madame, je vous suis trop attachée pour ne pas me flatter que vous ne doutez point
que, malgré mon silence, j'aie pensé très-souvent à
vous, et qu'il a fallu que je n'eusse pas un moment
pour vous le dire, puisque je ne l'ai pas fait. Mon
cœur est sans cesse occupé de vous, et mes regrets
sont aussi vifs que le jour où vous quittâtes Paris;

mademoiselle Aïssé : « Sa figure était aimable, son caractère était
doux, et son esprit était médiocre. Ce qu'il y a de plus singulier
dans le caractère de madame de Parabère, c'est l'égalité de son
amour. Le sentiment en elle a très-souvent changé d'objet, mais
jamais son cœur n'a été vide un instant; elle a quitté, elle a été
quittée; le lendemain, le jour même, elle avait un autre amant
qu'elle aimait avec la même vivacité, et auquel elle était soumise
avec le même aveuglement. Car elle n'a jamais vu que par les yeux
de son amant du moment. Dès qu'elle l'avait choisi, elle ne voyait
que ses amis et n'avait que ses goûts. » *Souvenirs du comte de Caylus*,
p. 336. — Un autre personnage de la société, le duc de Lauraguais,
qui, sans avoir connu madame de Parabère avait sur elle la tradition encore vivante, a dit : « Elle était vive, légère, capricieuse,
hautaine, emportée; le séjour de la cour et la société du Régent
eurent bientôt développé cet heureux naturel. L'originalité de son
esprit éclata sans retenue; ses traits malins atteignaient tout le
monde, excepté le Régent... Il faut ajouter qu'aucun vil intérêt,
qu'aucune idée d'ambition n'entraient dans la conduite de la comtesse. » *Tableaux de genre et d'histoire*, par T. Barrière, Paris,
1828. — Les portraits de madame de Parabère au physique sont
moins nombreux. Voici celui crayonné par la duchesse d'Orléans :
« Grande et bien faite, elle a le visage brun et elle ne se farde
pas; une jolie bouche et de jolis yeux; elle a peu d'esprit, mais
c'est un beau morceau de chair fraîche. » *Lettres*, t. II, p. 240,
et encore t. II, p. 257. Voir aussi les *Maîtresses du Régent*, par
M. de Lescure, Paris, 1861.

tous les instans je sens tout ce que j'ai perdu ; rien n'est plus douloureux que d'avoir une amie de votre caractère, et d'en être séparée. Ces idées sont trop cruelles ; parlons d'autre chose.

Le prince de Bournonville[1] est mort hier ; il ne pouvoit vivre : il est mort bien jeune et bien vieux[2]. On le regrette sans être affligé : car il étoit dans une si triste situation, qu'il valoit mieux pour lui finir que de continuer à vivre pour souffrir ; il ne pouvoit presque ni parler ni respirer. Je crois que son âme a bien eu de la peine à quitter son corps ; elle y étoit tout entière. Il avoit fait un testament, il y a quatre ans, où il me donnoit deux mille écus ; je suis enchantée qu'il n'ait pas subsisté. Le public qui ignoroit l'amitié qu'il avoit eue pour moi, dans le temps qu'il venoit souvent chez M. de Ferriol, auroit soupçonné mille choses. Il a nommé pour héritière madame la duchesse de Duras[3] ; il a donné très-amplement à tous ses domestiques, sans en oublier un. Ce qui vous surprendra, madame, c'est qu'un quart-d'heure après sa mort le mariage de sa femme[4]

1. Philippe-Alexandre, duc et prince de Bournonville, né, le 10 décembre 1697, d'Alexandre-Albert-François (mort le 3 sept. 1705), et de Charlotte-Victoire d'Albert de Luynes. Il avoit épousé, le 27 mars 1719, sa cousine Catherine-Charlotte-Thérèse de Gramont, fille du maréchal de Gramont et de Marie-Christine de Noailles, sœur du second maréchal de Noailles.

2. Il mourut à Paris, le 5 janvier 1727, âgé de 29 ans et sans laisser d'enfants. Le *Mercure* nous apprend « qu'il étoit tombé en paralysie aussitôt après son mariage. »

3. L'une des deux sœurs du prince de Bournonville. Voir p. 197. L'autre était la marquise de Mailly.

4. Marie-Catherine-Charlotte-Thérèse de Gramont. Mariée à l'âge de douze ans au prince de Bournonville, elle en avoit vingt

avec le duc de Ruffec a été arrêté et public[1] ; et ce qui vous étonnera le plus, c'est que ce manque de bienséance part du cardinal de Noailles et de la maréchale de Gramont[2] qui est Noailles et mère de madame de Bournonville. M. le duc de Ruffec[3] est fils de M. de Saint-Simon, âgé de vingt-cinq ans. Il n'a actuellement que vingt-cinq mille livres de rente, et vous voyez que sa naissance n'est pas bien merveilleuse, et madame de Bournonville jouit de trente-trois mille livres de rente. Elle est jeune et belle, d'une grande maison par elle et son mari. Madame de Saint-Simon[4] est amie du cardinal de Noailles. Elle parloit souvent du prince de Bournonville comme d'un homme confisqué, et qu'elle se trouveroit bien heu-

quand elle épousa en secondes noces le duc de Ruffec. Elle était sœur de la duchesse de Gontaut, et mourut le 21 mars 1755.

1. Le mariage ne fut cependant célébré que le 26 mars.

2. Marie-Christine de Noailles, veuve, depuis 1725, d'Antoine, duc de Gramont, maréchal de France. Née le 4 août 1672, d'Anne-Jules, duc de Noailles, et de Marie-Françoise de Bournonville, elle mourut le 14 février 1748. Elle avait été très-avant dans les faveurs de Mme de Maintenon et avait fort aidé par elle à l'élévation de sa famille. « Elle avoit, dit Saint-Simon, infiniment d'esprit, du souple, du complaisant, de l'amusant, du plaisant, du bouffon même, mais tout cela sans se prodiguer, du sérieux, du solide...; dévote comme un ange..., avec la plus haute et la plus vive ambition et tous les moyens de la satisfaire. » Mém., t. III, p. 124. Elle était sœur du second maréchal de Noailles, de la maréchal d'Estrées, de la duchesse de la Vallière et de la comtesse de Toulouse.

3. Jacques-Louis de Saint-Simon, duc de Ruffec, brigadier des armées du roi, né le 29 juillet 1698, fils du célèbre auteur des Mémoires, et de Marie-Gabrielle de Durfort de Lorges. Il mourut le 16 juillet 1746.

4. Geneviève-Françoise de Durfort, fille aînée de Gui-Aldonce de Durfort, duc de Lorges, maréchal de France, et de Geneviève Frémont d'Auneuil. Née vers 1678, elle avait épousé, le 8 avril 1695, Louis, duc de Saint-Simon, et mourut le 21 janvier 1743.

reuse si sa veuve vouloit épouser son fils. Au moment
que ce prince expiroit, elle va chez le cardinal, ne le
laisse pas achever de dîner pour qu'il allât demander
madame de Bournonville. La maréchale de Gramont accepta la proposition, et dit au cardinal qu'elle
en étoit charmée, mais qu'il falloit cacher pour quelque temps ce mariage. Le cardinal dit qu'il ne pouvoit se taire, et qu'il le diroit à tout ce qui se ren-
contreroit, de manière qu'avant que M. de Bournonville fût enterré, tout Paris a su ce mariage. Il est
mort le 5, et, le 9, on a été faire part du mariage à
tous les parens et amis. Tout le monde est révolté.
Au bout de quarante jours, la cérémonie se fera. Madame la duchesse de Duras et madame de Mailly [1],
sœurs du défunt sont allées rendre visite le surlende-
main à la veuve : elle avoit un pied de rouge, dans
l'habillement de veuve, et son prétendu étoit à côté
d'elle, qui venoit de se présenter comme futur époux.
Ce n'est point un mariage d'inclination ; il n'y a aucun amour : cela fait tenir bien des discours.

Les partis sur mademoiselle Le Maure et mademoiselle Pellissier deviennent tous les jours plus vifs.
L'émulation entre ces deux actrices est extrême, et a

---

1. Delphine-Victoire de Bournonville, née le 23 décembre 1696.
Elle avait épousé, le 14 mars 1720, Victor-Alexandre, marquis de
Mailly, aîné de cette maison. Suivant Saint-Simon « elle ne ressembloit en rien » à sa sœur, la belle duchesse de Duras. Elle mourut
le 2 avril 1754. Il ne faut pas la confondre avec Armande-Félice
de la Porte-Mazarin, marquise de Mailly-Nesle, et mère des trois
demoiselles de Nesle, qui allaient bientôt devenir célèbres sous le
nom de marquise de Mailly, de marquise de Vintimille et de duchesse de Châteauroux.

rendu la Le Maure très-bonne actrice. Il y a des disputes dans le parterre, si vives que l'on a vu le moment où l'on en viendroit à tirer l'épée. Elles se haïssent toutes deux comme des crapauds, et les propos de l'une et de l'autre sont charmans. Mademoiselle Pellissier est très-impertinente et très-étourdie. L'autre jour, à l'hôtel de Bouillon [1], à table, devant des personnes très-suspectes, elle dit que M. Pellissier, son cher mari, pouvoit compter d'être le seul, à Paris, qui ne fût pas cocu. Pour la Le Maure, elle est bête comme un pot; mais elle a la plus belle et la plus surprenante voix qu'il y ait dans le monde; elle a beaucoup d'entrailles, et la Pellissier beaucoup d'art. On fit l'anagramme du nom de cette dernière, qui étoit *Pilleresse*. Muraire a quitté tout de bon la fièvre depuis trois mois, et la dévotion s'est emparée de lui [2]. On joue *Proserpine* [3] le 14 de ce mois. La Antier fait Cérès; la Le Maure, Proserpine; la Pellissier, Aréthuse; Thévenard, Pluton; Chassé, Ascalaphe. Voilà la distribution qu'on dit être à merveille. Je doute pourtant que cet opéra réussisse : toute l'intrigue est une vieille maîtresse qui raconte ses vieilles amours, une petite fille qui cueille des fleurs et qui fait des guirlandes, un vieux cocher amoureux et brutal. Il n'y a donc qu'un épisode, *Alphée et Aréthuse*, qui fasse

---

1. Il subsiste encore aujourd'hui, quai Malaquais, n° 17.

2. D'après le *Mercure* (janv. 1727, p. 41), il se retira à Avignon, sa patrie.

3. Opéra de Quinault et de Lulli, joué pour la première fois le 3 février 1680, au moment où la faveur de Mlle de Fontange faisait présager une rupture du Roi avec Mme de Montespan. Lors de la reprise de 1727, Servandoni fut chargé des décors.

une scène assez touchante : tout le reste est froid, languissant et insipide. M. de Nocey [1] me soutint, l'autre jour, que c'étoit le plus bel opéra du monde, et qu'il y avoit une allégorie qui le rendoit charmant. Je l'assurai qu'il pouvoit être agréable pour le personnage pour lequel il avoit été fait ; mais que, pour moi, qui méprisois souverainement madame de Montespan et qui ne l'avois jamais connue, sa rupture avec le roi, ses regrets, ses chagrins, tout cela ne pouvoit m'émouvoir. La Comédie tombe, tous les bons acteurs vont quitter ; les mauvais sont détestables, et ne donnent aucune espérance.

Le Roi est à Marly [2], où il tient table le soir ; la Reine le matin. C'est une chose nouvelle ; cela n'étoit point encore arrivé que la Reine eût mangé en

1. Le comte de Nocé ou Nocey l'un des *roués* de la Régence, né en 1664. Il était fils de Claude de Nocey, seigneur de Fontenay, sous-gouverneur du Régent, et de Marie Le Roy de Gomberville, fille de l'académicien. La duchesse d'Orléans, qui ne l'aimait pas, l'a peint ainsi : « Il dit tout ce qui lui passe par la tête et il amuse ainsi mon fils et le fait rire. Il a de l'esprit et sait plaisamment présenter les choses. Je ne sais comment on peut aimer ce drôle : Il est vert, noir et jaune foncé. » *Corresp.*, édit. Charpentier, t. II, p. 148. — Saint-Simon a dit de lui plus favorablement : « Nocé étoit un grand homme, qui avoit été fort bien fait, qui avoit assez servi pour sa réputation, qui avoit de l'esprit et quelque ornement dans l'esprit, et de la grâce quand il vouloit plaire... » T. I, p. 442. — Il mourut à Saint-Germain le 27 mai 1739. Sa sœur, Marie-Claude de Nocey, réputée pour son esprit, avait épousé André Desson, seigneur de Torp, et mourut le 22 mai 1742. Il avait épousé en février 1690 Mme de la Mésangère, cette aimable fille de Mme de la Sablière qui inspira, comme sa mère, de si charmants vers à La Fontaine, et à laquelle Fontenelle dédia son livre de la *Pluralité des Mondes*. Il en devint veuf le 30 novembre 1714. Voir à ce sujet les *Mémoires de M. Marais*, t. I, p. 325 et t. II, p. 272.

2. Depuis le 2 janvier.

public avec les dames. On parle de guerre[1] ; nos cavaliers la souhaitent beaucoup, et nos dames s'en affligent médiocrement : il y a longtemps qu'elles n'ont goûté l'assaisonnement des craintes et des plaisirs des campagnes ; elle désirent de voir comme elles seront affligées de l'absence de leurs amans. M. de Nesle[2] a fait des plaisanteries très-fortes à M. le prince de Carignan[3], sur ce qu'il parloit mal françois. Le prince,

1. En raison de la contre-alliance qui venait d'être formée entre l'Angleterre, la France, la Hollande, la Suède et le Danemark pour soutenir la première de ces puissances contre la ligue formée par le roi d'Espagne, l'Empereur, le czar et le roi de Prusse, et dont le siége de Gibraltar par les troupes espagnoles avait été le premier effet (23 février 1727). A Paris les appréhensions étaient grandes. L'avocat Barbier qui en est l'écho, dit : « Ce qui est certain, c'est que nous n'avons pas besoin de guerre et que le temps est toujours très-misérable par la rareté de l'argent et le défaut de confiance. » *Journal*, t. II, p. 2. — Le congrès de Soissons prévint cette conflagration générale.

2. Louis de Mailly, marquis de Nesle, né le 27 février 1689, de Louis I, marquis de Nesle et de Marie de Coligny, fille du vainqueur de St-Gothard. Il avait épousé en 1709 la fille du duc de Mazarin, et fut père des cinq demoiselles de Nesle si connues depuis. La part qu'il prit aux batailles de Ramillies, où il fut blessé, à celles d'Oudenarde, de Malplaquet et de Denain, prouve qu'il y a bien quelque exagération dans le reproche de lâcheté qui lui est fait ici. « Il se piquoit, dit d'Argenson, d'une extrême magnificence, et eut occasion d'en faire preuve dans la mission qu'il reçut, en 1716, d'aller au devant de Pierre-le-Grand. » *Mémoires*, t. I, p. 21. — Toujours en guerre avec ses créanciers, il les traitait fort mal et fut même envoyé en exil pour de trop grandes vivacités à leur endroit. Barbier le peint comme « un homme d'esprit, mais très-fou et d'une hauteur extraordinaire. » *Journal*, t. III, p. 210.

3. Victor-Amédée de Savoie-Carignan, petit-fils du prince Thomas, en qui commença cette branche cadette de la maison de Savoie. Né le 29 février 1690, lieutenant-général le 1er novembre 1721, il mourut en 1741. « C'étoit, dit Barbier, un fort bon prince, mais extrêmement décrié par ses débauches avec nombre de filles d'Opéra, et pour le dérangement de ses affaires. Ses créanciers sont sans nombre, et il tenoit à cet égard la conduite d'un escroc, attrapant tant qu'il pouvoit marchands et autres. » *Journal*,

impatienté, lui dit qu'il seroit forcé de lui donner des coups de bâton, parce qu'on ne savoit pas en Savoie qu'il étoit un grand poltron. M. de Nesle a fait mille excuses et mille bassesses; choses qui lui arrivent trop souvent pour sa réputation[1].

J'apprends, dans l'instant, qu'on va retrancher les rentes perpétuelles. Comme nous n'en avons ni l'une ni l'autre, je m'en console. Ma santé est mauvaise depuis quelque temps. Je me fis saigner hier; je prends de la limaille, je suis maigre; je me flatte que cela n'aura pas de suite. Adieu, madame, honorez-moi toujours un peu de vos bontés; c'est une con-

---

III, 270. — Il avait épousé Victoire-Marie-Anne de Savoie, fille légitimée du roi de Sardaigne Amédée II et de la comtesse de Verrue. Pendant le *Système* il avait gagné des sommes considérables en louant aux agioteurs, chassés de la place Vendôme, son jardin de l'*Hôtel de Soissons* pour y établir des barraques. « C'étoit en effet, dit Saint-Simon, son lieu propre. M. et Mme de Carignan tiroient à toutes mains de toutes parts. Des profits de cent francs ne leur sembloient pas au-dessous d'eux, je ne dis pas pour leurs domestiques, mais pour eux-mêmes, et des gains de millions dont ils avoient tiré plusieurs de ce Mississipi, sans en compter d'autres pris d'ailleurs, ne leur sembloient pas au-dessus de leur mérite, qu'en effet ils avoient porté au dernier comble dans la science d'acquérir avec toutes les bassesses les plus rampantes, les plus viles, les plus continuelles. » *Mém.* XI, 326. — Le roi Charles-Albert, avec lequel la maison de Carignan monta sur le trône de Sardaigne en 1831, était son descendant.

1. Cette réputation était en effet fort compromise, comme le prouve l'anecdote suivante : « Le Roi a demandé au marquis de Nesle s'il étoit au service; il a dit qu'il n'y étoit plus, mais qu'il avoit servi dans la gendarmerie. Le Roi lui a dit : « Pourquoi « n'avez-vous pas acheté un régiment quand vous l'avez quitté? « — Il n'y en avoit point alors à vendre, répondit-il. — Bon, a « dit le Roi, on en a vendu plus de cent depuis, puis il a ajouté « en langage suisse : *Ly estre poltron;* » ce qui a bien étonné et le marquis et toute la Cour... Voilà un homme bien mal marqué. Cocu de plus. » *Mémoires* de Marais, t. II, p. 427.

solation à tous mes maux, tant du corps que de l'esprit. A propos, il y a une vilaine affaire qui fait dresser les cheveux à la tête : elle est trop infâme pour l'écrire[1] ; mais tout ce qui arrive dans cette monarchie, annonce bien sa destruction. Que vous êtes sages, vous autres, de maintenir les lois et d'être sévères ! Il s'ensuit de là l'innocence. Je suis tous les jours surprise de mille méchancetés qui se font et dont je n'aurois pu croire le cœur humain capable. Je m'imagine quelquefois que la dernière surprise m'empêchera d'en avoir à l'avenir, mais j'y suis toujours trompée.

LETTRE V

D'Ablon, 5 mai 1727.

Comment vous portez-vous, madame ? ne me donnerez-vous point de vos nouvelles ? voulez-vous me punir de mon silence ? La punition est trop forte, et, pour une personne aussi juste que vous, elle n'est pas proportionnée à l'offense. Jamais vous ne pouvez soupçonner mon cœur ; vous le connoissez trop. Votre silence ressemble à l'oubli et à l'ingratitude. Au nom de Dieu ! souvenez-vous que vous êtes la personne du monde que j'aime et que j'estime davantage. Vous êtes obligée de m'aimer à cause de mon discernement,

1. Il s'agissait d'une scène de honteux libertinage qui s'était passée à l'Hôtel-Dieu. Voir Barbier, *Journal*, t. II, p. 1.

si ce n'est pas par goût. Madame votre fille m'a fait l'honneur de me venir voir plusieurs fois : si je n'étois pas extrêmement occupée, j'aurois le plaisir de la voir souvent ; je l'ai toujours beaucoup aimée, mais j'avoue que je l'aime encore davantage. Des esprits mal faits pourroient vous soupçonner, sur cette phrase, d'être tracassière et d'avoir voulu me donner de l'éloignement pour elle ; mais les bons esprits, et qui connoissent les entrailles, imagineront aisément que tout ce qui appartient à ce qu'on aime devient plus cher lorsque l'on en est éloigné.

Je me suis flattée, jusqu'à présent, que je ferois le voyage de Pont-de-Veyle, qui me procureroit le plaisir de vous aller voir ; mais je vois avec douleur que le temps en est bien éloigné. On me flatte, et je crois qu'il y a une résolution marquée de ne point faire ce voyage ; j'en suis très-piquée. On se plaît à me donner des espérances, et ensuite à les détruire. Je prends souvent la résolution de paroître indifférente sur l'événement ; mais, malgré moi, le chagrin et la joie se manifestent tour-à-tour.

On parle plus de guerre que jamais [1], nos guerriers craignent fort de camper. Ils voudroient se battre, prendre à la hâte quelques villes, et revenir, au bout de huit jours, à Paris. M. le prince de Conti [2] est

---

1. Deux escadres, sous les ordres du chevalier d'Orléans et du marquis d'O, venaient d'être envoyées dans la Méditerranée pour appuyer les négociations entamées par le cardinal de Fleury.

2. Louis-Armand de Bourbon, prince de Conti, né à Paris le 10 novembre 1695, de François-Louis et de Marie-Thérèse de Bourbon-Condé. Il était petit-neveu du grand Condé. Un double mariage avait, le 9 juillet 1713, rapproché ces deux branches de la

mort, hier matin, d'une fluxion de poitrine ; il a dit
les choses du monde les plus tendres et les plus obligeantes à sa femme : il lui a demandé pardon des
soupçons mal fondés qu'il avoit eus sur sa conduite,
lui a nommé son valet de chambre qui étoit son es-
pion et son calomniateur, et l'a assurée qu'il étoit
bien éloigné d'ajouter aucune foi à tout ce qu'il avoit
rapporté. Il a fait ordonner à madame de La Roche[1],
sa maîtresse, et qui, en partie, étoit la cause du peu
d'union qu'il avoit avec sa femme, de sortir au moment même de sa maison, où elle demeuroit. Il a
donné deux milles livres de pension à quatre personnes : je ne m'en ressouviens que de deux, MM. de
Montmorency[2] et du Bellay[3] ; à M. Maton, qu'il a toujours fort aimé, un diamant de dix mille livres ; au président de Lubert[4], son portrait en grand ; à ses deux

maison de Condé par l'union du jeune prince de Conti avec sa
cousine germaine Louise-Élisabeth de Bourbon-Condé, et par celle
de Marie-Anne, sa sœur, avec Louis-Henri de Bourbon-Condé, dit
M. le Duc. Ce prince de Conti est le même qui s'enrichit tant au
Système. Il fut un des premiers protecteurs de Voltaire auquel il
adressa des vers à l'occasion du succès d'*OEdipe*. Les chroniques
du temps sont remplies de ses aventures galantes et de ses querelles
de ménage. Il mourut le 4 mai 1727, laissant un fils et une fille
qui épousa le duc de Chartres et fut la mère du duc d'Orléans
guillotiné en 1793.

1. La comtesse de La Roche, dame d'honneur de la princesse
de Conti douairière. Voir *Barbier*, t. II, p. 4.

2. Le marquis de Montmorency-Châteaubrun, premier gentilhomme du prince de Conti, brigadier d'infanterie du 1er février
1719, maréchal de camp en 1734, mort le 18 mai 1746.

3. Guillaume du Bellay de la Courbe, fils de François-René,
marquis du Bellay, mort le 2 février 1709, et de Marthe-Suzanne
de Rochechouart. Il avait succédé à son père dans la charge de premier écuyer du prince de Conti, passa en 1741 au service du roi
des Deux-Siciles, et mourut en 1752. Voir *Barbier*, t. I, p. 283,

4. Louis de Lubert, président de la troisième Chambre des En-

filles, chacune une tabatière d'or avec son portrait. A l'égard de ses domestiques, il laisse madame la princesse de Conti[1] maîtresse de les récompenser comme elle jugera à propos. La princesse a beaucoup pleuré, quand il est tombé malade, quoiqu'ils fussent brouillés, et même sur le point de se séparer. Il a donné tant de marques de tendresse et de repentir, qu'elle a oublié, pour le présent, tous les chagrins qu'il lui a causés. Je crois cependant que, passé les premiers jours, elle s'en consolera bien aisément. M. le Duc[2] a eu une attaque d'apoplexie dont il réchappe. A la Halle, les harangères disent que le borgne n'avoit garde de mourir, parce qu'il est trop méchant, et que le prince est mort, parce qu'il étoit bon. Ces pauvres

quêtes, magistrat mélomane qui donnait un concert tous les lundis, et rassemblait chez lui une espèce d'académie de musiciens qui se donnaient le nom de *Mélophilètes*. Le prince de Conti était fort assidu à ces concerts. Voir les *Mémoires de Marais*, t. III, p. 12. L'une de ses filles était cette même Marie-Madeleine de Lubert, baptisée par Voltaire du nom de *Muse et Grâce*, et répandue dans la société la plus aimable du temps. Née le 17 décembre 1701, elle mourut le 20 août 1785.

1. Louise-Élisabeth de Bourbon-Condé, née le 22 novembre 1693, de Louis III, duc de Bourbon, et de Mlle de Nantes, fille de Louis XIV et de Mme de Montespan. Elle était sœur du duc de Bourbon, premier ministre sous Louis XV, et des comtes de Charolais et de Clermont. Elle mourut le 27 mai 1775. C'était elle qui, dans une de ses fréquentes querelles avec son mari, lui disait, « qu'il n'avoit que faire de vouloir tant montrer son autorité sur elle, parce qu'il étoit bon qu'il sût qu'il ne pouvoit faire un prince du sang sans elle, au lieu qu'elle en pouvoit faire sans lui. » *Mém.* de Saint-Simon, t. VIII, p. 388.

2. Louis-Henri, duc de Bourbon, prince de Condé, dit M. le Duc, arrière petit-fils du grand Condé. Né le 18 août 1692, il mourut le 27 janvier 1740. En 1712 il avait eu un œil crevé à la chasse par le duc de Berry. Premier ministre à la mort du Régent, il fut disgracié et remplacé par Fleury, le 11 juin 1726.

gens décident de sa bonté, sans savoir pourquoi, si ce n'est qu'il n'avoit jamais été à portée de leur faire ni mal ni bien.

Je vous enverrai, par la première occasion, un livre fort à la mode ici, *le Voyage de Gulliver*[1]; il est traduit de l'anglois. L'auteur est le docteur Swift ; il est fort amusant ; il y a beaucoup d'esprit, d'imagination et une fine plaisanterie. Destouches a donné *le Philosophe marié*[2] : c'est une très-jolie comédie; il y a du sentiment, de la délicatesse ; mais ce n'est pas le génie de Molière. Il y a *la Critique*[3] qui est du même auteur : c'est le panégyrique du *Philosophe marié*; on la trouve assez mauvaise.

Votre commission sera faite au plus tôt. Vous me faites tort, quand vous croyez que je peux m'impatienter en la faisant. Non, madame ; soyez persuadée, à moins que vous ne vouliez m'affliger mortellement, que si vous m'ordonniez de marcher sur la tête pour l'amour de vous, j'irois avec joie. L'article de votre lettre, où vous me dites que vous ne me verrez plus, m'a serré le cœur à en pleurer. Pourquoi voulez-vous m'affliger ? Oui, je vous verrai, quelque chose qu'il arrive, à moins que je ne meure bientôt. Ma santé est assez bonne ; ainsi laissez-moi l'espérance de

---

1. C'est au mois d'octobre 1726 que parut à Londres la première édition du chef-d'œuvre de Swift. Il fut traduit presque aussitôt par l'abbé Desfontaines (*La Haye*, 1727, 2 vol. in-12), qui devança le paresseux Thiriot auquel cependant les pressants conseils de Voltaire n'avaient pas manqué.

2. Le 15 février 1727. Elle eut trente-six représentations de suite.

3. *L'Envieux ou la Critique du philosophe marié*, joué le 3 mai 1727.

vous embrasser encore souvent avant que je meure.

Vous me demandez des nouvelles du chevalier ; il est en Périgord où sa santé est toujours assez mauvaise. Cependant il m'assure qu'il n'y a nul danger ; il est plus tendre que jamais : ses lettres sont toutes comme celles que je vous montrois dans le carrosse, quelque temps avant votre départ : si j'osois, je vous en enverrois des copies. Elles sont trop pleines de louanges ; mais elles sont si bien écrites, que, si l'on ne connoissoit pas l'objet, on les trouveroit charmantes. Je ne sais aucune nouvelle de Paris ; je suis ici comme au bout du monde : je vendange, je file beaucoup pour me faire des chemises, et je tire aux oiseaux. J'ai reçu des lettres de madame Knight ; elle me dit qu'elle est mariée et heureuse ; elle est à Bettersea depuis son mariage ; M. de Bolingbroke[1] ne paroit pas trop content. La tête a tourné apparemment à milord[2], de marier sa fille de cette façon. Vous auriez mieux fait ; il falloit vous laisser faire, sans vous contraindre. Adieu, madame, continuez-moi vos bontés.

---

1. Henry Saint-John, premier vicomte Bolingbroke, le célèbre ministre de la reine Anne. Il était fils de sir Henri Saint-John, créé vicomte de Saint-John de Bettersea en 1716, et de sa première femme Mary Rich, fille du comte de Warwick. Né à Bettersea, le 1er octobre 1678, disgracié à l'avénement de Georges Ier, il se retira alors en France. Après la mort de sa première femme, lady Winchcomb, il épousa vers 1720 la marquise de Villette, et mourut le 15 décembre 1751.

2. Lord Henry Saint-John, premier vicomte Saint-John, père de Bolingbroke, qui ne mourut qu'en 1742 (16 avril), âgé de 90 ans. « C'était, dit M. de Rémusat, un homme de mœurs légères. » Il était fils de Walter Saint-John, deuxième baron Saint-John, et de Johanna, fille d'Olivier Saint-John, lord Chief-Justice. De son

LETTRE VI

De Paris, 1727.

J'ai reçu la lettre que vous m'avez fait l'honneur de m'écrire ; je ne puis vous dire assez tout le plaisir qu'elle m'a fait. Je les montre à une seule personne, qui est très-curieuse de les voir, et qui partage le plaisir que j'ai de les lire : les bontés d'une personne comme vous le flattent comme moi-même, et il partage mes inquiétudes sur ce qui vous regarde. Vous êtes la première qu'il a plainte dans ce maudit arrangement du retranchement des rentes viagères. Je n'ai point été consolée de n'être pas la seule misérable dans cette occasion ; il est toujours fort douloureux de voir ses amis malheureux. J'aurois, je vous jure, pris mon parti plus aisément si vous aviez été privilégiée. Mon voyage de Pont-de-Veyle se confirme, et sera beaucoup plus long ; mais, dans quelque pauvreté que je sois, je vous promets d'aller vous voir ; ce sera un des bonheurs les plus vifs de ma vie ; et, si jamais je me marie, je mettrai dans le contrat que je veux être libre d'aller à Genève quand il me plaira, et le temps que je voudrai. Madame de Tencin [1] est

---

second mariage, avec Angélique-Madeleine de Pelissary, il eut, outre Mme Knight, trois fils dont le second, John, continua la descendance et hérita du titre de vicomte Bolingbroke.

1. Claudine-Alexandrine Guérin de Tencin, chanoinesse de Neuville, baronne de Saint-Martin de l'île de Rhé, sœur du cardinal et de Mme de Ferriol, née en 1681, morte le 4 décembre 1749. D'abord religieuse au couvent des Augustines de Montfleury, près

toujours malade; mais j'ai grand' peur que madame sa
sœur ne parte avant elle; sa cupidité augmente tous
les jours. Ma santé est médiocre, et je maigris beaucoup : c'est pourtant le premier bien : elle fait supporter toutes nos peines. Les chagrins l'altèrent, comme
vous le prouvez, et ne font pas changer la fortune.
D'ailleurs, il n'y a point de honte d'être pauvre,
quand c'est la faute du destin et de la vertu. Je vois
tous les jours qu'il n'y a que la vertu qui soit bonne
en ce monde et en l'autre. Pour moi, qui n'ai pas le
bonheur de m'être bien conduite, mais qui respecte
et admire les gens vertueux, la simple envie d'être du
nombre m'attire toutes sortes de choses flatteuses ;
la pitié que tout le monde a de moi fait que je ne me
trouve presque pas malheureuse. Il me reste deux
mille francs de rente tout au plus; j'envisage de me
retrancher sans peine des choses qui me faisoient le
plus de plaisir. Mes bijoux et mes diamants sont ven-
dus; pour vous, madame, il y a longtemps que vous
vous êtes détachée de tout cela. Si vous avez plus de
chagrins, et que vous soyez plus à plaindre que bien
d'autres, vous en êtes bien dédommagée par la satisfaction de n'avoir rien à vous reprocher : vous avez
de la vertu, vous êtes aimée et estimée, et, par consé-

Grenoble, puis relevée de ses vœux vers 1714, elle se fit connaître
par son esprit, ses mœurs légères, et plus honorablement, depuis
la fin de la Régence, par son salon, où elle recevait deux fois par
semaine les gens de lettres. L'affaire scandaleuse de la Fresnaye
(mars 1726) avait fort ébranlé sa santé, et c'est à la maladie qui
en fut la suite que Mlle Aïssé fait allusion. « La chanoinesse, écrit
Marais à la date du 12 juillet 1726, est à Passy, où elle prend des
eaux et est assez mal. La voilà innocente et elle va mourir. »
Journal, t. III, p. 434.

quent, vous avez plus d'amis. Conservez-les, madame, et votre santé ; ce sont là les véritables trésors.

Madame de Parabère, ayant quitté son amant, a
donné cette charge à d'Alincourt. M. de Nesle a plaisanté M. le prince de Conti[1] assez mal à propos, et,
quoique le prince l'eût fait prier de se taire, il a
continué ; ce qui a mis en colère Son Altesse, qui a
voulu lui jeter une assiette à la tête. M. de Nesle a
fait des excuses, qui ont été assez mal reçues, puisqu'on lui a répondu que l'on avoit eu tort de se
mettre en colère contre un poltron ; que l'on devoit
en agir avec lui comme avec un chien qui importunoit, et à qui l'on donnoit des coups de pied ; que,
s'il n'étoit pas content, il étoit partout, et le trouveroit. Madame de Nesle[2] avoit pour amant M. de Montmorency[3] : c'étoit Rions qui avoit fait cette liaison ;
il a jugé à propos de la rompre, et a donné à son
ami madame de Boufflers[4]. Madame de Nesle, pour

---

1. Il faut très-certainement lire Carignan, comme à la page 200.
2. Armande-Félice de la Porte-Mazarin, dame du palais de la
reine, née en 1691, mariée le 2 avril 1709 à Louis de Mailly,
marquis de Nesle. Elle fut mère de mesdames de Mailly, Vintimille et de Châteauroux, célèbres par l'amour qu'elles inspirèrent
à Louis XV, et mourut le 19 octobre 1729.
3. Charles-François de Montmorency, duc de Montmorency puis
de Luxembourg, né le 31 décembre 1702, petit-fils du vainqueur
de Nerwinde. Nommé maréchal en 1757, il mourut le 8 mai 176.
La liaison dont nous voyons ici le début se légitima plus tard
lorsqu'après la mort de sa première femme, Marie-Sophie-Honorate
Colbert de Seignelay, il épousa, le 29 juin 1750, la duchesse de
Boufflers, devenue veuve elle-même en 1747. Il était frère de la
duchesse de Retz et de la duchesse d'Épernon.
4. Madeleine-Angélique de Neufville-Villeroy, née en octobre
1707, sœur du duc de Retz et du marquis d'Alincourt. Elle avait

se venger, a donné le ridicule à Rions[1] de lorgner la Reine ; ce dernier a été si piqué, qu'il est allé au Cardinal pour se justifier. Vous voyez à quoi nos belles dames et nos agréables s'amusent. M. le Duc se di-

épousé, le 15 septembre 1721, Joseph-Marie, duc de Boufflers, fils du maréchal, lieutenant-général et célèbre par sa défense de Gênes. Après avoir été célèbre par sa beauté, et aussi par sa légèreté, elle devint sur la fin de sa vie l'oracle de la société polie, et c'était dans son salon que se délivraient les brevets d'élégance et de savoir vivre.

1. Sicaire-Antonin-Armand-Auguste d'Aydie, comte de Rions, né le 22 septembre 1692, fils d'Amé-Blaise d'Aydie, comte de Bénauges, mort le 27 juin 1710, et de Marguerite-Thérèse-Diane de Bautru-Nogent, remariée au prince d'Arco et morte le 6 février 1732. Il appartenait à la branche des seigneurs des Bernardières, détachée de celle de Riberac dont était le chevalier d'Aydie. D'abord officier dans le régiment du Roi, lieutenant des gardes du corps de la duchesse de Berry en 1715, son premier écuyer en 1717, et peut-être son époux secret, il mourut le 26 mars 1741. Saint-Simon le peint ainsi : « C'était un gros garçon court, joufflu, pâle, qui avec force bourgeons ne ressemblait pas mal à un abcès. Il avait de belles dents, et n'avait pas imaginé causer une passion qui en moins de rien devint effrénée. Il n'avait rien vaillant, mais force frères et sœurs qui n'en avaient guère davantage. Rions était doux et naturellement poli et respectueux, bon et honnête garçon. Il sentit bientôt le pouvoir de ses charmes... Il n'en abusa avec personne, et se fit aimer de tout le monde par ses manières, mais il traita Mme la duchesse de Berry comme M. de Lauzun avait traité mademoiselle. Il fut bientôt paré des plus belles dentelles et des plus riches habits, plein d'argent, de boîtes de joyaux et de pierreries. » *Mémoires*, t. VIII, p. 344. — La duchesse d'Orléans, qui avait de bonnes raisons pour ne pas aimer Rions, en a fait un portrait encore moins flatté : « Je ne puis, écrit-elle, comprendre qu'on puisse aimer ce drôle : il n'a ni figure ni taille ; il a l'air d'un fantôme des eaux, car il est vert et jaune de visage ; il a la bouche, le nez et les yeux comme les Chinois ; on pourrait le prendre pour un magot plutôt que pour un gascon qu'il est ; il est fat et n'a pas du tout d'esprit ; une grosse tête enfoncée entre de larges épaules ; on voit dans ses yeux qu'il n'y voit pas bien ; en somme, c'est un drôle fort laid. » Ailleurs, elle l'appelle « la tête de crapaud, » et ajoute : « Je le trouve laid et repoussant ; il a l'air aussi malade que s'il avait le mal françois. » *Lettres*, Charpentier, t. II, p. 146 et 153.

vertit comme un ange, à son tour, à Chantilli. Madame de Prie est reléguée dans ses terres[1], où elle perd les yeux; elle se console en lisant le bel édit des rentes. Notre Roi est toujours constant pour la chasse. La Reine est grosse[2]. Voilà les nouvelles de ce monde. Quelle différence de votre ville à Paris! L'innocence des mœurs, le bon esprit y règnent : ici on ne les connoît pas.

Il est arrivé, depuis quelque temps, une petite aventure qui a fait beaucoup de bruit; je veux vous la mander. Il y a six semaines qu'Isez[3], le chirurgien, reçut un billet, par lequel on le prioit de se rendre l'après-midi, à six heures, dans la rue du Pot-de-fer, près du Luxembourg. Il n'y manqua pas : il trouva un homme qui l'attendoit, et le conduisit à quelques pas de là, le fit entrer dans une maison, ferma la porte dessus le chirurgien, et resta dans la rue. Isez fut surpris que cet homme ne l'emmenât pas tout de suite où on le souhaitoit. Mais le portier de la maison parut, qui lui dit qu'on l'attendoit au premier étage, et qu'il montât; ce qu'il fit. Il ouvrit une antichambre toute tendue de blanc; un laquais fait à peindre, vêtu

1. A Courbepine, par ordre royal du mois de juin 1726. On sait l'influence que, par sa beauté, elle avait prise sur M. le Duc. « Je ne crois pas, dit d'Argenson, qu'il ait jamais existé créature plus céleste. Une figure charmante et plus de grâces encore que de beauté! Un esprit vif et délié, du génie, de l'ambition, de l'étourderie et pourtant une grande présence d'esprit; une extrême indifférence dans les choix, et avec cela l'extérieur le plus décent du monde. » *Mém. et Journal*, Édit. de la *Bibliothèque Elzévirienne*.

2. De deux princesses qui naquirent le 14 août 1727.

3. Jean-François Isez, célèbre chirurgien de cette époque, mort en août 1755.

de blanc, bien frisé, bien poudré, et avec une bourse
de cheveux blanche, et deux torchons à la main, vint
au-devant de lui, et lui dit qu'il falloit qu'il lui essuyât
ses souliers. Isez lui dit que cela n'étoit pas nécessaire, qu'il sortoit de sa chaise et n'étoit pas crotté.
Malgré cela, le laquais lui répondit que l'on étoit trop
propre dans cette maison, pour ne pas user de précaution. Après cette cérémonie, on le conduisit dans
une chambre tendue aussi de blanc. Un autre laquais,
vêtu de même que le premier, refit la même cérémonie des souliers ; on le mena ensuite dans une chambre toute blanche, lit, tapis, tapisseries, fauteuils,
chaises, tables et plancher. Une grande figure en
bonnet de nuit et en robe de chambre toute blanche,
et un masque blanc, étoit assise auprès du feu. Quand
cette espèce de fantôme aperçut Isez, il lui dit : « J'ai
le diable dans le corps, » et ne parla plus ; il ne fit,
pendant trois quarts d'heure, que mettre et ôter six
paires de gants blancs, qu'il avoit sur une table à côté
de lui. Isez fut effrayé ; mais il le fut encore davantage,
quand, parcourant des yeux la chambre, il aperçut
plusieurs armes à feu ; il lui prit un si grand trem-
blement, qu'il fut obligé de s'asseoir de peur de tomber. Enfin, craignant ce silence, il dit à la figure
blanche ce que l'on vouloit faire de lui ; qu'il le
prioit de lui donner ses ordres, parce qu'il étoit attendu et que son temps étoit au public. La figure
blanche répondit avec sécheresse : « Que vous importe si vous êtes bien payé ? » et ne dit plus mot.
Un quart d'heure s'écoula encore dans le silence ; le
fantôme enfin tire un cordon de sonnette. Les deux

laquais blancs arrivent ; il leur demande des bandes, et dit à Isez de le saigner et de lui tirer cinq livres de sang. Le chirurgien, étonné de la quantité, lui demanda quel médecin lui avoit ordonné une pareille saignée ? « Moi, » répondit la figure blanche. Isez, se sentant trop ému pour ne pas craindre d'estropier, préféra de saigner au pied, où il y a moins de risque qu'au bras. On apporta de l'eau chaude ; le fantôme blanc ôte une paire de bas de fil blanc, d'une très-grande beauté ; puis une autre, encore une autre, enfin jusqu'à six paires, et un chausson de castor doublé de blanc. Alors, Isez vit la plus jolie jambe et le plus joli pied du monde ; il n'est pas éloigné de croire que ce soit celle d'une femme, Il saigne : à la seconde palette, le saigné se trouve mal. Isez voulut lui ôter son masque pour lui donner de l'air ; les laquais s'y opposèrent : on l'étendit à terre ; le chirurgien banda le pied pendant l'évanouissement. La figure blanche, en reprenant ses esprits, ordonna que l'on chauffât son lit ; ce que l'on fit, et ensuite il s'y mit. Isez lui tâta le pouls, et les domestiques sortirent ; il alla près de la cheminée pour nettoyer sa lancette, faisant bien des réflexions sur la singularité de cette aventure : tout-à-coup il entend quelque chose derrière lui, il tourne la tête, et voit, dans le miroir de la cheminée, la figure blanche qui vient à cloche-pied, et qui ne fait presque qu'un saut pour venir à lui ; il fut saisi de frayeur ; elle prit sur la cheminée cinq écus, les lui donna, et lui demanda s'il étoit content. Isez, tout tremblant, lui répondit que oui. — « Eh bien! allez vous-en. » Le chirurgien ne se le fit pas dire deux fois; il prit ses jambes à son cou, et s'en alla bien vite; il trouva les laquais qui l'éclairèrent, et qui, de fois à autre, se tournoient et rioient. Isez, impatienté, leur demanda ce que c'étoit que cette plaisanterie? « Monsieur, lui répondirent-ils, avez-vous à vous plaindre? Ne vous a-t-on pas bien payé? Vous a-t-on fait quelque mal? » Ils le reconduisirent à sa chaise, et il fut transporté de joie d'être sorti de là. Il prit la résolution de ne point raconter ce qui venoit d'arriver; mais, le lendemain, on vint s'informer comment il se portoit de la saignée qu'il avoit faite à un homme blanc. Alors il raconta son aventure, et n'en fit plus mystère : elle a fait beaucoup de bruit; le Roi l'a sue, et le Cardinal se la fit reconter par Isez. On a fait mille conjectures qui ne signifient rien : je crois que c'est quelque badinage de jeunes gens qui se sont amusés à faire peur au chirurgien.

Je suis bien sincèrement, ma chère madame, toute à vous.

———

LETTRE VII

De Paris, 1727.

Vous avez tort, madame, de m'accuser d'oubli à votre égard; ayez meilleure opinion de vos amis, et surtout de moi qui sens bien tout le prix de votre amitié. Je puis jurer qu'il n'y a pas de jour que je ne pense à vous, que je ne vous regrette, et que je ne

fasse des projets pour aller vous voir ; je mettrai
tout en usage pour exécuter ce que je souhaite si vivement : je quitte tout sans regret pour vous. Je suis
accablée de chagrin, mon corps s'en ressent ; je suis
maigrie à en être alarmée. J'ai eu tout à la fois la
mort de mon bienfaiteur, M. de Ferriol, l'asthme
du chevalier qui dure depuis trois mois, et la réduc-
des rentes viagères [1] : Voici une lettre qu'il m'a faite
pour le cardinal de Fleury ; je ne doute pas que vous
ne la trouviez bien.

« Monseigneur,

« Je n'oserois me flatter que votre Éminence se
ressouvînt que j'ai eu l'honneur de la voir ; mais je
crois pouvoir espérer que la singularité de mon état
excitera sa compassion, et qu'elle me pardonnera la
liberté que je prends de lui en exposer les circonstances. M. de Ferriol m'a amenée de Turquie en ce pays-ci
à l'âge de quatre ans, et, après m'avoir élevée comme

---

1. Cette mesure financière avait été prise au mois de novembre
1726 par le nouveau contrôleur général, Le Pelletier Des Forts,
qui avait succédé à M. Dodun le 16 juin précédent. Il reçut à ce
sujet du régiment de la Calotte le brevet de bourreau du régiment. « M. Le Pelletier Des Forts, dit Barbier, a fait un beau
présent aux sujets du roi pour son arrivée au ministère. Il a retranché les rentes viagères sous prétexte que la plupart avoient
été constituées en papier, et même qui proviennent des anciennes
rentes ; on a fait différentes classes. Ce coup fait beaucoup crier,
parce que, dans le dérangement du système, ç'a été la ressource
de presque tous les pères de famille qui ont distribué des fonds
sur la tête de leurs enfants pour avoir du moins un revenu pour
subsister. Cela s'éloignoit tous les jours et il n'y a plus rien de
sûr après ce coup. » *Journal*, t. I, p. 447, et les *Mém. de Marais*,
t. III. Voir encore d'*Argenson* (*Biblioth. Elzévir.*), I, 26.

sa fille, il a voulu pour comble de générosité, me laisser une fortune qui soutînt l'éducation qu'il m'avoit donnée. Toute la famille de Ferriol concourant à ses desseins, il m'avoit donné quatre mille livres de rentes viagères. Aujourd'hui, monseigneur, on m'en ôte plus de la moitié; et par là je perds ce qui faisoit la tranquillité et l'indépendance que l'on a voulu m'assurer. J'ose supplier Votre Éminence, que l'on ne me traite point à la rigueur; ne souffrez pas que l'on détruise une fortune qui est un témoignage de la générosité des François. Si vous vous informez de moi, on vous dira que je n'ai ni goût, ni talent pour acquérir. Ordonnez donc qu'on me laisse ce que je possédois par des voies si légitimes. Vous aurez part à la reconnoissance que j'ai pour ceux à qui je dois tout ce que je possède, et je ne cesserai jamais d'être avec le plus profond respect, etc. »

Lettre de madame de Ferriol.

Aïssé ne cesseroit de vous écrire, si je la laissois faire; je n'en ai pas la patience, et je l'interromps pour vous parler aussi à mon tour. Gardez-vous de m'oublier; je ne cesse point de me ressouvenir de vous et de vous regretter. Les courses que j'ai faites et les maladies que j'ai essuyées, ne m'ont pas distraite un moment de ce souvenir; j'espère que tous mes voyages ne sont pas faits, et que j'en ferai un à Pont-de-Veyle, qui me procurera le bonheur de vous voir. J'ai besoin de cette espérance, pour adoucir la peine que me cause votre absence. J'espère qu'en attendant vous voudrez bien me donner de vos nouvelles, et que vous ne doutez pas de la très-tendre amitié que je conserverai toute ma vie pour vous.

Suite de la lettre de mademoiselle Aïssé.

On me rend la plume, je vais en profiter pour conter quelques ravauderies. Madame de Tencin est toujours malade; les savans et les prêtres sont presques les seules personnes qui lui font leur cour. D'Argental n'est plus amoureux; ses assiduités sont réfléchies actuellement. Il y a eu des tracasseries à la cour; les dames du palais ont voulu jouer des comédies pour amuser la Reine. MM. de Nesle, de la Trimouille, Graisi (?) Gontaut, Tallard, Villars, Matignon [1], étoient les acteurs. Il manquoit une actrice pour de certains rôles; et il étoit nécessaire d'avoir quelqu'un qui pût former les autres : on proposa la Desmares, [2] qui ne monte plus sur le théâtre. Ma-

---

1. Le marquis de Mailly-Nesle. Voir p. 200. — Charles-René-Armand de la Trémoille, duc de Thouars, né le 14 janvier 1708. Il avait épousé en 1725 Marie-Hortense-Victoire de Bouillon, fille du duc de Bouillon, et mourut le 23 mai 1741. — Antoine-Armand de Gontaut, duc de Gontaut, fils du maréchal de Biron et de Marie-Antonine de Bautru-Nogent, né en 1689; il avait épousé en 1715 Marie-Adélaïde de Gramont, et mourut le 28 janvier 1736. — Marie-Joseph d'Hostun, duc de Talard, fils du maréchal de Talard et de Charlotte-Louise d'Hostun de Gadagne. Né en 1683, il mourut le 6 septembre 1755. — Honoré-Armand de Villars, marquis, puis duc de Villars, né le 4 octobre 1702, mort en avril 1770, fils du maréchal. — Louis-Jean-Baptiste Goyon de Matignon, comte de Matignon, fils du maréchal de Matignon et de Marie-Élisabeth Berthelot, né le 29 janvier 1682, mort le 29 août 1747.

2. Christine-Antoinette-Charlotte Desmares, née à Copenhague vers 1683, morte le 17 septembre 1752. Elle avait débuté à la

dame de Tallard[1] s'y opposa, et assura qu'elle ne joue-
roit pas avec une comédienne, à moins que la Reine
ne fût une des actrices. La petite marquise de Villars[2]
dit que madame de Tallard avoit raison, et qu'elle ne
vouloit point jouer aussi, à moins que l'Empereur
ne fît Crispin. Cette grande affaire finit par des éclats
de rire. Madame de Tallard a été si piquée, qu'elle a
quitté la troupe. La Desmares a joué, et les comédies
ont très-bien réussi.

Milord Bolingbroke nie hautement les lettres que
l'on prétend qu'il a écrites à M. Walpole[3]. Je ne

Comédie française qu'elle quitta en avril 1721. De sa liaison
avec le duc d'Orléans elle eut une fille que ce prince maria en
février 1719 au marquis de Ségur. La duchesse d'Orléans dit à ce
sujet : « La fille est fort gentille, mais de beaucoup aussi jolie que
sa mère. » *Correspondance*, Charpentier, t. 1, p. 67.

1. Marie-Élisabeth-Angélique-Gabrielle de Rohan, née le 17 janvier 1699, mariée le 15 mars 1713 au duc de Tallard, fils du
maréchal de ce nom. Alors dame du palais de la reine, et plus
tard gouvernante des enfants de France, elle mourut le 4 janvier
1754.

2. Amable-Gabrielle de Noailles, née le 18 février 1706, fille
d'Adrien-Maurice, second maréchal de Noailles, et de Françoise
d'Aubigné, nièce de Mme de Maintenon. Mariée le 5 août 1721 au
marquis de Villars, fils du maréchal, elle était dame du palais de
la Reine depuis le mois de décembre 1717. Elle mourut le 16 septembre 1771.

3. Rentré en Angleterre, à la suite du bill qui le 25 mai 1725
avait levé les conséquences de l'*attainder* de 1715, lord Bolingbroke vivait alors dans sa terre de Dawley où Voltaire le visita
dans son voyage en Angleterre. Les lettres auxquelles Mlle Aïssé
fait ici allusion, étaient trois lettres parues au commencement de
l'année 1727, sous le pseudonyme de l'*Écrivain par occasion*, *The
occasional Writer*. Elles contenaient une critique acerbe de l'administration de Robert Walpole, et particulièrement de sa politique à l'égard de l'Espagne. Elles étaient bien réellement de
Bolingbroke entré dans la coalition formée par Lord Carteret,
Wynham et Pulteney contre le tout-puissant ministre. Voir l'*Angleterre au 18° siècle*, par M. de Rémusat, I. 390.

doute pas que vous n'en ayez ouï parler : il dit qu'on
peut l'attaquer, mais qu'il ne répondra jamais ; que
ce sont des lettres supposées ; qu'il est résolu de demeurer en repos, malgré toute la malice du public.
Madame sa femme[1] est toujours malade. L'air de Londres l'incommode : on avoit fait courir le bruit que
le mari et la femme étoient mal ensemble ; rien n'est
plus faux. Je reçois des lettres, presque tous les ordi-
naires, de l'un et de l'autre ; ils me paroissent dans
une grande union : les inquiétudes qu'il a de la santé
de sa femme, et celles qu'elle a de la sienne, ne res-
semblent point à des gens mécontens. Adieu, madame.
La certitude que j'ai de vos bontés me fait trop de
plaisir pour vouloir en douter.

LETTRE VIII

De Paris, 1727.

J'ai vu ce matin M. Tronchin[2], madame, qui m'a

---

1. Marie-Claire Deschamps de Marsilly, née le 9 septembre 1675.
Élevée à Saint-Cyr, elle avait épousé en 1695 Philippe Le Valois,
marquis de Villette, cousin de Mme de Maintenon et père de la
charmante comtesse de Caylus, l'auteur des *Souvenirs*. Veuve en
1707, elle épousa en secondes noces, vers 1720, lord Bolingbroke
qu'elle avait reçu souvent à sa terre de Marsilly, en Champagne,
et mourut en Angleterre le 18 mars 1750. En 1695, Dangeau la
représentait comme « fort jolie. » *Journal*, 6 avril. — Saint-Lam-
bert a dit d'elle : « Elle avoit autant de vertus que d'agrémens,
l'âme noble et sensible, une imagination vive et sage et de la solidité dans l'esprit. » *Essai sur la vie de Bolingbroke*. On sait le
service qu'elle rendit à Mlle Aïssé lors de la naissance de sa fille
en 1724.

2. Tronchin, conseiller d'État, à Genève. (*Anc. note.*)

appris le testament de ce pauvre de Martine[1]. Vous jugez avec quelle joie j'ai su qu'il vous laissoit une marque de son souvenir, aussi bien qu'à mademoiselle votre fille ; il est mort comme il a vécu, avec amitié et générosité pour ses amis. Son ami en a usé en honnête homme avec les parens du défunt. Je ne sais pas s'ils seront contens; mais ce qu'il y a de très-sûr, c'est que c'est à lui qu'ils doivent ce que M. de Martine leur donne. Il n'étoit point content d'eux ; il ne leur devoit rien, puisqu'il n'avoit rien eu de patrimoine, et que c'étoit à sa bonne conduite et à ses talens qu'il devoit sa fortune. M. Tronchin lui avoit rendu des services; il étoit son ami. Est-il rien de plus juste que de faire du bien à ce que l'on aime, quand on est en état de le pouvoir faire? J'ai vu beaucoup de gens qui disent que M. Tronchin étoit un sot de ne pas profiter entièrement de la bonne volonté de son ami. Mais il pensoit avec plus de délicatesse; il a engagé M. de Martine à donner à sa famille : ce qu'il n'auroit sûrement pas fait, je le répète, sans lui. Il est mort âgé de soixante-dix-huit ans; je le croyois plus vieux. Il a traité très-bien ses cousines ; il a donné une année de gages à ses domestiques : il me semble que ce n'est pas assez.

Nous reparlons de Pont-de-Veyle plus que jamais, et même l'on assure que l'on y passera l'hiver. Si cela étoit, quelque ennui que j'aurois d'être si longtemps

---

1. Daniel Martine, Génevois, envoyé extraordinaire du landgrave de Hesse à Paris. (*Anc. note.*) — Il mourut le 24 juillet 1727. Voir *Lettres diverses recueillies en Suisse*, par le comte Golowkin, Genève, 1871. Introd.

absente, si je vous voyois, je serois contente et prendrois mes peines avec joie. Je n'assure rien, car la volonté de madame de Ferriol est comme une mer agitée. Je voudrois bien être à cette campagne où vous vivez avec tant d'innocence, de pureté et de contentement : je n'ai cru y être que pour me désespérer de n'y être pas. Je voudrois que vous eussiez une petite ménagerie. Quand j'y serai, sûrement, je vous en ferai faire une ; rien n'est plus amusant. Ne jouez-vous plus au quadrille? Pour moi, je l'ai absolument abandonné. J'ai passé quatre jours à la campagne ; je m'y suis baignée : c'étoit justement les jours les plus chauds. Avez-vous une rivière près de votre campagne ?

Nous n'avons point de nouvelles, sinon la grossesse de madame de Toulouse, et le bon mot du Roi sur l'histoire d'Henri IV, qu'il vient de lire. On lui a demandé son sentiment là-dessus ; il a répondu que tout ce qui lui avoit plu davantage dans la vie d'Henri IV, c'étoit son amour pour son peuple. Dieu veuille qu'il le pense et qu'il le suive ! L'argent est encore bien rare ; mais une chose qui l'est furieusement et que vous n'avez jamais vue, c'est que le premier ministre est fort approuvé. C'est le plus honnête homme du monde, qui est certainement occupé du bien de l'État. Enfin nous avons un premier ministre estimable [1],

---

1. Le cardinal de Fleury, qui, depuis le 11 juin 1726, était bien réellement premier ministre, quoiqu'il n'en eût pas le titre supprimé en la personne du duc de Bourbon. Né le 22 juin 1753, il avait soixante-treize ans quand il commença à gouverner la France. Il mourut le 29 janvier 1743. Son ministère, on pourrait dire son règne, avait duré dix-sept ans.

désintéressé, et dont l'ambition n'est que de remettre les affaires en ordre. Les premiers moyens ont été durs ; mais la suite fait bien voir qu'il n'a pas pu faire autrement. Il a vaqué un gouvernement : la ville payoit six mille livres d'augmentation qu'il a retranchées ; et à l'avenir il n'y en aura plus de nouvelles, il remettra les choses sur l'ancien pied. Il a ôté le cinquantième[1], et a remis deux millions cent mille livres sur les tailles. Tout cela prouve un ministre qui veut rendre les peuples heureux. Dieu veuille qu'il vive assez longtemps pour mettre en exécution ses bonnes intentions ! Je ne lui trouve qu'un défaut, c'est de vous avoir retranché vos rentes viagères. Vous n'avez partagé que le mal qu'il a fait, et vous ne pouvez jouir du bien ; mais c'est votre malheureuse destinée : ne cessera-t-elle jamais de vous persécuter ?

Proserpine ne réussit pas : on trouve cet opéra beau, mais trop triste ; on ne le jouera pas longtemps. On joue deux fois la semaine les *Élémens*[2], et deux fois *Proserpine*. La Pellisier est guérie ; elle étoit devenue folle, les uns disent de sa prodigieuse réussite, les autres de ce qu'on l'avoit soupçonnée de ga-

---

1. Cette taxe, qui prélevait le cinquantième du revenu de tous les biens, rentes, blé, bois, terres, excepté les rentes sur la Ville, avait été établie par édit enregistré, en lit de justice, le 8 juin 1725. Elle avait été proposée par Pàris du Verney d'après les idées de Vauban, et causa des soulèvements en province. Le duc d'Orléans, fils du Régent, le prince de Conti et le maréchal de Villars l'avaient combattue dans le conseil, et le premier avocat général, Gilbert des Voisins, au Parlement. Voir le *Journal de Barbier*, t. I, p. 393. La déclaration qui la supprima est du 7 juillet 1727.

2. Ballet de Roy et de Destouches, joué pour la première fois aux Tuileries en 1721, et repris à l'Opéra le 11 février 1727.

lanterie, faisant profession d'être sage. Nous avons une pièce à la Comédie Françoise, intitulée le *Philosophe marié*, qui est très-jolie, et qui a eu une réussite prodigieuse : toutes les loges sont louées pour la onzième représentation. L'auteur est Destouches. On dit que c'est sa propre histoire : aussitôt qu'on l'imprimera, je vous l'enverrai. On trouve que Quinault [1] joue bien : pour moi, je ne suis pas de cet avis. Imaginez voir M. Berthier ; même attitude, mêmes gestes ; en un mot, il n'y a que la voix qui est plus forte. Mademoiselle votre fille se seroit prise d'aversion pour le *Philosophe marié*.

On est ici dans la fureur de la mode pour découper des estampes enluminées, tout comme vous avez vu que l'on a été pour le bilboquet. Tous découpent depuis le plus grand jusqu'au plus petit. On applique ces découpures sur des cartons, et puis on met un vernis là-dessus. On fait des tapisseries, des paravents, des écrans. Il y a des livres d'estampes qui coûtent jusqu'à deux cents livres, et des femmes qui ont la folie de découper des estampes de cent livres pièce. Si cela continue, ils découperont des Raphaël. Je suis déjà vieille : les modes ne prennent plus subitement sur moi. Adieu, madame, permettez que j'embrasse M. votre mari et mademoiselle votre fille. Je suis lasse d'écrire tant de nouvelles qui sont indifférentes à toutes deux.

1. Il remplissait le rôle d'Ariste, le philosophe marié. — Jean-Baptiste-Maurice Quinault, dit l'aîné, pour le distinguer de son frère Quinault-Dufresne. Né vers 1690, il quitta le théâtre en 1734 et mourut en 1744.

Je vous envoie une lettre du marquis de la Rivière à mademoiselle des Houlières, et la réponse. On a trouvé l'une et l'autre très-jolies.

Lettre du marquis de la Rivière à mademoiselle des Houlières.

Fille d'un aigle, aigle vous-même,
Qui n'avez point dégénéré,
Dont partout le mérite extrême
Est si justement révéré,
Qu'on s'honore quand on vous aime;
Aimable interprète des dieux,
Qui parlez si bien leur langage,
Et qui portez dans vos beaux yeux
Et leur douceur et leur image,
Recevez ce petit hommage
Que je vous offre tous les ans,
C'est un tribut de sentimens
Qui ne convient pas à mon âge.
Les bienséances me l'ont dit :
Les amours et les vers sont faits pour la jeunesse ;
Mais le feu de mon cœur, qui soutient mon esprit,
Amuse et trompe ma vieillesse.
Faites-moi seulement crédit
D'agrémens et de gentillesse;
Contentez-vous du fond de ma tendresse.
Il en est de ce que je sens
Comme des tableaux d'un grand maître,
Dont la beauté ne fait que croître
Et redoubler de force à la longueur du temps.
Votre vertu n'est pas commune;
Vous aimez à faire du bien :
Donnez mes yeux à la fortune,
Il ne vous manquera plus rien.

Réponse de mademoiselle des Houlières.

Demeurez dans votre hermitage;
Je crains ce dangereux hommage,

Qu'avec soin vous m'offrez ici :
Pour la tendresse il n'est point d'âge,
Vous le sentez et je le sens ;
Ceci n'est point un badinage :
Vous de retour, nos cœurs sympathisans,
L'homme prudent, la fille sage,
Tous peut-être feraient naufrage :
Demeurez dans votre hermitage.

Le traître amour, qui vous engage,
Ne doit pas être méprisé ;
Avec lui naturalisé,
Les belles de son apanage
Vous ont, dans tous les temps, si bien favorisé,
Que tout de vous me fait ombrage :
Demeurez dans votre hermitage.

Vous parlez un certain langage
Qui porte au cœur, qui fait penser,
Et qui semble être un sûr présage
Que de ses traits le dieu volage
Est prêt encore à me blesser :
Demeurez dans votre hermitage.

Ah ! s'il avait eu l'avantage,
Du séjour de l'heureuse paix
Que penserait dame dont les attraits
Auraient soumis le cœur le plus sauvage,
Dame dont les beaux vers ne périront jamais,
Et dont le nom est tout mon héritage ?
Car vous savez que pas un de ses traits
Ne gît en mes écrits, non plus qu'en mon visage,
Et que je n'ai, pour tout partage,
Que les yeux doux qu'elle m'a faits ;
Pour ne les point mettre en usage,
Demeurez dans votre hermitage.

·

————

LETTRE IX

De Paris, août 1727.

J'ai reçu avant-hier la lettre que vous m'avez fait l'amitié de m'écrire ; vous trouverez dans celle-ci tout ce que vous me demandez. Je vais commencer par les nouvelles de Paris. La Reine est accouchée de deux princesses[1] : il est bien fâcheux, madame, que dans le nombre, il n'y ait pas un garçon. Tout Paris étoit dans une grande joie, quand on sut qu'elle étoit en travail ; la joie fut bien modérée quand on apprit la naissance de deux filles : on s'étoit trompé de six semaines. Le Chancelier[2] arrive de son exil ; il n'a pas encore les sceaux. M. le prince de Carignan est toujours amoureux de la Antier ; cette créature s'est engouée de M. de La Popelinière[3], fermier général,

1. Le jeudi 14 août 1727, à 11 heures du matin. De ces deux princesses jumelles, l'une Louise-Élisabeth, dite *Madame*, en qualité d'aînée, puis *Madame Infante*, après son mariage avec don Philippe, duc de Parme, mourut le 6 décembre 1759 ; l'autre, Anne-Henriette, dite *Madame Henriette*, mourut le 10 février 1752, sans avoir été mariée. Voir *Mesdames de France*, par Ed. de Barthélemy.

2. Le chancelier Daguesseau exilé à Fresnes, depuis le 28 janvier 1718, pour s'être opposé au *Système*. Suivant Barbier, le duc de Noailles, son ami particulier, et la comtesse de Toulouse, ne furent pas étrangers à son retour, qui eût lieu le 14 août. Mais les sceaux ne lui furent pas rendus. Le roi les garda trois jours et les donna ensuite, avec les fonctions de secrétaire d'État des affaires étrangères, à M. de Chauvelin qui se trouva ainsi remplacer M. d'Armenonville, comme garde des sceaux, et le fils de celui-ci, le comte de Morville, comme ministre.

3. Alexandre-Jean-Joseph Le Riche de La Popelinière, célèbre par sa fortune, son luxe, ses fêtes de Passy, ses amours et par

homme d'esprit, faiseur de chansons, et d'ailleurs
assez laid. M. de Carignan s'étoit lié d'amitié avec
lui, comme les maris font avec les amans de leurs femmes; mais le prince est Italien, par conséquent clair-
voyant, et jaloux outre mesure. Il y a quelques jours
qu'il alla prier la Antier de venir à une petite maison
qu'il a au bois de Boulogne; elle y consentit, mais
elle voulut que M. de La Popelinière fût de la partie.
Ce dernier ne vouloit point ; il se fit longtemps prier
par le prince, qui le persuada enfin d'y venir ; il y
eut pendant le souper plusieurs lorgneries qui furent
aperçues du prince, et qui le mirent de très-mau-
vaise humeur. On alla bientôt après se coucher, et
comme la maison est très-petite, et qu'il n'y avoit que
deux lits, la Antier coucha avec le prince, et La Popelinière dans une chambre à côté. La demoiselle voulut bien faire les honneurs de chez elle, et alla trouver son voisin, quand le prince fut endormi. M. de
Carignan s'étant réveillé, et voyant que sa tourterelle
s'étoit envolée, ne fit pas grand chemin pour la retrouver : il eut la constance de s'entendre dire les
choses du monde les plus outrageantes ; on le traita
de sot. Bien des gens prétendent que le greluchon La
Popelinière étoit muni de deux pistolets dont il se

ses infortunes conjugales. Né en 1692, fermier général en 1718,
il mourut le 5 décembre 1762. Le duc de Richelieu se chargea,
en 1748, de lui rendre la pareille, avec cette circonstance fâcheuse que dans cette nouvelle aventure, dont La Popelinière ne
fut pas le héros, il s'agissait de mademoiselle Deshayes, qui avait
alors échangé le nom de *Mimi-Dancourt* et la scène de la comédie
française pour le nom très-légitime de madame de La Popelinière
et le brillant salon de Passy.

servoit pour tenir en respect le pauvre abandonné,
qui, furieux, désespéré, retourna à Paris, et débar-
qua chez sa femme; et, comme il avoit le cœur très-
ulcéré, il lui raconta ce qui venoit de lui arriver. Elle
lui dit qu'il y avoit longtemps que cette créature le
rendoit malheureux, et qu'il falloit faire un exemple
pour châtier de pareilles gens; qu'elle lui demandoit
la permission d'en faire des plaintes et d'avoir une
lettre de cachet pour la faire enfermer dans une maison de force. Le prince étoit trop en colère pour n'y
pas consentir. La princesse ne perdit point de temps,
elle partit pour Versailles, et obtint du Cardinal la
lettre de cachet; envoya là-dessus arrêter la donzelle
qui fut dans un désespoir inconcevable. Elle avoit
quarante mille livres en or chez elle, qu'elle vouloit
emporter; mais on ne lui laissa prendre que trois
cents livres, et on la mena à Sainte-Pélagie, où elle
est actuellement. Le prince est désespéré de ne plus
la voir; il a fait tout au monde pour la faire sortir de
là, et pour se venger de La Popelinière et le faire
mettre à la Bastille; mais il n'en a pas eu le crédit; on
l'a seulement engagé à aller faire un petit tour dans
son département, qui est la Provence.

Voici encore une aventure, mais qui est plus tragique. Un gentilhomme, du côté de Villers-Cotterets,
allant d'un endroit à un autre, à cheval avec son valet, fut attaqué dans un bois par un jeune homme qui
lui demanda sa bourse où il y avait cinquante louis,
sa montre, avec un cachet d'or, lui prit ses deux chevaux, et le laissa aller à pied, assez embarrassé de ce
qu'il feroit. En marchant, il aperçut une maison qui

avoit belle apparence ; il envoya son laquais pour s'informer qui l'habitoit. Il apprit avec joie que c'étoit un officier avec lequel il avoit longtemps servi, et qui étoit son bon ami ; il se trouva heureux dans sa disgrâce de rencontrer justement son camarade qu'il connoissoit pour un parfait honnête homme ; il en fut très-bien reçu : ils parlèrent de la malheureuse aventure qui leur avoit procuré le plaisir de se revoir ; le maître de la maison offrit sa bourse et sa personne à son ami. Quelques momens avant le souper, un jeune homme entra, que le gentilhomme reconnut pour être celui qui l'avoit dévalisé, et il fut bien surpris quand l'officier le lui présenta comme son fils ; il ne dit mot, et se retira d'abord après souper dans sa chambre. Son laquais, très-effrayé, lui dit : « Monsieur, nous sommes dans un coupe-gorge ; le fils de la maison est notre voleur, et nos chevaux sont dans l'écurie. » Le gentilhomme lui défendit de parler, et avant que personne ne fût levé dans la maison, il alla dans la chambre de son ami, et le réveilla en lui disant que c'étoit avec une grande douleur qu'il se trouvoit obligé de lui apprendre que son fils étoit le même homme qui l'avoit dévalisé la veille ; qu'il avoit cru, après s'être consulté, qu'il valoit mieux lui apprendre le détestable métier de son fils, que s'il venoit à en être informé par la Justice ; ce qui ne pouvoit manquer tôt ou tard d'arriver. Le désespoir du père fut inconcevable : la surprise, la douleur, lui donnèrent un si violent saisissement, qu'il s'évanouit ; ensuite, l'emportement, la fureur succédant, il monte à la chambre de son fils, qui dormoit, ou fei-

gnoit de dormir; il trouve sur sa table la montre et
le cachet où étoient les armes de son ami. Le fils entend le bruit; effrayé, il se lève, veut s'enfuir. Des
pistolets se trouvent sur la table. Le père, troublé
par la colère, en prend un, tire, et tue son malheureux fils. Il est venu tout de suite demander sa grâce :
tout le monde a été d'avis qu'on la lui donnât. Le cas
est excusable dans le premier mouvement d'une colère aussi légitime. Un honnête homme trouvant dans
son fils un voleur de grand chemin est un chagrin si
vif, que la tête peut bien lui en tourner.

Madame de Ferriol compte toujours aller à Pont-
de-Veyle ; mais, comme elle ne veut y rester que six
semaines, je ne l'accompagnerai pas; cela n'en vaut
pas la peine. Il y a cinq ou six mariages pour notre
ami[1], mais on voudroit fort avoir la dot et point avoir
la femme. Je ne vois plus Berthier : l'ambition le poi-
gnarde; il poursuit l'ambassade de Constantinople[2];
les Turcs sont trop simples pour goûter l'air empesé
de notre ami.

Le chevalier est parti pour le Périgord où il
compte être cinq mois. Vous serez bien étonnée,
madame, quand je vous dirai qu'il m'a offert de m'é-
pouser. Il s'expliqua hier très-clairement devant une
dame de mes amies. C'est la passion la plus singulière du monde : cet homme ne me voit qu'une fois
tous les trois mois; je ne fais rien pour lui plaire; j'ai

1. M. d'Argental. (Anc. note.)
2. Ce fut M. de Villeneuve (Louis-Sauveur Renaud), lieutenant
général de la sénéchaussée de Marseille, qui y fut nommé, le
25 mars 1728, en remplacement de M. d'Andrezel. Né en 1675,
M. de Villeneuve mourut le 28 juin 1745.

trop de délicatesse pour me prévaloir de l'ascendant
que j'ai sur son cœur; et, quelque bonheur que ce
fût pour moi de l'épouser, je dois aimer le chevalier
pour lui-même. Jugez, madame, comme sa démarche
seroit regardée dans le monde, s'il épousoit une in-
connue et qui n'a de ressources que la famille de M. de
Ferriol. Non, j'aime trop sa gloire, et j'ai en même
temps trop de hauteur pour lui laisser faire cette sottise. Quelle confusion pour moi d'apercevoir tous les
discours que l'on tiendroit! Pourrois-je me flatter que
le chevalier pensât toujours de même à mon égard? Il
se repentiroit assurément d'avoir suivi sa folle passion, et moi je ne pourrois pas survivre à la douleur
d'avoir fait son malheur et de n'en être plus aimée.
Il me tint les propos du monde les plus tendres, les
plus passionnés et les plus extravagans, il finit par
me dire qu'il avoit dans la tête que, d'une façon ou
d'une autre, nous vécussions ensemble. Je parus
étonnée de ce propos, et lui en dis mon sentiment: il
se fâcha, et m'assura que quand il disoit cela, il ne
prétendoit pas m'offenser, ni avoir des desseins malhonnêtes sur moi ; qu'il vouloit dire que, si je voulois l'épouser, j'en étois la maîtresse; mais qu'autrement, il croyoit que nous pouvions bien, quand nous
serions sans conséquence l'un et l'autre, passer le
reste de nos jours ensemble; qu'il m'assureroit une
grande partie de son bien; qu'il étoit mécontent de
ses parens, à l'exception de son frère [1], à qui il don-

---

1. Très-probablement (car jusqu'ici nous n'avons pu découvrir
aucune généalogie complète ou même suivie de la famille d'Aydie)
Charles-Antoine-Armand-Odet d'Aydie, comte de Ribérac, né en

neroit honnêtement, pour qu'il fût content ; et pour me faciliter d'accepter sa proposition, il me dit que nous ferions cession au dernier vivant de nos biens. Je badinai beaucoup sur mes vieux cotillons qui sont tout l'héritage que je pouvois assurer. Notre conversation finit par des plaisanteries. Adieu, madame, je suis lasse d'écrire ; je vous suis dévouée bien tendrement.

LETTRE X

De Paris, août 1727.

La Fortune est aveugle, et n'aime que les vilains. Si elle m'avoit donné les cent mille écus qu'elle prodigue à madame votre cousine, j'aurois fait un meilleur usage qu'elle de ce bien. Que de plaisir je me procurerois ! Vous seriez ici, madame, avec M. votre mari et mademoiselle votre fille ; je vous verrois heureux, et ce seroit par mon moyen : et comme je sais

1684 et, d'après le *Mercure de France*, mort le 1er novembre 1754 à sa terre de la Ville-aux-Cleres, âgé de 70 ans. Il avait épousé en 1714 N. Le Révérend de Bougy, qui mourut le 27 novembre 1769. La famille du chevalier d'Aydie se composait encore, — d'après nos conjectures, — de deux autres frères : 1° Antoine, comte d'Aydie, né en 1686, qui avait épousé sa cousine, Marie-Françoise d'Aydie, de la branche des Bernardières, sœur du comte de Rions, morte dame du palais de la duchesse de Berry (18 août 1717), et qui, après sa mort, passa au service du roi d'Espagne, devint lieutenant-général de ses armées, vice-roi de Castille, et mourut en Périgord le 3 juillet 1764 ; 2° l'abbé Odet d'Aydie ; et de plusieurs sœurs : Marie, mariée, le 10 juin 1727, à François d'Abzac, marquis de Migré et de Mayac ; Gabrielle, mariée au marquis de Chapt, laquelle mourut en avril 1772 au château de Laxion en Périgord ; et N., nommée abbesse de Saint-Cyr, le 16 septembre 1747. V. l'Appendice.

les liens[1] qui vous retiennent à Genève, je ferois
faire une litière bien fermée, bien étoffée, bien commode : j'y mettrois qui vous savez. Je l'amènerois ici
je lui procurerois des plaisirs qui lui seroient oublier
le pays natal. Nous rassemblerions les gens célèbres
de toute espèce, de tous talens, pour le divertir : s'il
falloit même quelques jolis visages, je ferois l'effort
de lui en chercher. Voilà un vilain métier, mais,

> Quand on obtient ce qu'on aime,
> Qu'importe à quel prix[2]?

Voilà ce que je ferois du bien de madame votre cousine. Pour parler d'autre chose, M. le duc de Gesvres[3] est malade, il fait de très-grands remèdes. Il
est à Saint-Ouen, où toute la France va le voir; il
est dans son lit garni de rubans et de dentelles; les ri-
deaux sont relevés, des fleurs répandues sur son lit,
des découpures d'un côté, des nœuds de l'autre[4] ; et,

1. Un parent vieux et riche, dont madame Calandrini devait
hériter. (Anc. note.) — Probablement M. de Gamblac, comme le
conjecture M. Ravenel. Voir Lettre XVIII.

2. Fontenelle, Bellérophon, IV, 1.

3. François-Joachim-Bernard Potier, duc de Gesvres, né le 20
septembre 1692, fils de François-Bernard Potier, duc de Tresmes,
gouverneur de Paris, lequel ne mourut qu'en 1739, et de Marie-
Louise-Geneviève de Seiglières. Il avait épousé, le 2 juin 1709,
Marie-Madeleine Mascrany, qui lui intenta un procès en impuissance resté célèbre, et mourut sans postérité le 19 septembre 1757.
Seigneur de Saint-Ouen, il y possédait un château bâti en 1660
par Lepautre, qu'il vendit plus tard à madame de Pompadour, et
qu'il ne faut pas confondre avec celui que le prince de Soubise
avait dans la même localité.

4. Besenval nous fournit le complément de ce tableau. « Le duc
de Gesvres, dont l'impuissance avoit fait tant de bruit, étoit un de
ces êtres rares qui paroissent de temps en temps dans le monde.
Il avoit publiquement toutes les façons des femmes ; il mettoit du
rouge; on le trouvoit chez lui, ou dans son lit, jouant de l'éven-

dans cet équipage, il reçoit tout le monde. Vingt courtisans entourent son lit, et son père et son frère font les honneurs à la grande compagnie. Il y a toujours deux tables de vingt couverts chacune, et quelquefois trois : M. d'Épernon[1] y est à demeure. On a établi des habits verts pour les complaisans, c'est-à-dire qu'avec habit, bas, souliers, chapeaux verts, on peut avoir toutes les plus familières entrées chez M. le duc : il y a une trentaine d'habits verts de distribués. Le Roi a dit, sur cela, qu'il n'y avoit qu'à changer les justaucorps en robes de chambre, que l'habillement d'ailleurs seroit plus commode, ne se portant pas trop bien tous, et qu'ils seroient précisément comme à la Charité, où ils sont habillés de vert. Il y a quelques jours qu'une personne de ma connoissance y alla, et trouva le maître de la maison sur une duchesse d'étoffe verte, la robe de chambre verte, un couvre-pied d'une broderie admirable en vert, un chapeau gris bordé de vert, avec le plumet vert et un gros bouquet de rue sur lui, faisant des nœuds. Le duc d'Épernon s'est pris de fantaisie pour la chirurgie : il saigne et trépane tout ce qui se rencontre. Un cocher, l'autre jour, se cassa la tête : il le trépana. Je ne sais s'il auroit pu réchapper, mais ce qu'il y a de

tail, ou à son métier, faisant de la tapisserie. Il aimoit à se mêler de tout ; son caractère étoit précisément celui d'une *caillette*. Avec tout cela, parvenu à un certain âge, sans changer de façon d'être, il avoit de la considération : toute la cour abondoit chez lui. » *Mémoires de Besenval*, t. I, p. 178.

1. Louis de Pardaillan de Gondrin, duc d'Épernon, puis duc d'Antin, né le 9 novembre 1707. Il était fils de la comtesse de Toulouse et de son premier mari, Louis, marquis de Gondrin, petit-fils de Mme de Montespan. Il mourut le 9 décembre 1743.

sûr, c'est que le pauvre homme fut bientôt expédié
avec un pareil chirurgien. Ce n'est pas tout : ils ont
voulu se procurer des fêtes champêtres ; et M. le duc
de Gesvres a doté une fille. M. d'Épernon souhaita de
saigner le mari la nuit de ses noces : ce pauvre misérable ne le vouloit point ; et pour obtenir de lui de se
laisser saigner, M. le duc de Gesvres lui donna cent
écus. Voilà, madame, ce qui se passe sous nos yeux,
à la face de tout l'univers, et sous un gouvernement
très-sévère. Cependant on ne peut pas dire que les
deux chefs ne soient très-sages, et même pieux. Il
n'est pas possible que l'on ignore toujours ces vile-
nies ; et tout ce qu'il y a de plus grand, de plus raisonnable, fait la cour assidûment à ce monstre ; et,
pour excuser leurs bassesses, ils disent que cet homme
est officieux et pense noblement [1]. Ceux qui sont

---

1. Le duc de Gesvres passait pour fort serviable. Fastueux et
prodigue, perdu de dettes, son plus gros revenu provenait de la
location qu'il faisait de son hôtel, comme le prince de Carignan de
celui de Soissons, transformés l'un et l'autre en maisons de jeu.
Cela dura jusqu'en 1741 où le cardinal de Fleury profita de la
mort du prince de Carignan pour faire fermer le jeu du duc de
Gesvres. Le passage suivant de Barbier éclaire très-bien cette lettre
de mademoiselle Aïssé. — « Le duc de Gesvres, gouverneur de
Paris, avoit un pareil jeu qui lui rapportoit 130,000 livres par
an, payées tous les premiers jours du mois. Ces deux jeux étoient la
ruine des enfants de famille de Paris, de bourgeois, d'officiers et
autres. Cela faisoit la ressource d'un nombre d'escrocs, cela donnoit lieu à des vols au sortir du jeu, à des accidents funestes... Le
cardinal a saisi la mort du prince de Carignan pour faire cesser le
jeu de M. le duc de Gesvres... Le duc de Gesvres a toujours vécu
en grand seigneur ; il avoit vingt gentilshommes attachés à lui
avec pension, une grande table et une écurie considérable ; heureusement qu'il ne pouvoit pas faire de grande dépense en femmes. Ses biens personnels étoient abandonnés à ses créanciers.
C'est un seigneur fort aimé de tout le monde, s'employant tous les
jours pour faire plaisir. » Journal, t. III, p. 270.

bien instruits savent qu'il dessert bien mieux qu'il ne
sert, et qu'il est généreux du bien de ses créanciers
et de l'argent d'un jeu qui est une chose ridicule dans
un royaume. Ma bile s'échauffe ; je vous en demande
pardon. Pour la cour, elle est très-édifiante : on ne
donne point de scène au public.

Voulez-vous cependant que je vous parle des gens
de votre connoissance ? M. de Ferriol est toujours le
meilleur homme du monde : sa santé est de même,
ses affaires aussi : toujours dans une indifférence parfaite ; mais il n'est point indifférent sur les molinistes;
il est d'un zèle outré pour eux. C'est avec fureur
qu'il est passionné sur ce sujet. Il se met dans de
grands emportemens quand il trouve quelqu'un qui
ne pense pas comme lui. Il est occupé de cela au point
de n'en pas dormir. Il sort à huit heures du matin
pour faire part de ses réflexions, ou de quelques riens
qu'il aura ramassés ; c'est à faire mourir de rire. Pour
madame de Ferriol, sur cet article elle est très-rai-
sonnable : elle n'en parle que très-convenablement ;
mais, d'ailleurs, toujours les mêmes agitations. Elle
est comme vous l'avez laissée, à la pesanteur près,
qui a beaucoup augmenté : les mêmes incertitudes,
et ne pouvant souffrir que les autres sachent se déterminer : le petit chien par-dessus tout, qui s'enfuit
quand elle l'appelle ; et son vieux laquais qui est toujours insolent et de mauvaise humeur, et qui la
traite comme une misérable, jusqu'à lui dire qu'elle
ne sait ce qu'elle dit ni ce qu'elle fait. Je suis prête à
lui jeter un chenet à la tête, et elle souffre ses imper-
tinences avec une patience à impatienter. Je crois, je

vous jure, qu'il me battroit s'il ne me craignoit pas. Pour les autres domestiques, ils sont très-mécontens d'être toujours grondés ; mais ils ont pour elle le respect qu'ils lui doivent, et c'est la raison pourquoi elle est toujours après eux. Ils pleurent souvent, et je les console de mon mieux. Pour ses enfans, c'est toujours de même. On ne se plaint jamais de l'un[1] ; il fait tout ce qu'il veut. Sa santé est délicate. C'est un très-bon garçon, qui a de l'esprit et de la finesse dans l'esprit, qui est aimé et qui mérite de l'être. D'Argental est fort occupé ; il fait son métier avec application[2]. Il est tout le matin au Palais ; il travaille, après-dîner, jusqu'à cinq heures. Les spectacles sont ses plus grands amusemens[3]. Il n'est pas, je crois, amoureux, et pense plus en homme qui connoît le monde qu'il ne faisoit. Il est toujours poli avec les femmes, et point du tout gâté dans les propos.

1. M. de Pont-de-Veyle, lecteur du roi. (Anc. note.)

2. Il était, depuis le 21 février 1721, conseiller à la quatrième chambre des enquêtes, la même où siégeait Berthier de Sauvigny. Mademoiselle Aïssé ne fait de d'Argental qu'un magistrat appliqué. Voltaire, lui, va beaucoup plus loin, — trop loin, sans doute, — dans ce passage du septième de ses *Discours en vers sur l'homme* :

> Toi qui vas nous quitter, magistrat plein de zèle,
> Parlant comme de Thou, jugeant comme l'ucelle,
> Tendre et fidèle ami, bienfaiteur généreux,
> Qui peut te refuser le nom de vertueux ?
> Jouis de ce grand titre, ô toi dont la sagesse
> N'est point le triste fruit d'une austère rudesse ;
> Toi qui, malgré l'éclat dont tu blesses les yeux,
> Peux compter plus d'amis que tu n'as d'envieux.

Suivant les éditeurs de Kehl, d'Argental « quitta sa charge de conseiller au parlement (en 1748), parce que l'absurdité et la barbarie de notre jurisprudence criminelle le révoltoient. »

3. Aussi fut-il toute sa vie le factotum de Voltaire pour la représentation et l'impression de ses pièces.

M. et madame Knight ont la fièvre tour à tour. La femme, à ce que je crois, aime mieux le mariage que son mari[1]. Elle est très-enfant gâté ; elle n'aime pas à être contrariée. Tout ce mariage-là n'a pas l'air de durer longtemps. Elle pleure souvent, et, comme son mari est encore amoureux, elle a toujours raison. J'ai bien peur qu'elle ne lui donne du fil à retordre. N'allez pas dire ce que je vous dis là, mais madame votre sœur[2] a eu grand tort de gâter sa fille. Elle en auroit fait quelque chose de bon, si elle lui avoit don-

[1]. Prédiction qui s'est confirmée. C'était une femme de beaucoup de génie, d'esprit, et très-instruite. Elle parlait plusieurs langues ; elle était sœur du fameux milord Bolingbroke. (Note de Voltaire.)

[2]. Angélique Pelissary, née vers 1668, fille de Claude Pelissary, trésorier général de la marine, puis des galères (1648-77), l'ami de Fouquet, de Gourville, d'Hervart, et de cette dame Pelissary dont le salon fut une sorte d'hôtel de Rambouillet bourgeois, où brillaient Furetière, Gilles Boileau, Charpentier, Perrault, Benserade, Régnier-Desmarets, l'abbé Tallemant et aussi l'abbé Cotin. Pavillon, qui était le poète ordinaire de la maison, fait ainsi le portrait poétique de la jeune Angélique Pelissary (OEuvres, édit. 1720, p. 46) :

> On voit dans votre air ces appas
> Que les Grâces, jadis, prirent pour leur partage ;
> Si la pudeur osoit se montrer ici-bas,
> Elle prendroit votre visage.
>
> Vous avez de l'esprit et n'avez que quinze ans,
> Vous dansez à ravir, le cœur le plus rebelle ;
> Iris, avec tant de talents,
> Vous auriez fort bien pu vous passer d'être belle.

Elle épousa, en 1687, Henri, baron et plus tard vicomte Saint-John. « L'époux ne parle pas françois, dit encore Pavillon, et l'épouse ne sait pas un seul mot d'anglois ; » mais, ajoute-t-il aussitôt avec une galanterie un peu leste (p. 121 et 123),

> Tous les plus beaux discours sont des contes frivoles
> Dont on fait peu de cas au lit ;
> Un amant de bon appétit
> Ne se repaît pas de paroles.

né une bonne éducation, mais elle l'a rendue insupportable. Elle ne connoit que sa volonté et ses goûts,
et quand quelque chose s'y oppose, l'emportement,
le mépris et la déraison s'emparent absolument d'elle.
En vérité, c'est dommage, car elle étoit faite pour
être aimable.

Madame de Tencin a de temps en temps la fièvre.
On dit pourtant qu'elle est fort engraissée. Je continue à ne pas la voir, et je crois que ce sera pour la
vie, à moins que l'archevêque[1], à son retour, ne le
veuille. Je suis pourtant bien résolue à tenir bon.
C'est une grande satisfaction pour moi de n'avoir
point ce devoir pénible à remplir, et, d'ailleurs, plus
de tracasseries; car il y en a toujours quand on se

---

1. L'archevêque de Tencin, frère de madame de Tencin (*anc.
note*).

— Pierre Guérin de Tencin, né le 22 août 1680, successivement
prieur de Sorbonne, grand archidiacre de Sens, convertisseur de
Law en 1719, archevêque d'Embrun en 1724, cardinal en 1739,
archevêque de Lyon en 1740, ministre d'État en 1742, mort le
2 mars 1768. Saint-Simon l'a peint ainsi :

« Un esprit vaste, mâle, hardi, entreprenant, surtout incapable de se rebuter d'aucune difficulté, et d'une patience de plusieurs vies, mais toujours agissante vers son but, sans jamais s'en
détourner; un esprit plein de ressorts et de ressources, bien souple, fin, discret, doux et âpre selon le besoin, et capable sans effort de toutes sortes de formes; maître en artifices, contempteur
souverain de tout honneur et de toute religion, en gardant soigneusement tous les dehors de l'un et de l'autre; fier et bas toujours selon les gens et les occurrences, et toujours avec esprit et
discernement; d'une ambition démesurée, et surtout altéré d'or,
non par avarice ni par désir de dépenser ou de paroître, mais
comme voie abrégée de parvenir à tout. Il joignoit quelque savoir
et tous les agréments de la conversation, des manières et du commerce à une scrupuleuse souplesse et à un grand art de cacher
avec jugement tout ce qu'il ne vouloit pas être aperçu. » *Addition
aux Mémoires de Dangeau*, t. XVIII, p. 160. Voir encore les *Mém.
d'Argenson*, édit. de la *Bibliothèque elzévirienne*, t. II, p. 342.

voit et qu'on se déteste. Je ne vois plus M. Berthier.
A la vérité, je suis rarement au logis : il s'est rebuté
d'y venir inutilement. Nous allons passer une partie
de ce mois à Ablon. Je suis accablée de rhumatismes
et de fluxions, et suis désespérée que vous ne voyiez
point ma chambre. Vous ne la reconnoîtriez pas ; elle
est si jolie, et de plus ornée pour ce que c'est, car il
n'y a rien de magnifique que la jatte que vous m'avez
donnée. La Mésangère, qui vint l'autre jour, me dit :
« Vous avez de bien belles porcelaines, et entre autres
cette jatte. » Mes meubles sont tous des plus simples,
mais faits par les meilleurs ouvriers. On la vient voir
par curiosité. J'ai bien envie, à votre exemple, de
gronder ceux qui y crachent. Voilà une grande et
ennuyeuse lettre. Recevez mes plus tendres embras-
semens.

LETTRE XI

De Paris, 10 juin 1728 [1].

On dit enfin que nous irons à Pont-de-Veyle. Madame de Ferriol a toutes les peines du monde à s'y
déterminer : tous les projets qu'elle avoit faits sont
rompus. Premièrement, son mari avoit un procès qui
devoit se juger incessamment, et il a été remis à
l'année prochaine ; ensuite, elle a dit que jamais son

1. La date de cette lettre est évidemment erronée. L'ambassade
de Constantinople, dont il y est parlé comme encore vacante, ayant
été donnée à M. de Villeneuve, le 25 mars 1728, il est certain
qu'elle n'a pu être écrite que vers la fin de 1727 ou le commencement de 1728.

mari ne voudroit venir avec elle, et que, pendant son absence, il dépenseroit beaucoup. Il l'a assurée qu'il l'accompagneroit, soit dans la diligence, soit dans une chaise de poste, tout comme elle le souhaiteroit. Ensuite, elle a dit qu'elle ne vouloit point partir qu'elle ne sût si miladi Bolingbroke ne viendroit point cet été. Madame Bolingbroke lui a mandé qu'elle ne comptoit de venir qu'au commencement de l'hiver, et que, si elle n'étoit pas à Paris, elle remettroit son voyage à l'été prochain. Enfin, il a fallu chercher quelque autre raison. Elle a dit qu'elle n'avoit point d'argent. Monsieur son frère lui en a offert. La voilà, comme vous voyez, à quia. Elle a paru se rendre; mais elle veut, avant que de partir, prendre les eaux de Balaruc : elles ne sont pas arrivées; ainsi cela renvoie. Je crois qu'il faudra qu'à la fin elle se décide. Tout le monde est excédé de ses incertitudes. Le vrai de ses difficultés, c'est qu'elle ne voudroit pas quitter le maréchal [1], qui ne s'en soucie point, et ne

---

1. Nicolas du Blé, marquis d'Uxelles, né le 24 janvier 1652, maréchal de France en 1703, mort à Paris le 10 avril 1730. Général diplomate, il se distingua au siège de Philipsbourg en 1688, et fut, avec le cardinal de Polignac, l'un des plénipotentiaires aux congrès de Gertruydenberg et d'Utrecht. Il entra au conseil de régence en 1718, et présida celui des affaires étrangères. Écarté par M. le Duc, il fut rappelé au conseil royal par le cardinal de Fleury, et contribua à la nomination de M. de Chauvelin. « C'étoit un grand et assez gros homme, tout d'une venue, qui marchoit lentement et comme se traînant; un grand visage couperosé, mais assez agréable, quoique de physionomie refrognée par de gros sourcils, sous lesquels deux petits yeux vifs ne laissoient rien échapper à leurs regards; il ressembloit tout à fait à ces gros brutaux de marchands de bœufs. Paresseux, voluptueux à l'excès en toutes sortes de commodités, de chère exquise, grande, journalière, en choix de compagnie, en débauches grecques, dont

feroit pas un pas pour elle. Mais elle croit que cela
lui donne de la considération dans le monde. Personne
ne s'adresse à elle pour demander des grâces
au vieux maréchal. Elle est très-souvent seule ; ses
affaires sont toujours très-délabrées, elle ne paye
point, elle ne fait aucune dépense, elle est d'une avarice et d'un dérangement inconcevables. Je suis
obligée de me rappeler, cent fois le jour, le respect
que je lui dois. Rien n'est plus triste que de n'avoir,
pour faire son devoir, que la raison du devoir.

il ne prenoit pas la peine de se cacher, et accrochoit de jeunes
officiers qu'il adomestiquoit, outre de jeunes valets très-bien faits,
et cela sans voiles. Glorieux jusqu'avec ses généraux et ses camarades, et ce qu'il y avoit de plus distingué, pour qui, par un air
de paresse, il ne se levoit pas de son siége; bas, souple, flatteur
auprès des ministres et des gens dont il croyoit avoir à craindre
ou à espérer, dominant sur tout le reste sans nul ménagement...
Sa grosse tête, sous une grosse perruque, un silence rarement in-
terrompu, et toujours en peu de mots, quelques sourires à propos,
un air d'autorité et de poids, qu'il tiroit plus de celui de son
corps et de sa place que de lui-même; et cette lourde tête, offus-
quée d'une perruque verte, lui donnèrent la réputation d'une
bonne tête, qui toutefois étoit meilleure à peindre par le Rem-
brandt pour une tête faite qu'à consulter. Timide de cœur et d'esprit, faux, corrompu dans le cœur comme dans les mœurs, jaloux,
envieux, n'ayant que son but, sans contrainte des moyens, pourvu
qu'il pût se conserver une écorce de probité et de vertu feinte,
mais qui laissoit voir le jour à travers et qui cédoit même au besoin
véritable; avec de l'esprit et quelque lecture, assez peu instruit
et rien moins qu'un homme de guerre, sinon quelquefois dans le
discours..., fin, délié, profondément caché, incapable d'amitié
que relative à soi, ni de servir personne, toujours occupé de ruses
et de cabales de courtisan, avec la simplicité la plus composée que
j'aie vue de ma vie, un grand chapeau elabaud toujours sur ses
yeux, un habit gris dont il couloit la pièce à fond, sans jamais
d'or que les boutons, et boutonné tout du long, sans vestige de
cordon bleu, et son Saint-Esprit bien caché sous sa perruque, »
Et ailleurs : « Avec une grande dépense, que sa vanité et ses
volontés tirolent de lui, il étoit avare. » *Mémoires de Saint-Simon*,
II, 436. — Il était plus que l'ami de Mme de Ferriol.

Le chevalier est toujours malade ; il m'a paru un peu moins oppressé. Je tremble de le quitter, mais je dois accompagner madame de Ferriol dans l'état où elle est. Il faut absolument la déterminer à prendre les eaux de Bourbon, et elle ne les prendra jamais si elle ne va pas à Pont-de-Veyle. Le devoir, l'amour, l'inquiétude et l'amitié combattent sans cesse mon esprit et mon cœur : je suis dans une cruelle agitation, mon corps succombe, car je suis accablée de vapeurs et de tristesse ; et, s'il arrive malheur à cet homme-là, je sens que je ne pourrai supporter cet horrible chagrin. Il est plus attaché à moi que jamais ; il m'encourage à remplir mon devoir. Quelquefois je ne puis m'empêcher de lui dire que, s'il étoit plus mal, il me seroit impossible de le quitter ; il me gronde, et il ne veut absolument point que j'imagine rien qui s'éloigne de ce devoir : il m'assure qu'il n'y a rien dans le monde qui m'excusât si je restois ici quand madame de Ferriol va à cent lieues : il ne l'aime point ; mais il a ma réputation à cœur. Pardonnez toutes ces foiblesses à votre pauvre amie.

J'avois laissé ma lettre, j'ai eu mille ennuis. Le chevalier est toujours très-incommodé. Je vous avoue que je suis dans de furieuses transes pour lui. Je crains qu'à la fin la suppuration des poumons ne se fasse ; je n'ose faire des réflexions sur cela, et je n'ose même en parler ; mais mille idées funestes me suivent sans cesse malgré moi : rien ne me console. Je n'ai personne à qui je puisse ouvrir mon cœur. Quel malheur pour moi que votre absence ? Si je vous avois, vous me soutiendriez, vous me donneriez des

forces ; et peut-être vos conseils, mes remords et l'a-
mitié que j'ai pour vous, madame, me donneroient
assez de courage pour surmonter une passion que ma
raison n'a pu vaincre, mais qu'elle condamne.

Madame de Tencin a toujours la fièvre. Elle a été
quinze jours sans en avoir : elle se croyoit guérie et
avoit pris le ton de se plaindre de tout le monde, et
surtout du chevalier, mais d'une façon si violente, que
madame de Lambert[1], à qui elle en parla, le dit au
chevalier, qui la pria de dire à madame de Tencin
que jamais il n'avoit parlé d'elle, que rien n'étoit
plus faux, qu'il n'étoit point de ceux qui accablent les
malheureux, et que, comme il ne la connoissoit point,
il auroit été dans le droit du public pour causer sur
l'aventure de La Frenais[2], mais qu'il ne l'avoit pas fait,

1. Nous maintenons de Lambert, comme dans l'édition de 1823,
et nous croyons qu'il s'agit ici d'Anne-Thérèse de Marguenat de
Courcelles, épouse de Henri Lambert, marquis de Saint-Bris, lieutenant général, célèbre par son salon, et, en ce genre de gloire, la
devancière de Mme de Tencin, de Mme Geoffrin, de Mme du Deffand,
de Mlle de Lespinasse, de Mme de Marchais et de Mme Neker.
Cette supposition est d'autant plus vraisemblable que Montesquieu,
l'ami du chevalier d'Aydie, ainsi que Fontenelle, dont il est parlé
plus loin, étaient très-assidus chez Mme de Lambert. Née en 1647,
la marquise de Lambert mourut en 1733. « C'étoit, dit Fontenelle, la seule maison qui fût préservée de la maladie épidémique
du jeu, la seule où l'on se trouvoit pour se parler raisonnablement
les uns les autres, avec esprit et selon l'occasion. »

2. La Frenaye, amant de Mme de Tencin, qui, dit-on, l'avait
ruiné ; il se tua dans son cabinet. Il disait dans son testament que,
s'il mourait de mort violente, c'était elle qu'on devait en accuser. Elle fut mise au Châtelet, dont elle sortit justifiée. (Note de
Voltaire.) — Cette scandaleuse et fâcheuse affaire eut lieu le
6 avril 1726, ce qui pourrait bien assigner à cette lettre une date
assez rapprochée. Elle est tout au long racontée par Barbier, *Journal*,
t. I, p. 420, et par Marais. Voici le récit de ce dernier :
« Un M. de la Fresnaye, conseiller au Grand-Conseil, qui avoit

en partie par égard pour madame sa sœur et pour moi. Madame de Tencin dit à madame de Ferriol qu'il étoit fort singulier qu'étant chez elle je ne vinsse pas savoir de ses nouvelles, et qu'elle ne m'avoit vue qu'une fois depuis six mois; qu'elle me dispensoit très-fort d'y venir; qu'elle ne me laisseroit entrer que quand je serois avec elle; mais que, si je venois seule, elle avoit donné ses ordres pour que l'on me refusât sa porte. Je me le suis tenu pour dit, et je ne m'exposerai pas à m'entendre dire mille injures. Je

en des affaires d'amitié et d'intérêt avec Mme de Tencin, va chez elle samedi dernier. Ils eurent quelque discussion; il passe dans un cabinet pour écrire une lettre, et là il se met sur un canapé, et se donne un bon coup de pistolet avec quatre balles dans le cœur, dont il meurt sur-le-champ. Le canapé en frémit, *non hoc servatum munus in usu*. La dame en gémit; on en avertit le premier président et le procureur général du Grand-Conseil, qui le font enterrer la nuit, en secret, et le lendemain chacun conte l'histoire à sa manière... et il y en a cent. Mais en voici bien d'une autre. Le mort avoit déposé, avant de mourir, son testament à M. de Sacy, avocat au conseil, avec un autre papier cacheté, et la souscription porte qu'il sera ouvert en présence de ses créanciers : on les assemble. On croyoit aller trouver un arrangement pour ses affaires. Savez-vous ce qu'on y trouve? Un *Mémoire* affreux contre Mme de Tencin, où il dit que c'est un monstre que l'on doit chasser de l'État; que si jamais il meurt, ce sera elle qui le tuera, parce qu'elle l'en a souvent menacé, qu'elle doit encore tuer un homme qu'elle nomme (*M. de Nocé*); qu'il l'a vue coucher avec Fontenelle et avec d'Argental, son neveu; qu'elle est capable de toutes sortes de mauvaises actions; qu'il en avertit M. le Duc; qu'il ne lui doit rien, quoiqu'elle ait un billet de 50,000 fr. de lui, et le reste. » *Mémoires*, t. III, p. 405, 409 et 418.

Décrétée de prise de corps, emprisonnée le 10 au Châtelet, transférée le 11 à la Bastille, elle y resta jusqu'au mois de juillet, où elle en sortit après un arrêt qui condamnait la mémoire de la Fresnaye et la déchargeait, elle « et d'autres accusés de sa famille, » de toute poursuite. Sa santé avait beaucoup souffert. Elle se retira un instant à Passy, et partit bientôt pour le Dauphiné (août 1726).

m'en soucie si peu, que je bénis ce noble courroux
contre moi. Je n'irai point à Pont-de-Veyle : madame dit qu'elle veut y aller pour trois semaines seulement pour régler quelques affaires. J'en suis fâchée à cause de vous. J'aurois eu le plaisir de vous
embrasser, et j'aurois vendu jusqu'à ma dernière
chemise pour cela. Sûrement je vous verrai plus tôt
ou plus tard. Madame radote plus que jamais; elle
vient de prendre les eaux de Balaruc : on lui a fait
une ample saignée. Je crains infiniment pour elle.
Ses radotages m'impatientent, car ils sont extrêmes;
mais quand je fais un moment de réflexions, ma reconnoissance se réveille bien vivement. Je suis entourée de chagrins, et je ne vous ai plus pour me
consoler. Le chevalier est toujours très-incommodé,
il est d'un changement horrible. Vous jugez de mon
inquiétude : son attachement est toujours plus fort.
A propos, j'ai fait deux grandes pertes, une bague
que je vous avois destinée en cas de mort : c'étoit un
petit cachet, avec un jonc de diamant, que j'aime
beaucoup; et l'autre perte, c'est mon chien, ce pauvre *Patie*, à qui vous aviez donné une loge. On me
l'a volé; il étoit toujours à la porte pour attendre les
gens du chevalier, qu'il aime passionnément. Je ne
puis vous dire le chagrin que j'ai eu de la perte de ce
joli animal. Je souhaite bien me mettre dans la suite
hors de l'inquiétude de devoir qui me bourrelle sans
cesse. J'ai essuyé un petit malheur; j'avois vendu
mes boucles de diamant dix-huit cent livres pour
acheter trois actions que je voulois garder pour qui
vous savez. Je ne doute point que le dividende ne fût

fort ; elles étoient à six cent cinquante livres. Comme
j'étois prête à les acheter, madame de Ferriol eut
besoin de mille francs. Je les lui prêtai, comptant,
comme elle me le disoit, qu'elle me les rendroit deux
jours après. Il y a six mois, et les actions ont monté
à onze cent cinquante livres ; elles sont actuellement
à mille. Jugez : j'aurois gagné, en les vendant, mille
écus, et aurois payé quelques-unes de mes dettes.
Ainsi, ma destination est à vau-l'eau. Je paye quelques bagatelles avec les six cents livres qui me restent. Il faut se consoler des pertes de la fortune. Il y
a des gens qui valent mieux que moi, qui sont bien
plus à plaindre. Cette consolation est cruelle, quand
ces gens-là sont nos amis.

M. Berthier vous aime beaucoup, mais il a été si
occupé de la perte de madame de M...., qui étoit sa
bonne amie et la plus impertinente de toutes les
femmes, qu'il n'a pu se donner au reste de ses amis.
Il est rempli de très-bons procédés à l'égard de madame de Ferriol. Il songeoit à l'ambassade de Constantinople depuis longtemps ; il n'étoit pas éloigné
de l'avoir : quand il a su que M. de Pont-de-Veyle y
songeoit, sans le dire à aucun de nous, il est allé chez
MM. de Maurepas[1] et de Morville[2], à qui il a dit

1. Jean-Frédéric Phelypeaux, comte de Maurepas, né le 9 juillet 1701, petit-fils du chancelier de Pontchartrain. Ministre d'État
à 19 ans, chargé en 1723 du département de la marine, disgracié
le 24 avril 1749, sur le soupçon d'être l'auteur de vers satiriques
contre Madame de Pompadour, il fut, en 1774, rappelé d'exil par
Louis XVI, dont il devint le premier ministre, et mourut le 21 novembre 1781. Il avoit épousé, le 19 mars 1718, Marie-Jeanne
Phelypeaux de la Vrillière, sa cousine.
2. Charles-Jean-Baptiste Fleuriau, comte de Morville, né le

qu'il ne pensoit à l'ambassade qu'au cas que M. de Pont-de-Veyle n'y pensât pas, et que, comme il venoit d'apprendre que son ami en avoit envie, il y renonçoit, le croyant plus capable que lui ; qu'il avoit beaucoup d'esprit, et de plus l'expérience de son oncle, dont la mémoire étoit chère dans ce pays-là. Il est venu dîner chez nous, et il nous a laissé ignorer son bon procédé. M. de Pont-de-Veyle l'a su de M. de Maurepas. Je partage bien la reconnoissance qu'on lui doit ; mais cela ne passera jamais l'estime. Dites-le bien à mademoiselle votre fille, qui me soutenoit une fois que je l'aimerois un jour.

Parlons un peu de M. d'Argental. C'est le plus joli garçon du monde ; ses yeux sont bien ouverts ; il remplit tous les devoirs du sentiment ; il n'est plus amoureux ; il est tout à ses amis ; il est toujours constant pour les petits pâtés, et nous mourrons de faim. La cuisine est si froide, que cela va de mal en pire : il n'y a plus rien à retrancher de la première table ; car nous n'avons rien, non, rien du tout. On commence à retrancher de celle des domestiques, et je ne doute pas que l'on ne vienne à faire comme cet homme qui prétendoit que son cheval pouvoit vivre sans manger, et qui commença par diminuer la moitié de ce qu'il lui donnoit : quelques jours après la moitié

---

30 octobre 1686, fils du garde des sceaux d'Armenonville. Secrétaire d'État des affaires étrangères depuis le 22 août 1723 jusqu'au 15 août 1727, il encourut alors avec son père la disgrâce du cardinal de Fleury, et mourut le 3 février 1732. La démarche dont il est ici question semble indiquer que cette lettre est antérieure au 15 août 1727, époque à partir de laquelle M. de Morville cessa d'être à la tête du département des affaires étrangères.

de l'autre moitié; et ainsi du reste : le pauvre animal creva; ainsi ferons-nous. Voilà une bien grande lettre; vous aurez de la peine à la déchiffrer : la tête me tourne; car je crois que, sans cela, je remplirois bien encore des feuilles. Vous ne dites rien, madame, de *Gulliver*. Mes respects à vous, et à tout ce qui vous appartient.

LETTRE XII

De Paris, 13 août 1728.

Madame votre fille, madame, m'a dit le risque que vous aviez couru, qui m'a effrayée comme si j'en avois été témoin. L'effroi ne vous a-t-il point fait de mal? Comment vous portez-vous? Faites-moi la grâce de m'écrire. Madame votre fille, madame Knight et moi, nous parlons souvent de vous : vous savez qu'elles me sont chères. J'avais pensé, avec Cabane[1], à trouver quelque moyen de rendre la situation de votre fille plus aisée; mais je n'ai jamais vu plus de délicatesse, plus de désintéressement, plus de douceur, plus d'opiniâtreté et plus de sentimens : elle est d'une vertu si outrée, qu'elle est à impatienter : je la trouvai si déraisonnable, en même temps si estimable, que l'admiration et la colère s'emparèrent de moi, et que je ne pus ni gronder ni louer.

J'aurois été bien surprise si vous aviez été quel-

---

1. Gentilhomme provençal (*anc. note*).

ques mois sans nouveaux chagrins. J'ai aussi été
très-affligée de la mort de M. de Villars[1]. Monsieur
son fils a fait une très-grande perte, d'autant plus
qu'il la sent : il est parti sans que je l'aie vu ; je n'en
suis pas trop fâchée, car je me serois sûrement beaucoup attendrie avec lui. Pouvez-vous dire, madame,
que le détail de vos peines m'ennuie? Oubliez-vous le
tendre intérêt que je prends à tout ce qui vous regarde? Vos malheurs me désespèrent, et ne m'en-
nuient point : je suis persuadée que le récit que vous
m'en faites vous fait du bien. Maintenant il est temps
que je vous parle du changement arrivé à ma fortune. Je tremble de réveiller une chose qui renou-
vellera quelques-uns de vos malheurs. Mes rentes
viagères avoient été cruellement retranchées. Je
vous ai envoyé la lettre que j'écrivis au Cardinal[2].
Je ne me flattois pas que l'on y eût égard, mais je ne
voulois avoir rien à me reprocher. Je promis à ma
pauvre Sophie, à qui j'avois mis une rente viagère de
trois cents livres sur sa tête, et qui avoit été réduite
à cent livres, que, si on lui rendoit quelque chose,
je lui remettrois son contrat, dont je devois, comme
vous savez, avoir la jouissance. On lui a rendu cent
cinquante livres ; elle ne vouloit absolument point
profiter de ce que je lui ai dit ; et, par son accommo-

1. Villars-Chandieu, officier général en France, ayant un régiment suisse. (*Anc. note.*) — Mort le 10 avril 1728. Son fils, Charles
de Villars-Chandieu, capitaine aux gardes suisses, mourut le 16 juillet 1737, âgé de 47 ans. V. *Lettres div. recueillies en Suisse.*
2. Le cardinal Fleury imagina, sous de certains prétextes, de
retrancher les rentes viagères. Cette opération ne fut pas faite
impartialement; plusieurs trouvèrent le moyen, avec de l'argent,
d'en être exempts. (Note de Voltaire.)

dement, je ne lui donnerai son contrat que dans deux ans; elle aime mieux que je paye mes dettes. Ce procédé n'est-il pas généreux de sa part? Je ne joue pas un beau rôle dans cette pièce. On m'a rendu huit cent quarante livres : je jouis actuellement de deux mille sept cent quarante livres. Ma satisfaction, sur cet événement, a été bien troublée, en voyant la famille de M. de Ferriol oubliée. On a rendu à madame de Tencin trois cents livres; c'est très-peu de chose à proportion de ses rentes : elle est furieuse. Cependant elle avoit pris toutes les précautions imaginables; elle voyoit souvent M. de Machault[1], elle a écrit plusieurs fois au Cardinal, et a fait agir ses amis, qui sont puissans; elle comptoit sur le rétablissement de tout, comme si elle le tenoit. Elle est de bien mauvaise humeur, à ce qu'on dit, car je ne la vois point. Sa favorite, madame Doigny[2], commence à être dans la disgrâce.

Je ne vous parle point du concile[3], car, quoique née sous les yeux du chef[4], je n'en ai jamais voulu

1. Louis-Charles de Machault, seigneur d'Arnouville, père du célèbre contrôleur général de ce nom, né le 13 juillet 1667, et alors conseiller d'État. Il avait été lieutenant de police en 1718, et mourut président du grand conseil; le 10 mai 1750.

2. Probablement d'Ogny, femme d'Étienne d'Ogny, fermier général, qui fit bâtir à la Grange-Batelière une des plus belles maisons de Paris, décorée des peintures de Boucher, Pierre Vanloo. Son fils fut intendant général des Postes sous Louis XVI.

3. Le concile provincial d'Embrun, qui s'ouvrit le 16 août 1727, sous la présidence de Tencin, et où fut dénoncée et condamnée l'instruction pastorale de l'évêque de Sénez, Jean Soanen, lequel ayant refusé de se soumettre fut, le 11 octobre, relégué à l'abbaye de la Chaise-Dieu.

4. Le cardinal de Tencin, qui présida le concile d'Embrun (une note).

entendre parler : cependant, si vous êtes bien curieuse, je vous enverrai toutes les écritures. En vérité, je ne vous conseille pas d'avoir cette curiosité,
il vous en coûteroit bien de l'ennui. A l'exception
d'une lettre de douze évêques [1], qui est belle, tout le
reste est pitoyable. Je vous renvoie à ce que disoit
madame Cornuel [2], qu'il n'y avoit point de héros
pour les valets de chambre, et point de pères de
l'Église parmi ses contemporains. Ce que je vois me
donne de furieux doutes du passé. Ne parlons plus
sur cette matière ; j'ai déjà assez dit de sottises.

Les tracasseries de notre cour ne sont pas plus di-
vertissantes. Les disputes sur l'alignement du Roi et
des princes, et les ricochets des ducs, n'ont produit
que des mémoires détestables [3] ; et, pour nous autres

---

1. Ces douze prélats étaient : les évêques de Bayeux (de Lor-
raine-Armagnac), d'Auxerre (Caylus), de Montauban (Vaubecourt),
de Blois (Caumartin), de Mâcon (Tilladet), d'Angoulême (Benard
de Rezay), de Montpellier (Colbert de Croissy), de Castres (Qui-
queran de Beaujeu), de Rhodez (de la Vove de Tourouvre), de Troyes
(J.-B. Bossuet), de Tournay (Beauvau), et le cardinal de Noailles,
archevêque de Paris. Cette lettre, qui fut présentée au roi le
20 mars 1728, concluait à la nullité du concile d'Embrun.

2. Anne Bigot, femme de Cornuel, trésorier de l'extraordinaire
des guerres, morte en 1694, célèbre par sa beauté et par son esprit. Les recueils du temps, et en particulier les lettres de Mme de
Sévigné, sont remplis de ses bons mots. C'est elle qui disait de
l'abbé de Boisrobert : « Quand je le vois monter en chaire, je
sens ma dévotion s'évanouir, car il me semble toujours que son
surplis est fait d'une robe de Ninon. »

3. Parmi ces mémoires, il en était un cependant du duc de Saint-
Simon. Il s'agissait d'une de ces éternelles questions de préséance
que les princes du sang réclamaient sur les ducs et pairs. « J'ai vu,
dit Marais, le *Mémoire* des princes du sang contre M. le duc de Saint-
Simon ; il y est très-maltraité : on le fait souvenir du temps qu'il
étoit page. Il a beau, dit-on, désavouer le *Mémoire*, on le recon-
noît à son laconisme dur, sec, bouillant et inconsidéré. » *Mém. de*

parterre, nous voulons, pour notre argent, qu'on nous divertisse. Les belles dames sont ou se vantent d'être dans la dévotion. Mesdames de Gontay[1], d'Alincourt, de Villars, mère et belle-fille, la maréchale d'Estrées[2], tout cela grimace la prude. Le Roi est toujours sans maîtresse; M. le duc du Maine, fort ami du Cardinal. Ce dernier se porte très-bien; il vivra assez longtemps pour instruire notre jeune monarque. La Reine est grosse de trois mois. Les spectacles vont très-mal. Thévenard et la Antier ont quitté l'Opéra, parce qu'ils ont eu ordre de laisser jouer Chassé et la Pellissier. Madame la duchesse de Duras, a qui on a attribué cet ordre, a été vilipendée sur l'escalier de l'Opéra. Chassé avoit très-mal débuté; mais il fait mieux. Pour la Pellissier, elle fait horriblement mal

Marais, t. III, p. 540. Voir encore *Journal de Barbier*, t. II, p. 37 et 41.

1. C'est Gontaut qu'il faut lire. Marie-Adélaïde de Gramont, fille du maréchal et sœur aînée de la princesse de Bournonville, née en 1700, mariée en 1715 à Antoine-Armand de Gontaut, marquis, puis duc de Gontaut, fils du maréchal de Biron, et de Marie-Antoine de Bautru-Nogent. Elle était nièce de la maréchale d'Estrées, très-amie avec la maréchale de Villars, et mourut le 25 mars 1740. «Madame de Gontaut, toujours belle, quitta le rouge et se mit dans la dévotion. Ce nouveau genre de vie la rapprocha de M. le duc d'Orléans, fils du Régent, qui, après avoir débuté comme tous les jeunes gens, donna l'exemple d'une conversion outrée.» *Mém. de Besenval*, t. I, p. 184. — Pleine d'esprit, elle faisait des couplets et des vers satiriques dont on trouve plus d'un échantillon dans les recueils du temps. Voir son portrait dans les *Mémoires du P. Hénault*, p. 87.

2. Louise-Félicité de Noailles, née en 1683, d'Anne-Jules, duc et maréchal de Noailles, et de Marie-Françoise de Bournonville. Mariée, le 10 janvier 1698, à Victor-Marie, duc d'Estrées, vice-amiral de France, elle devint veuve le 17 décembre 1737 et mourut le 11 janvier 1745.

dans ces opéras. Francine a quitté, et Destouches[1], comme je vous l'ai mandé, aura la direction de l'Opéra. Nous reverrons alors la Le Maure. Francine a quinze mille livres de pension, et après sa mort son fils en aura huit mille, et sa fille six mille. Vous me demanderez pourquoi tant de libéralités? Je vous répondrai, d'abord, que ces pensions sont prises sur l'Opéra, et, en second lieu, que Francine a fait faire, à ses dépens, une partie des belles décorations, et qu'il les laisse. On a établi un concert spirituel deux fois la semaine.

Le frère de l'envoyé d'Holstein s'est donné un coup de pistolet dans la tête, après avoir mis le feu dans trois endroits de la maison. Cette précaution étoit pour éviter que l'on sût que sa mort étoit volontaire.

L'envieuse miladi Jersey[2] est très-souvent chez madame Knight : elle mange comme quatre louves, joue avec attention et avidité, ne dit pas quatre paroles sans défaçonner sa bouche, qui est toujours petite et plate. L'air et les paroles ne vont point en-

---

1. André-Cardinal Destouches, surintendant de la musique du Roi, et auteur de la musique des opéras d'*Issé*, *Sémiramis*, etc. Né en 1674, mort en 1749.

2. Barbara Chiffinch, fille de William Chiffinch, esq., garde de la Chambre sous Charles II. Elle avait épousé en 1688 Edouard Villiers, alors grand maréchal du palais, élevé à la pairie en 1690, sous le titre de baron Villiers d'Hoo, vicomte Villiers de Dartford, ambassadeur auprès des Etats Généraux en 1697, créé comte de Jersey en 1697, et mort lord chambellan, le 26 août 1711. Par sa grand'mère Barbara Saint-John, fille de sir John Saint-John de Lydiard-Tregose, et cousine germaine de Jeanne Saint-John, femme de Henri, 3e baron Saint-John, grand-père de Bolingbroke, le comte de Jersey se trouvait cousin de celui-ci au huitième degré.

semble ; il semble que le miel sort de sa bouche, quand elle parle, mais c'est bien le fiel le plus croupi qu'il y ait au monde. Vous direz que je suis aussi médisante qu'elle aujourd'hui.

Berthier me boude de ce que je ne suis pas ici quand il vient : quelque aimable qu'il soit, il y a apparence que j'aurai souvent ce tort-là avec lui. C'est un reste de ses chimères, prétentions d'amant ; il voudroit que je fusse comme Bérénice, à passer les jours à l'attendre et les nuits à pleurer. Je suis parvenue à lui faire faire connoissance avec madame du Deffand. Elle est belle, elle a beaucoup de grâces ; il la trouve aimable : j'espère qu'il commencera un roman avec elle, qui durera toute la vie [1]. On a député vers moi, croyant que j'avois encore quelque reste de crédit, pour obtenir de M. Berthier de couper un pied de chaque côté de sa perruque. Je veux bien tenter cette grande affaire, mais j'y échouerai ; car, madame, c'est dans ces magnifiques nœuds que gît toute l'importance, la capacité et la grâce de notre cher homme. Je ne me rebuterai pas, et lui en parlerai toutes les fois que je le verrai. A propos (ou sans à propos, car cela ne va point du tout à la perruque de M. Berthier), madame votre cousine, à ce qu'on dit, ne peut épouser ce Hollandois, sans perdre une partie du bien dont son mari lui donne la jouissance. C'est une vilaine clause, et bien scandaleuse, en vérité ; le défunt avoit si bien fait les choses de son vivant, qu'il devoit bien continuer. Pour moi,

---

1. Ce ne fut pas Berthier, mais le président Hénault, qui commença et même poussa fort loin ce roman.

si j'avois été de lui, pour me venger, je leur aurois donné mon bien aux conditions qu'ils se mariassent, et les aurois déshérités en cas qu'ils ne le fissent pas. Le beau-frère tient des propos fort singuliers du défunt, son très-cher frère. D'Argental me prie de ne pas l'oublier auprès de vous. Nous sommes très-amis; il est charmant, il est aimé de tout le monde, et le mérite bien; il a tous les principes de droiture : l'âge confirme ses vertus. Adieu, madame, je vais partir pour Ablon ; ma santé se rétablit tout doucement : j'ai vieilli de dix ans ; si vous me voyiez, vous me trouveriez bien changée ; mais, d'honneur, cela ne me chagrine point du tout. Si toutes les femmes n'étoient pas plus affligées de voir partir leurs charmes, que moi d'avoir perdu le peu que j'en avois, elles seroient bien heureuses.

LETTRE XIII

De Paris, juin-août 1728.

Je viens, madame, de recevoir votre lettre du 22 de ce mois. C'est un heureux jour pour moi, quand j'apprends par vous de vos nouvelles. Les assurances que vous me donnez de votre bonté me sont toujours bien nouvelles, et bien chères, et je dis de vos lettres ce que M. de Fontenelle disoit d'une dame qui lui plaisoit, que le moment qu'il la voyoit étoit le moment présent pour lui. Cette façon de s'exprimer a été fort critiquée ; mais les gens grossiers ne connoissent qu'une jouissance dans ce monde : je les plains. Est-il un moment plus doux que celui où l'on reçoit les assurances d'amitié d'une personne que l'on aime et qu'on estime parfaitement ? Il y a bien des gens qui ignorent la satisfaction d'aimer avec assez de délicatesse pour préférer le bonheur de ce que nous aimons au nôtre propre. Remercions la Providence de nous avoir donné un bon cœur, et à vous de la vertu dans les malheurs que vous avez essuyés. Que seriez-vous devenue ? Votre douceur, votre humanité, votre justice, auroient été changées en désespoir, en cruauté et en injustice. Quelque grands que soient les malheurs du hasard, ceux qu'on s'attire sont cent fois plus cruels. Trouvez-vous qu'une religieuse défroquée[1], qu'un cadet cardinal, soient heureux, comblés de richesses[2] ? Ils change-roient bien leur bonheur prétendu contre vos infor-tunes.

Vous me demandez si M. de Pont-de-Veyle est in-troducteur des ambassadeurs ? Vous le sauriez avant ceux qui font la Gazette. Il a été question de quelque chose ; mais il falloit trouver à se défaire de sa charge avantageusement[3], et d'ailleurs sa santé est toujours fort délicate ; je crains qu'à la fin nous ne le per-

1. Allusion aux vœux qu'avoit prononcés dans sa jeunesse ma-dame de Tencin et à son séjour au couvent de Montfleury, près de Grenoble.

2. Le cardinal de Tencin et sa sœur (anc. note).

3. La charge de lecteur du roi, qu'il avoit achetée en avril 1720 de l'abbé de Vaubrun, « moyennant 80,000 livres, un fort gros pot-de-vin et 4,000 fr. de pension. » Les appointements de cette charge n'étaient que de 1,600 livres, mais elle donnait les entrées chez le roi. *Journal de Dangeau.*

dions. Je dis cela le cœur serré, car c'est la plus
grande perte que je puisse faire. C'est un homme
qui a toutes les qualités les plus essentielles; il a
beaucoup de mérite et d'esprit; ses procédés à mon
égard sont d'un ange [1].

Vous allez être bien surprise. Depuis que M. d'Argental est au monde, voici la première fois que nous
nous sommes querellés; mais d'une façon si étrange,
qu'il y a quatre jours que nous ne nous parlons. Le
sujet de la querelle vient de ce qu'il ne vouloit pas
souper avec madame sa mère, qui revenoit de la

---

1. Voici le portrait, tout aussi flatteur, sinon flatté, que Mme du
Deffand a fait de Pont-de-Veyle :

« L'esprit et les talents de M. de Pont-de-Veyle méritoient
toutes les distinctions qui font l'ambition des gens de lettres; mais
sa modestie et son amour pour l'indépendance lui firent préférer
les agréments de la société aux honneurs et à la célébrité. Il évitoit tout ce qui pouvoit exciter l'ennui. Ce fut malgré lui qu'on
découvrit qu'il étoit l'auteur de trois comédies qui eurent un grand
succès. La crainte de déplaire le rendoit fort circonspect dans la
conversation. Ceux qui ne le connoissoient pas pouvoient penser
qu'il n'étoit pas frappé des ridicules, et il les démêloit plus finement que personne. On pouvoit penser aussi qu'il n'étoit pas bon
juge des ouvrages de goût et d'esprit : il avoit l'air de tout approuver; il ne se permettoit aucune critique, et personne n'étoit
plus en état que lui d'en faire de bonnes, puisque tous les ouvrages qu'on a de lui sont du meilleur ton et du meilleur goût.
Son extérieur étoit froid, ses manières peu empressées : on auroit
pu le soupçonner d'une grande indifférence, et l'on se seroit bien
trompé. Il étoit capable de l'attachement le plus sincère et le plus
constant. Jamais aucun de ses amis n'a eu le moindre sujet de se
plaindre de lui. Aucune raison, aucun prétexte ne le refroidissoit
pour eux. Il connoissoit leurs défauts; il cherchoit à les en corriger, en leur en faisant sentir les inconvénients; il n'acquiesçoit
jamais au mal qu'on pouvoit dire d'eux. Enfin l'on peut dire de
M. de Pont-de-Veyle, qu'il étoit estimable par son esprit, par ses
talents, par ses vertus et par l'extrême bonté de son cœur. »
Correspondance de la marquise du Deffand, édit. de M. de Lescure,
II, 768.

campagne où elle avoit été huit jours; elle lui avoit
fait dire par tout le monde qu'elle seroit à Paris ce
soir-là; et elle se plaignoit de ce qu'il n'avoit pas
assez d'attention pour elle. Je le lui dis, et nous nous
échauffâmes là-dessus. Je lui soutins que le devoir
devoit l'emporter sur le plaisir. En un mot, je m'em-
portai, sans jamais oublier la tendresse et l'amitié que
j'avois pour lui; et c'est cette amitié qui m'engagea à
lui parler avec sincérité. Il me répondit avec une
sécheresse et une dureté qui m'assommèrent, comme
si la foudre étoit tombée sur moi. La femme de chambre de madame en fut témoin. Il sortit de ma chambre : je restai un quart d'heure sans pouvoir parler,
et je me mis à fondre en larmes. M. de Pont-de-
Veyle[1] entra et me demanda de quoi je pleurois; je
ne pus me résoudre à le lui conter. La femme de chambre le fit : il fut bien surpris. Madame ignore notre
bouderie : elle en seroit charmée, parce qu'il y a
quelques jours que j'eus une scène affreuse parce
que je le soutins contre les plaintes qu'elle m'en fit.
Quand elle est arrivée, mon premier soin a été de
lui faire des excuses, de la part de son fils, de ce qu'il
ne se trouvoit pas à la maison; que j'en étois cause,
lui ayant dit qu'elle n'arriveroit que fort tard, et
qu'il ne pouvoit se dispenser d'aller à un souper où il
s'étoit engagé depuis huit jours, surtout connoissant
très-peu les gens qui composoient la partie. La
femme de chambre se trouva derrière moi : je l'ignorois. Les larmes lui vinrent aux yeux, d'étonnement

1. Frère de M. d'Argental. (*Anc. note.*)

et de joie. Elle me dit que je justifiois M. d'Argental,
lorsque j'avois sujet de m'en plaindre. J'avois dit à
Pont-de-Veyle que dorénavant je n'aimerois plus que
pour moi M. d'Argental, et qu'assurément je ne l'aimerois plus pour lui-même. Concevez-vous, madame, ma douleur? Au bout de vingt-sept ans,
perdre un ami. Je le crois honteux de ce qui s'est
passé. Il continue de me manquer, sûrement par
cette raison. J'ai le cœur si gros, qu'il m'est impossible d'achever ma lettre : je la reprendrai quand je
serai plus tranquille.

Du 29 août 1728.

La bouderie a duré huit jours, et, selon la règle,
celui qui a raison a fait les avances. Je bus à sa santé,
à table, et je l'embrassai le lendemain sans explica-
tion. Depuis ce temps-là, nous sommes fort bien ensemble. Vous direz qu'il y a une furieuse distance
d'une date à l'autre ; mais j'ai eu des occupations qui
m'ont empêchée de vous écrire, mais non pas d'être
fort occupée de vous. Mademoiselle Bideau n'a pas
fait tout ce qu'elle m'avoit promis. Je n'en suis pas
trop fâchée : je crains les trop grandes obligations. Cabane compte de vous aller voir. Plût à Dieu que je
fusse aussi libre que lui ! je serois actuellement auprès de vous. Mais, quelque chose qui arrive, j'irai,
quand même je serois réduite à demander l'aumône
pour aller voir tout ce que j'aime le mieux, en vérité, sans exception.

LETTRE XIV

Octobre, 1728.

Je ne vous ai point justifié le silence de M. d'Argental, à cause de vos craintes : à présent qu'il est guéri, je vous dirai qu'il vient d'avoir la petite vérole le plus heureusement du monde. C'est un grand plaisir pour lui et ses amis qu'il se soit débarrassé de cette vilaine maladie. Je vis hier madame votre fille qui est, comme vous l'avez laissée, belle comme un ange, mais d'une vertu à battre ; elle est bien votre digne fille. Madame Knight est grosse, elle retourne à Londres pour accoucher. Miladi Bolingbroke a été très-mal ; elle s'est mise au lit tout à fait : elle se trouve mieux de ce régime. Le public, qui veut toujours parler, assure que son mari en agit mal avec elle ; je vous assure que rien n'est plus faux. M. le duc de Bouillon[1] a été à l'extrémité. Il a envoyé au Roi la démission de sa charge de grand chambellan ; il l'a fait supplier de la donner à son fils[2], ce qui lui

1. Emmanuel-Théodore de La Tour d'Auvergne, duc de Bouillon, né en 1667. Il était fils de Godefroy-Maurice, duc de Bouillon, neveu de Turenne, et de Marie Mancini, nièce du cardinal Mazarin, célèbre par ses procès et par son esprit. Il mourut le 17 mai 1730.

2. Charles-Godefroy, prince de Bouillon, né le 11 juillet 1706 du premier mariage de son père avec Marie-Victorine-Armande de la Trémoïlle. Il avait épousé, le 1er avril 1724, la veuve de son frère aîné, mort en 1723, Marie-Charlotte Sobieska, petite-fille de Sobieski, roi de Pologne. Il prêta serment pour sa nouvelle charge le 26 août 1728. Mort le 24 octobre 1771.

a été accordé. Il est mieux; mais il n'y a aucune espérance que ce mieux continue.

Pour parler de la vie que je mène, et dont vous avez la bonté de me demander des détails, je vous dirai que la maîtresse de cette maison est bien plus difficile à vivre que le pauvre ambassadeur. Je ne sais jamais sur quel pied danser. Si je reste, on me fait la mine de ce que l'on croit que l'on me contraint : si je sors, on me fait des sorties affreuses : on me contrarie sans fin; on me caresse après, jusqu'à impatienter un ange. Une certaine demoiselle qui vient dans la maison m'a fait l'honneur d'être jalouse de moi; elle travaille à me détruire dans l'esprit de madame Ferriol, qui avale le poison sans qu'elle s'en aperçoive : je m'en suis doutée, et j'y ai mis bon ordre. J'ai parlé à madame avec beaucoup de force, de franchise et de respect. La tracassière ignore que je la connoisse, et je ne veux aucun éclaircissement avec des gens faux et méchants; je les laisse dans leur crasse. Je m'appuie sur la netteté de ma conduite, qui est de faire mon devoir de bon cœur et ne point faire de tort aux autres. Elle a déjà le fruit que recueillent les mauvais esprits; madame ne la peut plus souffrir. Pour la Tencin, je continue à ne plus la voir; elle a plus de manége que jamais. L'archevêque[1] a été très-mal;

---

1. L'archevêque d'Embrun, frère de madame de Tencin. Le 1er juillet 1728, Marais écrivait : « Le bruit est fort grand que M. de Tencin va être cardinal, et que le cardinal Ottoboni a demandé le chapeau pour lui. » *Mémoires*, t. III, p. 562. Ce ne fut toutefois que le 23 février 1739 que Tencin fut décoré de la pourpre romaine.

nous avons été bien en peine. Il étoit cruel de mourir à la veille d'avoir le chapeau; il est mieux, et nous le verrons, j'espère, cardinal.

Nous avons une nouvelle princesse, la femme[1] de M. le Duc, qui est très-jolie, mais fort petite : elle n'a que quatorze ans. Sa taille est charmante; elle a bonne grâce; elle dit des ingénuités plaisantes sur son mariage. On lui présenta ses deux beaux-frères, et on lui demanda lequel des trois frères elle préféroit. Elle répondit que ses deux beaux-frères[2] avoient de très-beaux visages, mais que M. le Duc avoit l'air d'un prince. On la mena à Versailles, où elle réussit très-bien. Le Roi ne causa point avec elle; mais, quand elle fut partie, il dit qu'il la trouvoit bien. Tous les gens de la cour lui firent la révérence; elle reçut leurs complimens sans aucun embarras. M. le duc d'Orléans[3] est d'une dévotion aussi outrée que son père étoit pervers. Madame de Parabère a été, comme je vous l'ai déjà dit, quittée par monsieur le Premier, qui est amoureux de

1. Charlotte de Hesse-Rheinfeld, fille du landgrave Ernest-Léopold, et d'Éléonore-Marie-Anne de Lœwenstein, née le 12 août 1714. Son mariage avec le duc de Bourbon eut lieu le 23 juillet 1728. Elle mourut le 18 juin 1741. Elle était sœur de la reine de Sardaigne et de la princesse de Carignan, belle-fille de celle dont il est parlé ci-dessus.

2. Le comte de Charolais et le comte de Clermont.

3. Louis Ier d'Orléans, fils du régent et de Françoise-Marie, légitimée de France, dite *Mademoiselle de Blois*. Né le 4 août 1703, il mourut, le 4 février 1752, à l'abbaye de Sainte-Geneviève où, depuis la mort de sa femme Auguste-Marie-Jeanne de Bade (1726), il faisait de fréquentes retraites et avait fini par se retirer tout à fait. Barbier écrivait en 1731 : « M. le duc d'Orléans a fait une retraite à Sainte-Geneviève : il mangeoit au réfectoire comme les religieux, assistoit à tous les offices, sans avoir ni pages, ni valet de pied. » *Journal*, t. II, p. 153.

madame d'Épernon[1], qui n'a point encore fait parler d'elle. Cela cause bien du chagrin à madame de Parabère. Elle me fait beaucoup d'amitiés. Voilà ce que c'est que de ne point se mêler des intrigues. Notre Reine vint, le 4 octobre, à Sainte-Geneviève, pour demander à Dieu un Dauphin. Le Roi a reçu la petite princesse[2] galamment et avec courage. « Ne vous chagrinez point, ma femme, dit-il à la Reine, dans dix mois nous aurons un garçon. »

Nous avons à l'Opéra-Comique une pièce qui dure depuis six semaines, qui est assez jolie. Je reviens de la comédie; on jouait *Régulus*[3], où j'ai fondu en larmes. Baron[4] a joué dans une perfection admirable, je

1. Françoise-Gillone de Montmorency-Luxembourg, née le 1er juillet 1704, mariée le 29 octobre 1722 à Louis de Pardaillan de Gondrin, duc d'Épernon. Elle était sœur cadette de la trop célèbre duchesse de Retz (Marie-Renée, née le 21 juillet 1697, morte le 22 décembre 1759), et belle-fille de la comtesse de Toulouse.

2. Louise-Marie de France, dite *Madame troisième*, née le 28 juillet 1728, morte le 19 février 1733. Le 1er octobre un mandement du cardinal de Noailles avait ordonné des prières publiques dans toutes les églises de Paris, pour obtenir un Dauphin. Le 4, la reine se rendit à Notre-Dame et à Sainte-Geneviève. C'était la première fois que Marie-Leczenska voyait Paris. « Elle avoit une robe de cour, couleur de chair, toute découpée en festons, sans or ni argent; mais elle étoit chargée de tous les diamants qu'elle pouvoit avoir; elle avoit dans ses cheveux le Sanci... Pour sa personne, elle est petite, plus maigre que grasse, point jolie sans être désagréable, l'air bon et doux. » *Journal de Barbier*, t. II, p. 51.

3. Tragédie de Pradon. L'émotion éprouvée par Mlle Aïssé montre la vérité de ces vers placés par J.-B. Rousseau au bas d'un portrait de Baron.

> Du vrai, du pathétique il a fixé le ton.
> De son art enchanteur l'illusion divine
> Prêtoit un nouveau lustre aux beautés de Racine,
> Un voile aux défauts de Pradon.

4. Ce célèbre acteur avait alors 75 ans. Retiré de la scène en

ne l'ai jamais vu mieux jouer; j'envisage avec douleur sa vieillesse. Il fit, l'autre jour, le rôle de Bur-
rhus dans la mort de *Britannicus*, où il excella. Il
est impossible qu'on ne le croie pas le personnage
qu'il représente.

M. le comte de Grancey et M. le marquis, son
frère [1], sont morts à quinze jours l'un de l'autre. Ils
sont si ruinés, que leurs veuves ne trouveront pas
leur douaire : ils jouissoient de beaucoup de bienfaits
du Roi, et mangeoient plus que leur revenu. M. de la
Chesnelaye [2] vient d'épouser mademoiselle des Marets, sœur du grand fauconnier; elle est belle et bien
faite, et voilà tout. Il a marié sa fille, qui a seulement quatorze ans, à M. de Pont-Saint-Pierre,
homme de condition, riche, mais assez débauché.
M. de Maisons [3] a épousé mademoiselle d'Angervil-

1691, il y était reparu en 1720 pour ne plus la quitter jusqu'à
sa mort, qui eut lieu le 22 décembre 1729.

1. François Rouxel de Medavy, marquis de Grancey, né le 30 octobre 1666, et Louis-François Rouxel de Medavy, comte de Grancey, né le 10 septembre 1667 de Pierre Rouxel, comte de Grancey, et d'Anne de Besançon. Ils étaient frères du maréchal de
Grancey, mort en 1725. Le premier avait épousé, en 1713, sa
nièce Élisabeth-Victoire, fille du maréchal, fut nommé lieutenant-
général en 1718, et mourut le 30 juillet 1728. Le second, chef
d'escadre en 1720, avait épousé Marie-Catherine Aubert de Tourny,
et mourut le 21 août 1728. Aucun d'eux ne laissait de postérité.

2. Adolphe-Charles de Romilley, marquis de La Chesnelaye,
brigadier des armées du roi. Ce fut au mois de juillet 1728 qu'il
épousa Anne-Diane Dauvet des Marets. Deux mois auparavant, le
25 mai 1728, avait eu lieu le mariage de sa fille, Charlotte-Mar-
guerite de Romilley, avec Michel-Charles-Dorothée de Roncherolles,
comte de Pont-Saint-Pierre, mestre de camp de Royal-Cravate. —
Voir les *Mém. de Marais*, t. III, p. 54.

3. Jean-René de Longueil, marquis de Maisons, président à
Mortier, le même que son amitié avec Voltaire a rendu célèbre.
Né le 14 juillet 1690, il mourut le 13 septembre 1731. Veuf, en

tiers. M. de Charolois vit toujours avec la Delisle, dont il n'est plus amoureux ni jaloux[1]. Il a une autre maîtresse, qui a été très-secrète, et qui n'a paru que par un éclat violent : elle s'est jetée dans un couvent, prétendant que son mari avoit voulu l'empoisonner. Elle se nomme madame de Courchamp[2]; elle est

1721, de Marie-Charlotte Charon de Ménars, il épousa en secondes noces, le 11 août 1728, Marie-Louise Bauyn d'Angervilliers, fille du secrétaire d'État de la guerre.

1. Charles de Bourbon-Condé, comte de Charolais, né le 19 juin 1700. Il mourut le 23 juillet 1760, sans avoir été marié. S'il n'était plus jaloux de cette maîtresse, il l'avait du moins fort été, comme le prouve ce passage de Marais : « Le comte de Charolois a fait tapage chez la Delisle, sa maîtresse, fille de l'Opéra. Il a su qu'elle étoit allée au café, rue de Richelieu, qui a issue dans le Palais-Royal. Il a fait assiéger le café par le guet, à onze heures du soir. On n'a point voulu ouvrir. Il est entré dans le jardin du Palais-Royal avec quelques officiers aux gardes... La fille ne s'est point trouvée... Puis, revenant dans la rue Traversière, où elle demeure, il l'a rencontrée à pied avec une autre femme. Il lui a donné deux soufflets et des coups de pied au milieu de la rue... Il lui avoit donné un carrosse magnifique de pièces de la Chine. Elle étoit devenue très-insolente à l'Opéra. » *Mém.*, t. III, p. 18 et 420.

2. Angélique-Sébastienne Ruau du Tronchot, âgée alors de 19 ans, étant née le 14 mars 1709, et mariée, le 13 juillet 1723, à Jean-Louis Guillemin, baron de Courchamp, maître des requêtes. Comme on le voit dans Marais, qui était son avocat, elle plaidait contre son mari au mois de novembre 1728, et avait été autorisée à se retirer à l'abbaye de Port-Royal. Une fois la séparation prononcée (sept. 1730), son amant, devenu son tyran, la tint « enfermée comme une esclave dans une petite maison, au bas de Montmartre. » Ces amours de pacha durèrent jusqu'en 1749, où Madame de Courchamp fut remplacée par une dame Le Breton. Voy. *Marais*, t. III, p. 581, et *Barbier*, t. III, p. 205, et t. II, p. 399.

Nous trouvons dans un livre curieux : *l'Ecole de l'Homme, ou Parallèle des portraits du siècle, Londres*, 1755, un passage qui fait allusion à ces amours tyranniques du comte de Charolais : « Est-ce un nouveau fort que l'on construit? Les ennemis seroient-ils au cœur de la Picardie, et menaceroient-ils Paris d'un siége? Quelle épaisseur de murs! La nouvelle citadelle s'élève et com-

sœur de cette dame Dupuis[1] qui a été si belle. M. de Clermont[2] est amoureux fou de madame la duchesse de Bouillon[3]. La marquise de Villars et madame d'A-

mande tout le quartier. J'y vois rouler des canons. Déjà l'on plante des guérites, l'on pose des sentinelles et on donne la consigne; il y a une patrouille et des rondes. On entre là plus malaisément qu'à Luxembourg. Y va-t-on garder quelque nouvelle Toison d'or? Quelque moderne Danaé inquiétoit-elle quelque vieil Acrise? Non; c'est un nouveau Pâris qui veut y déposer son Hélène. Instruit de l'usage qu'elle a fait de la liberté que Ménélas lui avoit laissée, il n'est pas d'humeur à lui en donner autant. L'y voilà entrée et consignée, comme un criminel d'Etat à Pierre-Encise. Quel barbare amant que ce Pâris! Les femmes le trouvent ridicule, bourru et sans égards. Quatre amants de son caractère mettroient bien bas l'envie de quitter les maris. Ce Pâris leur fait la leçon. Hélène trouve moins en lui un amant qu'un autre mari, et, qui pis est, un amant à l'italienne. Mais, malgré tout, il est amant, sans quoi elle l'eût planté là. Qui décidera qu'elle auroit pu le faire? » T. II, p. 86.

Pour être impartial, ajoutons que Madame de Courchamp avait, elle aussi, ses bizarreries. On lit, en effet, dans une note manuscrite de Berth du Rocheret, conservée au cabinet généalogique de la Bibliothèque nationale et citée par M. Ravenel : « Maltraitée par sa belle-mère et par son mari, elle le fit assigner en séparation et fut maîtresse de Louis de Bourbon, comte de Charolois. Elle est toujours en amazone et se fait appeler dans la maison : *Monsieur le Chevalier.* »

1. Marie-Anne-Charlotte Ruau du Tronchet, mariée en 1714 à Pierre Dupuis, conseiller au Parlement.

2. Louis de Bourbon-Condé, comte de Clermont, frère de Monsieur le Duc, né le 15 juin 1709. Prélat mondain et guerrier, il fut abbé de Sainte-Geneviève et général en chef d'une armée française pendant la guerre de sept ans. Mort le 16 juin 1771.

D'Argenson dit de lui : « Ce prince étoit malheureux par toutes les infidélités que lui faisoit Madame de Bouillon, d'ailleurs mégère et noire. Ils se quittoient et se reprenoient. » *Mémoires*, t. II, p. 62.

3. Louise-Henriette-Françoise d'Harcourt-Lorraine, fille du comte d'Harcourt, connu plus tard sous le titre de prince de Guise, née en 1707, morte le 31 mars 1737. Elle avait épousé, le 21 mars 1725, Emmanuel-Théodore de la Tour-d'Auvergne, duc de Bouillon, dont elle était la quatrième femme, et qui avoit quarante ans de plus qu'elle. Elle était sœur de la duchesse de Riche-

lincourt¹ sont dans la plus grande dévotion : elles ne
mettent plus de rouge, ce qui leur sied assez mal.
M. l'Avalle et sa femme donnent des fêtes à madame
Bernard, qui loge où vous logiez. Je ne puis endurer
que cette guenon et cette bête habite votre chambre.
Elle est encore belle, et si belle, que, si elle se dé-
paysoit, on ne lui donneroit que trente ans. Les filles
de l'Opéra et les filles de joie inondent Paris : on ne
sauroit faire un pas qu'on en soit entouré. On rejoue
à l'Opéra *Bellérophon*². L'autre jour, quand le dra-
gon parut sur le théâtre, il y eut quelque chose qui
se dérangea à la machine ; l'estomac de l'animal s'ouvrit, et le petit polisson parut aux yeux de l'assemblée, tout nu, ce qui fit rire le parterre. La Pellissier
diminue de vogue imperceptiblement ; on commence
à regretter la Le Maure, qui attend qu'on la prie de
revenir. Destouches et elle se tiennent sur la réserve ;
mais ils meurent d'envie tous deux d'être bien ensemble. Vous savez que Destouches a eu la place de
Francine. Nous regrettons toujours Muraire et le
pauvre Thévenard ; il baisse beaucoup. Chassé ne le
remplacera pas, il ne devient pas meilleur.

lieu. Il ne faut pas la confondre avec la princesse de Bouillon, née
Marie-Charlotte Sobieska, et femme de son beau-fils. Celle-ci était
née le 15 novembre 1697, et mourut le 9 mai 1740.

1. Marie-Joséphine de Boufflers, née le 10 sept. 1704, fille du
maréchal de Boufflers et de Catherine-Charlotte de Gramont. Mariée, le 4 sept. 1720, à François-Camille de Neufville-Villeroy,
marquis, puis duc d'Alincourt, elle mourut le 18 oct. 1738. Vertueuse et modeste, elle ne ressemblait guère à ses deux belles-
sœurs : la duchesse de Retz et la duchesse de Boufflers. « Jeune,
jolie, tendre et dévote, dit Rulhière, elle aimoit son mari par
goût et par devoir. » *Anecdotes sur Richelieu.*

2. Opéra de Quinault et de Lully.

Je me suis fait peindre en pastel, ou pour mieux dire, M. de Ferriol, qui a un appartement charmant, a fait peindre six belles dames (dont je suis, non comme belle, assurément, mais comme amie), mesdames de Noailles, de Parabère, madame la duchesse de Lesdiguières[1], madame de Montbrun[2], et une copie d'un portrait de mademoiselle de Villefranche[3], à l'âge de quinze ans. Ils sont tous de la même grandeur : le mien est parfaitement ressemblant[4]. J'ai résolu d'en demander la copie ; et, si le peintre croit qu'il vaut mieux le faire d'après moi, je le ferai venir ; c'est l'affaire de trois heures. Si vous étiez ici, madame, je vous aurois demandé à genoux la complai-

1. Gabrielle-Victoire de Rochechouart, fille de Louis, duc de Vivonne, et d'Antoinette de Mesmes, née en 1671. Elle avoit épousé, le 12 septembre 1702, Alphonse de Crequy, comte de Canaples, puis duc de Lesdiguières, et mourut le 23 avril 1740.

2. Marie-Marguerite de Friesen, femme de Jean Dupuys de Montbrun, marquis de Villefranche.

3. Voir p. 179, note 1. C'est à la mère aussi bien qu'à la fille que Voltaire adressait, en 1714, les vers suivants :

Montbrun, par l'Amour adoptée,
Digne du cœur d'un demi-dieu,
Et, pour dire encor plus, digne d'être chantée
Ou par Ferrand ou par Chaulieu,
Minerve et l'enfant de Cythère
Vous ornent à l'envi d'un charme séducteur ;
Je vois briller en vous l'esprit de votre mère
Et la beauté de votre sœur.

. . . .

4. Ce portrait, qui appartient à M. Clogenson, ancien député et savant annotateur de Voltaire, a été exposé au foyer du théâtre de l'Odéon lors des représentations du drame de L. Bouilhet, *Mademoiselle Aïssé*. Un autre portrait, où elle est représentée en Grâce, et qui est resté dans la famille Calandrini, a été reproduit en tête de l'édition de 1788 (Lausanne). Enfin, l'on nous assure qu'un portrait décoratif, qui existe encore aujourd'hui dans le salon du château de Nanthiac, pourrait bien être celui de Mlle Aïssé.

sance de vous laisser peindre pour moi. On s'appuie
sur une table où le peintre travaille; cela fait que
l'on s'amuse à voir dessiner, et que l'on n'a point d'attitude gênante. Aussitôt que j'aurai cette copie, ou
l'original, je vous l'enverrai. En le voyant, je vous
prie de croire qu'il fait des vœux au ciel pour vous;
car on a voulu que les yeux fussent en l'air, avec un
voile bleu, comme une vestale ou une novice.

Il y a ici un nouveau livre, intitulé: *Mémoires d'un
homme de qualité retiré du monde*[1]. Il ne vaut pas
grand'chose; cependant on en lit cent quatre-vingt-
dix pages en fondant en larmes. A peine le chevalier
est arrivé à Périgueux, où il comptoit passer quelques
mois, qu'il a été obligé de repartir et de revenir ici.
J'avoue que je fus surprise bien agréablement quand
je le vis entrer hier dans ma chambre; j'ignorois son
retour. Quel bonheur, si je pouvois l'aimer sans me
le reprocher! Mais, hélas! je ne serai jamais assez
heureuse pour cela. Je finis cette longue épître, qui
pourroit, à la fin, vous fatiguer. Adieu, madame,
excusez et plaignez votre pauvre Aïssé.

LETTRE XV

De Paris[2], 1728.

Monsieur d'Argental est arrivé il y a deux jours;
il est extrêmement marqué de la petite vérole, sur-

1. Roman de l'abbé Prévost qui parut en 1728, *Paris, Martin*, 4 vol. in-12.
2. Comme l'a remarqué déjà M. Ravenel, le commencement de cette lettre est de 1728, et la fin de 1727.

tout le nez qui, à force d'être couturé, est devenu petit, échancré et façonné. Ses yeux, ses sourcils, ses paupières n'ont point été gâtés; par conséquent, sa physionomie est toujours la même; il est fort engraissé et fort rouge. Nous avons été si aises de le voir, que nous l'avons reçu comme si c'étoit l'Amour. On peut dire de lui que ce n'est pas un beau garçon, mais c'est assurément un aimable caractère : il est généralement aimé et estimé; tous ceux qui le connoissent en font des éloges bien flatteurs pour lui et pour ceux qui s'y intéressent. Vous savez, madame, que cette réussite n'est pas capable de le gâter. Je voudrois que M. de Caze le connût; sûrement il l'aimeroit. On nous a bien alarmés sur la santé de ce dernier. M. de Saint-Pierre nous avoit mandé qu'il étoit très-mal. Dieu merci, ce n'est qu'une fausse alarme, il se porte bien. Le pathétique M. Jean-Louis Favre m'avoit fait pleurer, en faisant l'énumération des qualités de M. de Caze, la perte que faisoient ses parens et ses amis; en un mot, s'il avoit été Romain, il l'auroit mis parmi les dieux. Dites-lui, je vous prie, quand il voudra prendre place parmi eux, que ce soit le plus tard qu'il pourra, et même qu'il fasse quelque mauvaise action, pour qu'on ne le regrette pas.

Notre voyage de Pont-de-Veyle est toujours très-incertain; cela est insupportable. Madame de Ferriol continue à être d'une pesanteur à alarmer; il faudroit qu'elle prît les eaux de Bourbon. Son fils et moi nous le lui avons représenté avec un ton d'attachement et d'amitié qui méritoit de sa part un peu de complaisance; elle est d'une opiniâtreté et d'une dureté à mettre en fureur. N'en parlons plus. Je suis, actuellement que je vous écris, sur votre fauteuil; il n'y a que mes favoris à qui je permette de s'y asseoir. M. Berthier quelquefois usurpe cette place; mais je ne le trouve pas bon.

Madame la duchesse de Fitz-James[1] épouse M. le duc d'Aumont; il a dix-huit ans, elle vingt. Ce mariage est très-convenable et fort approuvé. Elle a eu toutes les peines du monde à renoncer à la liberté dont elle jouissoit; mais il a cinquante mille écus de rente, elle vingt-cinq mille livres; la médiocrité de son revenu et sa jeunesse l'ont déterminée. Elle m'a fait l'honneur de me demander mon avis, ne voulant pas se décider avant que je lui disc ce que je pensois: la noce se fera incessamment. Quand on le dit à sa sœur[2], qui a quatorze ans, elle répondit qu'elle auroit mieux aimé que ce fût elle qui se mariât, mais que, dès que les choses étoient arrangées, elle n'étoit point fâchée que ce fût sa sœur. La Reine est grosse[3].

1. Victoire-Félicité de Durfort, fille de la maréchale de Duras, dont il a été parlé plus haut. Veuve depuis 1721 de Jacques, duc de Fitz-James, fils aîné du maréchal de Berwick, qu'elle avait épousé à 14 ans, en 1720, elle se remaria, le 28 avril 1727, à Louis-Marie-Augustin, duc d'Aumont par la mort de son père en 1728, et mourut le 1er octobre 1753.

2. Marie-Madeleine, née en 1713. Elle épousa, quelques mois plus tard (11 septembre 1727), Emmanuel-Dieudonné, marquis de Hautefort, né le 13 février 1700, et mourut le 13 novembre 1737.

3. La grossesse de la reine, dont on parlait dès le commencement de mars, fut déclarée publiquement, le 26 mai 1727, par une lettre du roi à l'archevêque de Paris.

On ne parle que de guerre; les officiers partent, dont ils sont bien fâchés. Monsieur et mademoiselle d'Uxelles [1] ont fait avoir un guidon de gendarmerie à M. Clémencey [2], frère de M. de La Marche [3]. Je veux parler politique. On dit ici que les Espagnols prendront Gibraltar; que l'empereur offre de suspendre pour deux ans la compagnie d'Ostende, et que les Anglois veulent que ce soit trois ans. On est en négociation pour cela [4]; je juge que nous sommes les médiateurs. Les Anglois ont une grande animosité contre l'Empereur et les Espagnols. On prétend que le maréchal d'Uxelles est cause que nous ne faisons pas la guerre. L'indécision où l'on est ruine, les avis étant si partagés dans les conseils, qu'on a été obligé de tenir tout prêt pour n'être pas pris au dépourvu; les officiers en sont ruinés, et nos rentes retranchées. Nous pouvons dire comme à l'Opéra :

L'incertitude
Est un rigoureux tourment [5].

1. Le maréchal d'Uxelles n'ayant jamais eu d'enfants, c'est avec raison que M. Ravenel propose de substituer ici : *Monsieur le maréchal d'Uxelles a fait...*

2. Voir p. 179, note 3.

3. Claude-Philibert Fyot de La Marche, comte de Bosjean, né le 12 août 1694, président au parlement de Bourgogne en 1745, mort le 3 juin 1768. Ses deux filles épousèrent, l'une le marquis de Courteilles, l'autre le marquis de Paulmy. Il avait été, avec d'Argental, condisciple de Voltaire au collège Louis-le-Grand. Voir *Corresp. inédite de Voltaire*, publiée par MM. de Cayrol et François, Didier.

4. Ces négociations aboutirent, le 31 mai, à la signature d'un traité préliminaire de paix, entre la France, l'Empire, l'Angleterre, les Provinces-Unies et bientôt l'Espagne, et au renvoi des difficultés pendantes devant un congrès qui s'ouvrit le 14 juin de l'année suivante.

5. Quinault, *Phaéton*, II, 3.

D'Argental vous assure de ses respects, et vous envoie cette lettre du marquis de Sainte-Aulaire[1] au Cardinal. Elle nous a paru belle.

Lettre du marquis de Sainte-Aulaire au cardinal de Fleury.

« Voici la conjoncture la plus digne d'occuper une intelligence du premier ordre. Il n'est point de puissance en Europe qui ne désire le secours de Votre Éminence pour la conservation de ses droits, ou l'établissement de ses prétentions. Le beau rôle que vous allez faire jouer à notre aimable monarque ! Qu'il est heureux d'avoir un aussi bon guide dans le chemin de la vraie gloire ! Celle de conquérir le monde ne vaut pas celle de le pacifier : celle-là peut se faire craindre de quelques-uns, celle-ci est sûre de se faire aimer de tous. Son ambition ne sera pas bornée à

---

1. François-Joseph de Beaupoil, marquis de Sainte-Aulaire, fils de Daniel, baron de Sainte-Aulaire et de Guyonne de Chauvigny-Blot, né en 1643, mort le 17 décembre 1742. Poëte septuagénaire, il faisait les délices de la cour de Sceaux, où la duchesse du Maine l'appelait son *Berger*. Il était oncle maternel du chevalier d'Aydie. « C'étoit un homme d'esprit qui ne s'avisa qu'à plus de soixante ans de ses talents pour la poésie, et que madame de Lambert, dont la maison étoit remplie d'académiciens, fit entrer à l'Académie françoise (1706), non sans assez de résistance de la part de Despréaux et de quelques autres, résistance qui n'étoit pas fondée. » *Mém. du P. Hénault*, p. 103. — Voltaire a dit dans le *Temple du Goût* :

> L'aisé, le tendre Sainte-Aulaire,
> Plus vieux encor qu'Anacréon,
> Avait une voix plus légère.
> On voyait les fleurs de Cythère
> Et celles du sacré vallon
> Orner son front octogénaire.

subjuguer quelques nouveaux sujets aux dépens des anciens; ses plus ardens désirs seront de contribuer au repos de ses amis : c'est dans le repos général qu'il cherche le bien. On va voir si l'amour de la justice, la candeur, la modération, la fidélité à sa parole n'ont pas un succès aussi heureux que les ruses et les artifices de l'ancienne politique ; mais, en instruisant le Roi de ses intérêts, n'oubliez pas le plus important, c'est de vous conserver. Je tremble quand je songe au chaos que vous avez à débrouiller, à la quantité d'intérêts que vous avez à concilier. Il est d'autres craintes que les plus heureux succès ne seroient qu'augmenter. Puis-je espérer de retrouver en vous cette douce urbanité qui nous enchante? Quelle modestie pourroit tenir contre la gloire qui vous menace ? »

On a fait une promotion d'officiers de marine, qui a été peu nombreuse ; elle a fait une quantité de mécontens. M. le chevalier de Caylus [1], qui étoit colonel

---

1. Charles de Thubières-Grimoard-Pestel-de-Levi , chevalier, marquis de Caylus. Il était fils de Marthe-Marguerite de Villette, comtesse de Caylus, l'aimable auteur des *Souvenirs*, et frère de ce comte de Caylus si connu pour son goût pour les arts. La promotion dont il s'agit ici eut lieu en avril 1727. Son frère écrivait de lui en 1730 : « Le chevalier fait merveille dans son métier; il a une ouverture d'esprit naturelle pour y devenir habile; l'on convient, sans vouloir me flatter, qu'il y a en lui de quoi faire un grand homme de mer. Un homme d'esprit de la marine a dit de lui qu'il étoit né marin comme un autre naissoit poëte. » Voir *Madame de Maintenon et sa famille*, par H. Bonhomme. — La glorieuse conduite du chevalier de Caylus , dans le combat naval du 5 août 1741, prouve que tout , dans cet éloge, n'était pas illusion de l'amour fraternel. Il mourut le 12 mai 1750 , gouverneur de la Martinique, âgé de cinquante-deux ans.

réformé, a été fait, de plein saut, capitaine de vaisseau ; il passe sur le ventre de mille officiers qui ont
cinquante années de service, qui ont la plupart une
grande naissance et de fort belles actions ; et les officiers réformés, pour lesquels on a beaucoup de dureté, demandent ce qu'a fait le chevalier de Caylus
pour être si favorisé. Tous les marins se plaignent,
et le public trouve fort étrange que le fils de madame la comtesse de Toulouse[1] soit garde-marine,
pendant que M. de Caylus est capitaine de vaisseau.
Madame de Montmartel[2] est accouchée à Brisach, d'un
garçon : son père et son mari[3] sont toujours en exil,

1. Marie-Victoire-Sop¹ le de Noailles, née le 16 mars 1688,
morte en 1766, sœur du second maréchal de Noailles, et des du-
chessses de Gramont, d'Estrées et de La Vallière. Elle avait, en
1707, épousé en premières noces Louis de Pardaillan, marquis
de Gondrin, petit-fils de la marquise de Montespan. Son second
mariage avec Louis-Alexandre de Bourbon, comte de Toulouse,
fils lui-même de Louis XIV et de madame de Montespan, eut lieu
le 22 février 1723, mais ne fut déclaré que le 5 décembre suivant. Le fils dont il s'agit ici est Antoine de Pardaillan, marquis
de Gondrin, né le 10 novembre 1709, frère du duc d'Épernon.
Il fit, en 1727, comme garde marine, sa première campagne sur
l'escadre du marquis d'O, et fut tué dans ce même combat naval
du 5 août 1741, si honorable pour le marquis de Caylus.
2. Antoinette-Justine Pâris, née en 1713, mariée, le 10 octobre
1724, à son oncle Jean Pâris de Montmartel, garde du trésor royal,
morte le 14 février 1739. Ce fils, Amédée-Victor-Joseph, mourut
le 20 octobre 1745. Remarié, le 16 février 1746, avec Marie-
Armande de Béthune, M. de Montmartel en eut un second fils, qui
fut le marquis de Brunoy, célèbre par ses bizarreries et par ses
prodigalités. Les trois Pâris, du Verney, Montmartel et La Mon-
tagne avaient été entraînés dans la disgrâce du duc de Bourbon
(juin 1726). Du Verney ne sortit de prison que le 11 mars 1728.
3. Antoine Pâris, né en 1668, trésorier général des finances du
Dauphiné, mort le 29 juillet 1733. Il avait épousé Élise-Joséphine
de La Roche. — Jean Pâris de Montmartel, né le 1ᵉʳ août 1690,
mort le 10 septembre 1766.

24

et du Verney à la Bastille. On ne trouve rien pour le retenir : ainsi il sortira bientôt.

Le beau de La Mothe-Houdancourt[1], recherché des plus belles et des plus riches dames de la cour, a donné congé à madame la duchesse de Duras[2] pour la Antier dont il est fou ; il ne la quitte point, et on les prie à souper comme mari et femme. On dit que c'est charmant de voir l'étonnement de la Antier, l'enthousiasme de La Mothe ; il n'y a jamais eu une passion aussi violente et aussi réciproque : le rôle de Cérès a fait naître cette passion. Les spectacles sont cessés, et les concerts spirituels sont fort courus. La Antier et la Le Maure y chantent à enlever.

Il n'y a plus moyen d'excuser madame de Parabère ; M. d'Alincourt est établi chez elle. Elle a toujours beaucoup d'empressement pour moi. J'ai du goût, je l'avoue, pour elle : elle est aimable ; mais je la vois beaucoup moins, surtout en public. Soyez persuadée de ce que je vous dis, madame ; elle n'est assurément pas excusable d'avoir repris un autre amant, mais bien d'avoir quitté celui qu'elle avoit. Il lui a mangé plus d'un million, et, dans sa rupture tous les vilains procédés, et, de sa part, tous les plus nobles et les plus généreux. M. et madame de Ferriol

1. Louis-Charles, marquis de La Mothe-Houdancourt, était alors âgé de 41 ans, étant né le 21 décembre 1687. Maréchal de France, le 17 septembre 1747, il mourut le 2 novembre 1755. I avait épousé, le 4 juillet 1714, Eustachie-Thérèse de la Roche-Courbon.

2. Qui se consola ailleurs. « Madame de Duras, dit Rulhière, ne regardoit pas l'amour comme un sentiment, mais elle avoit soin d'éviter la contrainte, le mystère et tout ce qui pouvoit rendre cette passion triste. » *Anecdotes sur M. de Richelieu.*

entrent, dans ce moment, dans ma chambre, et me
chargent de mille complimens pour vous. Le premier
a pris un très-grand intérêt au retranchement de vos
rentes viagères. C'est beaucoup pour lui, car il n'a
pas le cœur bien tendre. Pour M. de Pont-de-Veyle,
vous savez l'estime et l'attachement qu'il a pour vous.
Nous parlons cent fois de vous ensemble.

Je pars pour la chasse dans ce moment. Vous me
demandez des nouvelles de mon cœur : il est parfaitement content, madame, à une chose près que des
difficultés qui me paroissent insurmontables empêchent. Mais Dieu est le maître de tout : j'espère dans
lui. L'attachement, la considération et la tendresse
sont plus forts que jamais; et l'estime et la reconnoissance de ma part ; quelque chose de plus, si j'ose le
dire. Hélas! je suis telle que vous m'avez laissée,
bourrelée de cette idée que vous savez, que vous avez
développée chez moi. Je n'ai pas le courage d'en avoir :
ma raison, vos conseils, la grâce, sont bien moins
agissans que ma passion. Le bruit a couru que je sor-
tois de cette maison, et que je cherchois un appartement. Le chevalier en fut chagrin, mais sans hu-
miliation. Ce qui donna lieu à ce bruit, c'est que j'é-
tois allée voir plusieurs maisons pour madame du
Deffand[1].

1. Voir p. 283. Elle revenait alors de Courbepine, où elle avait
tenu compagnie à son amie Mme de Prie, exilée, et songeait à se
remettre avec son mari, dont elle était séparée depuis 1722. Voici
comment, plus tard, elle racontait elle-même à Horace Walpole les
divertissements un peu forcés de Courbepine : « Nous nous en-
voyions tous les matins un couplet l'une contre l'autre. J'en avois
reçu un sur un air dont le refrain étoit : *Tout va cahin-caha;* elle

La petite personne[1] seroit bien heureuse si elle savoit les bontés que vous avez pour elle. On dit qu'elle continue à être aimable pour le caractère et la figure. Je ne sais si j'oserai y aller cette année; ma bourse me prive de tout. Si j'avois seulement cent pistoles, j'irois l'embrasser, et vous baiser les mains à Genève. Que ma joie seroit grande! Mais, mon Dieu, je ne serai pas assez heureuse! Adieu, madame: que n'êtes-vous à Paris!

———

LETTRE XVI

De Paris, décembre 1728.

Il y a un siècle que vous ne m'avez fait l'honneur de m'écrire. Êtes-vous si exacte avec vos amis, que de ne point leur écrire qu'ils ne vous aient fait réponse? Je devois, madame, vous remercier de la lettre que j'ai reçue il y a un mois: j'avois commencé ma réponse; j'y voulois mettre plusieurs petites nou-

l'appliquoit à mon goût. Je lui fis ce couplet, sur l'air : *Quand Moïse fit défense.*

> « Quand mon goût, au tien contraire,
> De Prie, te semble mauvais,
> De l'écrevisse et sa mère
> Tu rappelles le procès,
> Pour citer gens plus habiles,
> Nous lisons aux évangiles :
> Que paille en l'œil du voisin
> Choque plus que poutre au sien. »

Corresp., 22 mars 1779, édit. de M. de Lescure, t. II, p. 681.

1. Sa fille, alors âgée de trois ans.

velles, j'ai attendu des dénouemens; ils ont été si chargés d'événemens que je n'ai plus su où j'en étois. D'ailleurs, madame Bolingbroke a été très-mal, ce qui m'a occupée bien tristement; et puis la santé de madame de Ferriol, toujours mauvaise, et son humeur encore plus. Pont-de-Veyle me charge de ses respects pour vous : il est toujours malingre; une mauvaise digestion. D'Argental n'est plus amoureux de mademoiselle de Tencin[1]; elle ne l'occupe plus que par devoir. Il n'est point aussi amoureux de la Lecouvreur[2], mais aussi prévenu de son mérite que s'il l'étoit encore; elle est très-incommodée depuis quelque temps : on craint qu'elle ne tombe dans une langueur.

Madame de Parabère a été quittée, il y a environ quatre ou cinq mois, par M. d'Alincourt, dont elle a été au désespoir; et, pour s'en consoler, elle a pris,

1. Fille de François Guérin de Tencin, né vers 1675, premier président du Sénat de Chambéry en 1705, puis président au parlement de Grenoble, frère aîné du cardinal, et de N. Allois. De complexion fort galante, comme toute sa famille, le président de Tencin avait été, au dire de Marais, l'amant de la mère de la duchesse Phalaris, maîtresse du Régent. *Mémoires*, t. II, p. 2, 5. Le bailli de Tencin, ambassadeur de l'Ordre de Malte à Rome en 1742, était son fils.

2. Adrienne Couvreur, dite Lecouvreur, une de nos plus célèbres tragédiennes, née le 5 avril 1692. Elle avait débuté à Paris, en 1717. On lira plus loin les détails de sa fin tragique (20 mars 1730). Le président Bouhier, en apprenant sa mort, écrivait à Math. Marais : « J'avois quelquefois mangé avec elle chez des amis, et lui avois trouvé un caractère très-aimable, sans compter ses talents pour la comédie, qui m'avoient paru supérieurs à ceux des Champmêlé, des Duclos, des Raisin... A la voix près, qu'elle avoit moins touchante et moins belle que les autres, elle l'emportoit fort, à mon avis, pour l'action et pour le jeu naturel. Elle étoit en son genre ce que Baron étoit dans le sien. » *Mém. de Marais*, t. IV, p. 115.

au bout de huit jours, M. de la Mothe-Houdancourt, qui est, à mon sens, le plus vilain homme que je connoisse. Cette précipitation a paru étrange à tout le monde, et surtout à moi qui ne m'en serois pas doutée. Ledit M. de la Mothe ne la quitte pas d'un pas ; il est jaloux comme un tigre. Pour vous faire le portrait, tant de la figure que de l'esprit, je commencerai par la figure : il est grand, dégingandé, le visage long ; il ressemble beaucoup à un vilain cheval ; de l'âge de 45 ans ; babillard, ne sachant ce qu'il dit ; se contredisant sans cesse, ne parlant jamais que de lui ; fat comme s'il étoit un Adonis, et glorieux par fatuité ; assez bon homme dans le fond, mais ayant été gâté par les caillettes de la cour. Il me craint prodigieusement et ne peut pas s'empêcher de m'estimer : il a vu peu de femmes qui se soucient moins de se mêler d'intrigues : il m'a dit bien des fois qu'il aimeroit mieux que je fusse amie de sa femme [1] que de sa maîtresse. J'y vais très-rarement : je crois qu'il ne seroit pas bien de n'y point aller du tout ; elle a pour moi des façons touchantes. D'abord que j'ai le moindre mal, elle me vient voir ; elle m'accable de galanteries ; elle dit à tous ceux qu'elle voit qu'elle m'aime infiniment. Je dois être reconnoissante, madame, de tant de marques d'amitié. Il y avoit, pendant les huit jours de vacance, plus de vingt prétendants à qui je faisois

1. Eustachie-Thérèse de la Roche-Courbon, fille d'Eutrope-Alexandre, marquis de la Roche-Courbon et de Marie d'Angennes. Mariée en 1714 au marquis de la Mothe-Houdancourt, elle mourut le 11 janvier 1773. Elle était parente de ce comte de la Roche-Courbon qui, en 1737, enleva Mademoiselle de Moras. Voir les *Mém. de Malouet*, t. II, p. 277.

une peur horrible, étant persuadés que je mettrois tout en usage pour la retirer du désordre. Un des prétendans m'a conté tous leurs manéges ; ils s'étoient tous ligués de concert pour la retirer de Paris, et qu'elle fût à la campagne pour que je ne la visse pas. Celui qui m'a raconté tout cela est parent du chevalier [1] ; il espéroit, par son canal, obtenir de moi que je ne m'opposasse point au voyage de madame de Parabère. Le chevalier lui répondit qu'il avoit tort de me soupçonner, que je ne me parois ni de conseiller les prudes, ni de condamner les autres ; que jamais je n'avois su ce que c'étoit que de me mêler de tracasseries ; en quoi il me loua beaucoup, connoissant assez bien la dame pour être persuadé qu'elle ne seroit pas susceptible de conseillers.

Je veux vous parler de madame du Deffand [2]. Elle

---

1. Très-probablement Rions, dont on a vu plus haut (p. 210) le rôle singulier, rôle confirmé par ce passage de Besenval : « M. de Riom, trop bien partagé de la nature pour n'avoir pas été l'écuyer favori de Madame la duchesse de Berry, étoit devenu par là un homme à la mode, et avoit acquis un ton dans la société qui lui donnoit de la prépondérance : il reprocha au duc de Luxembourg (de *Montmorency-Luxembourg*) de n'avoir pas encore songé à Madame de Boufflers ; et c'en fut assez pour que ce dernier se mît sur les rangs. Madame de Boufflers ne le fit pas languir longtemps... M. de Riom, qui avoit engagé M. de Luxembourg à prendre Madame de Boufflers, jugeant que la chose avoit assez duré, lui représenta qu'il se devoit de la quitter ; mais il le trouva, pour cette fois, indocile à ses avis et eut pour toute réponse qu'il étoit amoureux. » *Mémoires*, t. I, p. 210.

2. Marie de Vichy-Chamrond, marquise du Deffand, née en 1697, célèbre par son esprit, son salon, sa liaison avec Horace Walpole, et cette correspondance qui, malheureusement pour nous, ne commence qu'en 1747. Elle était fille de Gaspard II, comte de Vichy-Chamrond, capitaine des gendarmes de Berry, et d'Anne Brulart, fille du premier président au parlement de Bourgogne. Elevée au couvent de la Madeleine du Traisnel, rue de Charonne,

avoit un violent désir, pendant longtemps, de se raccommoder avec son mari[1] : comme elle a de l'esprit, elle appuie de très-bonnes raisons cette envie ; elle agissoit, dans plusieurs occasions, de façon à rendre ce raccommodement durable et honnête. Sa grand'mère meurt[2], et lui laisse quatre mille livres de

elle profita peu de la visite du Père Massillon, que la marquise de Charost, sa tante, lui avait envoyé pour essayer de vaincre son irréligion naissante. « Mon génie étonné, a-t-elle dit elle-même, trembla devant le sien ; ce ne fut pas à la force des raisonnements que je me soumis, mais à l'importance du raisonneur. » Lancée, aussitôt après son mariage, en 1718, dans le tourbillon de la régence, elle fut des soupers du duc d'Orléans et, dit-on, un instant sa maîtresse. La société de Madame de Prie, les fêtes de Sceaux, les divertissements de l'hôtel de Brancas l'attirèrent tour à tour jusqu'au jour où, en 1750, elle se retira au couvent de Saint-Joseph et y ouvrit ce salon illustre qui ne se ferma qu'à sa mort, le 24 juin 1780. Le mariage de son frère aîné, le comte de Vichy-Chamrond, maréchal de camp, avec Mademoiselle d'Albon, la mit en rapport avec Mademoiselle de Lespinasse, sœur naturelle de Madame de Vichy-Chamrond.

1. Jean-Baptiste-Jacques de la Lande, marquis du Deffand, brigadier des armées du roi, né en 1688. Mademoiselle de Vichy-Chamrond, qu'il épousa le 2 août 1718, était sa cousine maternelle. Il mourut le 24 juin 1750. Voir, sur toute cette généalogie fort enchevêtrée des Vichy-Chamrond, des la Lande et des Brulart, la savante introduction de M. de Lescure à la *Correspondance de la marquise du Deffand*, Paris, 1865.

2. Marie Bouthillier de Chavigny, née en 1646, fille de Léon Bouthillier, comte de Chavigny, et d'Anne Phelypeaux. Mariée, le 29 janvier 1669, à Nicolas Brulart, premier président au parlement de Dijon, mort en 1692, elle avait épousé en secondes noces, le 4 mai 1699, César-Auguste, duc de Choiseul, mort lieutenant-général en 1705. De son premier mariage elle avait eu deux filles : Anne Brulart, qui épousa le comte de Vichy-Chamrond, père de Madame du Deffand ; et Marie, qui, plus tard, devenue veuve du marquis de Charost, épousa en secondes noces le duc de Luynes, l'auteur des *Mémoires* (15 janvier 1732). La duchesse de Choiseul mourut le 11 juin 1728. C'est de sa belle-sœur, Madame Amelot de Bizeuil (née Brulart), que descendait le marquis du Deffand, mari de sa petite-fille.

rentes : sa fortune devenant meilleure, c'étoit un moyen d'offrir à son mari un état plus heureux que si elle avoit été pauvre. Comme il n'étoit point riche, elle prétendoit rendre moins ridicule son mari de se raccommoder avec elle, devant désirer des héritiers. Cela réussit comme nous l'avions prévu ; elle en reçut des complimens de tout le monde. J'aurois voulu qu'elle ne se pressât pas autant ; il falloit encore un noviciat de six mois, son mari devant les passer naturellement chez son père [1]. J'avois mes raisons pour lui conseiller cela ; mais comme cette bonne dame mettoit de l'esprit ou, pour mieux dire, de l'imagination au lieu de raison et de stabilité, elle emballa la chose de manière que le mari amoureux rompit son voyage et se vint établir chez elle, c'est-à-dire y dîner et y souper ; car, pour habiter ensemble, elle ne voulut pas en entendre parler de trois mois, pour éviter tout soupçon injurieux pour elle et son mari. C'étoit la plus belle amitié du monde pendant six semaines : au bout de ce temps-là, elle s'est ennuyée de cette vie et a repris pour son mari une aversion outrée ; et, sans lui faire de brusqueries, elle avoit un air si désespéré et si triste qu'il a pris le parti d'aller chez son père. Elle prend toutes les mesures ima-

---

1. Jean-Baptiste de la Lande, marquis du Deffand, né en 1652, lieutenant-général des armées du roi, gouverneur de Neuf-Brisach. De son mariage avec Mlle Amelot de Bizeuil, il avoit eu deux fils : l'aîné, que nous connaissons déjà, et le chevalier de la Lande, colonel d'*Albigeois-infanterie* (né en 1696, mort le 13 décembre 1763); et trois filles : Mesdames d'Ampures, de Gravezon, et de la Tournelle, belle-mère de la célèbre marquise de la Tournelle, créée par Louis XV duchesse de Châteauroux. Il mourut en décembre 1728.

ginables pour qu'il ne revienne point. Je lui ai représenté durement toute l'infamie de ses procédés :
elle a voulu, par instance et par pitié, me toucher et
me faire revenir à ses raisons. J'ai tenu bon ; j'ai
été trois semaines sans la voir : elle est venue me
chercher. Il n'y a sortes de bassesses qu'elle n'ait
mises en usage pour que je ne l'abandonnasse pas. Je
lui ai dit que le public s'éloignoit d'elle comme je
m'en éloignois ; que je souhaiterois qu'elle prît autant de peine à plaire à ce public qu'à moi ; qu'à mon
égard, je le respectois trop pour ne lui pas sacrifier
mon goût pour elle. Elle pleura beaucoup ; je n'en
fus point touchée. La fin de cette misérable conduite,
c'est qu'elle ne peut vivre avec personne et qu'un
amant qu'elle avoit[1] avant son raccommodement avec
son mari, excédé d'elle, l'avoit quittée ; et quand il
eut appris qu'elle étoit bien avec M. du Deffand, il lui
écrivit des lettres pleines de reproches et il est revenu, l'amour-propre ayant réveillé des feux mal
éteints. La bonne dame ne suivit que son penchant,
et, sans réflexion, elle a cru un amant meilleur qu'un
mari ; elle a obligé ce dernier à abandonner la place :
il n'a pas été parti que l'amant l'a quittée[2]. Elle reste
la fable du public, blâmée de tout le monde, mépri-
sée de son amant, délaissée de ses amies ; elle ne sait

1. Jean-Louis de Rieu, comte de Fargis, l'un des habitués des
soupers du Palais-Royal et qui avait été cause, en septembre 1722,
de la première séparation des époux. Voir les *Mémoires de Marais*, t. II, p. 217. — Né en 1684, il était fils de Bernard Delrieu,
secrétaire du roi, mort en 1702, et de Claude-Marguerite Habert
de Montmort, et mourut le 26 décembre 1742.
2. Pour Madame de Sabran.

plus comment débrouiller tout cela. Elle se jette à la tête des gens[1] pour faire croire qu'elle n'est pas abandonnée. Cela ne réussit pas; l'air délibéré et embarrassé règne tour à tour dans sa personne. Voilà où elle en est et où j'en suis avec elle.

Madame de Tencin est toujours si outrée contre moi, parce que je n'ai fait aucune démarche pour remettre les pieds chez elle, qu'elle m'a déclaré une guerre ouverte. Elle envoie savoir si je dîne ici pour ne pas y venir si j'y suis. Je ne suis pas plus alarmée de cette nouvelle disgrâce que des autres. On me persécuta l'autre jour pour faire ma paix avec elle : je répondis à cela que je ne demandois pas mieux ; que tout ce qui étoit de la famille Ferriol m'étoit respectable ; qu'il n'y avoit que cette raison qui me fit désirer que madame de Tencin ne fût pas fâchée contre moi ; mais que je ne me sentois pas assez de religion pour présenter ma seconde joue, et que je n'irois jamais demander pardon à madame de Tencin de ce qu'elle m'avoit fait refuser sa porte ; que je ne connoissois que madame de Ferriol dans le monde pour laquelle je pusse faire cette démarche ; que madame de Tencin n'avoit aucun droit sur moi pour en agir aussi mal ; que, si elle prétendoit que j'avois tenu de mau-

---

1. Parmi ces gens, il faut citer le président Hénault et Pont-de-Veyle lui-même, pour qui cette liaison devint plutôt une affaire d'habitude que d'amour, comme on le voit par ce dialogue que rapporte La Harpe : « — Pont-de-Veyle, depuis que nous sommes amis, il n'y a jamais eu de nuage dans notre liaison. — Non, Madame. — N'est-ce pas parce que nous ne nous aimons guère plus l'un que l'autre? — Cela peut bien être, Madame. » *Corresp. littéraire*, t. III, p. 145.

vais discours sur elle, je répondrois comme madame de Sainte-Aulaire [1], qui répondit, sur la même accusation, que s'il étoit vrai qu'il fût revenu à madame de Tencin qu'elle avoit mal parlé d'elle, elle en étoit bien affligée parce que cela lui faisoit voir qu'elle avoit des amis perfides. Je suis dans ce cas : j'ai pu dire à mes amis ce que je pensois ; mais, pour l'amour de moi et de mes devoirs, je n'en ai point parlé ailleurs ; et, même dans l'accident de la Fresnais, qui est ce qui l'aigrit contre tous les gens dont elle n'a pas besoin, j'ai dit que c'étoit l'affaire du monde la plus malheureuse, qu'il n'y avoit personne qui fût à l'abri d'un fou qui venoit se tuer chez vous.

Ma vie est assez douce. Si je vous avois à Paris, le Roi ne seroit pas plus heureux que moi. Les étrennes m'affligent un peu ; tout le monde m'en donne, et je ne puis en donner à personne. Je prends mon parti sur les gouttières de cette maison ; il y a des temps où les choses ne font pas autant d'impression ; c'est suivant l'état du cœur : quand il est satisfait, on glisse facilement sur les épines qui se rencontrent toujours dans la vie. Il n'y en a point d'exempte. On radote toujours ici ; on se plaint sans cesse. Il y a quelques jours qu'elle s'adressa à Fontenay, qui lui répondit très-fortement et l'assura qu'elle ne persuaderoit jamais le public, et qu'elle le révolteroit contre

---

1. Thérèse de Lambert, fille de la célèbre marquise de Lambert dont il a été parlé plus haut. Née vers 1679, elle avait épousé en 1704 Louis de Beaupoil, marquis de Sainte-Aulaire, fils de l'académicien et tué, le 26 août 1709, au combat de Rhumersheim. Madame de Sainte-Aulaire mourut le 14 juillet 1731, deux ans avant sa mère, ne laissant qu'une fille, mariée au duc d'Harcourt.

elle-même; qu'il étoit témoin que, la veille, j'avois été pressé extrêmement de rester à souper chez madame de Parabère avec le chevalier; que j'avois refusé et étois revenue à neuf heures, à pied et par la pluie. Cette justification m'a affligée; les raisons ne font que l'aigrir. J'ai lieu d'être très-contente du chevalier; il a la même tendresse et les mêmes craintes de me perdre. Je ne mésuse point de son attachement. C'est un mouvement naturel chez les hommes de se prévaloir de la faiblesse des autres : je ne saurois me servir de cette sorte d'art; je ne connois que celui de rendre la vie si douce à ce que j'aime qu'il ne trouve rien de préférable; je veux le retenir à moi par la seule douceur de vivre avec moi. Ce projet le rend aimable; je le vois si content que toute son ambition est de passer sa vie de même. Peut-être cela nous conduira à ce que nous désirons tant : la nature de son bien [1] est un furieux obstacle. Dieu nous regardera peut-être en pitié : j'ai des mouvemens quelquefois bien durs à combattre. Ce qu'il y a de surprenant, c'est que je les ai eus toute ma vie : je me reproche..... Hélas! que n'étiez-vous madame de Fer-

1. Ce passage prouve que les considérations de fortune eurent une grande part dans la résolution prise par Mlle Aïssé de refuser un mariage dont cependant elle aurait été si heureuse. Ne pourrait-on pas supposer que le chevalier, entré comme cadet de famille dans l'ordre de Malte, y avait obtenu quelqu'un de ces bénéfices dont le grand prieur disposait et auquel il lui aurait fallu renoncer en contractant mariage? Peut-être est-ce ce sacrifice, qui, en dépouillant son amant, aurait aussi indirectement dépouillé sa fille, que Mlle Aïssé ne voulut pas accepter? Ce n'est là qu'une supposition, et nous la livrons comme telle. Ajoutons cependant que le *Mercure* de janvier 1769 donne au chevalier d'Aydie les titres de prieur de Saint-Marcel d'Argenton et de Valançay.

riol! Vous m'auriez appris à connoître la vertu. Mais
passons sur cela; cependant je suis, en fait d'amour,
la plus heureuse personne du monde. Matière à réflexions pour de jeunes cœurs! Pardonnez toutes mes
foiblesses à l'aveu sincère que je vous en fais, et permettez que je vous parle de la petite. Elle est charmante : tout ce qui m'en revient m'empêche de me
repentir de sa naissance; et je crains que la pauvre
petite n'en pleure plus que moi : sa figure embellit
tous les jours. J'ai envoyé Sophie [1], sous prétexte
d'aller voir sa tante; elle y a été quinze jours; elle en
a été enchantée. Elle est adorée de tout le couvent [2];
elle a de la raison, de la bonté, de la fermeté : on lui
fit arracher quatre dents, elle ne jeta aucun cri. On
l'en loua; elle répondit : « A quoi m'auroit-il servi
de crier? ne falloit-il pas les arracher? » Elle dit à
Sophie qu'elle étoit bien fâchée que je n'allasse pas
cette année la voir; qu'elle me prioit bien d'y venir

1. Sa femme de chambre, un exemple de ces fidèles serviteurs
comme en avait l'ancienne société française et dont on verra plus
loin, non sans émotion, le profond dévouement.

2. Le couvent de Notre-Dame de Sens, dont la fille de la marquise de Villette (lady Bolingbroke) était abbesse; couvent, du
reste, fort peu opulent, comme le prouve le passage suivant d'une
lettre adressée, le 7 septembre 1730, au cardinal de Fleury par la
vicomtesse Bolingbroke : « N'est-ce point ici un temps (la naissance du duc d'Anjou) de faire souvenir Votre Eminence de ce
qu'elle a eu la bonté de me promettre pour notre abbaye de Sens?
Car notre mal presse et augmenteroit tous les jours sans vos bontés. J'ai été obligée d'envoyer quarante pistoles à ma fille, parce
qu'il n'y avoit pas un sou dans la maison pour la faire subsister. Malgré
toute l'économie possible, le revenu est au-dessous de la dépense
de 4,000 l. au moins. Si Votre Eminence veut bien nous accorder
mille écus par an, je suppléerai au reste avec grand plaisir. Mais
le plus pressé est la subsistance courante. » H. Bonhomme, *Madame
de Maintenon et sa famille*, p. 93.

l'autre ; qu'elle me remercioit de toutes mes bontés ;
qu'elle savoit que l'on m'importunoit souvent pour elle,
et qu'elle feroit tout ce qu'elle pourroit pour bien apprendre et être sage ; qu'elle ne vouloit pas que je
me rebutasse. Elle est très-caressante ; la pauvre
petite sent déjà, je crois, le besoin qu'elle a de l'être.
Son bon ami est au désespoir de ne pouvoir pas la
voir ; il l'aime à la folie ; il lui prend des envies d'aller la voir que j'ai bien de la peine à combattre. Nous
travaillons à lui faire une dot, en cas qu'elle ne voulût
pas se faire religieuse. Si Dieu nous prête vie, elle
pourra avoir quarante mille livres et quatre cents
livres de rente. Elle seroit très-bien mariée en province avec cela[1] ; mais gare au pot au lait ! si elle avoit
le malheur de nous perdre, elle seroit bien à plaindre.
Je la recommanderai à d'Argental. Le chevalier a déjà
placé deux mille écus pour elle seule. Adieu, madame :
voilà une lettre assez longue pour être écrite de suite ;
mais je suis seule, et j'ai voulu en profiter pour causer longtemps avec vous. Je vous envoie une petite
boîte d'écaille, couleur de feu ; je n'ai pu me refuser
la satisfaction d'y prendre du tabac un jour, pour

---

1. Ce vœu de Mlle Aïssé fut réalisé après elle. Sa fille, Célénie
Leblond — c'était le nom qu'on lui avait donné — épousa, le
16 octobre 1740, au château de Lanmary, Pierre de Jaubert, vicomte de Nanthia, né en 1714, et dont elle devint veuve le 26 décembre 1773. Une fille unique naquit de cette union : Marie-Denise
de Jaubert, héritière de Nanthia, laquelle épousa, le 12 mars 1760,
André, comte de Bonneval, lieutenant-colonel du régiment de
Poitou, maréchal de camp en 1770, et fut mère du marquis de
Bonneval, — le beau Bonneval, comme on l'appelait pendant
l'émigration, — de Marie-Blaise, mariée, le 10 août 1771, à Pierre-
Marie, vicomte d'Abzac, écuyer cavalcadour, morte à Saint-Yrieix
sous le Consulat, et de la comtesse de Calignon.

que vous disiez, quand vous en prendrez dedans,
qu'elle a servi à la personne qui vous aime le plus.

LETTRE XVII

J'ai reçu la lettre que vous m'avez fait l'honneur
de m'écrire en réponse à un gros paquet que je craignois bien qui ne fût perdu. Le nouveau témoignage
de votre amitié me comble de joie, et je recevrai votre
écran avec transport, puisque c'est de l'ouvrage de
ce que j'aime : cependant je me plains des souvenirs
trop fréquens qu'il me donnera de vous. Je vous le
dis avec vérité; j'ai autant de douleur de vous avoir
perdue que de joie de vous avoir pour amie : ces
deux sentimens me combattent furieusement, et, si
je n'avois pas l'espérance de vous revoir un jour, je
ne sais, en vérité, si je voudrois vous avoir connue.
Vous m'avez rendue si difficile que je suis toujours
en colère. Pourquoi tous les cœurs ne sont-ils pas
faits comme le vôtre, ou du moins pourquoi n'ont-ils
pas une de vos bonnes qualités? Tout leur manque,
probité inébranlable, sagesse, douceur, justice; tout
n'est qu'apparence chez les hommes : le masque
tombe à la plus petite occasion. La probité n'est qu'un
nom dont ils se parent; ils paroissent justes, et ce
n'est que pour condamner la conduite des autres; de
la douceur qui n'est qu'aigreur, de la générosité qui
n'est que prodigalité, de la tendresse qui n'est que
foiblesse : et toutes ces choses-là me font répéter à

tous les instans que votre âme est capable de vertu dans sa perfection. Je m'aperçois que je blesse votre modestie : mes mouvemens du cœur vous sont connus ; vous savez que je dis toutes ces choses parce que je les pense, et que je n'ai jamais su flatter aux dépens de la vérité : pardonnez, en faveur de mon attachement, la petite honte que vous avez eue en lisant vos louanges. Vous m'avez rendue comme M. le duc d'Orléans, à la différence près que je ne suis pas si perverse que lui, et que je crois qu'il y a une personne dans le monde véritablement raisonnable. Il croyoit tout le monde malhonnêtes gens ; je suis bien prête à penser comme lui ; cela me met très-souvent de mauvaise humeur, et je finis par vouloir devenir philosophe, trouver tout indifférent, ne m'affliger de rien, et tâcher d'être raisonnable pour ma propre satisfaction et pour la vôtre. Je travaille très-sérieusement à me rendre heureuse, à ne plus me chagriner ; je sens que j'ai plus besoin que jamais d'avoir du courage.

La mauvaise humeur règne ici à un point insoutenable : je me suis gendarmée ; je vois que cela tourne contre moi. Le public est très-sévère, parce qu'il ne juge que sur l'étiquette du sac, et mes peines lui paroissent petites : il lui semble que ce n'est que des bagatelles ; mais, hélas ! rien n'est bagatelle quand cela revient tous les jours. Je suis honteuse de me plaindre quand je vois tant de personnes qui valent bien mieux que moi et qui sont bien autrement malheureuses.

Il est temps de vous amuser un peu. Il est arrivé ici

25.

deux petites aventures que j'aurai du plaisir à vous
conter, parce que vous en aurez à les lire. Un gentilhomme du Périgord, fort riche, se maria, il y a plusieurs années, avec une demoiselle qui mourut sans
lui laisser d'enfans. Les parens de sa femme le pen-
sèrent ruiner pour la dot, et eurent des procédés si
infâmes avec lui qu'il en eut beaucoup de chagrins,
et en fut malade. Cet homme avoit du goût pour le
sacrement; mais ce qu'il avoit essuyé le fit résoudre
de prendre une femme sans parens. Il écrivit à
l'Hôtel-Dieu, et pria l'un des directeurs de lui chercher une fille trouvée de dix-sept à vingt-deux ans,
grande, bien faite, brune, les yeux noirs, les dents
belles, et qu'il l'épouseroit. Le directeur montra cette
lettre à M. d'Argenson [1], qui dit de faire sa commission. Il la fait : on dresse le contrat de mariage; le
gentilhomme l'épouse; il en a eu trois enfans. Au
bout de quelques années elle meurt. Son deuil fini,
il récrit à un autre des directeurs de l'Hôtel-Dieu, le
précédent étant mort. Il le prie de lui chercher une
fille de trente-huit à quarante ans, blonde, grasse,
fraîche et d'un bon tempérament; qu'il avoit passé

1. Marc-René de Voyer, marquis d'Argenson, né le 4 novembre 1652, lieutenant de police du 29 janvier 1696 au 15 avril
1719, époque à laquelle il fut nommé garde des sceaux. Son
administration comme lieutenant de police est restée célèbre. Il
mourut le 8 mai 1721, laissant, de son mariage avec Marguerite
Lefebre de Caumartin, deux fils, dont l'aîné fut le marquis d'Argenson, secrétaire d'État des affaires étrangères et auteur des
Mémoires, et l'autre le comte d'Argenson, secrétaire d'État de la
guerre. D'après le *Mercure* d'octobre 1705, les Tencin étaient alliés
aux d'Argenson par le mariage du président de Tencin avec une
sœur de la marquise d'Argenson.

les jours du monde les plus heureux avec celle qu'on lui avoit déjà choisie, et qu'il ne doutoit pas qu'il ne choisît aussi bien que l'ancien directeur, auquel il s'étoit adressé la première fois. Celui-ci va chez M. Hérault [1] et montre la lettre qu'il vient de recevoir. M. Hérault lui dit, comme M. d'Argenson, de faire sa commission, qui étoit difficile parce que toutes les filles sont établies à cet âge-là. Il trouva enfin une sœur grise qui étoit telle qu'on la lui demandoit. Une des princesses de Conti [2] a signé au contrat de mariage, il y a un mois.

Voici l'autre histoire : il y a un homme qui demeure aux environs des quais, qui, depuis sept à huit ans, se promène dès une heure jusqu'à six sur un des quais, sans jamais y avoir manqué d'un jour, quelque temps qu'il fasse. M. Hérault en ayant été averti, lui envoya dire qu'il vînt lui parler. Cet homme lui fit répondre qu'il n'iroit point, n'ayant rien à faire avec

---

1. René Hérault, né le 23 avril 1691, successivement avocat du roi au Châtelet, maître des requêtes, intendant de Tours et lieutenant de police depuis le 29 août 1725. Il mourut le 2 août 1740. Il avait épousé en 1732 la fille de Moreau de Séchelles, le contrôleur général, et fut le grand-père de Hérault de Séchelles, guillotiné le 5 avril 1794 avec Danton et Camille Desmoulins.

2. Trois princesses de Conti existaient à cette date : Anne-Marie de Bourbon, fille de Louis XIV et de Madame de la Vallière, née le 2 octobre 1666, mariée en 1680 à Louis-Armand, prince de Conti, dont elle devint veuve en 1685. Elle ne mourut qu'en 1739 (3 mai). — Marie-Thérèse de Bourbon-Condé, née le 1er février 1666, petite-fille du grand Condé, mariée le 29 juin 1688 à François-Louis, prince de Conti, frère du précédent, mort en 1709. Elle mourut le 22 février 1732. — Et enfin Louise-Élisabeth de Bourbon-Condé, sœur de Monsieur le Duc, femme du fils de la précédente et dont elle devint veuve le 4 mai 1727. Elle mourut le 27 mai 1775.

la police. M. Hérault s'y transporta, monta dans une chambre au quatrième, y trouva cet homme assis contre une table, qui lisoit, sa chambre garnie de livres. Il lui demanda pourquoi il ne venoit pas chez lui quand il le lui avoit fait dire. « Monsieur, lui répondit cet homme, je n'ai point l'honneur d'être de vos amis ; et, Dieu merci, je n'ai rien à démêler avec la justice. — Il est vrai, lui répondit M. Hérault, qu'il ne m'est point revenu que vous fissiez du mal : pourquoi vous promenez-vous régulièrement, à la même heure, tous les jours, sur le quai ?— Parce que cela me fait du bien, lui repartit le promeneur. Pour vous éclaircir ma conduite, ajouta-t-il, je vous dirai, monsieur, que je suis très-bon gentilhomme (il lui dit son nom) : je jouissois de vingt-cinq mille livres de rente : le Système est venu et il ne m'est resté que cinq cents livres de rente. J'ai pris le genre de vie proportionné à mon revenu ; j'ai gardé mes livres : l'air de la rivière me convient, et je suis venu m'établir dans cette chambre. Un peu de vanité m'a engagé à changer de nom ; je dîne tous les jours, à midi, avec du bœuf à la mode qui est excellent dans ce quartier ; je me lève de bonne heure, j'emploie ma matinée à lire, et, quand j'ai dîné, je vais prendre l'air sur le quai. Je suis très-heureux ; je ne dépends de personne, et je ne dérange point ma santé par cet exact régime. » M. Hérault trouva cet homme de très-bon sens. Il conta cela au Cardinal, qui lui dit : « Mais, si cet homme tomboit malade, il n'auroit pas de quoi se soigner ; dites-lui que le Roi lui donne trois cents livres de pension. » M. Hérault lui envoya dire de venir chez lui, se faisant beaucoup de plaisir de lui apprendre cette bonne nouvelle ; mais il lui fit répondre qu'il ne pouvoit y aller, demeurant trop loin de chez lui. M. Hérault y retourna pour la seconde fois, et lui dit que le Roi lui donnoit trois cents livres. Il les refusa, disant qu'il s'étoit arrangé avec cinq cents livres, et qu'il n'en vouloit pas davantage. Malgré ce genre de vie, qui paroît triste, cet homme est fort gai. Il a deux amis, gens d'esprit, qui vont sur le quai pour causer avec lui. Il a beaucoup de connoissance du monde, du savoir, l'esprit simple et un talent singulier pour connoître, à la physionomie, le métier des gens qui passent. Il dira, par exemple : « Voilà le maître d'hôtel d'un évêque, en voilà un d'un financier ; voici un chevalier d'industrie ; celui-là est Gascon, celui-ci est Breton, » ainsi des autres. Adieu, ma chère madame ; en voilà assez pour aujourd'hui. Je vous baise les mains mille fois.

LETTRE XVIII

De Paris, 1729.

Je viens d'apprendre, madame, la perte que vous avez faite de M. de Cambiac. Sans savoir ses dispositions, je prends part à votre affliction. Je connois la bonté de votre cœur ; vous serez toujours affligée, de quelque façon qu'il en agisse avec vous. J'espère que je n'aurai rien à reprocher à sa mémoire et qu'il vous aura rendu justice ; j'en attends la nouvelle avec im-

patience. J'ai couru risque de me trouver à sa mort.
Si le projet que l'on avoit fait d'aller à Pont-de-Veyle
n'avoit pas été renvoyé, je l'aurois vu mourir. J'attendois d'être sûre de mon voyage, c'est la raison qui
m'a empêchée de vous écrire. Je voulois vous le
mander positivement; mais il y a trois mois que l'on
en parle, et il n'y a pas de jour, depuis ce temps-là,
que le projet ne change quatre ou cinq fois. Voilà où
nous en sommes. Il est vrai que le temps de notre
départ a été fixé au dix du mois prochain; il seroit
temps de se préparer pour les paquets. Vous devez
juger de l'empressement que j'ai que ce projet s'exé-
cute, puisque j'aurois le bonheur de vous voir et de
vous assurer de mon respectueux attachement. Il n'y
a rien de si joli que mon écran; je ne permets pas
à tout le monde de s'en servir. Je vis avec madame
votre fille, qui est infiniment aimable; sa vertu, sa
douceur, sa gaîté, la rendent charmante; sa figure
est toujours très-belle, et, en vérité, vous la trouverez encore mieux. Son teint est plus démêlé, et elle
a des couleurs à croire qu'elle met du rouge; et,
toute connoisseuse que je suis pour cet ornement, j'y
ai été trompée au point que je n'ai pu m'empêcher de
lui frotter les joues, pour voir si elle n'en mettoit
point. Elle a fait raccommoder son portrait, qui est
à merveille à présent : elle est tentée d'en faire faire
une copie pour vous la porter. Si je ne vais pas à
Genève cette année, je la prierai de se charger du
mien que je fais faire pour vous. Il sera en petit,
c'est-à-dire d'un pied de haut, sur neuf pouces environ de large.

Nous sommes en guerre ouverte, madame de Tencin et moi, c'est-à-dire elle me l'a déclarée : pour moi, je me tiens coite ; et quand je suis forcée d'en parler, mes discours sont tranquilles et humbles ; mais je tiens bon pour ne pas demander pardon, parce que je suis offensée et que j'ai assez de maîtres sans m'en donner de gaîté de cœur. Je la fais plus enrager par cette conduite que si je me déchaînois contre elle. Monsieur son frère a tenu bon à toutes les attaques qu'elle a faites contre moi. Je ne lui en ai pas ouvert la bouche, excepté une fois qu'il m'en parla devant madame de Ferriol. Je lui répondis avec toute la modération imaginable, et je finis par lui dire que j'avois espéré que toutes ces tracasseries n'iroient point jusqu'à ses oreilles ; que j'étois étonnée qu'on lui en eût parlé ; qu'il pouvoit bien me rendre la justice que jamais je ne m'étois plainte à lui de tout ce qu'on me faisoit. Cette conversation produisit une scène très-vive, le lendemain, entre le frère et la sœur. Cette dernière eut beau se plaindre, et tourner mes discours malignement, il la fit taire. Madame votre fille vous contera tout cela, qui seroit trop long à écrire. Je suis enfin contente de l'archevêque. Je connois bien son cœur, je l'aimerai et l'estimerai toute ma vie.

A propos, il y a longtemps que vous me demandez des vers que vous m'aviez prêtés, relativement à la mort de madame votre mère[1]. Je les trouvai l'autre jour dans ma cassette ; je les joins à cette lettre. La

1. Mme de Pelissary. Voir p. 239, note 1.

poste part ; il ne me reste que le temps de vous assurer de mon très-humble respect.

LETTRE XIX

De Pont-de-Veyle, 1729.

Nous voilà enfin arrivés à Pont-de-Veyle. Jugez,
madame, de ma joie. J'aurai donc le plaisir de vous
voir et de vous embrasser bientôt ; j'ignore encore le
moment où je jouirai de ce bonheur. J'attends que
M. de Pont-de-Veyle soit ici, et les lettres de l'archevêque, pour m'arranger. D'ailleurs, madame votre
fille est actuellement avec vous ; cela vous partageroit
trop : je veux la laisser établir. Nous avons tous eu
bien du regret de ne l'avoir pas eue ici quelques
jours. Monsieur son mari me vint voir le lendemain
de son départ. Il m'attendrit beaucoup ; je le trouvai
si touché, et en même temps si raisonnable, si rempli de considération et d'estime pour madame votre
fille, que, me connoissant, vous devez juger si je fon-
dis en larmes. Il faut dédommager cette aimable femme
de tous ses malheurs. Elle retrouvera des parens,
des amies qui l'aiment bien tendrement. Mais, hélas !
il en feroit plus de cas si elle revenoit avec une fortune brillante. On pense de cette façon à Paris ; et je
crois que les hommes sont partout les mêmes. Pour
vous, madame, votre tendresse et votre bonté vous
la feront recevoir avec bien de la joie. C'est une
grande douceur pour une mère de vivre avec une fille

telle que la vôtre. Je vous la recommande comme ma sœur bien-aimée. Plaisante recommandation, penserez-vous ! En a-t-elle besoin ? N'est-elle pas ma fille, et une fille que j'aime tendrement ?

J'avois laissé ma lettre pour recevoir M. de Pont-de-Veyle, qui vient d'arriver dans ce moment ; il vous assure de ses respects. Je suis libre, et je serai bientôt auprès de vous. Préparez-vous à me trouver changée ; je ne m'en soucie que pour vous, que j'aime et respecte de tout mon cœur.

．

LETTRE XX

De Pont-de-Veyle, 1729.

Je ne puis vous dire, madame, la douleur où je suis de vous avoir quittée. J'ai le cœur si gros et si serré, que j'ai cru étouffer. La crainte de vous trop attendrir m'a fait me contraindre en me séparant de vous ; j'ai fait ce que j'ai pu pour que vous ne vissiez pas couler mes larmes, mais j'en ai gagné un mal de tête affreux. Si je n'avois pas la certitude de vous revoir, je ne sais pas, en vérité, de quoi je serois capable. Les réflexions morales m'accablent : la vie me paroît si courte, pour essuyer de si grandes peines, que je ne veux plus faire de connoissances, dans la crainte de m'exposer à la peine où je suis. Mais tout cela se détruit à mesure que je le pense : je me dis que je ne trouverai jamais d'amie qui mérite d'être aimée sur tous les points comme vous. Je ne pense plus à la retraite; mes idées là-dessus sont évanouies. Je me privérois par là absolument de l'espérance de vous aller voir souvent; et d'ailleurs, madame, je sens trop les conséquences de ce parti-là depuis que nous en avons parlé ensemble. Je puis me conduire aussi bien dans le monde, et même mieux. Plus ma tâche est difficile, plus il y a de mérite à la remplir; et je dois, par reconnoissance, rester auprès de madame de Ferriol, qui a besoin de moi. Hélas! madame, je me rappelle sans cesse notre conversation dans votre cabinet : je fais des efforts qui me tuent. Tout ce que je puis vous promettre, c'est de ne rien épargner pour que l'une des choses arrive. Mais, madame, il m'en coûtera peut-être la vie : car, pour les espérances, elles sont si éloignées que je mourrai peut-être de vieillesse avant qu'elles arrivent. On m'a chargée de cent mille jolies choses pour vous; il est juste que je vous en fasse part. Voici deux articles de ses lettres : « Mille respects à votre amie : assurez-la qu'il y a tant de sympathie dans votre façon de penser et la mienne qu'il ne me seroit pas possible de ne pas partager avec vous les sentimens que vous avez pour elle. » Dans une précédente que je reçus à Lyon. « Je vous félicite du plaisir que vous avez eu de voir et d'embrasser madame Calandrini. Je connois votre cœur, et je ne suis pas surpris des larmes que la joie vous a fait répandre. J'en ai répandu aussi, ma chère Aïssé, en lisant votre lettre, et je n'ai pas été plus touché de la peinture que vous faites de vos transports que de l'empressement avec lequel madame Calandrini vous a reçue. Dites-lui bien, je vous prie, que j'ai une extrême reconnoissance des marques de son souvenir : le goût que l'on a pour la vertu doit être la mesure du respect que l'on a pour elle. Je la crois trop juste, et je lui crois trop de sentimens, pour condamner l'amitié que vous avez pour moi. Si vous pouviez lui peindre l'attachement que j'ai pour vous, ma chère Silvie! Dites-lui bien qu'il n'y a jamais eu et qu'il n'y aura jamais un moment dans ma vie où je cesse de vous aimer. Demeurez à Genève tout le temps que vous pourrez; je regrette moins votre absence. J'imagine que votre santé y est en sûreté. Je suis en peine des fatigues du retour. Conservez-vous, ma chère Aïssé. Aimez-moi; c'est le véritable fondement du bonheur de ma vie. »

Voilà, madame, bien des choses qui blessent ma modestie; mais aussi je serai plus excusable à combattre si lentement et si foiblement. Hélas! que l'on est heureuse quand on a assez de vertu pour surmonter de pareilles foiblesses : car, enfin, il en faut infiniment pour résister à quelqu'un que l'on trouve aimable, et qu'on a eu le malheur de n'y pouvoir résister. Couper au vif une passion violente, une amitié la plus tendre et la mieux fondée! Joignez à tout cela de la reconnoissance; c'est effroyable! la mort n'est pas pire. Cependant vous voulez que je fasse des efforts : je les ferai ; mais je doute de m'en tirer avec honneur, ou la vie sauve. Je crains de retourner à Paris. Je crains tout ce qui m'approche du chevalier et je me trouve malheureuse d'en être éloignée. Je ne sais ce que je veux. Pourquoi ma passion n'est-elle pas permise? pourquoi n'est-elle pas innocente?

Mandez-moi au plus tôt de vos nouvelles. Permettez que je vous embrasse mille fois, et de tout mon cœur. Beaucoup d'amitiés à mesdames vos filles. Je les embrasse toutes. Souvenez-vous de votre Aïssé, et soyez persuadée de tout son attachement et de tout son respect pour vous ; il est extrême.

LETTRE XXI

De Pont-de-Veyle, 1729.

J'ai retardé de vous écrire, parce que j'ai été assez incommodée ; j'ai eu une colique très-violente. Je n'ai pas manqué de dire que c'étoit vous qui m'aviez préservée, car je n'ai eu aucun mal à Genève ; mes maux ont respecté ma joie : ils feroient bien mieux de ne pas se mêler à ma douleur. Je vous ai quittée, madame, avec un chagrin extrême. Vos lettres m'ont serré le cœur et ont renouvelé mes larmes. A chaque instant je me rappelle ta douceur, la tranquillité, la candeur avec laquelle j'ai passé ce peu de temps auprès de vous. J'ai trouvé les personnes avec qui je vivois à Genève selon les premières idées que j'avois des hommes, et non pas selon mon expérience. Je me retrouve presque, moi-même, comme dans le moment que j'entrois dans le monde, sans humeur, sans peines, sans chagrins. Combien tout a changé ! Que les habitans de ces lieux sont différens de ceux des vôtres ! Je n'ai pas eu un moment de bonne humeur depuis notre séparation. J'ai retrouvé ici des coliques, le serein, les concerts, les puces, les rats, et, qui pis est, des hommes, non pas de l'ancienne roche, mais de la nouvelle. Tenons-nous-en aux réflexions générales. Vous me pardonnerez bien de ne pas entrer, sur cette matière, dans des détails.

Vous m'affligez beaucoup de m'apprendre que madame votre belle-sœur P..... est malade; je sais combien vous l'aimez, et je l'estime et l'aime de tout mon cœur. J'ai fait vos complimens à l'archevêque[1], et aux autres, qui vous en remercient. Ce premier m'a fait beaucoup de questions sur mon séjour auprès de vous, sur la douleur de nous séparer, et sur votre ville. Il se flatte qu'on l'aime un peu dans ce pays. Je n'ai pas manqué de lui dire que l'on m'avoit demandé de ses nouvelles. J'ai nommé les gens qu'il dit ses amis. Il m'a grondée de ne lui avoir pas emprunté sa litière pour vous aller voir, qu'il y seroit allé lui-même très-volontiers, vous aimant beaucoup. Il me fit faire la description de votre maison de campagne, de la façon dont vous viviez en ville, en un mot il s'informa de tout, soit par amitié pour vous, soit pour me dire des choses obligeantes. Il réussit très-bien, car je lui sus le meilleur gré du monde de toutes ses questions. Pour sa sœur, elle ne m'en fit que très-peu, et elle cherchoit des discours pour elle, et rien autre. M. de Pont-de-Veyle partage de tout son cœur mon enthousiasme.

Nous passons, d'ailleurs, notre temps ici assez tris-

---

1. Le cardinal de Tencin, archevêque de Lyon. (*Anc. note.*) — Il était encore archevêque d'Embrun, n'ayant été nommé à Lyon qu'en 1740.

tement. Le matin, après la messe, l'archevêque s'enferme avec un jésuite jusqu'à dîner. Après le dîner, une partie de quadrille [1] pleine de rapine et d'aigreur : le tout pour cinq sous que l'on ne paye point ; toujours une compagnie de la ville, peu divertissante, et à qui il faut faire autant de cérémonies qu'à des intendans [2]. Sur le soir on va se promener. La maîtresse du logis et moi, nous restons, l'une à lire, l'autre à tricoter ou à découper. Après la promenade, un concert qui arrache les oreilles. On soupe très-mal ; on n'a ni bons poissons, ni des amies. Songez-vous bien à la différence de ce séjour à Genève pour moi, et combien j'ai de raisons pour vous regretter?

Vous pouvez m'écrire en toute sûreté : on me rend directement mes lettres. La personne qui les retire a ordre de les remettre à moi seule, pas même à ma fidèle Sophie. La peur que l'on a de payer les ports de lettres fait que l'on n'ose pas me demander si j'en ai eu. L'archevêque paye mes places et celles de Sophie dans la diligence : c'est bien honnête à lui assurément. Malgré toutes les avarices de madame de Ferriol, sa mauvaise humeur et ses discours souvent désobligeans, elle étoit dans une grande inquiétude de ma santé pendant mon séjour auprès de vous. Elle

1. Sorte de jeu de cartes que le *Dictionnaire de l'Académie*, édit. de 1740, définit ainsi : Espèce de jeu d'hombre qui se joue à quatre. Le P. du Cerceau l'a décrit dans une jolie pièce de vers.

2. Nous ne savons si ces mots sont une allusion spéciale à quelque réception cérémonieuse faite par les seigneurs de Pont-de-Veyle à l'intendant du Dauphiné. Quoi qu'il en soit, ces fonctions étaient alors remplies par M. de Fontanieu, le célèbre collectionneur et érudit (1724-1740), lequel eut pour successeur L.-J. Berthier de Sauvigny.

disoit : « Elle est partie malade ; elle a la fièvre ou la
petite vérole. » Elle paroissoit aussi en peine de moi
que de son fils. Sa femme de chambre disoit à Sophie
que sa maîtresse ne pouvoit passer l'hiver auprès de
son frère, à Embrun, sans moi, et que la crainte que
je ne voulusse pas y aller l'empêcheroit d'y penser.
Concevez-vous, madame, à la façon dont elle agit avec
moi, qu'elle puisse regarder comme un malheur de ce
que je serois séparée d'elle ? D'Argental m'a écrit :
je reçus sa lettre en revenant de chez vous. Il y avoit
cent mille choses pour vous ; je vous les laisse imaginer : ma lettre seroit trop longue si je vous les ré-
pétois. Nous partons d'ici dans quinze jours, pour
aller à Ablon. Madame de Ferriol y sera dix ou douze
jours. Pour moi, j'irai à Sens, voir qui vous savez[1].
J'y resterai le plus que je pourrai. Madame de Ferriol
m'y viendra joindre. Vous aurez des détails de mon
entrevue : j'aurai vu cette année tout ce qui m'est
cher. Adieu, madame ; mes sentimens et mon âme
vous sont dévoués.

LETTRE XXII

De Pont-de-Veyle, novembre 1759.

Voilà enfin le bienheureux jour arrivé. Je pars
d'ici demain matin, et je n'ai que la nuit à passer.
Madame de Ferriol avoit bien raison de dire que je
ne pouvois tenir ici. En revenant de chez vous, je

---

1. Sa fille au couvent. (Anc. note.)

suis morte d'ennui, et ma santé, d'accord avec l'ennui, m'a très-maltraitée. Je me suis fait saigner : cela ne m'a pas réussi : mes maux de tête et mes coliques sont toujours aussi fréquens; peut-être est-ce l'air du pays et les eaux.

J'attendois une réponse de vous avant de partir, mais j'espère que vous aurez la bonté de m'écrire à Sens. J'y serai le 15 de ce mois. Mon adresse est chez madame de Villette, abbesse de Notre-Dame[1]. Madame de Bolingbroke a pensé mourir, à Reims, d'une colique à quoi elle est sujette. Elle a été à l'extrémité; elle est mieux, et je la trouverai à Sens. Mandez-moi de vos nouvelles et de celles de madame P...... Sa sciatique m'inquiète. Vous êtes, je crois, de retour en ville, assise sur ce bon canapé, avec vos aimables filles autour de vous, et toute votre famille empressée à vous voir. Vous jouissez de l'estime et de l'amitié de tout ce qui est auprès de vous, et vous n'avez aucun sentiment pénible à combattre. Que je souhaiterois passer mes jours ainsi! Vous savez à qui je dois des complimens : voulez-vous bien les faire à votre choix? Pour monsieur votre mari[2], je ne vous en

1. Isabelle-Sophie-Louise Le Valois de Villette, née en 1696, abbesse de l'abbaye de Notre-Dame de La Pommeraye depuis le 24 octobre 1726. Elle avait succédé à Charlotte de Perrien de Crenan, dont elle était coadjutrice dès 1718. Elle était propre fille — et non pas nièce, comme on l'a dit quelquefois par erreur — de la vicomtesse Bolingbroke et de son premier mari le marquis de Villette. Elle mourut le 24 mai 1777. Mme de Caylus, l'auteur des *Souvenirs*, était sa sœur consanguine.

2. Voici comment Pavillon parlait en 1695 de ce mari, alors nouvel époux :

> Quoique vous m'aiez fait une infidélité,
> Et que mon amour en gémisse;

charge pas : j'ai remarqué que vous aviez toujours un peu de jalousie. Madame votre fille voudra bien lui faire quelques agaceries de ma part, et me rendre ce petit service; en reconnoissance, je l'embrasse de tout mon cœur.

Madame de Nesle[1] est morte, dit-on, de la rougeole; mais les amies particulières, et qui sont, par conséquent, au fait, disent qu'il y avoit complication de maux, et que de plus robustes qu'elle y auroient succombé. M. de Richelieu[2] est dans le même cas, excepté qu'il n'est pas mort, mais on me mande qu'il se meurt. Madame d'Aumont[3] et son mari, qui n'ont que la rougeole, s'en tirent très-bien. Je ne sais si je vous ai mandé que M. de la Ferrière[4] marie sa

> Quand votre époux s'est présenté,
> Je l'ai trouvé si jeune et si plein de santé,
> Que je ne saurois plus, sans faire une injustice,
> Vous blâmer de m'avoir quitté.
>
> A voir son teint, sa taille et son air prolifique,
> Vous n'avez rien à souhaiter ;
> Ou vous êtes une pratique
> Fort difficile à contenter.
>
> Qui l'eût dit, que Julie, autrefois si honteuse,
> Eût su si finement pourvoir à son plaisir,
> Que la meilleure connoisseuse
> Auroit eu peine à mieux choisir!

. . . .

Il faut convenir qu'en 1695 on parloit à Mme Caiandrini sur un tout autre ton qu'en 1729.

1. Voir p. 210, note 2. Elle mourut le 14 oct. 1729.

2. Louis-François-Armand, duc de Richelieu, né en 1706, mort en 1788. Nommé en 1725 ambassadeur à Vienne, il avait été rappelé le 5 mai 1728, et remplacé par le comte de Cambis.

3. Voir p. 273, note 2.

4. Pierre de Masso, seigneur de La Ferrière, sénéchal de Lyon. Magdeleine Masso de La Ferrière, issue de son mariage avec une demoiselle de Chaponey, épousa M. de Vaux de Giry.

fille à un homme qui a vingt mille livres de rentes, et qui demeure à Lyon. C'est une grande joie pour la mère d'avoir sa fille auprès d'elle. Ils méritent bien tous deux de trouver ce beau parti, car ils avoient refusé pour leur fille un homme fort riche, mais vieux et qu'elle n'auroit pu aimer. Ils lui donnent dix mille écus, et vingt mille francs après leur mort. C'est une très-aimable fille. Adieu, madame; j'ai bien de la peine à vous quitter. Plût à Dieu que je fusse avec vous réellement! Je ne pourrois plus m'en séparer. Il m'en a trop coûté et il m'en coûte trop tous les jours en m'en souvenant. Adieu, madame, je vous aime de tout mon cœur. Je vais encore m'éloigner de vous, et ce n'est pas sans regrets. Vous aurez de mes lettres, quand je serai à Paris : je serai trop occupée à Sens pour avoir le temps de vous écrire.

LETTRE XXIII

De Paris, 17 novembre 1729.

Vous m'avez demandé un compte exact de mon retour à Paris et de mon séjour à Sens. J'ai trouvé la petite très-grande, mais fort pâle. Sa figure est noble : elle est bien faite; elle a les plus beaux yeux que vous ayez vus, l'air délicat. Elle a de l'esprit, de la douceur, de la raison, mais d'une distraction inouïe, le caractère et le cœur à souhait. Je crois, sans prévention, que ce sera un bon sujet. La pauvre petite m'aime à la folie : elle fut si saisie de joie de me voir

qu'elle fut prête à se trouver mal. Vous devez juger
de tout ce que je sentis en la voyant : mon émotion
étoit bien vive, d'autant plus qu'il falloit la cacher.
Elle me dit cent fois que c'étoit un bien heureux jour
pour elle que celui de mon arrivée. Elle ne pouvoit
me quitter ; et cependant, dès que je la renvoyois, elle
s'en alloit avec une douceur extrême ; elle écoutoit
mes avis, et paroissoit appliquée à en profiter. Elle
ne cherchoit point à s'excuser de ses fautes, comme les
enfans. Hélas ! la pauvre petite, quand je suis partie,
étoit si pénétrée de douleur que je n'osois la regarder,
tant elle m'attendrissoit : elle ne pouvoit parler.
J'emmenai l'abbesse avec moi pour voir madame de
Bolingbroke qui étoit à Reims, où elle avoit été très-
mal, et qui comptoit de là aller à Paris[1]. Tout le couvent étoit en pleurs du départ de l'abbesse, et la
pauvre petite disoit : Pour moi, mesdames, je suis
aussi fâchée que les autres de vous voir partir ; mais

1. Elle s'y trouvait en effet au commencement de nov. 1729,
comme le prouve cette lettre du comte de Caylus, en date de
Paris, 5 janvier 1730 : « Mme de Bolingbroke est ici depuis deux
mois ; je trouve que malgré l'état déplorable dans lequel elle est
arrivée, son séjour l'a rétabli un peu. » Elle y resta presque
jusqu'à la fin de l'année suivante. « J'ai eu, écrivait encore le
comte de Caylus, faisant allusion à la mort de sa mère arrivée
le 15 avril précédent, j'ai eu la triste consolation de Mme de Bolingbroke, mais enfin c'en étoit une pour moi ; sa société pleine
d'amitié, mille traits de conversation et des faits arrivés dans le
même temps que ceux que nous lui avons entendu raconter avec
tant de plaisir ; ajoutez-y qu'elle étoit la seule personne du monde
avec laquelle et chez laquelle je pouvois vivre avec une pleine
liberté ; tout cela, dis-je, qui m'avoit un peu consolé, ou plutôt
médiocrement distrait, est parti avec cette pauvre femme, qui,
depuis un mois, est retournée en Angleterre. » Lettre du 1er déc.
1730. H. Bonhomme, *Madame de Maintenon et sa famille*, p. 201.

je crois que cela est nécessaire, et que madame de Bolingbroke sera bien aise de vous voir et que votre vue
lui fera du bien; c'est ce qui me console un peu de
votre départ; » et puis la pauvre petite étouffoit. Elle
s'assit sur une chaise, n'ayant pas la force de se soutenir, et elle m'embrassoit et me disoit : « Voilà un
furieux contre-temps, ma bonne amie; car vous seriez restée ici davantage. Je n'ai ni père ni mère :
soyez, je vous prie, ma mère; je vous aime autant que
si vous l'étiez. » Vous jugez, ma chère madame, dans
quel embarras ce discours me mettoit; mais je me
suis très-bien conduite. J'y ai resté quinze jours, et
mon rhumatisme m'a prise là : je fus perclue de tout
mon corps. Pendant deux jours, elle ne me quitta pas.
Elle resta cinq heures d'horloge au chevet de mon lit,
sans qu'elle voulût me quitter; elle me lisoit, pour
m'amuser, et puis elle m'entretenoit, et je m'assou-
pissois un moment. Elle craignoit de me réveiller, et
n'osoit respirer. Une personne de trente ans n'auroit
pas été plus capable d'attention. Mademoiselle de
Noailles[1] vouloit qu'elle vînt jouer avec elle : elle la
pria de l'en dispenser, ne voulant point me quitter.
Enfin, madame, je suis persuadée que, si elle avoit le
bonheur d'être connue de vous, vous l'aimeriez beaucoup. Madame de Bolingbroke la veut emmener avec
elle et avoir soin de sa fortune, ce qui afflige terri-

---

1. A cette date, le duc de Noailles avoit encore deux filles non
mariées : Marie-Louise, née le 8 septembre 1710, mariée en
1730 au marquis de Caumont, et Marie-Anne-Françoise, née le
12 janvier 1719, qui épousa en 1744 Louis-Engilbert, comte de
La Marck. C'est très-probablement de cette dernière qu'il s'agit ici.

blement qui vous savez; il en est fou. Je ne puis exprimer toute la joie qu'il a eue de mon retour : tout ce que la vivacité d'une passion violente peut faire faire et dire, il l'a fait et dit. Si c'est jeu, il est bien joué. Il est revenu plusieurs fois, après de longues et pénibles chasses[1]. Enfin le Roi lui dit la dernière fois, quand il demanda congé (car il faut le demander toujours au Roi directement), ce qu'il avoit tant à faire à Paris : il fut déconcerté de la demande, et rougit; il ne put dire autre chose, sinon qu'il avoit des affaires.

Ce 2 décembre.

Depuis seize jours que cette lettre est écrite, le chevalier est revenu de Marly avec la fièvre, une attaque d'asthme et un rhumatisme sur les reins; il souffre beaucoup. Je suis dans un état violent; il faut que je vous écrive pour me distraire : je n'ai de consolation que celle de penser à vous. Si j'étois plus raisonnable, j'oserois vous faire part de toutes mes réflexions. J'ai beaucoup de chagrins; il n'y auroit que vous qui pourriez entrer dans mes peines. Le résultat de tous mes regrets, c'est que je vous aime

1. « Le Roi, écrivait Barbier à la date du 17 avril 1730, est parti pour aller passer six semaines à Fontainebleau, espérant y trouver des cerfs et de quoi chasser, qui est sa seule occupation, non pas absolument tant pour la chasse que pour être en mouvement; car souvent pendant que l'on chasse, il s'arrête et se met à jouer dans la forêt. » Et encore (juin 1731) : « Le goût du Roi continue toujours pour la chasse. L'on dit même que c'est moins la chasse en elle-même que l'envie de courir, de changer de lieu et de situation. » *Journal*, t. II, p. 110 et 166. — A la fin de 1729, Louis XV n'avait pas encore accompli sa vingtième année.

tendrement, que vous méritez de l'être et qu'il n'y a
que vous dans le monde qui en êtes digne. Vous me
répondrez à cela qu'il y a bien de l'orgueil et de l'a-
mour-propre dans ce que je dis. Il peut y en avoir un
peu, mais ce n'est pas dans le sens que vous l'enten-
dez. Je suis très-imparfaite ; mais j'exige des autres
ce que je n'ai pas moi-même. Toutes vos qualités me
sont agréables, quoique je n'aie pas le bonheur de les
posséder. La vertu, l'esprit, la douceur, la délicatesse, l'honnête sensibilité, la pitié pour les malheureux et pour ceux qui ne sont pas dans le bon chemin, sont des qualités utiles pour les autres, quoique
l'on ne les possède pas soi-même. Encore une chose
qui satisfait mon cœur, c'est que je sens que je puis
dire tout ce que je pense de vous sans pouvoir être
accusée de prévention ni de flatterie. Vous êtes, enfin,
selon mon cœur et mon âme. L'amour partage mon
cœur avec vous, madame ; mais, si je ne trouvois pas
dans l'objet ces vertus que j'aime en vous, il ne sub-
sisteroit pas. Vous m'avez rendue délicate sur cet article. Je l'avoue à la honte de l'amour, il cesseroit s'il
n'étoit pas fondé sur l'estime. Adieu, madame.

LETTRE XXIV

De Paris, 1730.

Vous êtes surprise, madame, que j'aie été si longtemps sans avoir eu l'honneur de vous écrire : ce
n'est pas assurément que je n'en eusse une grande

envie; mais j'ai été assez incommodée d'un très-gros rhume qui m'a fait garder le lit. J'ai voulu plusieurs fois me lever de bonne heure pour me mettre à mon écritoire, pour causer avec vous, et toutes les fois j'ai été interrompue, soit par des visites ou par des invitations. J'ai été, premièrement, nichée dans un galetas, pendant quinze jours que madame de V.... et sa compagnie se sont emparées de ma chambre et de tous mes ustensiles. Après cela, madame de Bolingbroke est arrivée de Reims[1], malade et dans un grand besoin de nous tous pour l'aider à se ranger dans sa maison et à recevoir ses visites; elle est un peu mieux. Toutes les personnes qui ont des bontés pour moi se relayent pour ne pas me laisser un instant tranquille; je ne suis pas rentrée pour me coucher avant trois heures du matin. Je vis hier M. votre neveu, que j'ai trouvé beau et bien fait. Je viens d'apprendre quelque chose qui m'a surprise. M. de Bellegarde[2] a dit à M. de Marcieu[3] que madame votre cousine n'avoit jamais

1. A la fin d'octobre ou au commencement de novembre 1729. Voir H. Bonhomme, *Mme de Maintenon et sa famille*, p. 167.

2. M. de Bellegarde, cadet sans fortune, fut ensuite en Pologne, où il épousa la sœur du maréchal de Saxe, fille d'Aurore de Kœnigsmark. Rien de plus vrai. (Note de Voltaire.) — Claude-Marie, comte de Bellegarde et d'Aubremont, d'une maison française établie en Savoie, né en 1700. Il remplissait les fonctions d'envoyé extraordinaire du roi de Pologne, lorsqu'il mourut à Paris, le 26 février 1755. Il avait épousé Anne Ratowska.

3. La famille Emé de Marcieu, originaire du Dauphiné, et qui a fourni plusieurs conseillers au Parlement de Grenoble, était alliée à celle de Tencin par le mariage du président de Tencin, frère aîné de Mme de Ferriol, avec la sœur de la marquise de Marcieu (N. Allois). Il s'agit probablement ici de Guy Balthazar Emé Guiffrey, marquis de Marcieu, gouverneur de Grenoble. Voir le *Mercure* de novembre 1705.

voulu l'écouter comme amant ; qu'elle lui avoit dit
que ses discours ne lui convenoient pas, et que, s'il
continuoit, elle ne le verroit plus ; qu'un homme de
sa naissance et de son âge devoit mieux faire que l'a-
mour ; qu'il devoit aller dans les pays étrangers chercher du service ; qu'elle lui prêteroit dix mille écus,
et que s'il avoit besoin de davantage, elle le lui feroit
tenir ; qu'elle ne disconvenoit pas qu'elle n'eût beaucoup d'estime et d'amitié pour lui, mais qu'elle ne
vouloit point d'amour. Il a assuré M. de Marcieu,
à qui il a raconté cette conversation telle qu'elle étoit,
qu'il partoit de suite pour la Pologne, et que n'ayant
aucun secours de sa famille il se trouvoit dans le cas
d'accepter les offres de madame de V... et qu'il devoit
aux procédés généreux et désintéressés de cette dame
la plus grande reconnoissance. Je ne puis m'empêcher, je vous l'avoue, de trouver cela très-bien, si
cela est.

Je suis si lasse des humeurs de mademoiselle Bideau,
que je suis résolue de me tirer de ses pattes à quelque
prix que ce soit. Je vendrai ce qui me reste de pierreries, me défaisant sans regrets de ces joyaux qui
me divertissent, mais qui me seroient insupportables si je continuois d'avoir un fardeau si pesant.
Elle exige beaucoup de moi : elle trouve que je
lui ai trop d'obligations pour que ma reconnoissance
soit bien grande. Elle traite de manie et de sottise
ce qu'elle a pratiqué toute sa vie. La dévotion, qui
est maintenant sa dernière ressource, sert encore
à me tyranniser. Rien n'est si difficile que de faire
son devoir auprès des gens que l'on n'aime point,

et que l'on n'estime point. Madame de Ferriol est
d'une avarice sordide : elle ne fait plus que végéter,
mais d'une façon si triste! elle est si aigre que personne n'y peut tenir : tout le monde l'abandonne.
D'Argental m'a tant parlé de vous et des vôtres, et
avec tant d'attachement, que je lui en sais un gré infini et l'aime davantage.

Le maréchal d'Uxelles a quitté la cour avec courage ; mais il est comme Charles-Quint, il s'en repent.
Il se flatte, dit-on, que le roi lui ordonnera de revenir; mais on ne lui a rien dit. On assure que c'est à
l'occasion du traité [1] qu'il l'a quittée : cela lui fait
honneur, car le public n'en a pas été content.

Le chevalier est mieux. Je voudrois bien qu'il n'y
eût plus de combat entre ma raison et mon cœur, et
que je pusse goûter parfaitement le plaisir que j'ai de
le voir; mais, hélas! jamais. Mon corps succombe à

1. Ce traité, conclu entre la France, l'Angleterre et l'Espagne,
et qui prit le nom de Séville, où il fut signé le 29 novembre 1729,
fut le triomphe de l'ambassadeur anglais à Paris, lord Horace Walpole. Il parvint en effet à faire écarter le projet élaboré par M. de
Chauvelin, et beaucoup plus favorable à l'Espagne qui n'y recon-
naissait pas d'une façon absolue les droits des Anglais sur Gibraltar. Cette convention renouvelait et confirmait tous les articles de
la Quadruple Alliance, particulièrement en ce qui touche la
succession éventuelle de Don Carlos aux duchés italiens; une de
ses conséquences était la suppression de la compagnie d'Ostende.
En se retirant, le maréchal d'Uxelles donna sa santé pour prétexte,
mais il ne dissimula pas à ses amis qu'il ne voulait plus rester au
conseil, pour y subir les ordres de l'ambassadeur d'Angleterre et
se voir réduit à ne servir que les intérêts de cette nation. Voir
Lord Walpole à la cour de France, par M. de Baillon, p. 381. —
On lit dans Marais : « On en demeure au traité de la Quadruple
Alliance, et ce n'était pas la peine de tant assembler de gens pour
s'en tenir là. Les Anglois doivent être bien contents, car Gibraltar
et Port-Mahon leur restent. » *Mémoires*, t. IV, p. 74.

l'agitation de mon esprit : j'ai de grandes coliques
d'estomac; ma santé est furieusement dérangée.
Adieu, madame, je finis cette lettre qui n'est qu'une
rapsodie ; je ne sais comment vous vous en tirerez.

LETTRE XXV

De Paris, mars 1730.

Je vis hier M. de Villars [1] qui me dit qu'il vous
enverroit son portrait incessamment: il a été assez
incommodé. Je lui sus bien bon gré de ce qu'il passa
deux heures dans ma chambre ; nous fûmes seuls, et
nous parlâmes de Genève tout à notre aise. Depuis
trois mois je suis garde-malade; madame de Bolingbroke a été très-mal. Je l'ai vue beaucoup souffrir;
j'ai cru plusieurs fois qu'elle resteroit dans mes bras;
elle est actuellement dans un état très-languissant.
Elle ne mange presque point, et son dégoût seul seroit capable de mettre aux abois une personne en
santé. Elle a toujours une fièvre lente : il y a des momens où l'on craint qu'elle ne s'éteigne comme une
chandelle. Elle a bien du courage, et c'est ce qui la
soutient. Vous ne croiriez pas, en l'entendant causer
quelquefois, qu'elle fût malade, à la maigreur près, qui
est extrême. La machine s'affoiblit tous les jours; elle
a un peu mieux mangé ces deux jours. Silva et Chi-

---

1. Capitaine aux Gardes suisses. (*Anc. note.*) — Charles de
Villars-Chandieu, né en 1697, mort le 10 juillet 1737, fils de
celui dont il est parlé dans la Lettre XII.

rac[1], ses médecins, ne connoissent point son mal et ne travaillent pas avec connoissance de cause. Madame de Ferriol ne veut point remédier opiniâtrément à une bouffissure qui est répandue sur son visage. Elle est d'un changement si grand que, si vous la rencontriez, vous ne la reconnoîtriez pas : elle est menacée d'apoplexie et d'hydropisie. Elle est engourdie au point que, quand elle est une demi-heure assise, elle ne peut se relever ; elle dort partout. La maladie de son maréchal la tient un peu alerte ; elle en est très-affligée.

Il faut vous parler de nouvelles. Vous savez apparemment la mort du Pape[2]. Le cardinal Alberoni[3] se flatte de l'être. Les sauvages de la Louisiane ont égorgé une colonie françoise. Une sauvagesse aimoit un François, et l'avertit de ce qu'on tramoit contre sa nation. Celui-ci le dit au commandant, qui fit comme le maréchal de Villars[4] et crut que l'on n'oseroit point

1. Pierre Chirac, successivement médecin du duc d'Orléans, associé de l'Académie des sciences, surintendant du Jardin des Plantes, premier médecin de Louis XV qui l'anoblit. Il avait fait preuve d'un admirable courage pendant la peste de Marseille ; né en 1650, il mourut le 10 mars 1732. — Jean-Baptiste Silva, élève et ami de Chirac, et depuis 1724 médecin consultant du Roi. Né en 1681, il mourut à Paris le 19 août 1742.

2. Pierre-François Orsini, né le 2 février 1650. Entré dans l'ordre de Saint-Dominique, il fut nommé cardinal le 9 avril 1672, et élu pape, le 29 mai 1724, sous le titre de Benoît XIII. Il mourut le 21 février 1730.

3. Après la disgrâce qui l'avait fait expulser d'Espagne en 1719, ce célèbre ministre de Philippe V s'était retiré à Rome où, très en faveur sous Innocent XIII, exilé par Benoît XIII, il prit part encore à deux conclaves sans pouvoir parvenir à se faire élire. Il mourut le 16 juin 1752.

4. C'est *Villeroy* et non pas *Villars* qu'il faut lire et que Mlle Aïssé a dû écrire. Il s'agit, en effet, manifestement du ma-

l'attaquer. Il a été puni comme son modèle ; car il a été le premier égorgé. La question est de savoir lequel a été le plus puni. L'exil pour un homme ambitieux est pire que la mort : le commandant auroit peut-être préféré la vie. On prétend que les Anglois ont animé les sauvages : on est très-embarrassé sur le parti à prendre avec eux. Cela fait baisser les actions et a causé bien des alarmes. Pour moi, j'en ai une très-petite, parce que j'y suis bien peu intéressée, n'ayant que la moitié d'une action ; mais, mes amis en ayant, cela suffiroit pour que j'en fusse inquiète. J'en ai parlé à une personne assez au fait qui m'a assurée que l'on feroit mal de les vendre. La vie est si mêlée de chagrins qu'il faut, madame, n'être pas si sensible. Moi qui vous parle, je me tue de sensibilité.

M. Orry [1], intendant de Quimper-Corentin (?) vient

réchal de Villeroy qui, avec la confiance vaniteuse qui lui était habituelle, crut que le Régent n'oserait rien tenter contre sa personne et ses droits de gouverneur de Louis XV. Le Régent osa, et, le 10 août 1722, le vieux maréchal fut arrêté en plein Versailles et conduit par un détachement de mousquetaires à son château de Villeroy et de là à Lyon. Cet exil dura jusqu'à sa mort (18 juillet 1730). « Le maréchal, dit Barbier, étoit haut ; il ne croyoit pas qu'on fût assez hardi pour l'arrêter. » Mémoires, t. Ier, p. 234.

1. Philibert Orry, comte de Vignori, né le 22 janvier 1689, successivement conseiller au Parlement, maître des requêtes en 1715, intendant de Soissons, de Perpignan, et enfin contrôleur général le 20 mars 1730. Il en exerça les fonctions jusqu'au 6 décembre 1745, et mourut le 9 novembre 1747. Il arriva, suivant Barbier, au contrôle général sous les auspices de M. de Chauvelin (t. II, p. 93). — Le marquis d'Argenson le peint ainsi : « M. Orry a de la probité et du sens, mais il n'a pas assez de tout cela ; on voit qu'il en a parce qu'il est désintéressé pour lui et sans avidité d'honneurs et de fortune, et parce qu'il ne fait point de fautes, que ce qu'il fait est à propos. Mais on doit remarquer l'insuffisance de ces deux vertus, en ce qu'il laisse piller sa famille, frère (Orry de Fulvy) et beau-frère, et en ce qu'il ne travaille pas

d'être fait contrôleur général : on a remercié M. Des Forts[1]. On dit que le nouveau ministre a de l'esprit et de la capacité. Cela a pourtant surpris tout le monde. Mes chères sœurs, permettez-moi ce nom avec mesdames vos filles, j'ai pour elles les sentimens que l'on a pour d'aimables sœurs : embrassez-les, je vous prie, pour moi, aussi bien que votre mari, pour qui j'aurai toute ma vie de la coquetterie et de la reconnoissance.

Je suis très-incommodée depuis six semaines. J'ai de la diarrhée qui m'a débarrassée de mon rhumatisme et de mes coliques ; mais le remède pourroit être plus dangereux que le mal. Je suis maigrie et très-foible, je vais prendre l'émétique. Adieu, madame ; aimez-moi toujours un peu. Soyez persuadée que personne ne vous aime plus tendrement, ne

assez, qu'il n'a point de vues, qu'il ne remédie tout au plus qu'aux maux les plus pressants. M. le Cardinal est engoué de ce choix, il est pris par le naturel, le bon sens et la franchise de M. Orry. » *Mémoires*, t. Iᵉʳ, p. 226.—M. de Montyon s'est montré plus équitable envers Orry dans ses *Particularités sur les ministres des finances,* p. 114.

1. Michel-Robert Le Pelletier Des Forts, né le 24 avril 1675, contrôleur général depuis le 14 juin 1726. Il mourut le 11 juillet 1740. Il avait épousé une Lamoignon de Baville. Le Pelletier de Saint-Fargeau, qui vota la mort de Louis XVI et fut tué au Palais-Royal, le 20 janvier 1793, par le garde du corps Pâris, était son arrière-petit-fils. — D'Argenson a dit de lui : « M. Des Forts étoit un homme vain, sec, le visage pâle, ricanant et voulant qu'on prît son rire pour de l'esprit : c'auroit été un farceur méprisé. Dès son début dans la finance, il supprima toutes les petites parties de rentes viagères, sous le prétexte que c'étoit un trop grand détail : à la vérité, il ôtoit par là la substance à je ne sais combien de gens du peuple... Le cardinal fut obligé de renvoyer M. Des Forts qu'il ne pouvoit plus soutenir contre le public. » *Journal.* Voir aussi *Barbier*, t. II, p. 92.

vous estime et ne vous honore plus parfaitement. Vous feriez le bonheur de ma vie, si je pouvois vivre avec vous. Notre séparation me paroît tous les jours plus cruelle et m'afflige sensiblement. Quelque malheur qu'il y ait à sentir, mes sentimens pour vous seront toujours de la dernière vivacité.

LETTRE XXVI

De Paris, mars 1730.

Je boude de votre dernière lettre. Vous m'accusez, avec la dernière injustice, de ne pas vous aimer, et vous ajoutez que lorsque l'on aime l'on adopte les sentimens et la façon de penser de nos amis. Hélas! madame, je vous ai vue malheureusement beaucoup trop tard. Ce que je vous ai dit cent fois, je vous le répéterai. Dès le moment que je vous ai connue, j'ai senti pour vous de la confiance et l'amitié la plus forte. J'ai un sincère plaisir à vous ouvrir mon cœur; je n'ai point rougi de vous confier toutes mes foiblesses: vous seule avez développé mon âme; elle étoit née pour être vertueuse. Sans pédanterie, connoissant le monde, ne le haïssant point, et sachant pardonner suivant les circonstances, vous sûtes mes fautes sans me mésestimer. Je vous parus un objet qui méritoit de la compassion et qui étoit coupable sans trop le savoir. Heureusement c'étoit aux délicatesses mêmes d'une passion que je devois l'envie de connoître la vertu. Je suis remplie de défauts, mais je respecte et j'aime la vertu : ne m'ôtez pas, par un soupçon, ce mérite-là. Que je vous suis obligée d'aimer quelqu'un qui pratique si mal les conseils que vous lui avez donnés, et qui suit encore moins de si bons exemples ! Mais ma passion est forte ; tout me la justifie. Il me semble que je serois ingrate et que je dois conserver l'amitié du chevalier pour cette chère petite. Elle est un nœud qui entretient notre passion ; souvent ce nœud me la fait envisager comme mon devoir. Si vous êtes équitable, croyez qu'il ne m'est pas possible de vous aimer plus que je vous aime : non, vous n'en doutez pas. J'ai pour vous l'amitié la plus tendre : je vous aime comme ma mère, ma sœur, ma fille, enfin comme tout ce qu'on doit aimer. Mon attachement renferme tous les sentimens, l'estime, l'admiration et la reconnoissance ; et rien ne peut jamais effacer de mon cœur une amie aussi estimable que vous. Ne me dites donc plus des choses qui m'affligent.

J'ai retardé de vous écrire, vous l'avouerai-je ? dans le dessein de vous punir ; mais je me suis assurément punie de ce sentiment de vengeance en me privant de mon unique plaisir, qui est de m'entretenir avec vous. D'Argental vous assure de ses respects. La mort de la Lecouvreur l'a beaucoup occupé. Je vais vous conter toute cette histoire un peu au long.

Madame de Bouillon[1] est capricieuse, violente, emportée, excessivement galante ; ses goûts s'étendent depuis le prince jusqu'aux comédiens[2]. Dans le mois

1. Voir p. 268, note 3.
2. Allusion au comte de Clermont et à Tribou, acteur de l'Opéra, qui passaient tous deux pour ses amants.

dernier, elle se prit de fantaisie pour le comte de
Saxe[1], qui n'en eut aucune pour elle. Ce n'est point
qu'il se piquât de fidélité pour la Lecouvreur, qui est
depuis longtemps sa véritable inclination, car il avoit,
avec cette passion, mille goûts passagers ; mais il
n'étoit ni flatté ni curieux de répondre aux emportemens de madame de Bouillon, qui fut outrée de voir
ses charmes méprisés et qui ne mit pas en doute que
la Lecouvreur ne fût l'obstacle qui s'opposoit à la
passion que le comte devoit avoir naturellement pour
elle. Pour détruire cet obstacle, elle résolut de se
défaire de la comédienne. Elle fit faire des pastilles
pour servir à cet horrible dessein, et elle choisit un
jeune abbé[2] qu'elle ne connoissoit point pour être
l'instrument de sa vengeance. Cet abbé a le talent de
peindre. Il fut abordé par deux hommes, aux Tuileries, qui lui proposèrent, après une conversation
assez longue et qui rouloit sur sa pauvreté, de se tirer
de sa misère et de s'insinuer, à la faveur de son habi-
leté à peindre, chez la Lecouvreur, et de lui faire
manger des pastilles que l'on lui donneroit. Le pauvre
abbé se défendit beaucoup sur la noirceur du crime :
les deux hommes lui répondirent qu'il ne dépendoit

---

1. Le futur héros de Fontenoy, de Raucoux et de Lawfeld. Né
en 1696, il était depuis 1720 attaché au service de France. Sa
liaison avec mademoiselle Lecouvreur datait de 1725, et l'on sait
que cette amante désintéressée avait, en 1726, vendu ses diamants
pour lui fournir l'argent nécessaire à préparer son élection à la
couronne de Courlande. Il mourut le 30 novembre 1750.

2. L'abbé Bouret. Voir *La Bastille dévoilée*, où il est mentionné
comme incarcéré en 1730, « pour l'affaire de la duchesse de Bouillon et la Lecouvreur, comédienne, » et le *Journal de Barbier*, t. II,
p. 94.

plus de lui de refuser, qu'il lui en coûteroit la vie s'il
n'exécutoit pas ce qu'on lui demandoit. L'abbé, effrayé, promit tout. On le conduisit chez madame de
Bouillon qui lui confirma les promesses et les menaces, et lui remit les pastilles. L'abbé demanda quelques jours pour l'exécution de ses projets. Mademoiselle Lecouvreur reçoit un jour, en rentrant chez elle
avec un de nos amis et une comédienne nommée La
Motte [1], une lettre anonyme par où on la prie instam-
ment de venir seule ou avec quelqu'un de sûr au jardin du Luxembourg, et qu'au cinquième arbre d'une
des grandes allées elle trouvera un homme qui avoit
des choses de la dernière conséquence à lui apprendre. Comme c'étoit précisément l'heure du rendez-
vous, elle remonte en carrosse et y va avec les deux
personnes qui étoient avec elle. Elle trouve l'abbé
qui l'aborde et lui raconte l'odieuse commission dont
il est chargé, et qu'il est incapable d'un crime comme
celui-là; mais qu'il est dans une grande perplexité,
parce qu'il étoit sûr d'être assassiné. La Lecouvreur
lui dit qu'il falloit, pour la sûreté de l'un et de l'autre,
dénoncer toute cette affaire au lieutenant de police.
L'abbé répondit qu'il craignoit, en le faisant, de se
faire des ennemis qui étoient trop puissans pour qu'il
y pût résister; mais que, du moment qu'elle croyoit
cette précaution nécessaire pour sa vie, il ne balan-

1. Marie-Hélène des Mottes, connue sous le nom de Mlle de la
Motte, actrice de la Comédie Française. Née à Colmar en 1704,
elle avoit débuté en 1722 dans les rôles tragiques, qu'elle abandonna bientôt pour ceux de la comédie. Retirée du théâtre en 1750,
elle mourut en 1769.

çoit point à soutenir ce qu'il lui avoit dit. La Lecouvreur le mena dans son carrosse chez M. Hérault, qui,
sur l'exposition du fait, demanda à l'abbé les pastilles
et les jeta à un chien qui creva un quart d'heure
après. Il lui demanda ensuite laquelle des deux Bouillon lui avoit donné cette commission, et quand l'abbé
lui répondit que c'étoit la duchesse, il n'en fut point
surpris M. Hérault continua à le questionner et lui
demanda s'il oseroit s'exposer à soutenir cette affaire:
l'abbé lui répondit qu'il pouvoit le faire mettre en
prison et le confronter avec madame de Bouillon. Le
lieutenant de police le renvoya, et fut instruire le
Cardinal de cette aventure. Celui-ci fut très-irrité :
il vouloit, dans les premiers momens, qu'on instruisît cette affaire avec beaucoup de sévérité ; mais les
parens et les amis de la maison de Bouillon persua-
dèrent le Cardinal de ne point mettre au jour une
chose aussi scandaleuse que celle-là, et l'on parvint à
l'assoupir. Au bout de quelques mois, on ne sait ni
par où ni comment, cette aventure fut publique. Elle
fit un bruit horrible. Le beau-frère[1] de madame de
Bouillon en parla à son frère, et lui dit qu'il falloit
absolument que sa femme se lavât d'un pareil soupçon et qu'il devoit demander une lettre de cachet
pour faire enfermer l'abbé. Il ne fut pas difficile
d'obtenir cette lettre de cachet : on arrêta le pauvre

1. La duchesse de Bouillon avoit encore à cette époque deux
beaux-frères : Frédéric-Jules de la Tour-d'Auvergne, dit le prince
d'Auvergne, né le 2 mai 1672, lequel mourut en 1733 (26 juin).
et Henri-Louis, comte d'Evreux, colonel général de la cavalerie
légère de France, né le 2 août 1679, mort en janvier 1753. Nous
croyons qu'il s'agit plutôt de ce dernier.

malheureux et on le mena à la Bastille. On le questionna ; il soutint avec fermeté ce qu'il avoit dit. On lui fit beaucoup de menaces et bien des promesses, s'il vouloit se dédire. On lui proposa toutes sortes d'expédiens, comme de folie ou de passion pour la Lecouvreur qui l'a engagé à faire cette fable pour s'en faire aimer. Rien ne l'ébranla, et il ne varia jamais dans ses réponses. On le garda en prison. La Lecouvreur écrivit au père de l'abbé qui demeuroit en province et qui ignoroit le malheur de son fils. Le pauvre homme vint tout de suite à Paris, sollicita et demanda que l'on fît le procès dans les formes à son fils ou qu'on lui rendît la liberté. Il s'adressa au Cardinal qui demanda à madame de Bouillon si elle vouloit que l'on instruisît cette affaire, parcequ'on ne pouvoit le retenir en prison sans cela. Madame de Bouillon redoutoit les éclaircissemens ; et comme elle ne pouvoit le faire assassiner à la Bastille, elle consentit à son élargissement. Pendant deux mois que le père est resté à Paris, on n'a rien dit au fils. Le père étant retourné chez lui, l'abbé a eu l'imprudence de rester à Paris. Il a disparu tout à coup ; on ne sait s'il est mort ; on n'en entend plus parler. Depuis cela, la Lecouvreur a été sur ses gardes. Un jour, à la Comédie, après la grande pièce, madame de Bouillon lui envoya dire de venir dans sa loge. La Lecouvreur fut extrêmement surprise et répondit qu'elle étoit dans un déshabillé qui ne lui permettoit pas de paroître devant elle. La duchesse envoya une seconde fois. A cette seconde semonce, elle lui répondit que si elle lui pardonnoit de paroître, le public ne lui pardonneroit pas ; mais qu'elle se tiendroit sur son passage, quand elle sortiroit, pour lui obéir. Madame de Bouillon lui fit dire de n'y point manquer, et, en sortant, elle la trouva, lui fit toutes sortes de caresses, lui donna beaucoup de louanges sur son jeu et l'assura qu'elle avoit eu un plaisir infini à lui voir exécuter aussi bien le rôle qu'elle avoit joué. Quelque temps après, la Lecouvreur se trouva mal au milieu d'une pièce que l'on ne put achever. Quand le comédien vint en faire compliment, tout le parterre demanda de ses nouvelles avec empressement. Depuis ce jour, elle a dépéri et maigri horriblement. Enfin, le dernier jour qu'elle a joué [1], elle faisoit *Jocaste* dans l'*OEdipe* de Voltaire. Le rôle est assez fort. Avant de commencer, il lui prit une dyssenterie si forte que, pendant la pièce, elle fut vingt fois à la garde-robe et rendoit le sang pur. Elle faisoit pitié de l'abattement et la foiblesse dont elle étoit ; et, quoique j'ignorasse son incommodité, je dis deux ou trois fois à madame de Parabère qu'elle me faisoit grand'pitié. Entre les deux pièces on nous dit son mal. Ce qui nous surprit, c'est qu'elle reparut à la petite pièce et joua, dans *le Florentin* [2], un rôle très-long et très-difficile, et dont elle s'acquitta à merveille, et où elle paroissoit se divertir elle-même. On lui sut un gré infini d'avoir continué pour que l'on ne dît pas, comme on l'avoit fait autrefois, qu'elle avoit été empoisonnée. La pauvre créature s'en alla chez elle, et quatre jours

1. Le 15 mars 1730.
2. Comédie de La Fontaine, en un acte et en vers.

après, à une heure après midi, elle mourut, lorsqu'on la croyoit hors d'affaire. Elle eut des convulsions, chose qui n'arrive jamais dans les dyssenteries : elle finit comme une chandelle[1]. On l'a ouverte : on lui a trouvé les entrailles gangrenées. On prétend qu'elle a été empoisonnée dans un lavement. Son testament a été fait quatre mois avant sa mort. On ne doute point qu'elle n'eût quitté la Comédie à la clôture. Tout le public a une grande compassion de sa misérable fin. Si la dame soupçonnée fût venue à la Co-

1. Voici le récit, trop peu ému, que l'avocat Barbier fait de cette mort suspecte : « Nous avons perdu, le 23 de ce mois, la première actrice de la Comédie Française, mademoiselle Lecouvreur. Elle est morte d'une dyssenterie et d'une convulsion qui lui a pris, et cela en deux jours, à l'âge environ de trente-cinq ans. Elle n'étoit pas jolie, mais elle avoit beaucoup d'esprit, savoit et parloit de tout. Elle a eu plusieurs personnes sur son compte, entre autres le comte de Saxe, fils naturel du roi de Pologne, à qui elle avoit rendu de grands services et d'argent et de conseil, en sorte qu'il l'estimoit infiniment, et quoiqu'il ait à présent la petite Carton, chanteuse de l'Opéra, qui est plus jeune et plus jolie, il voyoit toujours la Lecouvreur et il étoit à sa mort. Sa mort est arrivée dans des circonstances assez particulières. Il y a trois ou quatre mois qu'on a conté une histoire dans Paris, qu'un abbé avoit écrit à la Lecouvreur qu'il étoit chargé de l'empoisonner, et que la pitié lui faisoit donner cet avertissement. Les uns ont dit que c'étoit avec un bouquet; les autres, que c'étoient des biscuits. On réveille à présent cette histoire, et l'on ne soupçonne pas moins que Madame la duchesse de B......., fille du prince de S. (*Il faut lire de G....., de Guise*), qui est folle de Tribou, l'acteur de l'Opéra, quoiqu'elle ait pour amant le comte de C. (*Clermont*); mais il faut qu'il souffre cela. On dit que Tribou aimoit beaucoup la Lecouvreur, et que voilà la querelle. Cela fait une fort jolie scène. » *Journal*, t. II, p. 94. — De son côté, Marais dit : « Je mets à la fin de ce chapitre la mort de mademoiselle Lecouvreur, qui n'a été malade que trois ou quatre jours, qui est morte entre les bras du comte de Saxe, qui ne l'aimoit plus. » *Mém.*, t. IV, p. 115. Le président Bouhier lui répondait moins séchement : « La mort de la Lecouvreur fait trembler; j'en suis très-affligé dans mon particulier. » *Idem.*

28.

médie dans ces entrefaites, elle auroit été chassée du spectacle. Elle a eu le front d'envoyer à la porte de la Lecouvreur, tous les jours, savoir de ses nouvelles. Elle a fait d'Argental exécuteur de son testament ; il a eu assez d'esprit pour se mettre au-dessus du ridicule, et il a été approuvé des gens sages[1]. M. Berthier dit qu'il a très-bien fait, qu'un honnête homme ne doit jamais refuser les occasions de faire du bien. Vous pouvez être assurée de tout ce que je viens de vous conter ; je le tiens d'une amie de la Lecouvreur[2].

[1]. Barbier nous renseigne sur ce point avec plus de précision : « On dit qu'elle (*Mlle Lecouvreur*) laisse plus de trois cent mille livres de bien, qu'elle ne laisse qu'une modique pension viagère à une sœur, et qu'elle fait légataire universel un conseiller au parlement, son ami, M. Ferriol d'Argental ; mais on compte que c'est un fidéicommis pour un ou deux bâtards qu'elle a. » Et il ajoute en note : « Cela est vrai. Il y en a une qui a épousé, trois ou quatre mois après, un musicien de l'Opéra (*François Francœur*), et qui se trouva avoir près de soixante mille livres en mariage. C'est M. d'Argental qui a fait le mariage. » *Journal*, t. II, p. 95. — Voir encore les *Mém.* de Marais, t. IV, p. 116.

[2]. Elle mourut entre mes bras, d'une inflammation d'entrailles ; et ce fut moi qui la fis ouvrir. Tout ce que dit mademoiselle Aïssé sont des bruits populaires qui n'ont aucun fondement. (*Note de l'écriture même de M. de Voltaire et signée de lui. — Anc. note.*) On sait que chez Voltaire c'était un parti pris de ne jamais croire aux empoisonnements. Ce qui ne l'empêche pas d'ailleurs d'avoir écrit sur la mort de mademoiselle Lecouvreur des vers dont le début est vraiment admirable :

Que vois-je ? Quel objet ! Quoi ! ces lèvres charmantes ;
Quoi ! ces yeux d'où partoient des flammes éloquentes,
Éprouvent du trépas les livides horreurs !
Muses, Grâces, Amours, dont elle fut l'image,
O mes dieux et les siens, secourez votre ouvrage !
Tu meurs....

Enfin on ne lira pas sans intérêt ce passage du *Mercure de France*, qui offre de curieux détails sur le talent de Mlle Lecouvreur : « On ne sauroit exprimer les regrets du public, à la cour et à la ville, sur la perte de cette inimitable actrice qui avoit l'art admirable

Adieu, madame; ne doutez plus, s'il vous plaît, de tout mon attachement.

de se pénétrer au degré qu'il falloit pour exprimer les grandes passions et les faire sentir dans toute leur force. Elle alloit d'abord au cœur et le frappoit vivement, avec une intelligence, une justesse et un art qu'il est impossible de décrire ; elle animoit même les vers foibles par la finesse et le feu de son jeu, et les plus beaux recevoient de nouveaux agréments de sa bouche. Le pathétique de la déclamation 'dans presque tous les grands caractères tragiques n'a jamais été poussé plus loin. Cependant mademoiselle Lecouvreur n'avoit ni une grande voix, ni une prestance avantageuse, ni beaucoup de ces grâces dont le beau sexe est en possession pour charmer les yeux et le cœur ; mais elle étoit parfaitement bien faite dans sa taille médiocre, avec un maintien noble et assuré, la tête et les épaules bien placées, les yeux pleins de feu, la bouche belle, le nez un peu aquilin et beaucoup d'agrément dans l'air et les manières, sans embonpoint, mais les joues assez pleines, avec des traits bien marqués pour exprimer la tristesse, la joie, la tendresse, la terreur et la pitié. Le goût recherché et la richesse de sa parure donnoient un nouvel éclat à son air imposant, à sa démarche et à ses gestes précis et presque toujours énergiques. — Elle n'avoit pas beaucoup de tons dans la voix ; mais elle savoit les varier à l'infini et y joindre des inflexions, quelques éclats et je ne sais quoi d'expressif dans l'air du visage et dans toute sa personne qui ne laissoit rien à désirer ; avec la parole libre, elle avoit la prononciation nette et une manière de déclamer tout à fait originale et qui lui étoit particulière... Nous avons ouï dire à quelques spectateurs que dans ces grands personnages tragiques (car dans le comique elle ne jouoit et ne brilloit que dans un petit nombre de rôles) ils croyoient voir véritablement une princesse qui jouoit la comédie pour son plaisir..... On lui donne la gloire d'avoir introduit la déclamation simple, noble et naturelle, et d'en avoir banni le chant ; c'est elle aussi qui, la première, a mis en usage les robes de cour, en jouant le rôle de la reine Élisabeth, dans la tragédie du *comte d'Essex*... On peut ajouter qu'on n'a peut-être jamais si bien entendu l'art des scènes muettes, si bien écouté et si bien exprimé le sens des paroles que l'acteur qui étoit en scène avec elle disoit. Elle joignoit à ses talents de la politesse, du savoir-vivre et de l'esprit ; on a même vu de ses lettres que Voiture n'auroit pas désavouées ; elle fréquentoit les meilleures maisons de Paris, et y étoit souhaitée. » *Mercure*, mars 1730, p. 578. V. Aumillon, *Mém.*, Paris, 1808, et le *Gaulois*, 17, 20 et 25 oct. 1871.

LETTRE XXVII

Décembre 1730.

Il y a mille ans, madame, que je ne vous ai fait ma cour; ce n'est pas assurément que je ne pense bien à vous, et que je ne me rappelle tous les plaisirs que j'ai goûtés à Genève. La mémoire, soutenue par le sentiment, me représente tout, jusqu'aux moindres choses, bien vivement. Mes idées font bien du chemin : arrivée chez vous, je vous embrasse, je pleure de joie; et mon cœur se serre lorsque je vois que ce n'est qu'en idée. Permettez que j'embrasse mes chères sœurs, mes chères bonnes amies; j'ai bien du plaisir à vous aimer, et vous manquez ici à mon bonheur. Madame de Ferriol me flatte encore d'un voyage à Pont-de-Veyle; elle se porte mieux. Pour ma santé, elle n'est pas bien merveilleuse. J'ai l'estomac[1] fort dérangé, de grands maux de tête, souvent des rhumes, et beaucoup de foiblesse.

Je veux vous rendre compte de l'état de mes finances. Vous savez qu'il y a longtemps que je dois, et je dépensois sans trop savoir ce que je pouvois

---

1. C'est à la réapparition d'une de ces crises que Voltaire, en 1732, écrivait les vers suivants que l'on trouve dans ses œuvres avec cette souscription :

A Mlle Aïssé,
en lui envoyant du ratafia pour l'estomac.

Va, porte dans son sang la plus subtile flamme ;
Change en désirs ardents la glace de son cœur;
Et qu'elle sente la chaleur
Du feu qui brûle dans mon âme.

dépenser. Enfin, lassée de ce désordre, j'ai emprunté deux mille écus, pour payer mes dettes criardes, que je rendrai dans quatre ans, en donnant par année dix-huit cents livres de mes rentes ; je me réduis alors à douze cents livres : je serai bien à l'étroit, mais bien soulagée de ne devoir plus que quatre mille quatre cents livres à M. Pâris de Montmartel [1], à qui je donnerai mille livres par année. J'aurai le bonheur de ne voir plus de créanciers ; ils ne seront pas si aises d'être débarrassés de moi que je le serai de l'être d'eux, car ils sont bonnes gens et ne m'ont point tourmentée. J'ai eu le plaisir d'arranger les affaires de Sophie de façon qu'elle est à proportion plus riche que moi. J'espère que nous mangerons notre revenu ensemble. Je ne puis assez vous exprimer la joie que j'ai d'avoir pris mon parti de payer pour n'avoir obligation à personne.

Madame P... se ressouvient-elle de moi ? elle seroit bien ingrate si elle ne m'aimoit pas un peu, car je la respecte et l'honore infiniment. Ne m'oubliez point, s'il vous plaît, auprès de M. de Caze. Madame la duchesse de Saint-Pierre [2] m'a beaucoup demandé

---

1. Voir p. 277, note 2.
2. Thérèse Colbert de Croissy était alors âgée de 48 ans, étant née le 7 juillet 1682. Elle était sœur du marquis de Torcy, secrétaire d'État des affaires étrangères à la fin du règne de Louis XIV. Mariée en 1701 à Louis de Clermont d'Amboise, marquis du Resnel, elle s'était remariée, le 5 janvier 1704, à François-Marie Spinola, duc de Saint-Pierre, grand d'Espagne, qui, par cette alliance avec l'habile ministre du roi de France, avait espéré se faire restituer la principauté de Piombino dont il avait été dépouillé par l'Empereur. Après avoir résidé successivement en Italie, à Vienne, à Madrid où elle fut dame d'honneur de la reine, elle revint en France après la mort de son mari en 1727. — « Elle

de ses nouvelles, et m'a chargée de lui faire ses
complimens. Elle l'aime bien, à ce qu'elle m'a

étoit fort jolie, dit Saint-Simon, » et ailleurs : « Elle avoit appri-
voisé la jalousie et l'avarice de son mari, qui d'ailleurs étoit homme
d'esprit... Les étrangers s'assembloient chez eux, et des Espagnols
quelquefois aussi ; on y jouoit quand on vouloit, et ils ne laissoient
pas de donner assez souvent à manger... Ennuyée enfin de la vie
peu gaie et peu libre qu'on y mène (à *Madrid*), elle obtint la permission de venir faire un tour en France. Elle y a conservé tant
qu'elle a pu sa place et ses appointements de dame du palais de la
reine d'Espagne qu'elle amusoit de ses lettres, et le cardinal de
Fleury des réponses qu'elle en recevoit. Ce manége ne lui valut
pas la moindre chose en France, et lassa la reine d'Espagne, qui
la rappeloit inutilement, et qui lui ôta enfin sa place et ses appointements, tellement qu'elle est demeurée pour toujours à Paris
avec beaucoup de goutte, très-peu de bien, et moins de considération, quoique bien dans sa famille. » *Mémoires*, XII, 129. —
On peut comparer au portrait de la duchesse de Saint-Pierre
par mademoiselle Aïssé celui-ci tracé un peu plus tard par le
président Hénault : « Madame la duchesse de Saint-Pierre n'est
plus jeune, mais la nature, qui n'a pas voulu perdre ce qu'elle
avoit fait pour sa beauté, semble s'être appliquée à la lui conserver
tout entière. Ce ne sont point des agréments passagers, et quand
on la trouve belle, ce n'est pas seulement qu'on juge qu'elle l'a été :
tout est noble en elle, sa contenance, ses goûts, le son de sa voix, le
style de ses lettres, ses discours, ses politesses ; ses mots sont choisis
sans être apprêtés ; sa conversation est agréable et intéressante ; elle
n'a rien oublié et elle a beaucoup vu ; mais ce n'est jamais que
sur les plaisirs des autres qu'elle règle l'étendue de ses récits, sans
rien omettre des circonstances, elle laisse le regret que les faits
soient si courts. Si les livres étoient faits comme elle parle, l'amour
de la lecture seroit une vertu de tout le monde. Elle a un discernement admirable sur le choix de ses amis, et son amitié est cou-
rageuse et inattaquable : mais comme les vertus tiennent assez
ordinairement aux défauts, la sensibilité de son cœur l'empêche
quelquefois de voir les objets tels qu'ils sont, et sa délicatesse fait
qu'en ne leur rendant pas toute la justice qui leur est due, elle ne se
la rend pas à elle-même. Née sans aucune présomption, elle laisse
aux autres le soin de la connoître et de la juger ; la manière dont
elle écoute flatte ceux qu'elle entend parler, et ne leur laisse pas
douter d'être entendus ; personne n'est plus prévenant ni plus
attentif : plût à Dieu que son exemple pût corriger les femmes
d'aujourd'hui ! Elle est d'autant plus faite pour leur servir de modèle, que la douceur de son caractère attire naturellement la con-

dit. Dites-lui que cette dame est toujours plus belle ;
elle a conservé un beau teint, une belle gorge : elle
est comme à vingt ans. Elle est très-aimable, elle a
vu bonne compagnie ; et un mari sévère et qui connoissoit le monde l'a rendue d'une politesse charmante. Elle sait conserver l'air d'une grande dame
sans humilier les autres. Elle n'a du tout point cette
politesse haute qui protége ; elle a bien de l'esprit ;
elle sait dire des choses flatteuses, et sait mettre les
gens à leur aise.

Je fis, il y a quelques jours, vos complimens à
madame de Tencin moi-même. Vous êtes surprise ;
mais écoutez, et vous le serez davantage. J'étois dans
la chambre de madame sa sœur : elle entra ; je voulus
m'en aller. C'est ce que je faisois ordinairement,
parce qu'elle me refusoit le salut. Elle étoit d'un
embarras horrible : elle m'attaqua de conversation,
loua d'abord la robe que je portois, me parla de la
santé de madame sa sœur ; et, enfin, elle resta deux
heures à toujours causer et de très-bonne humeur.
Nous vînmes à parler de notre voyage en Bourgogne,
à Pont-de-Veyle, à Genève. Je pris cette occasion, et
je lui dis que j'avois reçu dernièrement votre lettre
où vous me chargiez de lui faire des complimens.
Elle me dit que cela la surprenoit, qu'il y avoit des
temps infinis qu'elle n'avoit entendu parler de vous.
Je l'assurai que ce n'étoit pas votre faute, que presque

flance. Enfin, c'est une personne née pour le grand monde, et qui
nous laisse l'idée de ce que nous entendons dire de la vraie politesse et de la cour. » *Correspond. générale de Mme du Deffand*,
t. II, p. 764. Elle mourut le 27 janvier 1769.

dans toutes vos lettres vous me faisiez des complimens pour elle, et que, comme je n'avois pas l'honneur de la voir, j'en avois chargé plusieurs personnes, entre autres d'Argental; que, surtout à mon départ de Genève, vous m'aviez recommandé de lui faire bien des amitiés de votre part. Elle me dit que ce ressouvenir lui faisoit bien du plaisir, parce qu'elle vous aimoit beaucoup. Elle me fit bien des questions sur votre santé et sur vos affaires. Je lui rendis compte de l'arrangement que vous aviez fait; elle dit à cela qu'elle vous reconnoissoit bien, et que personne n'étoit plus capable que vous de bons et nobles procédés. Depuis ce temps-là, nous nous sommes revues : nous avons fait la conversation comme si nous n'avions pas été mal ensemble et sans éclaircissemens. J'en veux rester à ce point. Je ne vais pas chez elle. Il me sera difficile de l'éviter; mais si j'y vais, fiez-vous-en à moi, ce sera sobrement.

On ne parle ici que de l'abbé Páris[1], des miracles et des convulsions qui s'opèrent sur son tombeau.

---

1. François de Páris, fils et père de conseillers au Parlement, célèbre après sa mort sous le nom de diacre Páris, né le 30 juin 1690, mort le 1er mai 1727 en odeur de sainteté et enterré au cimetière Saint-Médard. Les scènes dont il est ici question jouèrent un grand rôle dans les querelles des appelants et des constitutionnaires au 18e siècle. Barbier écrivait au mois de juillet 1731 : « Ce M. Páris étoit resté tranquille pendant quelque temps, c'est-à-dire sans faire de miracles, ma foi! il a repris vigueur; depuis deux mois, il a tous les jours une affluence étonnante à son tombeau, nombre de carrosses, des hommes comme des femmes, des personnes de distinction. Il y a eu plusieurs miracles... Le peuple chante de lui-même un *Te Deum*; cela fait grand plaisir aux jansénistes dont il faisoit corps. » *Journal*, t. II, p. 167. Voir encore le livre si intéressant de M. P.-F. Mathieu, *Histoire des miraculés et des convulsionnaires de Saint-Médard*; Didier, 1864.

Les uns disent qu'il fait des miracles, les autres que ce sont des friponneries. Les partis s'exercent à outrance. Les neutres et les bons catholiques sont peu édifiés, c'est-à-dire les vrais. On n'entend que calomnie, fureur, emportement et friponnerie. Les mieux sont ceux qui ne sont que fanatiques, et ceux-là se croient tout permis. Voilà ce qui fait le sujet de toutes les conversations, et messieurs de B..... les chansonnent. Il y a des couplets, sur la duchesse douairière [1], trop grossiers pour que je vous les envoie. On joue à l'Opéra *Callirhoë* [2], qui ne réussit pas, quoique cet opéra soit intéressant et joli; mais le grand air, à présent, est de n'aller que le vendredi à l'Opéra : et d'ailleurs tout est esprit de parti, les partisans de la Le Maure sont en plus grand nombre à présent que ceux de la Pellissier. M. d'Argental est amoureux de cette dernière [3]; il est aimé, et il s'en cache beaucoup. Il croit que je l'ignore, et je n'ai garde de lui en parler. Elle en est folle : elle est tout aussi impertinente que la Lecouvreur; mais elle est sotte, et ne lui fera pas faire de folie. C'est un furieux ridicule à un homme sage et en charge que d'être toujours attaché à une comédienne. Tous les partisans de la Le Maure trouvent la Pellissier outrée et

1. Louise-Françoise, légitimée de France, dite Mlle de Nantes, née le 19 décembre 1673, mariée en 1685 à Louis III, duc de Bourbon, dont elle devint veuve en 1710. Elle mourut le 16 juin 1743.

2. Tragédie-opéra, paroles de Roy, musique de Destouches, jouée pour la première fois en 1712.

3. Le moment était assez mal choisi, à en juger par la scandaleuse aventure que la Pellissier venait d'avoir avec un juif hollandais, du nom de Du Lis. *Journal de Barbier*, t. II, p. 140.

peu naturelle. Ils disent que c'est M. d'Argental et ses amis qui la gâtent. Cela m'afflige ; mais, connoissant son abandon pour ce qu'il aime, je me console de cela parce qu'il s'en cache, et que, par conséquent, il vit plus avec le monde pour dépayser. Pour M. de Pont-de-Veyle, il se porte à merveille ; il est galant au possible : il me demande souvent de vos nouvelles. M. de Ferriol est assez bien, mais horriblement sourd et gourmand. Voilà un compte exact de toutes les nouvelles ; mais je ne vous ai pas encore rendu compte de mon cœur. Pour vous, je vous aime parfaitement. Cette amitié fait le bonheur de ma vie, et souvent la peine, car j'ai le cœur serré quand je pense qu'une personne que j'aime si tendrement, je ne la vois point. Aimez-moi, madame, comme je vous aime.

LETTRE XXVIII

De Paris, 1731.

Ma santé, madame, se rétablit tout doucement. Ma convalescence est longue ; mais ma maladie l'a été. Il n'est point surprenant que j'aie de la peine à réparer mes forces. Vos bontés et vos vœux pour moi me font un bien infini : je vous en remercie de tout mon cœur. Vos lettres m'ont fait un grand plaisir ; mais le chagrin de vous causer des inquiétudes diminue ma satisfaction d'être autant aimée. En vérité, l'attachement tendre que je vous ai voué mérite les bontés

que vous avez pour moi. Je vous aime et vous estime comme vous le méritez : c'est sans bornes.
Continuez, madame, à me rendre heureuse, car je
mourrois de douleur si vous cessiez d'avoir de l'amitié pour moi.

Madame de Tencin est, comme vous le savez, exilée à Ablon depuis quatre mois[1]. Elle a été très-ma-

1. Ce fut dans la première quinzaine du mois de juin 1730
que madame de Tencin reçut cet ordre d'exil. « Elle tenoit chez
elle, dit Marais, une seconde assemblée du clergé, où tous les
évêques venoient parler des affaires ecclésiastiques. C'étoit comme
un conclave, et l'on eût bien pu l'appeler, elle, la papesse
Jeanne qui tenoit le siége pendant la vacance (*entre la mort du
pape Benoît XIII et l'exaltation de son successeur Clément XII,
12 février-12 juillet* 1730). On dit que ces assemblées se tenoient pour faire accepter la Légende; on nomme M. de Verdun
(*de Drosmenil*), M. d'Autun (*de Moncley*), M. de Glandèves (*de
Crillon*), etc. On l'a voulu envoyer avec monsieur son frère à
Embrun pour la consoler un peu de sa résidence forcée; mais
elle a obtenu de n'aller qu'à vingt lieues de Paris. » *Mémoires*,
t. IV, p. 186. — Saint-Simon dit également : « Après avoir
perdu son tout-puissant amant (*le cardinal Dubois*), et causé depuis la mort tragique d'un homme chez elle, en plein Paris, par
la continuation de sa vie débauchée, et avec le bruit qu'une telle
affaire ne manque jamais de causer, elle eut le crédit, par le même
frère déjà parvenu à l'évêché d'Embrun, d'en étouffer les pour-
suites. Elle se tourna depuis à un métier plus sérieux : elle devint
une mère de l'Église et le bureau d'adresse de tous les complots
des furieux de la Constitution... Vers ce temps-là se tint l'assemblée du clergé de 1730, où la cour ne voulut pas qu'il fût parlé
d'autre chose que de don gratuit et d'affaires temporelles, et où
les furieux avoient dessein d'agiter beaucoup de choses sur la constitution, sur les appels comme d'abus des jugements ecclésiastiques aux parlements, et de remuer beaucoup d'affaires. Ils étoient
veillés, et ce fut alors que leurs assemblées secrètes se tenoient
les nuits chez la religieuse Tencin, où des évêques alloient tra-
vestis, et où ce pauvre idiot mais saint évêque de Marseille (*Bel-
zunce*) se laissa mener, masqué en cavalier, par des gens qui en
savoient plus que lui et fut reconnu en cet étrange équipage. Cela
valut une lettre de cachet à la Tencin pour sortir de Paris; mais
ce qui s'appeloit évêques catholiques, ayant le cardinal de Bissy

lade. Astruc[1] est comme Roland. Je ne sais si c'est badinage ou si c'est tout de bon; mais ce qu'il y a de certain, c'est que personne ne la plaint, et bien des gens disent qu'elle n'a rien de mieux à faire qu'à mourir. Voilà de bons propos. M. de Saint-Florentin[2] est à l'extrémité : s'il en revient, il deviendra sage ou il sera incorrigible. M. de Gesvres et le duc d'Épernon[3] sont toujours exilés. On appelle leur conju-

à leur tête, firent tant d'instances, et de peur de pis, se voyant découverts, donnèrent tant de paroles de ne penser plus à rien pour l'Assemblée, que la Tencin, devenue le pilier et le ralliement de la saine doctrine, et le centre de la petite église cachée, si excellemment orthodoxe, eut tacite permission de demeurer à Paris, où elle continua d'être le creuset d'où sortirent les plus violents partis et les plus dangereuses pratiques des ambitieux, sous le voile de la constitution. » *Addition aux Mémoires de Dangeau,* t. XVIII, p. 161.

1. Jean Astruc, né en 1684, successeur de Chirac dans la chaire de Montpellier, mort le 5 mai 1766. Il était fort lié avec madame de Tencin, et, dit-on, par un autre lien que celui de l'amitié.

2. Louis Phélypeaux, comte de Saint-Florentin, né le 18 août 1705, fils de Louis, marquis de la Vrillière, et de Françoise de Mailly, alors secrétaire d'État chargé des affaires de la religion réformée. Appelé, en 1749, au département de la maison du roi, il se fit une fâcheuse célébrité par ses complaisances et par ses galanteries, fut créé duc de Saint-Florentin en 1770, remplaça un instant le duc de Choiseul aux affaires étrangères, et, disgracié au début du règne de Louis XVI, mourut le 27 février 1777. Sa sœur avait épousé le comte de Maurepas.

3. Le duc d'Épernon, très-aimé du roi, et « qui paroissoit aller à tout », comme dit Marais, avait ourdi, vers la fin de septembre 1730, de concert avec la comtesse de Toulouse, sa mère, et le maréchal de Noailles, son oncle, un complot contre le pouvoir du cardinal de Fleury. Mais celui-ci ne badinait pas sur ce point : le duc d'Épernon fut exilé à Bellegarde, en Bourgogne; le duc de Gesvres à Gesvres, et le maréchal suspendu de ses fonctions de gouverneur de Versailles. On lit à ce sujet dans Barbier : « Monsieur le duc d'Épernon a donné un mémoire au Roi, contre le cardinal de Fleury, sur le gouvernement, tant par rapport au traité de Séville, que tout le monde dit être très-mal fait, que par rapport à l'argent immense qui a été dépensé, soit pour les négocia-

ration la *Conspiration des Marmousets*. Tout le monde se moque d'eux. M. de Beddevole[1] étoit un des conjurés ; il laisse une réputation qui ne flaire pas comme baume. On dit que c'est un esprit très-dangereux, d'autant plus qu'il est fripon. Adieu, madame, je ne puis écrire plus longtemps, je suis trop foible.

LETTRE XXIX

Histoire de mes amours avec le duc de Gesvres.

1731.

Je conviens, madame, malgré votre colère et le respect que je vous dois, que j'ai eu un goût violent

tions étrangères, pour éviter la guerre, soit pour la constitution, à cause des recherches qu'il faut faire dans toutes les provinces. Le Roi, dit-on, a copié ce mémoire de sa main et l'a donné au Cardinal pour y répondre, ce qui a fort surpris et embarrassé ce ministre. » *Journal*, t. II, p. 127. — L'exil du jeune conspirateur dura jusqu'en 1732. « Ce fut, ajoute Barbier, un grand coup de crédit et de faveur, car ce sont les plus grands amis et compagnons du Roi exilés, et toute la cour tient à ses disgraciés. »

1. Jean Beddevol. C'était un avocat genevois, né en 1657, que Senebier représente comme un homme d'esprit, « mais possédé d'une humeur inquiète et turbulente. » — « Il quitta Genève, ajoute-t-il, où il plaidait avec distinction, pour aller vivre d'intrigues à Paris ; il fut bientôt forcé de quitter cette ville. Il alla à Rome, où il abjura la religion protestante, et se fit reconnaître descendant de la famille Bentivoglio ; mais comme il parut redoutable à cette maison, on l'obligea de quitter Rome. Il revint vivre et mourir misérablement dans un petit village près de Genève. » *Hist. litt. de Genève*, t. II, p. 91.

pour M. le duc de Gesvres[1], et que j'ai même porté
à confesse ce grand péché. Il est vrai que mon confesseur ne jugea pas à propos de me donner de pénitence. J'avois huit ans quand cette passion commença,
et à douze ans je tournois en plaisanterie mon goût,
non que je ne trouvasse M. de Gesvres aimable, mais
je trouvois plaisans tous les empressemens que j'a-
vois eus d'aller causer et jouer dans les jardins avec
lui et ses frères[2] : il a deux ou trois ans de plus que
moi[3], et nous étions, à ce qui nous paroissoit, beaucoup plus vieux que les autres. Cela faisoit que nous
causions lorsque les autres jouoient à la cligne-mu-
sette. Nous faisions les personnes raisonnables, nous
nous voyions régulièrement tous les jours : nous n'a-
vons jamais parlé d'amour, car, en vérité, nous ne
savions ce que c'étoit ni l'un ni l'autre. La fenêtre
du petit appartement donnoit sur un balcon où il venoit souvent : nous nous faisions des mines ; il nous me-
noit à tous les feux de la Saint-Jean, et souvent à Saint-
Ouen. Comme on nous voyoit toujours ensemble,
les gouverneurs et les gouvernantes en firent des plaisanteries entre eux, et cela vint aux oreilles de mon

1. Voir plus haut, p. 234, note 3.

2. Ces deux frères étaient : Louis-Léon, né le 26 juillet 1695,
connu d'abord sous le titre de comte de Tresmes, puis sous celui
de duc de Tresmes, après la mort de son aîné. Lieutenant général
en 1745, il mourut le 28 décembre 1774. — Etienne-René, né le
2 janvier 1697, évêque de Beauvais, cardinal en 1756, mort le
26 juillet 1774.

3. Le duc de Gesvres étant né le 29 septembre 1692, il faudrait
donc placer la naissance de mademoiselle Aïssé vers l'année 1694
ou 1695. D'un autre côté, l'acte de son décès, dressé le 14 mars
1733, la dit âgée d'environ quarante ans, ce qui la ferait naître
en 1693.

aga [1], qui, comme vous le jugez, fit un beau roman de
tout cela. Je le sus : cela m'affligea ; je crus, comme une
personne raisonnable, qu'il falloit m'observer, et cette
observation me fit croire que je pourrois bien aimer
M. de Gesvres. J'étois dévote, et j'allois à confesse ;
je dis d'abord tous mes petits péchés, enfin il fallut
dire le gros péché ; j'eus de la peine à m'y résoudre ;
mais, en fille bien éduquée, je ne voulus rien cacher.
Je dis que j'aimois un jeune homme. Mon directeur
parut étonné ; il me demanda quel âge il avoit. Je lui
dis qu'il avoit onze ans [2]. Il me demanda s'il m'aimoit,
et s'il me l'avoit dit : je dis que non ; il continua ses
questions. « Comment l'aimez-vous, me dit-il ? —
Comme moi-même, lui répondis-je. — Mais, répli-
qua-t-il, l'aimez-vous autant que Dieu ? » Je me
fâchai, et je trouvai fort mauvais qu'il m'en soupçon-
nât. Il se mit à rire, et me dit qu'il n'y avoit point de
pénitence pour un pareil péché ; que je n'avois qu'à
continuer d'être toujours bien sage, et n'être jamais
seule avec un homme, que c'étoit tout ce qu'il avoit à
me dire pour l'heure. Je conviendrai encore qu'un
jour (j'avois alors douze ans, lui de quatorze à quinze)
il parloit avec transport qu'il feroit la campagne prochaine. Je me sentis choquée qu'il n'eût pas de regrets
de me quitter, et je lui dis avec aigreur : « Ce discours
est bien désobligeant pour nous. » Il m'en fit des
excuses, et nous disputâmes longtemps là-dessus.

1. M. de Ferriol, ambassadeur. *Aga*, mot turc qui signifie gar-
dien (*anc. note*).
2. La date de ces amours enfantines se placerait donc entre
1703 et 1704.

Voilà ce qu'il y a jamais eu de plus fort entre nous. Je crois qu'il avoit autant de goût pour moi que j'en avois pour lui. Nous étions tous deux très-innocens, moi dévote, lui autre chose. Voilà la fin du roman. Depuis ce temps-là nous nous sommes rappelé nos jeunes ans, sans cependant nous trop étendre ; la matière étoit délicate, soit plaisanterie, soit sérieusement. Le sujet et nos âges me justifieront-ils, madame ? voilà la vérité pure. Pour celui qui l'a dit, c'est assurément Beddevole, il porte son esprit tracassier dans tous les pays qu'il habite. Vous devriez toujours prendre ma défense et me conserver l'estime du public. Savez-vous bien que je suis réellement piquée et en colère des soupçons que vous avez de moi ? Il faut que vous ne m'aimiez pas autant que je m'en étois flattée. Quoi ! madame, vous me croiriez capable de vous tromper ! Je vous ai fait l'aveu de mes foiblesses, elles sont bien grandes : mais jamais je n'ai pu aimer qui je ne pouvois estimer. Si ma raison n'a pu vaincre ma passion, mon cœur ne pouvoit être séduit que par la vertu ou par tout ce qui en avoit l'apparence. Je conviens avec douleur que vous ne pouvez arracher de mon cœur l'amour le plus violent; mais soyez assurée que je sens toutes les obligations que je vous ai, et que je ne varierai jamais sur les sentimens tendres que je vous ai voués. Ma reconnoissance égale mon amitié et mon estime pour vous. Vous êtes la personne la plus respectable et la plus aimable que je connoisse. Je vous proteste que l'on est bien éloigné de chercher à rompre cette confiance que j'ai pour vous. Le chevalier vous aime et vous respecte infiniment; il s'attendrit quand je parle du malheur que j'ai d'être séparée de vous ; et, quelque crainte que l'on ait de me perdre, l'estime est plus forte. Quand je lui ai raconté les conversations que j'avois eues avec vous, je l'ai fait pleurer, et tout ce qu'il disoit étoit : « Hélas ! j'ai couru de furieux risques. » Il paroissoit très-inquiet que cela n'eût diminué mon goût pour lui, sentant que cela en étoit bien capable. Il me remercia, après cela, de la façon du monde la plus touchante, de l'aimer encore. Vous n'ignorez pas le fruit des soins que l'on avoit pris pour nous désunir et pour me perdre. Le chevalier a trop de délicatesse pour que l'aversion et le mépris ne fussent pas la récompense de ces âmes basses. Jugez ce que le contraire a dû faire. On a été bien éloigné de vous attribuer le refroidissement de mes lettres pendant mon séjour en Bourgogne; il tomboit sur la gentille Bourguignonne, et croyoit que la maréchale me disoit du mal de lui. Son attachement devient tous les jours plus fort : ma maladie l'a mis dans des inquiétudes si terribles qu'il faisoit pitié à tout le monde, et on venoit me rendre ses discours. En vérité, vous en auriez pleuré, madame, aussi bien que moi. Il étoit dans des frayeurs énormes que je ne mourusse. Il n'étoit pas possible, disoit-il, qu'il pût résister à ce malheur. Sa douleur et sa tristesse étoient si grandes que je le consolois et je cachois mes maux tant que je le pouvois. Il avoit toujours les larmes aux yeux; je n'osois le regarder, il m'attendrissoit trop. Madame de Ferriol me demanda un jour si je l'avois ensorcelé; je lui répondis : « Le charme dont je me suis servie est d'aimer malgré moi et de lui rendre la vie du monde la plus douce. » L'envie lui fit faire la question, et la malice me fit répondre. Voilà, madame, ce que vous m'avez demandé; mon cœur est à découvert. Je passe sous silence mes remords; ma raison m'en fait naître; lui et ma passion les étouffent. Quelques rayons d'espérance d'une fin, d'une conclusion, aident bien à m'égarer; mais il n'est pas en mon pouvoir de les abandonner. Adieu, madame; je n'en puis plus. Voilà une longue lettre pour une personne aussi foible que moi.

———

LETTRE XXX

Paris, 1732.

J'ai consulté M. Silva et M. Gervasi[1] pour vous, madame; ils veulent que vous vous fassiez saigner souvent et que vous alliez absolument à des bains chauds. Comme votre santé m'est plus chère que ma propre vie, je n'ai pas oublié un mot de ce qu'ils m'ont dit. Au nom de Dieu, faites ce qu'il faut pour vous procurer une bonne santé! Dieu l'ordonne, vos parens le désirent ardemment, et vos amis, à la tête desquels je veux être, se mettent à vos genoux. Ne me donnez point pour raison celle de la dépense. Je connois la noblesse de votre cœur, et je sais les motifs vertueux

---

1. Gervasi, célèbre médecin, qui soigna Voltaire au château de Maisons, lorsqu'il y fut atteint de la petite vérole, et auquel le poëte convalescent adressa une de ses meilleures épîtres.

qui vous rendent si ménagère ; mais les hommes, qui ne sont pas capables de sentimens si délicats, qui rapportent tout à eux, vous accuseront d'un goût pour l'épargne. Cela seroit injuste, je l'avoue ; mais il faut vivre avec ces hommes. Laissez moins de bien à vos héritiers, et donnez-leur un bien plus précieux, qui est votre santé, votre vie : l'argent que vous économiserez pour remédier à votre santé n'est fait que pour s'en servir. Je connois votre famille : ils donneroient tous une partie de leurs jours pour prolonger les vôtres. Je vous dis tout cela avec une vivacité qui ne peut vous déplaire, puisque c'est l'intérêt le plus vif et le plus tendre qui le dicte à ma plume ; et il est difficile de se modérer quand on est occupé, comme je le suis, d'une amie telle que vous et dont la santé me tient au cœur. Promettez-moi donc que vous ferez les remèdes nécessaires. Songez et soyez bien convaincue que si vous êtes mieux je serai indubitablement soulagée. Je me chagrine et m'attendris pour vous. Je ne puis penser à vous que je n'aie le cœur gros. La crainte et la douleur étouffent des souvenirs qui me plairoient. Laissez-moi penser à vous doucement. Enfin, si vous m'aimez, faites votre possible pour guérir.

Il faut que je vous parle de mon foible corps ; il est bien foible ; je ne puis me remettre de ma furieuse maladie, je ne reprends point le sommeil ; j'ai été trente-sept heures sans fermer les paupières, et trèssouvent je ne m'endors qu'à sept heures du matin. Vous jugez bien si je peux reprendre mes forces. J'ai de la diarrhée depuis quelques jours. Les médecins ne comprennent pas trop mon mal; ils disent que jamais on n'a eu une fluxion de poitrine sans cracher. Il est vrai que j'ai eu de l'oppression, et que j'en ai encore beaucoup. Je suis extrêmement maigrie; mon changement ne paroît pas autant quand je suis habillée. Je ne suis pas jaune, mais fort pâle; je n'ai pas les yeux mauvais : avec une coiffure avancée, je suis encore assez bien; mais le déshabillé n'est pas tentant, et mes pauvres bras, qui, même dans leur embonpoint, ont toujours été vilains et plats, sont comme deux cotrets. Vous auriez été flattée de l'amitié que tout le monde a témoignée pour une personne que vous honorez de votre tendresse, si vous aviez été témoin de tout ce qui s'est passé pendant que j'ai été en danger : tous mes amis et les domestiques fondoient en larmes; et quand je fus hors de danger (j'ignorois y avoir été), ils vinrent tous à la fois, avec des larmes de joie, me féliciter. Je fus attendrie au point qu'ils craignoient d'avoir commis une indiscrétion. Que seriez-vous devenue, vous, madame, qui avez tant de bontés pour moi, si vous aviez été là? Il y a deux de mes amis qui étoient dans la chambre, qui n'y purent tenir. Tout cela m'a été conté depuis. La pauvre Sophie a souffert tout ce qu'il est possible de souffrir; elle craignoit de m'alarmer, elle vouloit avoir l'air assuré; elle faisoit tout ce qu'elle pouvoit pour ne pas pleurer. Vous savez combien elle est pieuse; elle étoit inquiète pour mon âme, d'autant que Silva étoit furieux que l'on ne m'eût pas confessée. Il est vrai que, sans avoir la certitude que j'étois en danger, je l'avois demandé à madame de

Ferriol, qui fit une autre scène. Elle radote, elle ne fut occupée que du jansénisme. Dans ce moment, au lieu de chercher un peu à me rassurer, elle saisit avec vivacité la première parole que je lui dis pour me donner son confesseur, et que je n'en prisse point d'autre; je lui répondis d'une façon qui auroit fait rentrer une autre personne en elle-même. J'avoue que dans ce moment je fus plus indignée qu'effrayée; mais je m'aperçus que tout ce que je lui disois étoit inutile : c'étoit semer des marguerites devant des pourceaux. Elle ne sentoit rien que le plaisir d'avoir escamoté ma confession à un janséniste; elle trouva le triomphe si beau qu'elle en devint insolente, et dit à sa femme de chambre des choses si piquantes sur Sophie, parce qu'elle ne m'avoit pas parlé de son confesseur, qu'elle fondit en larmes en lui disant qu'elle et Sophie étoient assez affligées pour qu'elles méritassent plus de consolations que de gronderies; que ma femme de chambre, il est vrai, avoit eu plus d'amour pour ma vie que pour mon âme; qu'elle se reprochoit ces sentimens, et qu'elle étoit très-soulagée de voir que j'aurois les secours de l'âme, sans avoir eu la douleur de me l'apprendre. Que dites-vous de cette scène et de la tendresse de cette bonne dame? Mais l'on conserve toujours son caractère. S'il avoit fallu aller quatre heures à pied pour me chercher un remède, elle y auroit été avec joie, mais les réflexions tendres et délicates, les sentimens du cœur nuls; elle étoit fâchée, comme nous le sommes d'un indifférent, qui ne nous fait point oublier le reste : elle n'étoit occupée que de la colère qu'elle

30

prétendoit que son frère auroit que je fusse morte entre les mains d'un janséniste, chose dont je crois qu'il se seroit peu soucié ; mais elle s'étoit figuré qu'il lui en auroit su mauvais gré, et l'en auroit déshéritée. Vous direz peut-être que je m'imagine tout cela ; non, en vérité. J'ai trop vécu avec elle pour ne la pas connoître, et, d'ailleurs, elle a trop peu de soin de me cacher son âme. J'attribue tout ceci à une âme peu tendre et à un corps apoplectique et qui radote. Cela ne me fera jamais oublier toutes les obligations que je lui ai et mon devoir. Je lui rendrai tous les soins que je lui dois, aux dépens même de mon sang ; mais madame, qu'il est différent d'agir par devoir ou par tendresse ! Cela a son bien : je serois trop malheureuse si j'avois pour elle la tendresse que j'ai pour vous. Dans l'état où elle est, il faudroit m'enterrer avec elle.

Adieu, madame : je finis cette longue épître que je crois très-difficile à déchiffrer. Madame de Tencin m'aime à la folie. Qu'en croyez-vous ? Je voudrois bien qu'elle ne s'aperçût pas de l'éloignement que j'ai pour elle ; je me crois fausse, et quand je suis avec elle je suis dans une continuelle contrainte. J'embrasse le mari, les femmes, les enfans. Permettez cette familiarité à votre Aïssé.

P. S. J'apprends dans ce moment que le Roi vient d'ordonner que le cimetière de Saint-Médard seroit fermé, avec défense de l'ouvrir que pour enterrer. Comprenez-vous, madame, qu'on ait permis, depuis près de cinq ans, toutes les extravagances qui se sont faites et débitées sur le tombeau de l'abbé Pâris? Fontenelle nous assuroit, l'autre jour, que, plus une opinion étoit ridicule, inconcevable, plus elle trouvoit de sectateurs ; les hommes aiment le merveilleux. Notre ami, M. Carré de Montgeron[1], jure sur son salut, qu'il a vu des choses surnaturelles[2].

LETTRE XXXI

De Paris, 1732.

J'ai encore été très-incommodée ; j'ai eu, six jours, la fièvre, des douleurs effroyables dans tout le corps.

1. M. Carré de Montgeron, conseiller au parlement (anc. note). — Né à la fin d'avril 1686, il était fils de Gui Carré de Montgeron, intendant de Berry, puis de Limoges, et de Jeanne d'Herandy de Saint-Diéry. Il siégeait à la 2e chambre des enquêtes. Après une jeunesse fort dissipée, il s'était subitement converti, à la suite d'une visite au tombeau du diacre Pâris, en septembre 1731. Il mourut à Valence le 12 mai 1754.

2. Le gros livre qu'il a présenté au Roi est des guérisons miraculeuses : aveugles-nés, boiteux, sourds, muets, appuyées de certificats authentiques signés par des gens de probité reconnue. La postérité aura de la peine à croire que plus de vingt mille âmes aient donné dans toutes ces extravagances. Le lendemain de la clôture du cimetière, on trouva ces vers :

> De par le roi, défense à Dieu
> De faire miracle en ce lieu.

Remarque. — Nous rétablissons en note, comme l'a fait M. Ravenel, ce passage qu'on avait compris à tort dans le texte, puisqu'il se réfère à un fait qui se produisit en 1737, c'est-à-dire quatre ans après la mort de mademoiselle Aïssé. Le « gros livre » dont il s'agit ici était celui de *La Vérité des miracles du diacre Pâris*, etc., *démontrée contre Monseigneur l'archevêque de Sens*, Paris, 1737, 3 vol. in-12. Il fut, en juillet 1737, présenté au Roi par son auteur, qui pour ce fait fut envoyé à la Bastille et ensuite exilé à Valence, où il mourut.

Je suis toujours fort oppressée et foible ; les genoux et les mains me font mal. Je me trouve mieux aujourd'hui seulement, et je n'épargne pas les ports de lettres, étant persuadée comme je le suis, madame, de votre bonté pour moi. J'envoyai, étant encore bien malade, chez M. S.... [1] le prier de venir me voir, voulant lui demander de vos nouvelles et qu'il vous donnât des miennes. On ne me permit pas de lui parler, dont j'étois outrée. Il est venu aujourd'hui ; il m'a appris le mariage de mademoiselle Ducrest avec M. Pictet. Ah! le bon pays que vous habitez, où l'on se marie quand on sait aimer et quand on s'aime encore. Plût à Dieu qu'on en fît autant ici ! Faites-leur, s'il vous plaît, mes complimens de félicitation. M. S... m'a dit que vous vous portiez assez bien, et que vous étiez à votre campagne où vous vous amusiez. Je me ressouviendrai toujours de tous les plaisirs que j'y ai goûtés. Madame de Ferriol revient de Sens où elle a été très-malade d'une indigestion des plus dangereuses : elle est heureusement mieux ; mais si j'avois eu le malheur de la perdre, sûrement, si je vivois, vous me verriez établie à Pont-de-Veyle. Si je suis un peu mieux, j'irai à Ablon : le changement d'air pourroit contribuer au rétablissement de ma santé.

J'ai une tabatière admirable, que madame de Parabère m'a donnée, et que je voudrois bien vous faire voir ; car, quand j'ai quelque chose de joli, je sou-

---

1. M. Saladin, comme l'induit avec raison M. Ravenel d'un passage de la Lettre II, p. 170.

haiterois bien qu'il eût votre approbation. C'est une
boîte de jaspe sanguin, d'une beauté parfaite, montée
en or par tout ce qu'il y a de plus habile ; la forme
en est charmante. Elle l'avoit depuis cinq à six ans,
et, l'autre jour, elle en parloit comme d'une boîte favorite. Je dis malheureusement qu'elle étoit la
mienne, que je n'avois jamais vu un bijou de meilleur goût. Sur cela, il n'y a ni prières ni persécutions
qu'elle ne m'ait faites pour me la faire prendre ; elle
me menaça de la donner au premier venu si je la re-
fusois : cette boîte vaut plus de cent pistoles. Elle
m'entretient : il n'y a point de semaines qu'elle ne me
fasse quelque présent, quelque soin que je prenne de
l'éviter : je file un meuble, elle m'envoie de la soie,
afin que je n'en rachète pas ; elle ne m'a vu cet été
que de vieilles robes de taffetas de l'année précédente,
j'en ai trouvé une sur ma toilette, de taffetas broché
charmant ; une autre fois, c'est une toile peinte. En
un mot, si cela est agréable d'un côté, cela est à
charge de l'autre. Enfin, elle a une amitié et une
complaisance pour moi telles qu'on l'auroit pour une
sœur chérie. Pendant ma maladie, elle quittoit tout
pour venir passer des journées auprès de moi ; enfin,
elle ne veut pas que j'en puisse aimer d'autres plus
qu'elle, hors le chevalier et vous : elle dit qu'il est
juste, de toute façon, que vous ayez la préférence, et
nous parlons souvent de vous. Je lui ai donné une
grande idée de mon amie, et telle qu'elle la mérite.
Plût à Dieu qu'elle vous ressemblât et qu'elle eût
quelques-unes de vos vertus! Elle est de ces personnes que le monde et l'exemple ont gâtées, et qui

n'ont point été assez heureuses pour s'arracher du désordre. Elle est bonne, généreuse, a un très-bon cœur, mais elle a été abandonnée à l'amour et elle a eu de bien mauvais maîtres. Adieu, madame, aimez-moi toujours un peu, et croyez que personne ne vous est plus tendrement ni plus respectueusement attaché.

LETTRE XXXII

De Paris, novembre 1782.

Je ne vous écris que deux mots, madame, parce que mes forces sont bien diminuées. J'ai été obligée d'écrire une assez longue lettre d'affaire ; mais je n'ai pas voulu tarder à vous donner de mes nouvelles. Je ne doute point de vos bontés pour moi, et que vous seriez en peine si vous étiez plus longtemps sans en recevoir ; j'ai moins de fièvre depuis trois jours, et suis un peu moins foible. Je suis presque toujours sur un lit, et quand je me lève je me mets sur un canapé ; je prends du lait qui passe assez bien. Si cela pouvoit ne pas aller plus mal pendant une quinzaine de jours, Silva auroit de l'espérance ; ma maladie me ruine, et l'avarice est devenue sordide. Si cela continue, nous verrons le second volume de madame Tardieu [1], qui se faisoit des jupons des thèses que l'on

1. Fille du ministre Jérémie Ferrier, et femme du lieutenant criminel Tardieu, non moins célèbre qu'elle par son avarice sordide. Tous deux furent assassinés dans leur maison du quai des Orfèvres, le 24 août 1665, par des voleurs qu'avaient tentés leur

donnoit à son mari. Je vous parlerai dans quelque temps plus amplement sur l'état de mon âme ; j'espère que vous serez contente. Il faut pourtant que je vous dise que rien n'approche de l'état de douleur et de crainte où l'on est : cela vous feroit pitié ; tout le monde en est si touché que l'on n'est occupé qu'à le rassurer. Il croit qu'à force de libéralités il rachètera ma vie ; il donne à toute la maison, jusqu'à ma vache à qui il a acheté du foin ; il donne à l'un de quoi faire apprendre un métier à son enfant, à l'autre pour avoir des palatines et des rubans, à tout ce qui se rencontre et se présente devant lui : cela vise quasi à la folie. Quand je lui ai demandé à quoi cela étoit bon, il m'a répondu : « A obliger tout ce qui vous environne à avoir soin de vous. » Pour moi, il n'y a sorte de tourmens, de persécutions qu'il ne me fasse pour me faire accepter cent pistoles ; il a eu recours à mes amis pour me le persuader. Enfin, il me les a fallu prendre ; mais je les ai remises à une personne qui les lui rendra après ma mort. Assurément je n'y toucherai point ; je demanderai plutôt l'aumône que de ne pas les rendre. Je vous ferois rire si je vous contois les frayeurs qu'il a que je ne parle ; Silva me l'a défendu sous peine de mort. Ma pauvre Sophie, comme vous le jugez bien, ne me quitte ni jour ni nuit. Cet homme-là la mettroit dans son cœur, s'il

réputation de richesses et l'isolement dans lequel ils vivaient. Boileau a peint deux fois ce couple hideux ; d'abord dans son dialogue des *Héros de romans* (1664), et ensuite dans sa satire contre les femmes (1693). Les vers qu'il y consacra dans celle-ci comptent parmi les plus énergiques qu'il ait faits et parmi les plus beaux de la langue française. *Satire* X, v. 188-275.

pouvoit ; il est outré de n'oser lui donner de l'argent ;
il tourne autour du pot ; il trouve cependant quelques expédiens. Si vous le connoissiez, vous en seriez étonnée ; car il est naturellement distrait et ne
connoît point les petits soins. Pour la générosité, elle
est au souverain degré ; il se donne la torture pour
trouver des moyens de donner ; il finit toujours par
vouloir donner de l'argent ; il frappe du pied et se
lamente de n'avoir point d'invention ; il envie l'imagination du tiers et du quart qui savent imaginer des
galanteries. Enfin, il retourne à son quartier, et j'aurai la liberté de parler ; les femmes ne peuvent s'en
passer, et je l'éprouve. Adieu, madame, votre Aïssé
vous aime au delà de l'expression. Vous la trouvez trop
sensible et trop peu détachée ; mais qu'il est difficile
d'éteindre une passion aussi violente, et qui est en-
tretenue par le retour le plus tendre, le plus vif et le
plus flatteur ! Mais, madame, les efforts que je fais,
aidés de la grâce, me feront surmonter toutes mes
foiblesses.

LETTRE XXXIII

De Paris, 1732.

On dit que je suis mieux, non que je trouve du
soulagement. Je crache des horreurs, et je ne dors que
par art ; je suis tous les jours plus maigre et plus
foible. Le lait commence, non pas à me dégoûter, car
je le prends toujours avec plaisir, mais il me sur-

charge. Je ne puis dire que l'état de mon corps soit bien douloureux, car je ne souffre presque pas : un peu d'oppression et des malaises. D'ailleurs, je n'ai point de ces maladies aiguës; je me trouve anéantie. Pour les douleurs de l'âme, elles sont cruelles. Je ne puis vous dire combien me coûte le sacrifice que je fais ; il me tue. Mais j'espère en la miséricorde de Dieu; il me donnera des forces. On ne peut le tromper ; ainsi, comme il sait ma bonne volonté et tout ce que je sens, il me tirera d'embarras. Enfin mon parti est pris : aussitôt que je pourrai sortir, j'irai rendre compte de mes fautes. Je ne veux aucune ostentation, et je ne changerai que très-peu de chose à ma conduite extérieure. J'ai des raisons pour en agir avec tout le secret du monde : premièrement, pour madame de Ferriol, qui me feroit tourner la tête pour un directeur moliniste, et madame de Tencin qui intrigueroit pour cela. D'ailleurs, madame iroit de maison en maison ramasser toutes les dévotes de profession, qui m'accableroient; et, outre tout cela, j'ai des ménagemens à garder avec qui vous savez. Il m'a parlé là-dessus avec toute la raison et l'amitié possibles. Tous ses bons procédés, sa façon délicate de penser, m'aimant pour moi-même, l'intérêt de la pauvre petite, à qui on ne pourroit donner un état, tout cela m'engage à beaucoup de ménagement avec lui. Mes remords depuis longtemps me tourmentent ; l'exécution me soutiendra. Si le chevalier ne me tient pas ce qu'il m'a promis, je ne le verrai plus. Voilà, madame, mes résolutions, que je tiendrai. Je ne doute pas qu'elles n'abrègent ma vie, s'il en faut venir aux extrémités. Jamais passion n'a été si violente, et je puis dire qu'elle est aussi forte de son côté. Ce sont des inquiétudes et des agitations si vraies, si touchantes, que cela fait venir les larmes aux yeux à tous ceux qui en sont témoins. Adieu, madame. Je me flatte, comme vous voyez, en vous contant tout cela, de vos bontés et de votre indulgence. Mais soyez persuadée que, si votre Aïssé vit, elle se rendra digne d'une amitié dont elle sent bien tout le prix.

LETTRE XXXIV

De Paris, 1738.

Vous m'avez ordonné de vous donner bien souvent de mes nouvelles. J'obéis de bon cœur; car il n'y a rien dans le monde que je révère, que j'estime et que j'honore autant que vous. Rien ne m'empêche de me livrer à ce goût-là : il est innocent, il est juste. Comment n'aimerois-je pas quelqu'un qui m'a appris à connoître la vertu et qui a fait ses efforts pour me la faire pratiquer, qui a balancé en moi la passion la plus forte? Enfin, madame, soyez récompensée de vos bonnes œuvres. Je me rends à mon Créateur. Je travaille de très-bonne foi à me défaire de ma passion, et je suis très-résolue à abandonner mes erreurs. Si vous perdez la personne du monde qui vous est la plus attachée, songez que vous avez travaillé à la rendre heureuse dans l'autre vie. Après vous avoir

parlé des dispositions de mon âme, je vous rendrai
compte de l'état de mon corps. Je continue de cracher, de tousser et de maigrir. Le lait passe assez
bien; mais il ne fait pas les progrès que, depuis près
de deux mois, il devoit faire. Je viens de me ressouvenir qu'une religieuse des Nouvelles Catholiques[1], de
mon âge, et pour laquelle j'avois beaucoup d'amitié,
est morte de la même maladie. Cette idée de mort
m'afflige moins que vous ne pensez. Je me trouve trop
heureuse que Dieu m'ait fait la grâce de me reconnoître, et je vais travailler à mettre à profit le temps
qui me reste. Après tout, ma chère amie, un peu plus
tôt, un peu plus tard, qu'est-ce que la vie? Personne
ne devoit être plus heureuse que moi, et je ne l'é-
tois point. Ma mauvaise conduite m'avoit rendue
misérable : j'ai été le jouet des passions, emportée et
gouvernée par elles. Mes remords, les chagrins de
mes amies, leur éloignement, une santé presque toujours mauvaise; enfin, personne ne sait mieux que
vous, madame, combien une vie douloureuse est pénible. Adieu, chère amie, aimez-moi, et priez pour
le repos de mon âme, soit en ce monde ou en
l'autre. J'embrasse mesdames vos filles.

1. Cette communauté, fondée en 1634, avait successivement
occupé divers emplacements, rue des Fossoyeurs, rue Pavée, rue
Sainte-Avoye, rue Neuve-Saint-Eustache. Depuis 1672, elle était
établie au n° 63 de la rue Sainte-Anne et par conséquent très-voi-
sine de l'hôtel de Ferriol. Voir l'*Histoire du diocèse de Paris*, par
l'abbé Lebeuf et Cocheris, I, 145 et 313. — Fénelon en fut le
supérieur, de 1678 à 1689. Il eut pour successeur l'abbé Girard.
V. le livre intéressant, mais trop peu impartial, de M. Douen :
L'intolérance de Fénelon, 1872, in-12.

LETTRE XXXV

De Paris, 1733.

J'ai reçu cette après-midi votre lettre, madame, qui m'a donné un vrai plaisir. Ma santé est toujours de même, et la saison est très-peu propre pour attendre des succès des remèdes. Vous me demandez si je suis changée ; je le suis très-fort : mes yeux sont d'un gris brun jaune, le tour de ma bouche maigri et marqué, pâle et abattu. Pour le corps, je n'ai plus que la peau et les os ; si je mettois du rouge, cela me ranimeroit. La physionomie est moins changée qu'elle ne devroit être ; mes lèvres ne sont pas pâles : en un mot, c'est une vilaine chose qu'un corps maigre. A l'égard de mon âme, j'espère que dimanche prochain elle sera délivrée de toutes ses impuretés. Je m'accuserai de toutes mes fautes. J'ai eu une scène bien touchante hier. Je vous envoie une copie d'une lettre que l'on m'a rendue en réponse d'une que j'avois écrite, remplie de sentimens d'amitié, de détachement et de ma résolution. Comme on me la rendit soi-même, je ne la lus pas sur-le-champ. Nous parlâmes sur cette matière : vous auriez fondu en larmes aussi bien que nous ; mais cette scène ne dérange point mes projets, et on ne cherche pas à les déranger. Vous serez étonnée quand je vous dirai que mes confidentes et les instrumens de ma conversion sont mon amant, mesdames de Parabère et du Deffand, et que celle dont je me cache le plus, c'est celle que je devrois regarder comme ma mère. Enfin, madame de Parabère l'emmène dimanche, et madame du Deffand est celle qui m'a indiqué le P. Boursault[1], dont je ne doute pas que vous n'ayez entendu parler. Il a beaucoup d'esprit, bien de la connoissance du monde et du cœur humain : il est sage et ne se pique point d'être un directeur à la mode. Vous êtes surprise, je le vois, du choix de mes confidentes ; elles sont mes gardes, et surtout madame de Parabère, qui ne me quitte presque point et a pour moi une amitié étonnante ; elle m'accable de soins, de bontés et de présens. Elle, ses gens, tout ce qu'elle possède, j'en dispose comme elle et plus qu'elle. Elle se renferme chez moi toute seule, et se prive de voir ses amis. Elle me sert sans m'approuver, ni me désapprouver, c'est-à-dire m'a écoutée avec amitié, m'a offert son carrosse pour envoyer chercher le P. Boursault, et, comme je vous l'ai dit, elle emmène madame de Ferriol pour que je puisse être tranquille. Madame du Deffand, sans savoir ma façon de penser, m'a proposé elle-même son

---

1. Edme-Chrysostome Boursault, supérieur des Théatins et prédicateur ordinaire du Roi, né vers 1670. Il était fils d'Edme Boursault, l'auteur du *Mercure Galant*, d'*Ésope à la Cour*, etc., et mourut le 13 mars 1733. Son père en mourant avait voulu se confesser à lui. Par la préface qu'il a mise aux œuvres paternelles, l'on peut croire qu'il pensait comme un autre religieux de son ordre, le P. Caffaro qui, pour calmer les scrupules religieux de Boursault au sujet de ses pièces de théâtre, lui avait écrit une longue lettre où, en recherchant les opinions différentes des Pères de l'Église sur la comédie, il en produisait un plus grand nombre de favorables que de contraires. — Dans le passage suivant du *Mercure* d'avril 1733, quelques traits sont à retenir : « Un extérieur majestueux et édifiant, un esprit sublime et solide, une imagination noble et brillante, une éloquence naturelle, en sorte qu'on peut dire qu'il traitait la vertu et la sagesse avec magnificence. Pour être le premier prédicateur de son siècle, il ne lui manquait que de la santé ; la sienne était fort faible et souvent attaquée de diverses infirmités qui le tenoient presque toujours dans un état de langueur. »

confesseur. Je ne doute point que ce qui se passe sous leurs yeux ne jette quelque étincelle de conversion dans leur âme, Dieu le veuille! Adieu, madame; j'ai tant de plaisir à causer avec vous, que je ne puis vous quitter. Hélas! il le faudra bien.

Lettre du Chevalier à mademoiselle Aïssé.

« Votre lettre, ma chère Aïssé, me touche bien plus qu'elle ne me fâche; elle a un air de vérité et une odeur de vertu à laquelle je ne puis résister. Je ne me plains de rien, puisque vous me promettez de m'aimer toujours. J'avoue que je ne suis pas dans les principes où vous êtes : mais, Dieu merci, je suis encore plus éloigné de l'esprit de prosélytisme, et je trouve très-juste que chacun se conduise suivant les lumières de sa conscience. Soyez tranquille, soyez heureuse, ma chère Aïssé, il ne m'importe des moyens; ils me paroîtront toujours supportables, pourvu qu'ils ne me chassent pas de votre cœur. Vous verrez par ma conduite que je mérite vos bontés. Eh! pourquoi ne m'aimeriez-vous plus, puisque c'est votre sincérité, c'est la pureté de votre âme, c'est la vertu qui m'attachent à vous? Je vous l'ai dit mille fois, et vous verrez que je ne vous trompe pas; mais est-il juste que vous attendiez que les effets vous aient prouvé ce que je dis, pour le croire? Ne me connoissez-vous pas assez pour avoir en moi cette confiance qu'inspire toujours la vérité aux gens qui sont capables de la sentir? Soyez, dès ce moment, persuadée que je vous aime, ma chère Aïssé, aussi tendrement qu'il est possible, aussi purement que vous pouvez le désirer; croyez surtout que je suis plus éloigné que vous-même de prendre jamais d'autre engagement. Je trouve qu'il ne doit rien manquer à mon bonheur tant que vous me permettrez de vous voir et de me flatter que vous me regarderez comme l'homme du monde qui vous est le plus attaché. Je vous verrai demain, et ce sera moi-même qui vous rendrai cette lettre. J'ai mieux aimé vous écrire que de vous parler, parce que je ne pourrois traiter avec vous la matière sans perdre contenance. Je suis encore trop sensible : mais je ne veux être que ce que vous voulez que je sois; et, dans le parti que vous avez pris, il suffit de vous assurer de ma soumission et de la constance de mon attachement, dans tous les termes où il vous plaira de le réduire, sans vous laisser voir des larmes que je ne pourrois empêcher de couler, mais que je désavoue puisque vous m'assurez que vous aurez toujours pour moi de l'amitié. J'ose le croire, ma chère Aïssé, non-seulement parce que je sais que vous êtes sincère, mais encore parce que je suis persuadé qu'il est impossible qu'un attachement aussi tendre, aussi fidèle, aussi délicat que le mien, ne fasse pas l'impression qu'il doit faire sur un cœur comme le vôtre. »

LETTRE XXXVI

De Paris, 1733.

Je ne puis causer longtemps avec vous aujourd'hui; mais je vous dirai ce qui mettra le comble à vos souhaits. J'ai, Dieu merci, exécuté ce que je vous avois mandé, je suis comblée ; ma tranquillité n'est plus que trop grande, car je ne me sens pas assez repentante de mes fautes ; mais je suis dans la ferme résolution de ne plus succomber, si Dieu ne me retire pas sitôt à lui. Je ne souhaite plus la vie que pour remplir mes devoirs et me conduire d'une façon qui puisse mériter la miséricorde de ce bon père. Il y aura demain huit jours que le Père Boursault a reçu ma confession. La démarche que j'ai faite a donné à mon âme un calme que je n'aurois point si j'étois restée dans mes égaremens ; j'aurois, avec l'objet d'une mort présente, les remords qui m'auroient rendue bien malheureuse dans ces derniers instans : je suis dans un tel état de foiblesse que je ne puis sortir de mon lit, je m'enrhume à tous les momens. Mon médecin a des attentions pour moi étonnantes ; il est mon ami ; je suis bien heureuse en tout : tout ce qui est autour de moi me sert avec affection : la pauvre Sophie a des soins de mon corps et de mon âme étonnans ; elle m'a donné de si bons exemples qu'elle m'a presque forcée à devenir plus sage ; elle ne m'a point prêchée ; son exemple et son silence ont eu plus d'éloquence que tous les sermons du monde ; elle est affligée jusqu'au fond du cœur, elle ne manquera jamais de rien, quand elle m'aura perdue [1] ; tous mes amis l'aiment beaucoup et en auront soin. J'espère qu'elle n'en aura pas besoin ; j'ai la consolation de lui laisser du pain. Je ne vous parle point du chevalier ; il est au

---

1. Sophie, à la mort de mademoiselle Aïssé, s'est mise dans un couvent. (Anc. note.)

désespoir de me voir aussi mal ; jamais on n'a vu une passion aussi violente, plus de délicatesse, plus de sentimens, plus de noblesse et de générosité. Je ne suis point inquiète de la pauvre petite : elle a un ami et un protecteur qui l'aime tendrement. Adieu, ma chère madame ; je n'ai plus la force d'écrire. C'est encore pour moi une douceur infinie de penser à vous ; mais je ne puis m'occuper de cette joie sans m'attendrir, ma chère amie. La vie que j'ai menée a été bien misérable : ai-je jamais joui d'un instant de joie ? Je ne pouvois être avec moi-même ; je craignois de penser ; mes remords ne m'abandonnoient jamais depuis le moment où j'ai commencé à ouvrir les yeux sur mes égaremens. Pourquoi serois-je effrayée de la séparation de mon âme, puisque je suis persuadée que Dieu est tout bon et que le moment où je jouirai du bonheur sera celui où je quitterai ce misérable corps[1] ?

1. Ce fut le 13 mars que mourut la pauvre Aïssé, comme le constate l'extrait suivant du registre des actes de décès de la paroisse de Saint-Roch, année 1733 ; extrait publié par M. Ravenel à une époque où l'on n'avait pas à regretter la destruction de ces vastes archives de l'état civil de Paris, si précieuses pour l'histoire. Les historiens auront plus d'une fois à déplorer cette perte irréparable.

« Charlotte-Elisabeth Aïssé, fille, âgée d'environ quarante ans, décédée hier, rue Neuve-Saint-Augustin, en cette paroisse, a été inhumée en cette église dans la cave de la chapelle Saint-Augustin, appartenant à M. de Ferriol. Présents : messire Antoine de Ferriol de Pont-de-Veyle, lecteur ordinaire de la chambre de Sa Majesté, messire Charles-Augustin Ferriol d'Argental, conseiller au Parlement, demeurant tous deux dites rue et paroisse. Signé : Ferriol de Pont-de-Veyle, Ferriol d'Argental, Contrastin, vicaire. »

APPENDICE

LETTRES DE MADEMOISELLE AÏSSÉ

LETTRES DIVERSES

I. — LE CHEVALIER D'AYDIE A SA FILLE, MADAME
LA VICOMTESSE DE NANTHIA [1].

A Paris, ce 16 décembre 1741.

Je souhaite, mon enfant [2], que vous soyez heureusement arrivée chez vous, je crois que vous ferez prudemment de n'en plus bouger jusqu'à vos couches, et, quoique le terme qu'il faudra prendre après pour vous bien rétablir doive vous paraître long, je vous conseille et vous prie, ma petite, de ne pas l'abréger. Toute impatience, toute négligence en pareil cas est déplacée et peut avoir des conséquences très-fâcheuses, au lieu que, si vous vous conduisez bien dans vos couches, non-seulement elles ne nuiront pas à votre santé, mais au contraire vous en deviendrez plus forte et plus saine.

M. de Boisseuil, qui doit retourner en Périgord au mois de janvier, m'a promis de se charger du portrait de votre mère; je ne doute pas qu'il ne vous fasse grand plaisir. Vous verrez les traits de son visage; que ne peut-on de même peindre les qualités de son âme! Le tendre souvenir que j'en conserve doit vous être un sûr garant que je vous aimerai, ma chère petite, toute ma vie.

Mille amitiés à M. de Nanthia.

1. Cette lettre, ainsi que les lettres XIV, XVI, XVII, XVIII, XIX, XX, XXI et XXII, ont été publiées pour la première fois par M. Ravenel, qui en avait reçu communication de la famille de Bonneval.
2. Voir p. 291.

Le Bailly de Froulai[1] me charge toujours de vous faire mille complimens de sa part.

J'ai reçu hier des nouvelles de Mme de Bolingbroke, elle m'en demande des vôtres. Mme de Villette se porte un peu mieux.

II. — LE PRÉSIDENT DE MONTESQUIEU AU CHEVALIER D'AYDIE.

Bordeaux, ce 11 janvier 1749.

Dites-moi, mon cher chevalier, si vous voulez aller mardi à Lisle-Belle, et si vous voulez que nous y allions ensemble; si cela est, je serai enchanté du séjour et du chemin.

Vous êtes adorable, mon cher chevalier; votre amitié est précieuse comme l'or; je vais m'arranger pour profiter de votre avis, et être à Paris avant le départ de cet homme qui distribue la lumière. Mais, mon Dieu, vous serez à Plombières, et je serai bien malheureux de jouer aux barres! Vous ne me mandez point la raison qui vous détermine; je m'imagine que c'est votre asthme, et j'espère que cela n'est que précaution, et que vous n'en êtes pas plus fatigué qu'à l'ordinaire. Je ne compte pas trouver non plus Mme de Mirepoix[2] à Paris; on me dit qu'elle est sur son départ. Mon cher chevalier, je vous prie d'avoir de l'amitié pour moi; je vous la demande comme si je ne pouvois pas me vanter que vous me l'avez accordée; et, quant à la mienne, il me semble que je vous la donne à chaque instant. Je quitte ce pays-ci sans dégoût,

1. Louis-Gabriel de Froulay, né en 1694, fils de Philippe-Charles, comte de Froulay, et de Marie-Anne de Megaudais de Marolles. Entré dans l'ordre de Malte, et connu sous le titre de Bailli de Froulay depuis 1728, il fut successivement ambassadeur de la Religion en France (1741), ministre plénipotentiaire pour la paix de 1741, ambassadeur auprès du roi de Prusse en 1753, et mourut le 26 août 1766.

2. Anne-Marguerite-Gabrielle de Beauvau, fille de Marc de Beauvau, prince de Craon, et d'Anne-Marguerite de Ligneville, née le 28 avril 1707, mariée en premières noces à Jacques-Henri de Lorraine, prince de Lixin (15 août 1721), et en secondes noces, le 2 janvier 1739, au marquis de Mirepoix. Elle vivait encore en 1790. Elle était sœur des marquises de la Baume-Montrevel, de Boufflers, de Bassompierre, de la princesse de Chimay et du maréchal de Beauvau.

mais aussi sans regret. Je vous prie de vous souvenir de moi, et d'agréer les sentimens du monde les plus respectueux et les plus tendres.

III. — LE MÊME AU MÊME.

Bordeaux, ce 27 janvier 1749.

Je suis bien charmé de la conversation que vous avez eue; je ne crains jamais rien là où vous êtes : M. de Fontenelle a toujours eu cette qualité bien excellente pour un homme tel que lui; il loue les autres sans peine....

Donc, si j'avois fait l'*Esprit des Lois*, j'aurois acquis l'estime de mon cher chevalier; il m'en aimeroit davantage : pourquoi donc ne pas faire l'*Esprit des Lois*? J'ai toute ma vie désiré de lui plaire; c'est pour cela que je lui ai donné une permission générale de faire les honneurs de mon imbécillité. Je vois que l'auteur de cet ouvrage doit prendre son parti, et consentir à perdre l'estime de M. Daube[1]. Votre lettre, mon cher chevalier, est une lettre charmante; je croyois, en la lisant, vous entendre parler. Je suis bien aise que Mme de Mirepoix aille en Angleterre[2]; elle y sera adorée; et, j'en suis bien sûr, elle peut plaire même à ceux qui ne se soucient pas qu'on leur plaise. Je vous avertis que, lorsque le duc de Richemond sera à Paris, vous devez être de ses amis; il a tant de bonnes qualités, qu'il est nécessaire que vous l'aimiez; et je vous dis la raison qui fait qu'il est nécessaire qu'on vous aime. Adieu, mon cher chevalier; je vous aimerai et vous respecterai jusqu'à la fin de mes jours.

IV. — LE MÊME AU MÊME.

Bordeaux, ce 24 février 1749.

Je vous prie de parler de moi à M.[3] et Mme de Mire-

---

1. François Richer d'Aube, neveu de Fontenelle, célèbre dans la société du temps par la lourdeur de son esprit et son caractère grondeur. Né en 1686, mort en 1752.

2. Le marquis de Mirepoix, son mari, venait d'être nommé ambassadeur à Londres, le 1er janvier 1749.

3. Charles-Pierre-Gaston-François de Lévis-Lomagne, marquis, puis duc de Mirepoix, né le 2 décembre 1699, maréchal de France en 1757, mort le 25 septembre 1758.

poix, à M. de Forcalquier[1], à Mmes de Rochefort[2] et de Forcalquier[3], à Mme du Deffand, à M. et Mme du Châtel[4], à M. de Bernstorff[5]; sachez, je vous prie, s'ils ont quelque souvenir de moi. N'oubliez pas le président.

Ce que j'ai le plus vu dans votre lettre, mon cher chevalier, c'est votre amitié; et il me semble qu'en la lisant je faisois plus d'usage de mon cœur que de mon esprit. Je suis bien rassuré par vous sur le bon succès de l'*Esprit des Lois* à Paris. On me mande des choses fort agréables d'Italie; je ne sais rien des autres pays.

Mon cher chevalier, pourquoi les gens d'affaires se croient-ils attaqués? J'ai dit que les chevaliers, à Rome, qui faisoient beaucoup mieux leurs affaires que vous autres chevaliers ne faites ici les vôtres, avoient perdu cette république; et je ne l'ai pas dit, mais je l'ai démontré. Pourquoi prennent-ils là dedans une part que je ne leur donne pas?

1. Louis Bufile de Brancas, comte de Forcalquier, fils aîné du maréchal de Brancas, né le 28 septembre 1710, mort le 3 février 1753. Plein d'esprit, Mme de Flamarens disait de lui « qu'il éclairait une chambre quand il y entrait. »

2. Marie-Thérèse de Brancas, fille de Louis de Brancas, marquis de Céreste, maréchal de France, née le 2 avril 1716, mariée le 13 février 1736 à Jean-Anne-Vincent de Larlan de Kercadio, comte de Rochefort. Devenue veuve vers 1738, elle se remaria le 14 octobre 1782 au duc de Nivernois et mourut le 5 décembre suivant. Voir *la comtesse de Rochefort et ses amis*, par M. de Loménie, 1870.

3. Marie-Françoise-Renée de Carbonnel-de-Canisy, née en 1725, de Réné-Anne, comte de Canisy et de Thérèse-Éléonore Guestre de Préval. Devenue veuve, en 1741, du marquis de Gondrin, vice-amiral de France, elle se remaria, le 6 mars 1742, au comte de Forcalquier.

4. Louis-François Crozat, marquis du Châtel, fils du célèbre financier, et de Marguerite Le Gendre, lieutenant général en 1744, mort le 31 janvier 1750. Il avait épousé, le 13 septembre 1722, Marie-Thérèse-Catherine Gouffier, fille de Charles-Antoine Gouffier, marquis de Heilly, et de Catherine-Angélique d'Albert de Luynes. Des deux filles issues de ce mariage, l'aînée épousa le marquis, puis duc de Gontaut et fut mère du duc de Lauzun; la seconde devint la femme du duc de Choiseul, le célèbre ministre de Louis XV. Il est souvent question des du Châtel dans la *Correspondance générale* de Mme du Deffand. Un frère cadet du marquis du Châtel, Louis-Antoine Crozat, marquis de Moy, avait épousé Marie-Louise-Angélique de Montmorency-Laval et fut père de la comtesse de Béthune, de la duchesse de Broglie et de la marquise de Béthune.

5. Johan-Hartvig-Ernst Bernstorff, ambassadeur de Danemark en France, de 1744 à 1750, fort apprécié dans la société du temps, où on lui donnait le surnom de Sully du Nord. Sa correspondance avec le duc de Choiseul a été publiée récemment, Copenhague, 1871, in-8°.

J'aurois grande envie de revenir; mais je serai encore ici quelques mois, occupé à rétablir une fortune honnête : il m'en coûte le plaisir de vous voir, et il me faudroit de grands dédommagemens. Je n'en sais point, mon cher chevalier, parce qu'il n'y a rien de comparable au bonheur de vivre avec vous.

Parlez, je vous prie, de moi à tous nos amis.

V. — LE MÊME AU MÊME.

De Paris, le 24 novembre 1749.

Mon cher chevalier, que prétendez-vous faire? Ne voulez-vous point revenir de votre Périgord? On ne peut aller là que pour manger des truffes. Vous nous laissez ici; nous vous aimons : vous êtes un philosophe insupportable. Je reçois quelquefois des nouvelles de Mme de Mirepoix, qui me dit toujours de vous faire ses complimens. Il y a ici une grande stérilité en fait de nouvelles. Je ne puis vous dire autre chose, si ce n'est que les opéras et les comédies de Mme de Pompadour vont commencer, et qu'ainsi M. le duc de La Vallière va être un des premiers hommes de son siècle; et, comme on ne parle ici que de comédies ou de bals, Voltaire jouit d'une faveur particulière : on prétend que le jour qu'il doit donner son *Catilina*, il donnera une *Électre*; j'y consens. Les du Châtel sont ici. M. de Forcalquier se porte en général très-bien. Je vous prie de me conserver toujours votre amitié que j'adore, et d'agréer mon respect infini.

VI. — LE MÊME AU MÊME.

La Brède, ce 1er juin 1751.

Vous êtes, mon cher chevalier, mes éternelles amours; et il n'y a en moi d'inconstance que parce que j'aime tantôt votre esprit, tantôt votre cœur. Quant à ce pays-ci, nous sommes tous...; le riche fait pitié, le pauvre fait verser des larmes, et tout cela avec le découragement que l'on a

dans une ville assiégée : pour moi, qui ne me connois
d'autre bien que l'épaisseur des murs de mon château,
j'y reste, je rêve à la Suisse, et je vous aime.

Mes respects, je vous prie, à l'hôtel de Forcalquier, à
Mme du Châtel, à Mme du Deffand, et à nos amis.

VII. — LE MÊME AU MÊME.

Bordeaux, ce 2 janvier 1752.

Mon cher chevalier, si vous venez cet été à la Brède,
vous prendrez le seul moyen que vous avez d'augmenter
la passion que j'ai pour vous ; et quant à ce que vous me
dites, de passer par Mayac lorsque j'irai à Paris, je le
ferai, et je garde votre lettre pour savoir le chemin ; mais
vous n'avez pas dit aux dames vos nièces à quel point
celui que vous leur proposez est délabré, et peu propre à
remplir les grandes vues que vous avez. Je me souviens
d'une pièce de vers où il y avoit :

> J'ai soixante ans ; c'est trop peu pour vos charmes.

Sylva disoit fort bien ; il n'y a rien de si difficile que de
faire l'amour avec de l'esprit ; moi je dis qu'il est encore
plus difficile de faire l'amour avec le cœur et avec l'esprit : mais ceci est trop relevé pour un pauvre chasseur
devant Dieu ; ainsi je ne vous parlerai que de notre misère,
qui est extrême, et telle qu'il me semble qu'il vaut mieux
s'ennuyer que de se divertir devant des misérables. Je ne
sais, ma foi, à quoi tout cela aboutira ; mais je sais que
tous les lendemains sont pires, et que cela vise à la dépo-
pulation. Nous serons *dépopulés*, mon cher chevalier, et
peut-être passerons-nous devant les autres.

Vous chassez, et je plante des arbres, et je défriche les
landes ; il faut s'amuser comme on peut. La ville de Bordeaux est fort triste, et je ne tâte guère de ce séjour.

On dit que le charmant milord est malade à Toulouse.
Agréez, je vous prie, mes sentiments les plus tendres.

VIII. — LE MÊME AU MÊME.

La Brède, ce 8 novembre 1753.

Je bus hier, mon cher chevalier, trois verres de vin à la confusion du père de Palène : c'est une santé anglaise. Le pauvre homme auroit bien mieux aimé que vous lui eussiez donné une douzaine de coups de bâton que de signer une transaction qui met le couvent si fort à l'étroit ; mais vous n'avez pas suivi son goût. Le père de Palène est le diable de l'abbé de Grécourt[1], à qui l'on donne une flaquée d'eau bénite. Mon cher chevalier, je vous aime, je vous honore, et vous embrasse.

IX. — LE CHEVALIER D'AYDIE A LA MARQUISE DU DEFFAND.

Mayac, 20 décembre 1758.

Que je ne réponde pas, madame, à la lettre que vous me faites l'honneur de m'écrire ! Oh ! madame, cela vous est bien aisé à dire : je ne vous ferois pas grand tort ; mais cela m'est impossible. S'il n'y avoit dans cette lettre que les choses agréables dont elle est remplie, encore ne sais-je si je pourrois m'en tenir ; car, quelque stupide que je sois et que je veuille être, je ne crois pas que je devienne insensible au plaisir qu'elle donne et inaccessible à l'activité que communique un genre d'esprit si piquant. Mais, madame, pour me réveiller, vous faites agir un ressort bien plus puissant, lorsque vous m'assurez d'une manière si touchante que vous avez de l'amitié pour moi. A ce mot, me voilà pris ; car, vous qui devez me connoître, vous savez bien, madame, que personne ne m'a jamais aimé que je ne le lui aie bien rendu. C'est un sentiment auquel je ne résiste point : c'est la chaîne qui me retient ici, c'est l'appât avec lequel vous me conduirez, où, quand et comme il vous plaira, d'autant plus infailliblement qu'assurément on ne vous a jamais refusé

1. Jean-Baptiste-Joseph Villart de Grécourt, l'auteur du poème de *Philotanus*, auquel il est ici fait allusion. Né en 1683, mort le 2 avril 1743.

d'avoir tous les charmes qui sont propres à soumettre les cœurs les plus rebelles et à fixer les goûts les plus délicats. Pourquoi ne m'avez-vous pas donné plus tôt, madame, l'espérance dont vous me flattez aujourd'hui? car j'ai bien été toujours un de vos adorateurs, mais je n'osois présumer que je pourrois m'élever au premier rang de vos amis : je me trouvois trop lourd. Cette considération arrêtoit les mouvemens de mon cœur, et me jetoit, contre mon inclination, dans des distractions dont je me repens aujourd'hui, puisqu'enfin je puis m'assurer que vous avez véritablement de l'amitié pour moi; car vous me le dites, madame, et je sais que vous êtes sincère. De ma part, je me promets de vous être attaché toute ma vie avec le respect et la fidélité dont je suis capable.

Je suis très-fâché de la maladie du président Hénault[1], car je l'aime beaucoup, peut-être gratuitement. En effet, je n'ignore pas qu'un homme de cour, si fêté, si recherché, n'a guère le temps de penser à un provincial enseveli dans l'obscurité. Quoi qu'il en soit, j'ai toujours raison de l'aimer, puisqu'il est très-aimable. Quand ce point est une fois accordé, on ne doit plus regimber contre son penchant et chercher, par de vains sophismes que l'amour-propre inspire, à se détacher des sentimens que nous concevons pour les gens qui nous plaisent. Je garde donc sans scrupule tous ceux que j'ai pour notre président.

Le tour qu'on a joué à Bougainville[2] est très-plaisamment imaginé, mais pourquoi donner ce ridicule à ce pauvre prince[3]? N'eût-il pas été plus décent et plus honorable

---

1. Charles-Jean-François Hénault, président de la 1re chambre des Enquêtes, né le 8 février 1685, mort le 24 novembre 1770. Voir son portrait dans la *Correspondance générale de Mme du Deffand*, t. II, p. 743.

2. Jean-Pierre Bougainville, né en 1722, mort le 22 juin 1763. Membre de l'Académie des Inscriptions dès 1745, il en devint le secrétaire perpétuel en 1749, et entra à l'Académie française en 1754, en remplacement de La Chaussée. Il était frère du célèbre navigateur. C'est de lui que Duclos disait à quelqu'un qui, pour l'intéresser à son élection, faisait valoir sa mauvaise santé : « Eh, sacrebleu ! l'Académie n'a pas été faite pour donner l'extrême-onction. »

3. La Chaussée avait, paraît-il, persuadé au comte de Clermont de se présenter à l'Académie pour faire échouer la candidature de Bougainville. Voir le *Journal de Collé*, édition de M. Bonhomme, t. 1er, p. 408; notre article *Un Condé académicien*, dans la *Revue de France* de 1871, et le *Comte de Clermont*, par J. Cousin, Paris, 1867.

pour l'Académie, sans recourir à cette espièglerie, de
suivre l'esprit de son institution et de donner avec fermeté
la préférence à d'Alembert sur tous les autres, puisque
c'est celui qui en est, sans comparaison, le plus digne, et
que le cri public le désignoit? Il ne s'en soucie guère.
Vraiment! je le crois bien. Comment l'émulation subsiste-
roit-elle en voyant le choix que l'on fait en tout genre?
Je voudrois pourtant qu'il n'achevât pas de se dégoûter :
premièrement, pour l'honneur de l'Académie et de la
nation, et, en second lieu, parce que je souhaite à notre
ami d'Alembert des désirs qui ne peuvent manquer d'être
bientôt satisfaits si l'Académie cesse de vouloir se faire
siffler par tous les gens raisonnables.

Le jugement que prononcera la commission qui doit
examiner le testament du père Berruyer fera sans doute
sur le public une belle impression, et proportionnée à
l'opinion qu'on a du mérite et de la capacité des membres
qui la composent. Au reste, je n'ai point lu ce livre et ne
sais ce que c'est. Le brave Julien[1] m'a totalement abandonné : il ne m'envoie ni livres ni nouvelles, et il faut
avouer qu'il me traite assez comme je le mérite, car je ne
lis aujourd'hui que comme d'Ussé, qui disoit qu'il n'avoit
le temps de lire que pendant que son laquais attachoit les
boucles de ses souliers. J'ai vraiment bien mieux à faire,
madame : je chasse, je joue, je me divertis du matin
jusqu'au soir avec mes frères et nos enfants, et je vous
avouerai tout naïvement que je n'ai jamais été plus heureux et dans une compagnie qui me plaise davantage.
Pour vous acquérir tout d'un coup le cœur de mon frère
aîné, je me suis servi d'un expédient très-prompt et très-
sûr : je lui ai fait lire votre lettre. Il en a été charmé, et
me charge, madame, très-expressément de vous présenter
ses respects. L'abbé est enchanté de votre souvenir, madame de Nanthia toute glorieuse d'avoir quelque part à
votre bienveillance, et moi très-touché, très-attendri des
grâces que vous avez faites à tous. Je vous souhaite donc,
madame, la bonne année et à tous vos bons amis,
entre lesquels je compte bien distinctement madame la
duchesse de Mirepoix et madame du Châtel.

---

1. Distributeur des *Nouvelles* à la main.

Que direz-vous de la longueur de ce barbouillage, auquel je me suis livré sans miséricorde pour vos pauvres yeux et sans penser à l'ennui qu'il doit vous causer? Excuserez-vous mon indiscrétion en faveur du plaisir que j'ai trouvé à vous entretenir? Pardonnez-moi, madame, ce premier accès : je serai plus circonspect, s'il m'est possible, une autre fois.

Mon frère aîné dit que, puisqu'on fait M. le comte de Clermont académicien[1], on devroit au moins faire d'Alembert prince du sang, et que cela seroit plus juste et plus à propos.

X. — LE MÊME A LA MÊME.

Mayre, 28 janvier 1754.

Je vous félicite, madame, du plaisir que vous avez de revoir M. de Formont[2] et M. de Montesquieu. Vous avez sans doute beaucoup de part à leur retour; car je sais l'attachement que le premier a pour vous, et l'autre m'a souvent dit avec sa naïveté et sa sincérité ordinaire : « J'aime cette femme de tout mon cœur; elle me plaît, elle me divertit; il n'est pas possible de s'ennuyer un moment avec elle. » S'il vous aime donc, madame, si vous le divertissez, il y a apparence qu'il vous divertit aussi, et que vous l'aimez et le voyez souvent. Eh! qui n'aimeroit pas cet homme, ce bon homme, ce grand homme, original dans ses ouvrages, dans son caractère, dans ses manières, et toujours ou digne d'admiration ou adorable? J'aime aussi beaucoup M. de Formont : il joint, ce me semble, à beaucoup d'esprit une simplicité charmante, sans prétentions; celles des autres ne le blessent ni ne l'incommodent. Il paroît à son aise avec tout le monde, et tout le monde y est avec lui. Quand je pense donc à vous, premièrement, madame, et à tout ce que vous rassemblez chez vous, mesdames de Mirepoix, du

1. Il fut élu à la place de Boze, le 26 mars 1754.
2. Jean-Baptiste-Nicolas Formont, l'ami et le correspondant de Voltaire, mort en novembre 1758.

Châtel, le président Hénault, MM. de Buckeley, d'Alembert, etc., j'enrage d'être à cent lieues de vous; car je n'ai ni l'ambition ni la vanité de César : j'aime mieux être le dernier et seulement souffert dans la plus excellente compagnie, que d'être le premier et le plus considéré dans la mauvaise, et même dans la commune; mais, si je n'ose dire que je suis ici dans le premier cas, je puis au moins vous assurer que je ne suis pas dans le second : j'y trouve avec qui parler, rire et raisonner autant et plus que ne s'étendent les facultés de mon pauvre entendement et l'exercice que je prétends lui donner. Il est vrai que nous ne traitons point les mêmes questions qu'on agite à Paris. Nous ignorons les démarches du gouvernement, du Parlement, du Châtelet, les querelles de l'Académie, etc.; mais, madame, est-ce un si grand malheur? A propos de cela, Julien est-il mort? Il m'a bien averti que les ministres lui ont fait défendre d'écrire les Nouvelles; mais il m'avoit promis de me mander celles qui regardent la santé de madame du Châtel et de ses amis, et de continuer à m'envoyer le *Mercure*, auquel je comptois qu'il joindroit un almanach, suivant sa coutume. Or, les ministres ne pensent pas s'opposer à cela; car encore faut-il que nous sachions si ce sont les mêmes, non s'ils sont les mêmes, nous ne sommes point en peine de cela, mais s'ils sont à la même place.

Je ne vous dis rien de mon retour, madame, parce que je n'ai encore aucun projet arrêté sur cet article. Je puis seulement vous assurer qu'en quelque lieu que le sort m'arrête ou me conduise, je vous aimerai et vous respecterai partout, madame, et de tout mon cœur.

Voilà une lettre immense : je ravale pourtant mille choses que je voudrois vous dire, et dont je vous fais grâce pour ne pas trop vous aviser combien il est dangereux d'attaquer un provincial oisif, qui ne finiroit jamais s'il se laissoit entièrement aller aux effusions de son cœur et à son babil quand quelques marques de vos bontés viennent le réveiller. Il faut cependant que j'ajoute, madame, que j'ai l'honneur de vous envoyer un pâté, et que mon frère et madame de Nanthia vous présentent leurs très-humbles respects.

XI. — LE MÊME A LA MÊME.

Mayac, 27 février 1754.

Je serois, madame, bien ingrat et bien stupide, si je ne recevois pas avec beaucoup de reconnoissance et de plaisir les lettres que vous me faites l'honneur de m'écrire. Je vous dirai plus, madame, j'y réponds sans peine. La crainte de me priver des témoignages que vous me donnez de la continuation de vos bontés me guérit de ma paresse, et l'emporte aussi sur les réflexions que mon amour-propre devoit m'engager à faire; ainsi notre commerce durera tant que vous voudrez.

Je ne retournerai vraisemblablement à Paris que dans la belle saison. Je vous avoue même que, vieux et goutteux comme me voilà, et, par conséquent, peu agréable à la société et parfaitement inutile à tous égards, je pense souvent que je ferois très-sagement d'achever ici ma carrière; mais le désir de revoir les amis qui me restent à Paris et l'opinion que j'ai de leur indulgence en ma faveur me soutiennent encore, et m'empêcheront apparemment de prendre résolûment ce parti.

Le pauvre M. de Châtillon[1] est donc mort! Si la fin de sa disgrâce n'a pu prolonger ses jours, elle aura au moins commencé à lui faire sentir les joies du paradis, et je doute même qu'il ait imaginé de trouver rien de plus délicieux dans l'autre monde; car, pour un courtisan, le retour de la faveur a des attraits plus touchans que tout ce que nous promettent la loi et les prophètes.

Je suis fâché que l'état de la santé de M. d'Argenson exige de notre président des soins si assidus et si pénibles; mais il a raison, madame, de dire qu'il ne peut pas s'en dispenser. Il est, en effet, inouï que les ministres, tandis qu'ils sont en place, soient négligés de leurs amis : ils ont cet avantage, et tant d'agrémens, d'ailleurs, qu'ils seroient trop heureux s'ils pouvoient obtenir le

---

1. Charles-Paul-Sigismond de Montmorency-Luxembourg, duc de Châtillon, petit-fils du vainqueur de Steinkerque, né le 20 février 1697, de Paul-Sigismond, et de Marie-Anne de la Trémoille, mort le 14 février 1754.

privilége que je leur souhaite d'être exempts de la goutte
et de la v......

Je vous remercie très-humblement, madame, de la
bonté que vous avez de faire mention de moi avec vos
amis. Je les honore tous : il me semble que ce n'est qu'a-
vec vous et avec eux qu'on goûte véritablement les délices
de Paris, et qu'on sent la supériorité de ce séjour sur
tous les autres lieux du monde. Je ne me croirai donc
bien heureux que lorsque j'aurai l'honneur de vous faire
ma cour, et de vous assurer sans cesse, madame, de
mon respect et de mon attachement.

XII. — LE PRÉSIDENT DE MONTESQUIEU AU CHEVALIER D'AYDIE.

De Paris, le 12 mars 1754.

Mon cher chevalier, Mme du Deffand m'a fait part
d'une lettre de vous qui m'a comblé de joie, parce qu'elle
me fait voir que vous m'aimez beaucoup, et que vous
m'estimez un peu. Or, l'amitié et l'estime de mon cher
chevalier, c'est mon trésor. Je voudrois bien que vous
fussiez ici, et vous nous manquez tous les jours; à présent que je vieillis à vue d'œil, je me retire, pour ainsi
dire, dans mes amis.

Bulckeley [1] est au comble de ses vœux : son fils, pour
lequel il est aussi sot que tous les pères, vient d'avoir le
régiment; j'en suis en vérité bien aise : voilà sa fortune
faite. M. Pelham [2], qui étoit à peu près le premier ministre
tre d'Angleterre, est mort. C'est un ministre honnête
homme, de l'aveu de tout le monde; il étoit désintéressé
et pacifique; il vouloit payer les dettes de la nation; mais

---

1. François, comte de Bulckeley, né à Londres le 11 septembre 1686,
Passé au service de France, il y devint lieutenant général et mourut le
14 janvier 1756.

2. Sir Henry Pelham, frère cadet du duc de Newcastle, né en 1694, mort
le 6 mars 1754. Entré dans la ligue qui en 1742 renversa le ministère
Walpole, il fit partie du nouveau cabinet comme chancelier de l'Échiquier,
et devint ministre dirigeant après la retraite de lord Carteret, en 1744.

il n'avoit qu'une vie, et il en faut plusieurs pour ces entreprises-là.

Je suis allé voir hier une tragédie nouvelle, intitulée *les Troyennes*[1] : la pièce est assez mal faite ; le sujet en est beau, comme vous savez : c'est à peu près celui qu'avoit traité Sénèque. Il y a d'excellens morceaux, un quatrième acte très-beau, et le commencement d'un cinquième aussi. Ulysse dit d'un ami de Priam, qui avoit sauvé Astyanax :

> Les rois seroient des dieux sur le trône affermis,
> S'ils ne donnoient leurs cœurs qu'à de pareils amis.

M. d'Argenson se porte mieux, mais on craint qu'il ne lui reste une plus grande foiblesse aux jambes. Je ne vous dirai point quand finira l'affaire du parlement, ou plutôt l'affaire des parlemens ; tout cela s'embrouille, et ne se dénoue pas. Mon cher chevalier, pourquoi n'êtes-vous point ici ? pourquoi ne voulez-vous pas faire les délices de vos amis ? pourquoi vous cachez-vous lorsque tout le monde vous demande ? Revenez, nos mercredis languissent. Mme de Mirepoix, Mme du Châtel, Mme du Deffand.... Entendez-vous ces noms, et tant d'autres ? J'arrive avec Mme d'Aiguillon[2], de Pontchartrain[3], où j'ai passé huit jours très-agréables. Le maître de la maison a une gaieté, une fécondité qui n'a point de pareille. Il voit tout, il lit tout, il rit de tout, il est content de tout, il s'occupe de tout : c'est l'homme du monde que j'envie davantage ; c'est un caractère unique. Adieu, mon cher chevalier ; je vous écrirai quelquefois, et je serai votre Julien, qui est plus en état de vous envoyer de bons almanachs que de bonnes nouvelles. Permettez-moi de vous embrasser mille fois.

1. Tragédie de Châteaubrun, représentée pour la première fois le 11 mars 1754.

2. Anne-Charlotte de Crussol, fille de Louis de Crussol, marquis de Florensac, et de Marie-Louise-Thérèse de Saint-Nectaire-Châteauneuf, née en 1700. Elle avait épousé, le 18 août 1718, Armand-Louis de Vignerot du Plessis-Richelieu, duc d'Aiguillon, dont elle devint veuve en 1750, et fut mère du duc d'Aiguillon, secrétaire d'État des affaires étrangères en 1771. Elle mourut le 15 juin 1772.

3. Résidence du comte de Maurepas.

XIII. — LE CHEVALIER D'AYDIE A LA MARQUISE DU DEFFAND.

Mayne, 27 juin 1764.

Votre dernière lettre, madame, m'a fait encore plus de plaisir que les autres; elle est plus longue; elle remet sous mes yeux les allures et l'image de presque toutes les personnes qui composent votre société. Elle vous représente si parfaitement vous-même, qu'à tout moment je mourois d'envie de vous embrasser. Il faut pourtant, madame, passer légèrement et ne pas faire semblant d'entendre quelques articles où vous me paraissez avoir toujours un peu le diable au corps, n'en déplaise à vos prétendues rétivences. Je vous avertirai seulement qu'une personne comme vous, qui a voulu être dévote et qui (soit dit sans reproche) n'a jamais pu le devenir, doit juger et parler des gens de Dieu avec modestie et révérence; et qu'enfin votre pénétration sur leur compte et sur les sentimens qu'ils m'inspirent est toujours en défaut.

Je ne suis pas surpris que madame de Mirepoix aime la cour : c'est son élément; et, si je voulois représenter ce qu'est et ce que doit être une dame de la cour, je la dessinerois sur ce modèle. Nous la verrons donc marcher légèrement et avec dignité dans un chemin où les personnes dont ce n'est pas le métier broncheroient à chaque pas, se rendroient ridicules ou s'aviliroient, sans peut-être arriver à leur but. Elle aura toujours l'air d'être immédiatement la compagnie du maître, parce qu'elle est faite pour cela.

Le bien, madame, que vous dites aussi du prince, son frère[1], me fait beaucoup de plaisir. J'ai naturellement du goût pour lui; et si aux qua s que personne ne lui refuse, et aux agrémens qu'il a, il joint encore les vertus

---

1. Charles-Juste de Beauvau, prince de Beauvau, né le 10 septembre 1720, élu membre de l'Académie française en 1771 en remplacement du P. Hénault, maréchal en 1783, mort le 4 juillet 1793. Voir la *Correspondance générale de Mᵐᵉ du Deffand*, les intéressants *Souvenirs de la maréchale de Beauvau*, publiés par Mᵐᵉ Standish, née Noailles, Techener, 1872; et les *Mémoires de Malouet*, t. II, p. 450.

consciencieuses, il faut avouer que c'est un homme rare et très-accompli.

J'imagine que, la maison que va prendre madame du Châtel la rapprochant de vous, cette facilité de vous voir, jointe aux autres convenances, réchauffera encore votre commerce. Est-il bien vrai, madame, qu'elle me fait quelquefois l'honneur de penser à moi? Voilà encore une de ces amorces auxquelles ma modestie ne peut résister; car je désire avec passion d'avoir quelque part à l'estime et à la bienveillance de madame du Châtel.

Que prétend madame de Betz[1] en se vouant au blanc? En est-elle là? Est-ce le dernier remède qu'on lui a conseillé? Je serois, en vérité, bien fâché que les médecins n'en trouvassent pas de plus efficace; car c'est une très-bonne femme et que je regretterois beaucoup.

Le président Hénault fait, à mon sens, très-bien de beaucoup se remuer : ce mouvement est utile à sa santé; d'ailleurs il est sûr de marcher de *conquête en conquête,* et ceux qui ont, comme lui, le talent de s'accommoder de tout et de plaire à tous ne doivent pas être insensibles aux louanges que méritent la facilité de leurs mœurs et la flexibilité de leur esprit. Mais je suis sûr qu'il revient toujours chez vous, madame, avec empressement, et que c'est là qu'il goûte le plus vivement la maxime que vous établissez, qu'il faut changer de plaisirs et d'objets. Oui, madame, cela est bon pour quelqu'un qui a beaucoup de jambes et point d'humeur; mais que feriez-vous d'un homme que la goutte rend si souvent impotent et refrogné? Nous verrons cela, s'il plaît à Dieu, quelque jour, car n'imaginez pas que je renonce, tant que je respirerai, au dessein d'aller vous faire ma cour. Mais je ne me consolerai point d'avoir manqué l'occasion de passer un été avec notre ami Formont : je partagerois de si bon cœur avec vous le plaisir que donnent sa compagnie, ses rires, ses bons mots! Je n'aurois pas été, entre vous et lui, un personnage inutile; n'est-ce donc rien que d'écouter avec intérêt, de goûter et de rire?

Cette pauvre douairière sans douaire me fait pourtant pitié. Ah! que vous allez trouver cela bien provincial! car

---

1. Femme de Michel-Joseph-Hyacinthe Lallemand de Betz, fermier général.

l'usage de Paris est de ne point s'arrêter à l'objet principal, quand il est lamentable, et de tourner sa vue sur quelques accessoires, quelques circonstances plaisantes, et de finir toujours par rire de tout. Heureux pays! ce n'est point la misanthropie qui me dicte cette réflexion, c'est au contraire une raison de plus pour désirer de te revoir!

Ce n'est pas sans effort et sans regret apparemment que M. d'Alembert a quitté son cabinet, et surtout le vôtre, pour aller à Wesel. Cet acte de reconnoissance, qu'il doit au roi de Prusse, ne peut manquer de confirmer ce monarque dans les préjugés qu'il a déjà conçus en faveur de notre philosophe. Je souhaite qu'il lui donne de nouvelles marques de son estime et de sa bienveillance.

Voilà une lettre, je pourrois dire une brochure, qu'il faut pourtant finir : elle pourroit vous coûter plus à lire qu'elle ne m'a coûté à écrire ; car je ne trouve rien de si doux et de si aisé que de causer avec vous, madame, on n'a besoin ni d'esprit ni d'imagination : il n'y a qu'à répondre ou qu'à suivre le texte intéressant que vous fournissez; et c'est encore plus naturellement, et par un mouvement qui part de mon cœur, que j'ai l'honneur de vous assurer que je vous aime passionnément et que je vous respecte infiniment.

XIV. — LA MARQUISE DU DEFFAND AU CHEVALIER D'AYDIE.

Ce lundi 14 juillet 1755.

Votre lettre est charmante, mon cher chevalier, elle a fait l'admiration de tous ceux à qui je l'ai lue; je vous y retrouve tel que vous étiez dans vos plus beaux jours; il seroit bien dommage de nous priver de vous; il n'est point encore temps de songer à la retraite. Si toutes choses se passoient suivant l'ordre, je gagnerois la province tandis que vous reviendriez à Paris : ce ne seroit cependant pas mon compte, car tout ce que je désire le plus vivement, c'est de vivre avec vous. Vous trouverez en moi de quoi exercer ce que vous appelez sentiment, et que je nomme vertu (car c'est là la méprise que vous me reprochez). Je deviens triste, pesante; et ce qui va bien augmenter en moi ces défauts, c'est que mon ami Formont est parti. Il devoit rester encore ici un mois, mais il

33

a été contraint d'aller trouver sa mère qui se meurt. Le président est à Compiègne depuis plus de quinze jours; Dieu sait quand il en reviendra. Je lui ai fait vos complimens; il me charge de vous dire mille choses.

J'ai fait lire votre lettre par d'Alembert à mesdames du Châtel et de Mirepoix; on l'a fait recommencer deux ou trois fois de suite; on ne pouvoit s'en lasser : en effet, c'est un chef-d'œuvre. Je la conserverai précieusement toute ma vie, et je vous la ferai relire quand je serai contente de vous. C'est à vous qu'il appartient de peindre; personne n'a plu : que vous le style de sa pensée, c'est-à-dire que vos pensées sont à vous, qu'elles sont originales, et que vous n'avez pas besoin d'avoir recours à la recherche de l'expression pour leur donner l'air de la nouveauté. Vous avez réveillé en moi, mon cher chevalier, tout mon engouement pour vous; mais en même temps l'impatience de vous revoir devient insupportable, et il y aura de la cruauté à vous si vous ne donnez pas un terme pour vous attendre.

Madame de Mirepoix a senti les louanges que vous lui donnez avec l'esprit et la finesse que vous lui connoissez; elle dit que vous lui faites voir tout le danger de sa situation, et qu'elle n'ose espérer s'en tirer aussi bien que vous le lui promettez. Elle s'est peut-être trop engagée: mais il étoit difficile d'enrayer, et la vanité des autres étoit si intéressée à la faire aller en avant, qu'elle ne pouvoit ni reculer ni s'arrêter sans risquer de choquer et de déplaire. Enfin, je suis de votre avis, j'espère qu'elle s'en tirera bien, et je le désire de tout mon cœur; c'est la personne, sans contredit, la plus aimable que j'aie vue de ma vie.

Madame du Châtel est à Courbevoye, chez Bombarde, depuis trois ou quatre jours; elle y restera jusqu'à vendredi, qu'elle vient coucher dans sa nouvelle maison. Je la verrai plus facilement, surtout en hiver; mais pour plus souvent, j'en doute. Vous la connoissez, elle ne laisse point établir une certaine familiarité qui fait l'aisance et le plaisir de la société; on ne peut point passer la soirée chez elle qu'elle n'y invite; mais d'ailleurs elle est charmante, je l'aime passionnément, et il n'y a point de marques d'amitié que je n'en reçoive.

D'Alembert est très-content du roi de Prusse; il lui trouve beaucoup d'esprit, de bonté et de bénignité, ce sont ses termes. Il vouloit l'engager à aller passer quinze jours à Potsdam; il s'en est défendu, et le roi ne lui en a pas su mauvais gré. M. de Knyphausen, envoyé de Prusse, a rendu compte ici aux ministres de la conduite de d'Alembert; l'on en est fort content. Il a dit au président Hénault que le roi le traiteroit bien; je l'espère, mais jusqu'à présent, il n'a rien touché de sa pension, et il lui en a coûté quatre-vingt louis pour son voyage. Le bailli de Froulay a eu toutes sortes de bontés pour lui; vous devriez lui en marquer de la reconnoissance.

Mademoiselle de Lespinasse est bien vivement touchée des choses charmantes que vous dites d'elle; quand vous la connoîtrez davantage, vous verrez combien elle les mérite : chaque jour j'en suis plus contente.

Il me semble, mon cher chevalier, que s'il n'y avoit point de Normandie, ni de Périgord dans le monde, et que vous fussiez contraint de vivre à Paris, je regretterois moins la lumière; la société, l'amitié peut tenir lieu de tout.

Dans le moment que je vous écris, je suis très-incommodée; je n'ose vous dire de quoi; c'est un mal fort douloureux, fort attristant, et dont il me semble que vous vous plaignez quelquefois.

Vous me demandez ce que fait notre abbé[1] : il fait ce que faisoit le bonhomme Sainte-Aulaire à l'âge de quatre-vingt-dix ans. Je crois qu'il pourroit se plaindre des mêmes choses que ce bonhomme se plaignoit à vous; vous en souvenez-vous? Il trouvoit de certaines choses trop grosses et d'autres trop plates. L'abbé ignore que je sache ses déportemens; j'en garde le secret, excepté à vous; je lui ai seulement dit que je vous manderois ce qu'il faisoit, et il ne le craint pas, parce qu'il croit que je l'ignore.

Adieu, mon cher chevalier, il faut que je vous aime autant que je fais pour me résoudre à vous envoyer une si mauvaise lettre; mais je serois bien fâchée d'être obligée à me rechercher avec vous et à ne pas me laisser voir telle que je suis.

1. L'abbé d'Aydie.

XV. — LE CHEVALIER D'AYDIE A MADAME DU DEFFAND.

Mayne, 29 juillet 1755.

Je l'avois toujours bien ouï dire, madame, qu'il est très-agréable d'être loué par une personne d'esprit, et sur un article où elle est elle-même très-louable. Je vous remercie, madame, de m'avoir fait sentir ce plaisir. Je le trouve en effet délicieux, et c'est avec beaucoup de regret que je pense qu'il me rendroit ridicule si je le goûtois avec confiance, et sans faire réflexion que je ne dois ce que vous me dites de flatteur qu'à l'excès de vos bontés pour moi.

Je suis très-fâché d'apprendre que M. de Formont est retourné en Normandie. Je conçois le chagrin que vous cause son éloignement, et combien un homme de si bonne compagnie, et si assidu à profiter de la vôtre, mérite que vous le regrettiez. Je le plains, lui, doublement de vous avoir quittée, et d'être rappelé par la maladie de sa mère. Dieu vous devoit la consolation que vous donnent les soins de mademoiselle de Lespinasse. Voltaire a très-bien dit que l'amitié multiplie notre être et supplée à tous nos besoins.

Par mademoiselle de Lespinasse, vous retrouvez des yeux, et, ce qui vous est encore plus nécessaire, madame, elle exerce la bonté et la sensibilité de votre cœur. Je me sais bon gré de l'opinion que j'ai d'abord conçue d'elle, et je vous supplie de continuer à me ménager quelque part à sa bienveillance.

Mon bailli m'a mandé la bonne fortune qu'il a eue de trouver M. d'Alembert à Wesel, et de le recevoir après à Vaillempont. J'étois bien sûr que le roi de Prusse, en le voyant, prendroit autant de goût pour sa personne qu'il en avoit déjà pour ses ouvrages ; mais je suis fâché que S. M., dans cette occasion, ait oublié que c'est au poids de l'or que les rois donnent aux philosophes, qu'on mesure le cas qu'ils font de la philosophie. Nous serions, de notre part, des ingrats, si nous ne le récompensions pas de la constante préférence qu'il nous a donnée, et de la résistance qu'il a faite aux invitations du monarque.

Je crois comme vous, madame, que le voisinage n'est pas un droit dont on doive abuser avec madame du Châtel; mais vous avez tant d'autres titres auprès d'elle! Son indépendance même doit tourner à votre profit. Vous aurez donc le plaisir de la voir souvent, et tout à la fois celui de sentir que c'est autant par son choix que par le vôtre. Il ne m'appartient pas d'avoir les mêmes prétentions que vous : je ne puis néanmoins m'empêcher de me réjouir, en imaginant que, quand je serai à Paris logé si près d'elle, je pourrai lui rendre plus souvent mes respects; car, j'ai au moins cela de commun avec vous, j'aime passionnément madame du Châtel, et j'ose aussi me flatter qu'elle a de l'amitié pour moi.

Mon goût et mes vœux pour madame de Mirepoix sont d'accord avec les vôtres. Il me semble qu'elle danse actuellement sur la corde, et, quoique je sois bien persuadé qu'elle ne perdra pas l'équilibre, j'ai beaucoup d'impatience de la voir dans une assiette plus tranquille, mais peut-être seroit-elle moins à son aise. Les âmes d'une certaine trempe ne jouissent jamais si heureusement d'elles-mêmes que dans l'agitation et le danger. Le grand Condé n'étoit de sang-froid qu'au milieu des batailles.

Quant à notre président, madame, c'est l'aide de camp général des ambitieux : il aime à voir de près leurs passions, leurs manœuvres, leur gloire. C'est un spectacle très-digne des considérations d'un philosophe, assez sage pour ne pas entrer trop avant dans la mêlée, et si aimé et si considéré de tous les partis, qu'il est toujours sûr d'être bien traité des vainqueurs.

J'avois fait mon plan, moi, madame, de m'enfoncer dans une vie si obscure, que je pourrois désormais ne songer qu'à manger et à dormir sans souci; mais je m'aperçois que c'est un projet chimérique : il n'y a point d'asile sûr et inaccessible aux peines et aux chagrins. Me voilà aussi troublé par les procès de ma famille que je l'étois par les miens. J'ai avec cela actuellement deux de mes frères malades[1], et il faut que je coure continuellement de l'un à l'autre.

1. Voir p. 232, note 1.

En vérité, j'abuse de la permission. Je défie toute votre politesse et toute votre patience de résister à l'ennui que doit causer l'excès de ma bavarderie. J'en rougis quand je pense que mademoiselle de Lespinasse va s'épuiser à lire tout ce barbouillage. Pardonnez-moi, mademoiselle, c'est la faute de madame, et en votre faveur je vais finir, sans écouter l'envie que je me sens de l'entretenir encore deux autres heures du respect et de l'attachement que j'ai pour elle.

Ah! il faut que je vous assure, madame, qu'en vérité vous vous trompez dans les jugemens que vous faites de l'abbé : il n'est retenu à Paris que par un maudit procès qu'il a contre les moines. Si j'étois vindicatif, j'userois de représailles, et rirois à mon tour des ennuis qu'ils lui donnent; mais je n'en ai pas le courage, et je le plains surtout s'ils ne lui laissent pas le temps de vous faire sa cour aussi souvent qu'il le désire.

XVI. — MADAME DU DEFFAND AU CHEVALIER D'AYDIE.

De Paris, ce 3 octobre 1755.

Vous recevrez, mon cher chevalier, par cet ordinaire-ci, l'*Éloge* du président de Montesquieu; c'est par un malentendu que vous ne l'avez pas eu plus tôt. Vous êtes cause que d'Alembert et moi nous nous sommes fort querellés; il croyoit m'avoir chargée du soin de vous l'envoyer, et moi, j'étois persuadée qu'il m'avoit dit qu'il en chargeroit le bailli. Je ne doute pas que vous n'en soyez fort content, et que vous ne trouviez notre président aussi parfaitement loué qu'il étoit digne de l'être. Madame d'Aiguillon dit que c'est son apothéose.

Vous aurez appris la mort de M. le prince de Dombes[1]; elle a été presque subite, mais on vous en aura mandé plus de détails que je ne suis en état de faire. Le Roi n'a encore disposé d'aucune de ses charges, et l'on dit que

---

1. Louis-Auguste de Bourbon, prince de Dombes, fils aîné du duc du Maine et d'Anne-Louise-Bénédicte de Bourbon-Condé, né le 4 mars 1700, mort à Fontainebleau le 30 septembre 1755, sans avoir été marié.

ce ne sera qu'après Fontainebleau. Il me semble que tout se dispose à la paix. Je ne me charge pas de nouvelles publiques; votre bailli est bien mieux instruit que moi. Je suis inquiète de madame du Châtel; je soupai avec elle hier au soir chez madame de Betz; ses forces ne reviennent point, et elle avoit fort mal à la tête. Après les alarmes qu'elle m'a données, je ne saurois être tranquille quand je lui vois la plus petite incommodité; l'idée de sa perte me renverse la tête. Je n'ai nulle nouvelle de madame de Mirepoix; je lui ai envoyé l'*Éloge*, je lui ai écrit deux fois, pas un mot de réponse. La Reine revient le 13, et madame de Mirepoix viendra à Paris le lendemain.

Madame de Betz a la jaunisse depuis dix ou douze jours. Pont-de-Veyle a toujours la fièvre quarte.

Donnez-moi de vos nouvelles souvent, je vous en supplie; priez madame de Nanthia d'en prendre la peine. Vous devriez bien revenir nous trouver; j'ai si peu de temps à jouir de la société de mes amis, elle m'est si nécessaire, qu'il y a de la cruauté à m'abandonner. Soyez sûr que je ne désire rien autant que votre retour. Adieu.

XVII. — MADAME DU DEFFAND A MADAME DE NANTHIA.

De Paris, ce 10 octobre 1765.

Notre abbé, madame, m'avoit annoncé votre lettre, et je l'attendois avec impatience; je suis charmée de la correspondance que vous voulez bien qui soit entre nous. Le chevalier pourra être paresseux en sûreté de conscience; j'aurai plus souvent de ses nouvelles, et vous vous accoutumerez à avoir un peu de bonté et d'amitié pour moi. C'est de très-bon cœur que je vous offre un petit logement chez moi, et je desire sincèrement que vous l'acceptiez; ce seroit le moyen d'être d'accord ensemble : vous ne vous sépareriez pas de mon chevalier, et vous ne m'en priveriez pas; j'aurois le plaisir de vivre avec vous, et vous trouveriez chez moi une jeune personne fort empressée à vous plaire et dont la compagnie vous seroit agréable. Ne détournez donc point, madame, le chevalier de revenir ici ; mais employez votre crédit sur lui à lui faire trouver bon que vous y veniez avec lui ; je ne saurois vous dire à quel point cela me feroit plaisir.

L'abbé m'a raconté quelle étoit la vie que vous meniez ; il n'y a rien de si agréable et de plus délicieux. Je comprends la difficulté qu'il y a d'y renoncer ; ne pouvant la partager, j'y porte grande envie. Si j'avois le plus petit prétexte pour y être admise, je n'hésiterois pas un moment à demander une petite chambre à Mayac. Je m'en fais l'idée du séjour d'Astrée. Je m'imagine que M. le comte d'Aydie est le grand druide Adamas, le chevalier, Silvandre ; je ne saurois faire de Bousta un Céladon ni un Hylas ; pour vous, madame, et mesdames vos cousines, vous êtes Astrée, Diane et Silvie. Si vous n'avez point lu ce roman-là, vous ne comprendrez rien à tout ce que je vous dis, et je ne vous conseille pas de le lire pour pouvoir m'entendre.

J'ai bien envie de savoir ce que le chevalier pense de l'*Éloge* du président de Montesquieu ; je me flatte qu'il en aura été content. Nous aurons, je crois, bientôt celui qu'en a fait M. de Maupertuis ; mais j'ai peur qu'il ne soit pas séparé du recueil de ses ouvrages dont on fait une édition à Lyon. Si on l'imprime séparément, je l'enverrai acheter dès qu'il paraîtra. J'ai jugé, par ce que l'abbé m'a dit, que l'on n'a pas été, chez vous, fort content des *Mémoires* de madame de Staal ; ils ont eu beaucoup de succès ici.

Dites au chevalier, madame, je vous supplie, que madame du Châtel se porte très-bien ; elle espéroit, ainsi que moi, le revoir cet hiver, et nous sommes fort affligées l'une et l'autre d'être forcées d'y renoncer.

Madame de Mirepoix est perdue sans ressources ; elle ne quitte plus la cour ; l'on ne sauroit dire d'elle ce que madame d'Autrey disait de M. de Cereste, qu'il avoit l'absence délicieuse ; elle ne l'a que silencieuse ; et, si elle n'étoit pas la plus aimable du monde, elle deviendroit la plus indifférente : rien n'est si prouvé que son peu de sentiment ; mais, quand on la voit, on n'y peut résister, et, malgré qu'on en ait, on l'aime.

Il court de bien mauvais bruits de certain ministre ; j'en aurois eu autrefois beaucoup d'inquiétude, mais d'autres temps, d'autres soins; je ne voudrois aujourd'hui qu'une seule chose, être à Mayac ou que Mayac fût ici. Il faudroit y admettre mon ami Formont; le chevalier y consentiroit bien volontiers.

Voilà bien des paroles oiseuses; mais je dirai avec Fontenelle :

> *Souvent* par des fantôme vains
> La raison *quelquefois s'égare*, etc.[1]

Je finis, madame, en vous assurant que je vous suis tendrement attachée; la meilleure preuve que j'en puisse donner, c'est de vous pardonner de retenir mon chevalier. Ne suivez point l'exemple de sa paresse, et donnez-moi souvent de ses nouvelles et des vôtres.

XVIII. — LA MARQUISE DE CRÉQUY[2] A J.-J. ROUSSEAU[3].

Ce jeudi (janvier).

On ne peut être plus sensible à l'attention et au souvenir de l'éditeur; mais on ne peut être moins disposée à récréer son esprit. Notre cher chevalier d'Aydie est mort en Périgord. Nous avions reçu de ses nouvelles le samedi et le mercredi, il y a huit jours. Son frère manda cet événement à mon oncle sans nulle préparation. Mon oncle, écrasé, me fila notre malheur une demie heure, et s'enferma. Lundi, la fièvre lui prit, avec trois frissons en

---

1. Citation inexacte du prologue de la 1ʳᵉ Églogue. M. Ravenel l'a rétablie ainsi :

> Souvent, en s'attachant à des fantômes vains,
> Notre raison séduite avec plaisir s'égare.

2. Renée-Charlotte de Froulay, fille de Charles-François, comte de Froulay, mort lieutenant général en 1744, et de Anne-Jeanne Françoise Sauvaget des Claux, née le 19 octobre 1714. Mariée le 18 mars 1737 à Louis-Marie de Créquy, marquis de Hémont, dont elle devint veuve en 1742, elle mourut le 2 février 1803. Fort liée avec Sénac de Meilhan, c'est à elle qu'ont été faussement attribués les *Souvenirs de la marquise de Créquy*. Son frère le marquis de Froulay avait épousé la fille unique du maréchal de La Mothe-Houdancourt.

3. Cette lettre a été publiée pour la première fois par M. Ravenel. Sur le manuscrit la date *janvier* 1761, était de la main même de Rousseau. La question de l'époque de la mort du chevalier d'Aydie serait donc ainsi définitivement résolue, sans la mention du *Mercure de France* de mars 1769, qui enregistre le décès d'Antoine d'Aydie de Riberac, chevalier de Malte, à la date du 19 décembre 1768. Voir p. 415.

vingt-quatre heures et tous les accidens. Jugez de mon
état. Enfin une sueur effroyable a éteint la fièvre sans
secours; mais il a eu cette nuit un peu d'agitation. Je suis
comme un aveugle qui n'a plus son bâton.

Je remets à un temps plus heureux à vous remercier et
à vous parler de vous : car, aujourd'hui, je n'ai que moi
en tête.

XIX. — LA MARQUISE DE CRÉQUY A LA VICOMTESSE DE NANTHIA[1].

Ce 15 octobre (1767).

Je fais partir ce jour par la poste, madame, les *Lettres
de Mlle Aïssé*; elles vous intéresseront sûrement, car il y
est fort question de vous. L'éditeur n'a pas su un mot de
sa vie; c'est sur des ouï-dire qu'il l'a faite, mais les lettres sont d'elle. Le port est payé; ainsi j'espère qu'elles
arriveront à Nanthiac. C'est un livre presque dévot, et
cette dame Calandrin me paroît une amie utile pour ce
monde et pour l'autre. Oserai-je vous demander, madame, si vous l'avez connue? J'ai encore bien des questions à vous faire quand vous me l'aurez permis! je me
borne aujourd'hui à vous assurer des sentimens avec lesquels j'ai l'honneur d'être, madame, votre très-humble et
très-obéissante servante.

XX. — LA MÊME A LA MÊME.

Que de souvenirs chers et de sentimens douloureux
vous m'avez procurés, madame! je vous remercie des uns
et des autres; il est si doux de penser à ce qu'on a tant
aimé! il est si cruel de voir qu'on en est éternellement
séparé! Enfin on vit malgré ses pertes, et notre désir doit
être de les imiter et de rendre, par notre conduite, leur
mémoire chère et aussi éternelle qu'il est en nous.

Je reçois, madame, les vœux que vous voulez bien faire
pour moi, et je vous supplie de croire que vous ne sauriez me prévenir dans tous ceux que je fais pour vous, et

1. Voir p. 278.

que, si le Ciel m'exauce, vous n'aurez rien à désirer; mais
qu'on a toujours à désirer dans cette terre d'exil, et qu'il
est difficile d'en sortir sans avoir à se reprocher quelques
murmures! Les besoins du cœur sont les premiers de
tous pour les âmes délicates, et combien sont-ils peu satisfaits! C'est l'écueil de la sagesse; ce fut celui de mademoiselle Aïssé : elle étoit jeune, ravissante, tendre et
oisive; elle voit un homme charmant qui l'adore; cet
homme est plein d'esprit, de feu, enfin c'est un Gaulois
élevé à Athènes; il avoit la loyauté de celui-là, il avoit les
grâces de l'Athénien. Elle est foible; on l'est à moins : la
femme la plus sage est souvent celle qui n'a point trouvé
son vainqueur.

J'ai remis à monsieur Desvergnes [1], madame, les papiers que vous m'avez confiés; j'ai gardé deux lettres de
mon *si cher oncle* [2]; comme vous me permettiez que je
prisse la totalité, je n'ai pas voulu en abuser. Il y a donc
dans le paquet deux de lui, une de M. Bolingbroke, les
deux du chevalier et le fragment du portrait de mademoiselle Aïssé, qui n'est pas le sien; c'est celui de madame
de Bussy, dans les Mémoires de madame de Staal, tome
III, p. 484. M. le chevalier a pu vous dire qu'elle ressembloit à mademoiselle Aïssé; je vous en remercie néanmoins, c'est un effort de ma vieille mémoire et je viens
de l'avérer; ne sachant que faire, madame, pour vous
marquer ma reconnoissance, je vous sacrifie mon amour-
propre : j'ai fait des mémoires sur la vie de mon oncle; je
vous les envoie. M. Desvergnes dit avoir trouvé une occasion; vous me les renverrez de même, et, si je meurs en
attendant, je vous les donne. Hélas! je n'ai jamais pu les
relire; cela est très-mal écrit, plein de mots, mais je sou-
lageois mon cœur, je n'ose pas y regarder, je peins mon
âme dans l'instant de ma vie le plus affreux; jugez-le
avec indulgence. Il y a un éloge par mon fils mieux fait
peut-être, mais non mieux senti.

J'ai écrit à madame de Mayac sur la perte de M. son fils:
tout ce qui est d'Aydie m'est cher; c'est ma famille et
surtout vous, Célénie, qui étiez nièce de mon oncle; vous

1. Médecin de Périgueux.
2. Le bailli de Froulay.

êtes ma cousine germaine; c'est le titre que je veux vous donner désormais. Adieu donc, ma chère cousine, assurez tous vos parens de mes respects. J'écrirai à l'abbé la semaine prochaine.

On refait une édition de mademoiselle Aïssé : auriez-vous de la répugnance à y faire mettre les deux lettres du chevalier? J'en ai pris copie, mais je n'ai osé le risquer; écrivez-moi, cousine, et sans compliment; je vous en donne l'exemple.

Ce 18. (1788.)

XXI. — LA MÊME A LA MÊME.

La nouvelle édition de mademoiselle Aïssé, ma chère cousine, est prête à paroître, si elle ne paroît; ainsi il est trop tard d'y rien insérer. D'ailleurs vous ne vous expliquez point sur la lettre que je voulois y joindre, et je crois que le mieux est de laisser tout cela. Personne ne parle plus que de protestans, d'administration, de projets; ainsi, tout ce qui est sentiment est noyé dans les spéculations futures. Ah! quel ennui! — Il est certain que le chevalier a voulu épouser mademoiselle Aïssé, et qu'elle dit à mon oncle : «*Je suis trop son amie pour le souffrir.*» Elle eut tort. Le chevalier était estimé en tout point; il auroit eu des places, gouvernemens, pensions; il l'eût placée aussi : une princesse orientale pleine de vertu, c'étoit de quoi faire tourner les têtes; enfin cela n'a point été; mais mademoiselle Aïssé m'a fait retrouver une cousine. Oh! c'est un grand bien pour moi, et il seroit sans prix si la vieillesse laissoit quelque espoir de se voir. Enfin, jouissons comme nous le pouvons, c'est le point essentiel; car se fâcher d'être vieille et de la fin de la vieillesse n'est ni d'un chrétien ni d'un philosophe.

Vous ne m'avez point accusé la réception des lettres que j'ai remises à M. Desvergnes, ni de la vie de mon oncle que je lui ai envoyée, pour vous la faire tenir par occasion qu'il a dit avoir. Ma cousine, cela est très-mal; car, d'abord, je veux vous prouver ma scrupuleuse exactitude, et, de l'autre, ce manuscrit trempé de mes larmes, et écrit avec cette encre, m'est très-précieux. Je n'en suis point pressée, mais je veux être sûr qu'il est entre vos mains. Vous devriez le confier à madame votre fille qu'on dit qui viendra bientôt ici, ou me le rapporter avec elle; mais je crains que vous n'aimiez pas mieux les voyages que moi, et celui de Paris est terrible aujourd'hui, sans principes, sans mœurs, sans conversation, au moins à ma portée. Je suis tentée chaque mois d'en partir; j'y ai tout perdu, et rien remplacé; mais changer de lieu à mon âge me paroîtroit une folie.

Mes respects et complimens à tout Mayac. Cette lettre-ci sera commune avec l'abbé, auquel vous direz, ma cousine, que M. d'Autun[1] a la goutte ou est en folie. Le public en donne l'option; ainsi, on ignore encore le mouvement que la vacance de Toulouse[2] fera dans l'épiscopat. Le prince Édouard (le prétendant) est mort[3]; la grande députation de Bretagne arrive aujourd'hui; je ne sais où tout ceci mènera, ni ne dois m'en soucier à mon âge et à ma santé toujours misérable. Ce qu'il y a de sûr, ma chère cousine, ce sont les sentimens que j'ai voués à tous les d'Aydie; recevez-en les assurances, et continuez-moi vos bontés.

CAROLINE.

Mon fils est à Versailles sans y rien faire. Le deuil de tout ceci est fait; je n'ai réussi à rien, et il m'en coûte jeunesse, santé, fortune, présent et avenir pour ce que je vois; mais Dieu permet tout pour nous détacher de tout.

Ce 18, (1788)

XXII. — LA MÊME A LA MÊME.

Votre lettre du 9, ma chère cousine, est arrivée quatre jours après celle du 10; j'y ai trouvé vos notes, et je suis toujours bien aise de les avoir. Je n'ai copié qu'une seule lettre du chevalier, c'est celle de la brouillerie; mais je

1. Yves-Alexandre de Marbeuf, né en 1734, évêque d'Autun en 1767. Il ut nommé à l'archevêché de Lyon en 1788.

2. Par la nomination de Loménie de Brienne à l'archevêché de Sens, en février 1788.

3. Il mourut à Rome, le 21 janvier 1788.

voudrois que vous me copiassiez l'autre et me l'envoyiez à votre très-grand loisir. J'ai toujours des projets, mais je ne sais s'ils auront lieu.

L'impatience m'a gagnée ; j'ai écrit à M. Desvergnes, et voilà sa réponse qui me tranquillise.

Il faudroit, lorsque vous voulez bien m'envoyer des notes, les faire avec attention ; vous dites : *La lettre huitième est absolument déplacée par sa date ; elle ne peut avoir été écrite après 1761* ; mais, ma cousine, elle est de 1727, et les premières sont de 1726.

Il est possible que le chevalier n'ait jamais eu de vrais mécontentemens des siens ; mais il étoit tout feu, et se plaignoit quelquefois. Pour madame sa mère, jamais il n'a fait que s'en louer.

Comme j'ai pu vous inquiéter, je veux vous rassurer, ma chère cousine. Assurez tout Mayac de mon respect et de mon amitié ; prenez-en votre part, qui n'est pas la plus petite.

CAROLINE.

A Paris, ce 18. (1788).

M. d'Ossun est mort [1]. Le parlement de Bretagne a été très-bien reçu et très-content du principal ministre. Le libelle de Calonne contre M. Necker paroît [2] ; celui-ci va répondre, et tout cela ne nous rend pas nos millions. M. le Dauphin va mercredi à Meudon [3] ; il est dans un triste état, dit-on.

XXIII. — AUX AUTEURS DU JOURNAL DE PARIS [4].

Paris, le 22 octobre 1787.

MESSIEURS,

Les *Lettres* de Mademoiselle Aïssé, que vous annoncez

---

1. Pierre-Paul, marquis d'Ossun, ami du duc de Choiseul, ambassadeur à Madrid de 1759 à 1777, maréchal de camp en 1761.

2. En février 1788.

3. Louis-Joseph-Xavier-François, premier Dauphin, né le 23 octobre 1781. Envoyé à Meudon par les médecins, à la fin de mars 1788, il y mourut le 4 juin 1789.

4. Cette lettre, insérée dans le *Journal de Paris* du 28 novembre 1787, p. 1434, est curieuse comme témoignage du mécontentement que la publication des lettres de Mlle Aïssé causa au comte d'Argental, mécontentement qui lui fit sans doute détruire la correspondance qu'il devait posséder d'elle.

dans votre journal du 13 de ce mois, ont donné lieu à quelques réflexions qu'il n'est pas inutile de communiquer au public. Il est trop souvent abusé par des recueils de lettres ou d'anecdotes que l'on altère sans scrupule ; mais ces petites supercheries, bonnes pour amuser la malignité, ne sauraient être indifférentes à un lecteur honnête, surtout lorsqu'elles peuvent compromettre des personnes respectables et faire quelque tort aux auteurs dont on veut honorer la mémoire. Les *Lettres* de mademoiselle Aïssé se lisent avec plaisir, les personnes dont elle parle, les sociétés célèbres qu'elle rappelle à notre souvenir, sa sensibilité, ses malheurs causés par une passion violente et d'autant plus funeste qu'elle tue souvent ceux qui l'éprouvent sans intéresser à leur sort, tout cela, messieurs, avait sans doute excité la curiosité de ceux qui aiment ces sortes d'ouvrages. Mais pourquoi l'éditeur de ces lettres les a-t-il gâtées par de fausses anecdotes qui rendent mademoiselle Aïssé très-peu estimable? Pourquoi lui avoir fait tenir un langage qui contraste visiblement avec son caractère? A-t-elle pu penser de l'homme qui l'avait tirée du vil état d'esclave, et de la femme qui l'avait élevée, le mal que l'on trouve dans le recueil que l'on vient de publier? Non, Messieurs, cela est impossible, et voici mes raisons : Madame de Ferriol servait de mère à mademoiselle Aïssé; elle avait mêlé son éducation à celle de ses enfants. Inquiète sur le sort de cette jeune étrangère, elle était sans cesse occupée du soin de faire son bonheur : de son côté, mademoiselle Aïssé, dont le cœur était aussi bon que sensible, avait pour M. et madame de Ferriol les sentiments d'une fille tendre et respectueuse; sa conduite envers eux la leur rendait tous les jours plus chère : elle était bonne, simple, reconnaissante. Après cela, Messieurs, comment ajouter foi à des Lettres où l'on voit mademoiselle Aïssé évidemment ingrate et méchante, et où l'on peint madame de Ferriol, que tout le monde estimait, comme une femme capable de donner à sa fille d'adoption des conseils pernicieux, et de la sacrifier à sa vanité ou à son ambition.

Je n'ajouterai, Messieurs, qu'un mot pour répondre d'avance à ceux qui seraient tentés de douter des faits que je viens d'exposer : c'est que M. le comte d'Argental, dont le témoignage vaut une démonstration, et qui, comme l'on sait, a reçu dans son enfance la même éducation que mademoiselle Aïssé, m'a confirmé la vérité de tout ce que je viens de vous dire.

Signé : VILLARS.

XXIV. — LETTRE DU COMTE D'ARGENTAL AU MARQUIS DE CRÉQUY[1].

(Inédite.)

Le comte d'Argental assure de ses respects monsieur le marquis de Créqui, ainsi que madame sa mère; la science est outragée, dans les lettres en question, de la manière la plus injuste et la plus fausse, cela suffiroit pour prouver qu'elles ne peuvent avoir été écrites[2] par la personne à laquelle on les attribue, puisqu'elle n'avoit pas cessé d'avoir pour madame de Ferriol la reconnoissance la plus tendre et la mieux méritée. On pourroit alléguer bien d'autres preuves de leur fausseté dont on épargne le détail; elles sont censées écrites à madame Calendrin de Genève, avec laquelle il est vrai que mademoiselle Aïssé avoit

1. Nous devons la communication de cette lettre inédite à M. Ravenel, dont nous ne saurions trop reconnaître ici l'extrême bienveillance, si précieuse pour nous par les souvenirs qui s'y rattachent. L'original en avoit été placé par la marquise de Créquy en tête d'un exemplaire de la première édition des *Lettres de mademoiselle Aïssé*, qu'elle avait annoté de sa main, et que possède aujourd'hui le savant Conservateur de la Bibliothèque nationale.

2. C'est sans doute par allusion à ce passage de la lettre de d'Argental que Mme de Créquy, qui, comme on l'a vu par sa correspondance avec Mme de Nauthia, savait, mieux que personne, à quoi s'en tenir sur la question d'authenticité, avait écrit cette note sur la dernière page de son exemplaire : « *Ces lettres sont sûrement de mademoiselle Aïssé; et on le sent.* » Du reste, d'Argental lui-même ne pouvait sérieusement douter de cette authenticité, et il ne faut voir dans sa lettre, comme dans celle inspirée au nommé Villars, qu'une tentative pour défendre la mémoire de sa mère, Mme de Ferriol, et peut-être aussi pour préserver la sienne de l'effet fâcheux produit par la lecture de la lettre XII, tentative d'ailleurs fort respectable, mais à laquelle l'histoire doit restituer son véritable caractère. Comment, en effet, aurait-il douté de l'existence et de l'authenticité de cette correspondance, alors que, dès 1758, il recevait de Voltaire, tout plein de ces lettres que lui avait communiquées Mlle Rieu et qu'il annotait de sa propre main, le billet suivant : « Mon cher Ange, je viens de lire les lettres d'Aïssé. Cette Circassienne est plus naïve qu'une Champenoise; ce qui me plaît en elle, c'est qu'elle vous aimoit? » Lettre du 12 mars 1758.

eu beaucoup de liaison, mais non au point d'une correspondance aussi suivie. Parmi tant d'erreurs il se rencontre quelque peu de vérités comme l'extrême attachement du chevalier d'Aydie, qui ne s'est jamais démenti. Le comte d'Argental, justement offensé de l'injure faite à la mémoire d'une mère très-respectable, a demandé la suppression des lettres; il n'a pu l'obtenir parce qu'elles ont été imprimées en pays étranger et que le manuscrit a été extrait d'une espèce de permission qu'il étoit trop tard de retrancher.

PORTRAIT DE M. LE CHEVALIER D'AYDIE PAR Mme LA MARQUISE DU DEFFAND [1].

L'esprit de M. le chevalier d'Aydie est chaud, ferme et vigoureux: tout en lui a la force et la vérité du sentiment. On dit de M. de Fontenelle qu'à la place du cœur il a un second cerveau; on pourroit croire que la tête du Chevalier contient un second cœur. Il prouve la vérité de ce que dit Rousseau (Jean-Baptiste, épîtres, I, vi), que c'est dans le cœur que l'esprit réside. Jamais les idées du Chevalier ne sont affoiblies, subtilisées, ni refroidies par une vaine métaphysique. Tout est premier mouvement en lui; il se laisse aller à l'impression que lui fait les sujets qu'il traite. Souvent il en devient plus affecté, à mesure qu'il parle; souvent il est embarrassé au choix du mot le plus propre à rendre sa pensée, et l'effort qu'il fait alors donne plus de ressort et d'énergie à ses paroles. Il n'emprunte les idées ni les expressions de personne; ce qu'il voit, ce qu'il dit, il le voit et il le dit pour la première fois. Ses définitions, ses images sont justes, fortes et vives; enfin le Chevalier nous démontre que le langage du sentiment et de la passion est la sublime et véritable éloquence. Mais le cœur n'a pas la faculté de toujours sentir; il a des temps de repos; alors le Chevalier paroît ne plus exister. Enveloppé

1. *Correspondance de la marquise de Deffand*, Paris, 1809, et *Lettres de Mlle Aïssé*, édit. de M. Ravenel.

de ténébres, ce n'est plus le même homme, et l'on croiroit
que, gouverné par un génie, le génie l'abandonne et le
reprend suivant son caprice. (*Variante de l'édit. de* 1809 :
Alors le Chevalier n'est plus le même homme : toutes ses
lumières s'éteignent ; enveloppé de ténébres, s'il parle, ce
n'est plus la même éloquence ; ses idées n'ont plus la même
justesse, ni ses expressions la même énergie, elles ne sont
qu'exagérées ; on voit qu'il se recherche sans se trouver :
l'original a disparu, il ne reste plus que la copie.) Quoique
le Chevalier pense et agisse par sentiment, ce n'est peut-être
pas néanmoins l'homme du monde le plus passionné ni le
plus tendre ; il est affecté par trop de divers objets pour
pouvoir l'être justement par aucun en particulier. La sensibilité est, pour ainsi dire, distribuée à toutes les différentes facultés de son âme, et cette diversion pourroit bien
défendre son cœur et lui assurer une liberté d'autant plus
douce et d'autant plus solide, qu'elle est également éloignée de l'indifférence et de la tendresse. Cependant il
croit aimer ; mais ne s'abuse-t-il point ? Il se passionne
pour les vertus qui se trouvent en ses amis ; il s'échauffe
en parlant de ce qu'il leur doit, mais il se sépare d'eux
sans peine, et l'on seroit tenté de croire que personne
n'est absolument nécessaire à son bonheur. En un mot le
Chevalier paroit plus sensible que tendre. Plus une âme
est libre, plus elle est aisée à remuer. Aussi quiconque a
du mérite peut attendre du Chevalier quelques moments
de sensibilité. L'on jouit avec lui du plaisir d'apprendre
ce qu'on vaut par les sentiments qu'il vous marque, et
cette sorte de louange et d'approbation est bien plus flat-
teuse que celle que l'esprit seul accorde et où le cœur ne
prend point de part. Le discernement du chevalier est
éclairé et fin, son goût très-juste ; il ne peut rester simple
spectateur des sottises et des fautes du genre humain.
Tout ce qui blesse la probité et la vérité devient sa querelle particulière. Sans miséricorde pour les vices et sans
indulgence pour les ridicules, il est la terreur des méchants et des sots ; ils croient se venger de lui en l'accu-
sant de sévérité outrée et de vertus romanesques ; mais
l'estime et l'amour des gens d'esprit et de mérite le dé-
fendent bien de pareils ennemis. Le Chevalier est trop souvent affecté et remué pour que son humeur soit égale ;

mais cette inégalité est plutôt agréable que fâcheuse. Chagrin sans être triste, misanthrope sans être sauvage, toujours vrai et naturel dans ses différents changements, il plaît par ses propres défauts, et l'on seroit bien fâché qu'il fût plus parfait.

JUGEMENT DU CHEVALIER D'AYDIE SUR LES OUVRAGES DE M. D'ALEMBERT[1].

Nous avions déjà vu, avant mon départ de Paris, le premier tome; et vous savez que sans prétendre être capable de juger de tout le mérite du *Discours préliminaire de l'Encyclopédie*, je m'étois rangé à l'opinion de ceux qui le regardent comme un chef-d'œuvre. Les deux *Éloges*[2] m'ont paru aussi très-bien faits. J'aime en général sa manière d'écrire; on sent partout une main ferme, un style mâle, qui répond parfaitement aux pensées toujours libres et courageuses de l'auteur.

Je goûte et j'adopte sans restriction tout ce qu'il dit dans son extrait des Mémoires de la reine Christine; toutes les maximes qu'il avance, tous les jugements qu'il porte sur les gestes de cette reine bizarre, qui, n'ayant d'autre loi que ses caprices, abandonna lâchement le trône et la gloire qu'elle auroit acquise en gouvernant sagement ses États, pour s'attacher à la vanité qu'elle tiroit de son amour pour les arts, et vraisemblablement pour se livrer avec plus de liberté à d'autres inclinations moins honnêtes.

L'Essai sur les gens de lettres, quoique d'ailleurs plein d'esprit et de choses dignes de louange, ne me paroît pas exempt d'humeur et de prévention; et sans blâmer les règles de conduite qu'il se prescrit à lui-même, il me semble que ses confrères, avec autant de courage qu'il en a, mais avec plus de flexibilité dans le caractère, peuvent

1. Ce *Jugement* se trouve dans les *Œuvres posthumes de d'Alembert.* Paris, Ch. Pougens, an vii, 2 vol. in-12, p. 117. Il fut émis au sujet des deux volumes de *Mélanges littéraires* publiés par d'Alembert, en 1753.
2. Ceux de Bernouilli et de l'abbé Terrasson.

se faire un autre système, et suivre une autre route plus utile à la société, dont l'intérêt doit toujours être le premier objet des spéculations d'un philosophe, ou du moins des préceptes qu'il donne.

***

AVIS DE L'ÉDITEUR.

(De 1787.)[1]

Il eût été bien facile de faire disparaître les négligences, les incorrections qui se trouvent dans les Lettres que je présente au public. Il eût été facile de substituer à des périodes un peu longues, de ces petites phrases courtes, si à la mode aujourd'hui. Je vois déjà messieurs les puristes éplucher, relever ces négligences, nous insinuer qu'ils écriroient bien mieux, s'ils vouloient s'en donner la peine. Non, messieurs, peut-être écririez-vous plus correctement, mais vous n'écririez pas mieux.

Le cœur conduit la plume de mademoiselle Aïssé; la vérité, le sentiment, la simplicité, le naturel, devenus si rares, sont les caractères de ce petit recueil : y toucher seroit les affaiblir.

On s'intéressera à cette femme sensible, noble, et généreuse, qui sut aimer avec délicatesse et désintéressement, qui n'eut qu'une faiblesse[2], qu'effacèrent ses vertus.

On s'intéressera aussi sans doute à l'amie peut-être trop sévère, mais bien respectable, à qui ses lettres sont adressées... Mais ne prévenons point le jugement du lecteur.

1. Cet avis se trouve placé en tête de la première édition des *Lettres de* M*lle* Aïssé. Paris, 1787. Il est important comme appréciation littéraire et aussi par certaines traces de la tradition qui s'était conservée sur l'histoire de M*lle* Aïssé.

2. N'est-ce pas là un écho des confidences que M*lle* Rieu avait reçues de sa mère?

HISTOIRE DE MADEMOISELLE AÏSSÉ.[1]

(1787)

Mademoiselle Aïssé éprouva dès l'âge de quatre ans les plus grands malheurs. Les Turcs prirent et pillèrent sa patrie, petite ville en Circassie, dont j'ignore le nom : tous les habitants furent réduits à l'esclavage ; les plus jolies filles destinées pour les sérails. La petite Aïssé avait déjà, dans cet âge tendre, cette physionomie noble, intéressante, ces grâces aimables et touchantes qui l'ont rendue dans la suite préférable à de plus grandes beautés. M. de Ferriol, ambassadeur de France à la Porte, ne put voir cette aimable enfant, sans être attendri de son sort, particulièrement en apprenant du Turc qui la vendait, qu'elle étoit suivant toute apparence, fille d'un prince circassien ; il l'avoit trouvée dans un palais, entourée d'esclaves qui en prenoient soin. M. de Ferriol la caresse ; elle répond à ses caresses : dès ce moment, il s'intéresse extrêmement à cette enfant, désire lui faire un sort plus heureux que celui auquel sa triste destinée paroissoit la condamner ; il l'achète pour 1,500 l. argent de France. Peu de temps après, il fut rappelé en sa patrie où il l'amena. Comme il demeuroit dans la même maison que madame de Ferriol, sa belle-sœur, il la pria de s'en charger. Elle prit beaucoup d'amitié pour cette enfant, et vouloit l'avoir sans cesse dans son appartement. Tous ses amis en étoient charmés ; il étoit impossible de connoître cette petite fille sans l'aimer. L'ambassadeur riche et garçon n'épargnoit rien pour lui donner une éducation brillante ; tous les jours il l'aimoit davantage. Tous les maîtres, pour développer les talents agréables, furent employés, mais aucun pour l'instruire de ses devoirs. Dès que mademoiselle Aïssé com-

---

1. Cette *Histoire de Mlle Aïssé*, qui, dans la première édition, suit immédiatement l'*Avis au lecteur*, offre un grand intérêt comme constatant la tradition même qui s'était conservée dans la famille Calandrini. — On peut supposer qu'elle a été écrite par Mlle Rieu. Dans tous les cas, elle le fut bien avant la première édition des lettres, puisque nous y trouvons une note de Voltaire, mort, comme on sait, en 1778. Nous serions même porté à croire qu'elle fut composée en l'année 1758, l'année même où Voltaire lisait en manuscrit et annotait de sa main la correspondance de Mlle Aïssé.

mença à balbutier, elle n'entendit que des maximes dangereuses. Entourée de femmes voluptueuses et intrigantes, qui répétoient sans cesse que la seule occupation d'une femme sans fortune devoit être de chercher à s'en procurer une. La nature avoit tout fait pour mademoiselle Aïssé; à une figure charmante, elle joignoit l'âme la plus sensible et la plus belle, une candeur, une vérité dans le caractère qui la faisoient admirer : la bienfaisance étoit une vertu innée chez elle. Sa noblesse dans la manière d'agir, sa délicatesse dans les procédés, sa sensibilité, son goût la faisoient adorer de ses amis : elle ne soupçonnoit jamais le mal, toujours exposée à être dupe des finesses des autres; sa complaisance, sa douceur, la faisoient chérir de sa société. On ne peut mieux la peindre qu'en disant que l'âme d'un ange habitoit son corps. Malgré les mauvais exemples qui l'entouroient, elle aimoit la vertu. Un cœur tendre, une âme honnête, sont bien souvent des qualités dangereuses pour une jeune personne sans expérience, qui a eu le malheur de ne connoître qu'un monde rempli de maximes pernicieuses : tout ce qui avoit l'apparence de vertu séduisoit mademoiselle Aïssé. L'ambassadeur devint très-amoureux de son élève : né avec les passions fougueuses, libertin par goût et par habitude, ayant vécu longtemps à la Porte où il ne s'étoit pas corrigé, il vouloit forcer son élève à l'aimer; jaloux de tout ce qui l'approchoit, il la rendoit très-malheureuse; elle évitoit soigneusement de se trouver seule avec lui. Heureusement madame de Ferriol avoit deux fils à peu près de son âge. Ils avoient été élevés avec mademoiselle Aïssé, ils l'aimoient comme une sœur, et tâchoient, autant qu'il étoit en leur pouvoir, de diminuer ses craintes et ses peines. Son cœur reconnoissant des bontés que l'ambassadeur avoit eues pour elle dans son enfance ne pouvoit l'engager à des sentiments tels qu'on exigeoit d'elle. On lui demandoit trop pour les bienfaits qu'elle avoit reçus. Si M. de Ferriol avoit été généreux, elle auroit eu plus de reconnoissance. Elle ne voyoit en lui qu'un maître qu'elle redoutoit.

Mais dès l'instant qu'il tomba dangereusement malade, tout sujet de plainte fut oublié; elle le soigna comme un père, et n'abandonna plus sa chambre. Il fut sensible à sa bonté, la remercia de ses soins, et lui remit un contrat de L. 4,000 de rente sur sa tête, et un billet d'un capital assez considérable, qu'il chargeoit ses héritiers de lui payer : il en parla à sa belle-sœur, en lui recommandant de prendre soin de mademoiselle Aïssé. Dès qu'il fut mort, madame de Ferriol la prit chez elle, la logea dans un vilain appartement, et lui reprocha les dons de son beau-frère, plutôt par avarice que par mauvais cœur. La trop sensible Aïssé en fut pénétrée jusques au fond du cœur. Son âme élevée et généreuse ne pouvoit comprendre qu'on pût reprocher des bienfaits qu'elle n'avoit jamais mendiés. Indignée des mauvais procédés de cette dame, elle prit le billet, et le jeta devant elle au feu. Madame de Ferriol eut assez peu de délicatesse, et trop d'avarice, pour ne pas profiter de ce noble désintéressement. Plusieurs personnes prirent du goût pour mademoiselle Aïssé, qui en fut plus flattée que touchée. Incapable d'aimer ce qu'elle ne pouvoit estimer, l'intérêt ou la galanterie n'auroient jamais décidé de son choix.

Le duc d'Orléans la vit un jour chez madame de Parabère, il en fut enchanté; peu fait aux refus, il l'entretint de sa passion, ne doutant pas qu'elle n'accepte avec joie ses propositions brillantes. Quelle fut sa surprise, quand elle lui répondit avec une fermeté respectueuse, que jamais elle ne consentiroit à devenir sa maîtresse ! Ce prince ne perdit cependant pas toute espérance; il ne douta point qu'appuyé par madame de Ferriol, il ne réussît enfin. Cette dame, bien plus étonnée que le duc qu'on pût refuser de telles offres, employa tous les motifs de l'intérêt, pour engager mademoiselle Aïssé à les écouter : tout fut inutile; plus la dame vouloit faire sentir les avantages d'une telle conquête, plus mademoiselle Aïssé montroit d'éloignement; elle se jeta à ses pieds pour la conjurer de ne plus lui parler de la passion du duc, assurant que si on continuoit à la tourmenter sur ce sujet, elle se jetteroit dans un couvent, ou se retireroit dans quelque province éloignée. Madame de Ferriol, la plaignit plus qu'elle ne l'admira. Mais comme elle lui étoit utile, craignant de la perdre, elle consentit, quoique avec bien de la peine, à ne lui en plus parler.

Quelque temps après, le chevalier d'Aydie vit mademoi-

selle Aïssé chez madame Du Deffand; il en fut enchanté,
et prit pour elle la plus grande passion. Il se fit présenter
chez madame de Ferriol; il abandonna toutes ses autres
connoissances, et ne quitta plus cette maison. Le chevalier étoit l'homme du monde le plus aimable; à une figure
noble il joignoit le caractère le plus intéressant : jusqu'alors on l'avoit supposé léger; il avoit eu plusieurs intrigues; madame de Berry l'avoit aimé passionnément,
mais toutes les femmes auxquelles il s'étoit attaché n'é-
toient point faites pour fixer un homme délicat. L'aimable
Aïssé lui fit sentir la première qu'un attachement ne peut
être de durée, si l'objet n'en est digne. Un homme dont
on parloit avec éloge, qui faisoit le plaisir de la société,
qui étoit le coryphée de toutes les belles dames de la cour,
qui abandonnoit tout pour elle, qui étoit tendre et respectueux : comment n'être pas extrêmement flatté d'une
telle conquête? Ce n'étoit point la réputation brillante du
chevalier qui avoit fait impression sur le cœur de mademoiselle Aïssé, mais plutôt ses vertus. Il l'aimoit si déli-
catement, qu'il étoit jaloux de sa réputation, et lui donnoit souvent des conseils : mademoiselle Aïssé vit tout le
danger de se livrer aux sentiments de son cœur. Incapable
de se faire des illusions; sa noissance et les circonstances
où se trouvoit le chevalier[1] étoient un obstacle insurmontable à tout attachement légitime.

Sentant qu'elle n'avoit plus assez de force pour résister
à son penchant, elle eut recours à madame de Ferriol.
Mais à qui s'adressoit-elle? Cette femme ne pouvoit comprendre qu'on voulût vaincre ses passions; aussi elle fut
extrêmement étonnée, quand elle entendit que mademoiselle Aïssé la prioit d'éloigner le chevalier de chez elle,
parce qu'elle le trouvoit trop aimable. « Quoi! Aïssé, lui
dit-elle, vous aimez le chevalier, et vous voulez l'éloigner? Mais vous êtes folle; il vous faut bien un amant;
vous êtes bien heureuse d'en avoir un que toutes les
femmes vous envieront : ne croyez pas que j'aie la complaisance de céder à votre caprice; dans peu de temps vous

---

1. Le chevalier avait fait des vœux à Malte; dans la suite, il a voulu plusieurs fois en être relevé, pour pouvoir épouser mademoiselle Aïssé, ce qu'elle
n'a jamais voulu permettre. (*Note de Voltaire.*)

m'en sauriez mauvais gré. » Le chevalier fut donc encore
mieux reçu chez madame de Ferriol, qui lui procura si
souvent des occasions d'entretenir mademoiselle Aïssé,
qu'elle oublia peu à peu ses premières terreurs, l'écouta
avec plaisir, et lui dit enfin qu'elle l'aimoit. La passion du
chevalier augmentoit à proportion du vif attachement de
mademoiselle Aïssé; il ne dépendoit que d'elle de profiter
de l'ascendant qu'elle avoit sur lui : il l'adoroit, et lui auroit tout sacrifié; mais en aimant le chevalier, sa réputation, sa fortune, son honneur, lui étoient plus chers que
le sien propre; elle n'auroit jamais voulu l'engager à faire
pour elle des sacrifices qui lui auroient causé un repentir
éternel.

Ayant les plus vives inquiétudes, et ne pouvant se confier à madame de Ferriol, dont elle connoissoit l'imprudence, elle prit le parti de tout avouer à milady Bolingbroke, avec qui elle étoit très-liée. C'étoit une femme
charmante, qui joignoit les qualités les plus solides aux
plus agréables : nièce de madame de Maintenon, elle avoit
épousé en première noce M. de Villette, et en secondes
milord Bolingbroke, connu par son génie, ses talents, ad-
miré de tous les gens de lettres, chéri de ses amis, qui a
joué un grand rôle en France, et s'est fait beaucoup d'ennemis dans sa patrie, en procurant une paix qu'il croyoit
aussi nécessaire à l'Angleterre qu'à la France. On le regardoit à Paris comme un Dieu tutélaire; chacun s'empres-
soit à l'obliger; son crédit étoit immense; il ne l'employoit
qu'à rendre service : toutes les femmes souhaitoient de
l'avoir pour amant. Madame de Villette, par l'agrément et
la solidité de son esprit, sut fixer l'homme qui jusqu'alors
avoit passé pour le plus inconstant; il l'épousa. C'est donc
à cette dame que mademoiselle Aïssé ouvrit son cœur. Milady, tendre, compatissante, plaignit son amie, et s'em-
pressa à la servir. Elle demanda à madame de Ferriol de
vouloir bien permettre à mademoiselle Aïssé de venir faire
un petit voyage en Angleterre avec elle. Dès qu'elle eut
obtenu cette grâce, et le consentement du chevalier d'Aydie, elle fit tous ses préparatifs pour partir, emmena mademoiselle Aïssé dans un quartier de Paris éloigné, lui
donna un valet de chambre anglois, sur lequel elle pouvoit compter. Sophie, dont il est parlé dans ses lettres,

n'abandonna pas sa maîtresse; le chevalier d'Aydie, déguisé, ne la quitta presque point; il amena une accoucheuse au moment qu'il en fut averti, prit l'enfant, qui étoit une petite fille, la remit à milady Bolingbroke, qui la mena en Angleterre et la ramena ensuite en France, où elle la mit dans un couvent; la présenta comme nièce de son mari, sous le nom de miss Black. Mademoiselle Aïssé eut la satisfaction de voir souvent sa fille, d'être toujours aimée du chevalier; mais elle étoit désespérée de penser que cette enfant qu'elle aimoit tendrement n'auroit jamais un état, et qu'elle ne pourroit se livrer au sentiment de mère sans rougir. La religion et une maladie de langueur lui firent faire des réflexions si sérieuses sur son commerce avec le chevalier, qu'elle eut enfin le courage de vaincre sa passion, c'est-à-dire les foiblesses de l'amour. Le chevalier l'aimoit trop pour ne pas la respecter; il eut la délicatesse de ne pas lui faire connoître combien ce sacrifice étoit pénible pour lui : bientôt il eut encore des regrets plus vifs, et dont le temps ne put le consoler; il vit mourir l'aimable Aïssé[1]. Ne pouvant supporter le séjour de Paris, où il étoit obligé de vivre dans le grand monde, il se retira dans ses terres, en Périgord, emmena sa fille avec lui. Après l'avoir faite très-bien élever, il la maria à un gentilhomme de ses voisins, et lui fit une dot de cinquante mille livres.

ENVOI A Mᴸˡᵉ AÏSSÉ

Par M. le professeur Vernet, de Genève[2].

Aïssé de la Grèce épuisa la beauté;
     Elle a de la France emprunté
Les charmes de l'esprit, de l'air et du langage.
     Pour le cœur, je n'y comprends rien :

1. Mademoiselle Aïssé est morte en 1733, et le chevalier en 1755. (*Anc. note.*) — Nous croyons, comme nous l'avons déjà dit, qu'il faut substituer à cette dernière date, non pas celle de 1760, comme on l'a fait, d'après la lettre de J.-J. Rousseau, mais celle de 1768 que donne le *Mercure de France* de janvier 1769.
2. Ces vers se trouvent à la fin de l'édition de 1787.

Dans quel lieu s'est-elle adressée?
Il n'en est plus comme le sien
Depuis l'âge d'or ou d'Astrée.

LA FAMILLE CALANDRINI.

Nous trouvons dans un livre de M. J. Olivier[1], professeur à l'Académie de Lausanne, livre fort rare en France et dont nous devons la communication à M. Gustave Desnoiresterres, d'intéressants détails sur la famille Calandrini et en particulier sur sa fille, cette belle madame Rieu, dont il est si souvent parlé dans les lettres de mademoiselle Aïssé. Après avoir rappelé les vers que le poëte Pavillon consacre à madame Calandrini, qui s'appelait alors Julie Pelissary :

Je le sais, ma chère Julie,
Tu chantes comme une poulie,
Et ne danses pas finement, etc. ;

M. J. Olivier esquisse successivement les différents personnages de sa famille (parmi lesquels il faut sans doute placer aussi un M. Calandrini, professeur, qu'un autre écrivain de Lausanne[2] mentionne à côté des Cramer et des Jalabert) :

« Madame de Pelissary eut certainement un très-grand nombre de filles, parmi lesquelles il est assez difficile de se démêler : une fut mariée en Angleterre et devint milady Saint-John; une autre épousa un gentilhomme du pays de Vaud, du nom de Chandieu[3]; une troisième devint madame Calandrin, ou plus aristocratiquement Calandrini. C'est à celle-ci que Aïssé prodigue les témoignages d'une de ces amitiés humbles et enthousiastes qui font souvent plus d'honneur à l'âme capable de les éprouver qu'à l'objet qui les inspire. Malgré les éloges sincères,

---

1. *Voltaire à Lausanne*, p. 18 et s., dans ses *Études d'histoire nationale.* Lausanne, 1842. In-8.
2. Charles Eynard, *Essai sur la vie de Tissot.* Lausanne, 1839. In-8.
3. Voir sur ces Chandieu les *Lettres recueillies en Suisse*, par le comte Golowkin, note 20.

sentis, et à chaque page répétés, de la pauvre Aïssé, peut-être madame Calendrini ne méritait-elle pas cette confiance et a-t-elle été, pour sa candide amie, un confesseur sinon farouche, du moins peu sensible et peu intelligent. Défaut ou vertu, il semble que c'était là un trait de famille, car sa sœur de Lausanne, madame de Chaudieu, était une maîtresse femme, redoutée de son mari et de ses enfants. Pour en citer quelques traits, l'une des filles de madame de Chaudieu qui avait à la joue une fossette charmante, mais bien marquée, attribua toujours ce petit supplément de beauté à la main de madame sa mère et à sa bague de diamant. Tout autre était le père, le bon M. de Chaudieu. Quand sa femme allait, selon sa coutume, passer l'après-midi au château, chez madame la Baillive, vite mesdemoiselles de Chaudieu se faisaient.... du café, grande friandise. Et alors M. de Chaudieu se mettait en sentinelle.... Cette famille entretenait d'étroites relations avec madame Calandrini, dont la fille (madame Rieu), personne d'une beauté parfaite, venait souvent faire de petits séjours auprès de ses cousines et a laissé des souvenirs qui peuvent être comptés... » Ces cousines ne laissaient pas que d'être jalouses, et ce sentiment alla chez elles un jour un peu plus loin : « Ses rivales voulurent absolument, pour critiquer sa beauté plus à l'aise, la voir en déshabillé, dans le plus *simple appareil*... Elles demandèrent cette dernière preuve de leur défaite... Il fallut se résoudre à les satisfaire, mais elles ne trouvèrent absolument rien à redire, pas la plus petite ombre d'imperfection, si ce n'est qu'on avait le coude un peu pointu. Hélas ! Madame Calandrini fut autrement terrible avec notre résignée. Elle maria ce miracle de beauté à un M. Rieu, l'homme le plus laid du monde, vieux et pas trop aimable pour cela, mais si riche, de par le système de Law, que dans sa maison l'ustensile le plus vil (puisqu'il ne faut pas l'appeler par son nom) était d'or... La chute du Système et des actions du Mississipi, qui avaient si fort enrichi M. Rieu, le rendit pauvre en aussi peu de temps. Madame Calandrini avait marié sa fille à toute force, elle voulut alors la *démarier* de même. Elle la pressait donc de se (*sic*) divorcer. Mais madame Rieu répondit : « Ma mère ! vous m'avez donné à M. Rieu quand je ne le voulois nullement. Main-

tenant, je suis sa femme, j'ai de lui deux enfants, il est
pauvre, malheureux, je ne le quitterai point... » M. et
madame Rieu, définitivement ruinés, allèrent à la Martinique; ils y moururent avant d'avoir pu rétablir leur fortune... Outre un fils, une fille était née de ce couple mal
assorti; elle finit par se retirer à Lausanne chez une dame
de ce pays, sa parente, devenue par son mariage la comtesse de Nassau. Contemporaines de Voltaire toutes deux,
elles comptèrent sans doute parmi celles dont il vante
l'esprit et l'agrément; mais mademoiselle Rieu, grande,
bizarre, aux allures tranchantes et décidées, n'avait rien
hérité de sa mère du côté de l'extérieur. De sa grand'mère
Calandrini, il ne lui resta guère, il semble, que les lettres
d'Aïssé. Ce n'étoit pas une fortune! Aussi, modestement,
vivait-elle avec madame de Nassau, en fort bon ménage,
malgré leur fond commun de brusque originalité. » Cette
comtesse de Nassau « était laide, petite et rousse, mais
elle était spirituelle et riait la première de son titre de
comtesse. »

LES D'AYDIE AU CHATEAU DE MAYAC[1].

Sainte-Beuve avait, pour son étude sur mademoiselle
Aïssé, reçu communication d'une notice manuscrite du

1. Comme pièces justificatives de tout ce que nous avons dit sur les divers
membres de la famille d'Aydie, voici, par ordre chronologique et pendant la
période du xviiie siècle, les mentions que nous avons relevées à leur sujet
dans le *Mercure*, la *Gazette de France*, etc. :

Avant 1702. — Marie de Ste-Aulaire, femme de Messire Armand d'Aydie
Riberac, Sgr de Vaugoubert en Périgord. Elle était sœur de Franç.-Joseph
de Beaupoil, marquis de Ste-Aulaire, lieutenant général pour le Roy au gouvernement du Limousin; d'André-Daniel, abbé de Ste-Aulaire, évêque de Tulle,
et de Foucauld de Ste-Aulaire, chevalier de Malte, commandeur de Villefranche, de Romorantin, et major des armées navales de S. M. (*Mercure.* 1702,
Juin, p. 452.)

1717. — N. d'Aydie, femme de Messire Antoine d'Aydie, et Dame du palais de Mme la Duchesse de Berri, mourut le 18 de ce mois, à l'âge de 19 ans.
Elle était sœur de M. le marquis de Riberac et de M. le comte de Rions;
et fille d'Amé-Blaise d'Aydie, comte d'Aydie, seigneur des Bernardières et
de Moncheuil, comte de Bézuge, et de Marguerite-Louise-Thérèse-Marie-
Charlotte-Diane Bautru de Nogent. Elle avait épousé son proche parent; et

comte de Sainte-Aulaire, son confrère à l'Académie, sur le chevalier d'Aydie, ainsi que de souvenirs personnels dus à une personne qu'il ne nomme pas, mais qui, dans sa

la maison d'Aydie dont elle sortait est une des plus illustres du Béarn.(*Mercure*, Septembre, 1717, p. 186.)

1724. — Marie-Éléonore d'Aydie de Ribérac, sœur du dernier comte de Ribérac, épouse en 1724 Charles Chapt de Rastignac, marquis de Laxion, lequel mourut le 4 Avril 1763, au château de Laxion en Périgord, âgé de 69 ans. (La Chesnaye des Bois, *Dict. de la noblesse*, IV, 215.)

1727. — Marie d'Aydie, fille d'Armand d'Aydie, vicomte d'Aydie, seigneur, baron de Vaugoubert, de la Barde, de Quinsac, et de D° Marie de Beaupoil de Sainte-Aulaire, épouse, le 10 Juin, au château de Vaugoubert, paroisse de Quinsac, François d'Abzac de Mayac, dit le marquis de Migré, mousquetaire, né en 1697. (Courcelles, *Hist. généal. et hérald. des Pairs de France*, IX, d'Abzac.) Le marquis de Migré mourut le 19 Déc. 1776 au château de Mayac. (*Mercure*, Janv. 1777, 2° vol., p. 212.) De cette union naquirent cinq enfants, l'évêque de Saint-Papoul, la marquise de Viance, la marquise de Montcheuil, morte en 1806, l'abbesse de Fontaulier, morte en 1819. La descendance de Marie d'Aydie s'éteignit en la personne de son petit-fils Louis, marquis de Mayac, né en 1747, tué, pendant l'émigration, au combat de Bruchsal (1791). Il avait épousé Marie-Louise de Custine.

1732. — D° Louise-Thérèse-Diane de Bautru de Nogent, épouse de Louis-Chrétien d'Arco, comte du Saint-Empire, mourut le 6 Février, âgée de 67 ans. (*Mercure*, 1732, Février, p. 466.) — Elle était sœur aînée de la duchesse de Biron, et, par son premier mari, Amé-Blaise d'Aydie, mère du comte de Rions.

1736. — L'abbé d'Aydie est nommé aumônier du roi. (*Gazette de France*, du 26 Janvier.)

1737. — Il obtient l'abbaye d'Uzerche. (*Idem*, du 28 Décembre.)

1740. — Le chevalier d'Aydie, lieutenant des gardes du corps, est fait brigadier. (*Idem*, du 2 Avril.)

1740. — Célénie Leblond, fille du chevalier d'Aydie et de Mlle Aïssé, épouse, le 16 Octobre, Pierre de Jaubert, vicomte de Nanthia, né en 1714. Elle en devint veuve le 25 Décembre 1772. (Courcelle, *Hist. générale des Pairs de France*, IX, d'Abzac, et *Mercure de France*, 1773, Janvier, 2° vol., p. 213.) — De cette union naquit une fille unique, mariée le 12 Mars 1760 à André, comte de Bonneval, maréchal de camp. La comtesse de Bonneval, petite-fille de Mlle Aïssé, eut elle-même trois enfants, la vicomtesse d'Abzac, la comtesse de Calignon, et le marquis de Bonneval, qui a continué la descendance.

1741. — Sicaire-Antonin-Armand-Auguste d'Aydie, comte de Rions, gouverneur de Cognac, mestre de camp de dragons, meurt à Paris le 26 Mars, âgé de 49 ans, sans avoir été marié. Il était fils de Blaise d'Aydie, comte de Bénoges, seigneur des Bernardières et de Montcheuil, baron de Rions, mort le 27 juin 1710, et de Marguerite-Louise-Thérèse-Diane de Bautru-Nogent, remariée avec Chrétien-Louis, prince souverain d'Arco, comte du Saint-Empire. (*Mercure*, Avril, 1741, p. 835.) — Il était neveu de la duchesse de Biron, par sa grand'mère, la comtesse de Nogent, née Caumont-Lauzun.

1742, 4 Août. — Mort de D° Marie-Antoine Bautru de Nogent, âgée de

jeunesse, avait connu les hôtes de Mayac. Nous terminerons cet appendice en reproduisant ces deux fragments qui donnent de précieux détails sur l'existence de la famille d'Aydie au château de Mayac et sur la postérité d'Aïssé et du chevalier.

76 ans, femme de Charles-Armand de Gontaut, duc de Biron, qu'elle avait épousé en Septembre 1686. Elle était fille d'Armand Dautin, comte de Nogent, maréchal de camp, tué le 12 juin 1672, et de Diane-Charlotte de Caumont de Lauzun, morte le 4 Novembre 1720. (*Mercure*, Août, 1742, p. 1699.) Elle était nièce du duc de Lauzun, et tante maternelle du comte de Rions. Elle n'eut pas moins de 26 enfants, parmi lesquels nous citerons, le duc de Biron, le second maréchal de Biron, le marquis de Montferrant, père du Lauzun de la Révolution, la marquise de Bonnac, la comtesse de Bonneval, femme du Pacha, la duchesse de Gramont, la comtesse du Roure, la marquise de Seignelay, et la marquise de Sourches.

1745. — L'abbé d'Aydie est nommé à l'abbaye de Savigny. (*Gazette de France*, du 24 Avril.)

1746.— Gabrielle d'Aydie de Riberac, fille de Jean, comte d'Aydie, et de Henriette de Javarliac (ou Javerlhac), est mariée, le 30 Janvier, à Jacques-Gabriel-Louis, marquis de Chapt, fils de Charles Chapt de Rastignac, marquis de Laxion, et de Marie-Éléonore d'Aydie. (La Chesnaye des Bois, *Dict. de la Nobl.*, IV, 215.)

1747. — La dame de Riberac est pourvue de l'abbaye de Saint-Cyr. (*Gaz. de France*, du 16 Sept. 1747.)

1754. — Messire Charles-Antoine-Armand-Odet d'Aydie, comte de Riberac, ancien colonel d'un régiment d'infanterie, est mort le 1er novembre à sa terre de la Ville-aux-Cleres, dans la 76e année de son âge. (*Mercure*, Mars, 1855, p. 191. V. aussi la *Gazette de France* du 9 Nov. 1754.)

1759. — La comtesse de Riberac, veuve de Charles-Antoine-Armand-Odet d'Aydie, comte de Riberac, et fille de Jean-Jacques le Révérend, marquis de Bougy, lieutenant général des armées du Roi, meurt à Montauban, le 28 Novembre, âgé de 83 ans. (*Gazette de France* du 15 Décembre 1759.)

1764. — Le comte d'Aydie, lieutenant général des armées du Roi d'Espagne, ancien vice-roi de la Vieille-Castille, est mort à son château en Périgord, le 3 Juillet, âgé de 78 ans. (*Mercure*, Octobre, 1764, 2e volume, p. 207.)

1768. — Antoine d'Aydie de Riberac, brigadier des armées du Roi, chevalier de Malte, prieur de Saint-Marcel d'Argenton et de Valençay, mourut au château de Mayac, en Périgord, le 19 du mois dernier, âgé de 70 ans. (*Mercure*, Janvier, 1769, 2e vol., p. 114.) — Cette mention serait décisive relativement à la date de la mort du chevalier d'Aydie, si elle n'était pas contredite par la lettre de la marquise de Créquy à J.-J. Rousseau (voir plus haut, p. 395) et par une lettre de Voltaire qu'on range à la date du 2 février 1761. Toutefois l'on peut, à l'appui du *Mercure*, invoquer l'*État militaire* de 1765, sur lequel figure encore le chevalier d'Aydie parmi les brigadiers de cavalerie.

1772. — Gabrielle d'Aydie de Riberac, marquise de Chapt, est morte, dans le mois d'Avril, au château de Laxion, en Périgord. (*Mercure*, Juin 1772, p. 224.)

I

« Après la mort du chevalier, l'abbé d'Aydie, son frère,
« continua à résider dans ce château (Mayac), où se réu-
« nissait l'élite de la bonne compagnie de la province.
« L'habitation n'était cependant ni spacieuse ni magni-
« fique, et la fortune du marquis d'Abzac, seigneur de
« Mayac, n'était pas très-considérable; mais les bénéfices
« de l'abbé, qui ne montaient pas à moins de 40,000 livres,
« passaient dans la maison, et d'ailleurs nos pères en ce
« temps-là exerçaient une large hospitalité à peu de frais.
« Mes parents m'ont souvent raconté des détails curieux
» sur ces anciennes mœurs. Il n'était pas rare de voir ar-
« river à l'heure du dîner douze ou quinze convives non
« attendus. Les hommes et les jeunes femmes venaient à
« cheval, chacun suivi de deux ou trois domestiques. Les
« gens âgés venaient en litière, les chemins ne comportant
« pas l'usage de la voiture. Les provisions de bouche
« étaient faites en vue de ces éventualités, et la cuisine de
« Mayac était renommée; mais la place manquait pour
« loger et coucher convenablement tous ces hôtes. Les
« hommes s'entassaient dans les salons, dans les corri-
« dors; les femmes couchaient plusieurs dans la même
« chambre et dans le même lit. Ma mère, qui avait été
« élevée en Bretagne où les coutumes étaient différentes,
« fut fort surprise lors de ses premières visites à Mayac.
« La comtesse d'Abzac (née Custine) qui faisait les hon-
« neurs, lui dit : « Ma chère cousine, je te retiens pour cou-
« cher avec moi. » Quelques instants après mademoiselle
« de Bouillien dit aussi à ma mère : « Ma chère cousine, je
« te retiens pour coucher avec moi. » — « Je ne peux pas,
« répondit ma mère, je couche avec la comtesse d'Abzac. »
« — Mais et moi aussi, » reprit mademoiselle de Bouillien.
« — Ces trois dames couchèrent dans un lit médiocre-
« ment large, et pour faire honneur à ma mère on la mit
« au milieu. Ces habitudes subsistèrent à Mayac jusqu'en
« 1790. L'abbé d'Aydie se retira alors à Périgueux avec
« sa nièce madame de Montcheuil, dans une jolie maison
« que celle-ci a laissée depuis à MM. d'Abzac de La Douze;

« il était presque centenaire, et on put lui cacher les dé-
« sastres qui signalèrent les premières années de la Révo-
« lution... Un de mes souvenirs les plus vifs, c'est d'avoir
« vu ces trois dames ensemble : les deux dernières (mes-
« dames d'Abzac et de Bonneval), dans tout l'éclat de leur
« beauté, semblaient être des sœurs, et madame de Nan-
« thia, malgré son âge de plus de soixante ans, ne dépa-
« rait pas le groupe. »

II

« Madame de Nanthia était très-belle, fort spirituelle et
« d'un aspect très-fier. Sa fille la marquise de Bonneval,
« qui n'était que jolie, était l'une des femmes les plus dé-
« licieuses de son temps. Sa grâce était incomparable ; à
« soixante-dix ans, elle en mettait encore dans ses moindres
« actions, dans ses moindres paroles. Elle contait à ravir,
« et sa conversation était si attrayante, son esprit si char-
« mant, que je quittais tous les jeux de mon âge pour
« l'aller entendre quand elle venait chez ma mère. Quoique
« j'aie peu de mémoire, j'ai encore sous mes yeux ce type
« de femme aussi présent que si je l'avais quittée hier. Je
« l'ai cherché partout depuis, mais sans jamais le retrou-
« ver. Elle était à la fois si majestueuse et si affable, si
« bonne et si gracieuse à tous!... Aussi petits et grands,
« tous l'adoraient. Mademoiselle Aïssé devait lui ressem-
« bler. Madame de Calignon était peut-être plus capable
« de dévouement, car sa nature était plus exaltée. Elle
« avait autant d'esprit, beaucoup plus d'instruction, des
« qualités aussi solides. C'était une très-grande dame dans
« toute sa personne. Dans toute autre famille elle eût passé
« pour fort jolie, et je l'ai vue encore charmante. Mais ce
« n'était plus ce je ne sais quoi de sa mère, qui captivait
« au premier instant et gagnait aussitôt les cœurs. Elle
« avait traversé la Révolution encore fort jeune ; elle était
« moins femme de cour. Madame d'Abzac, sa sœur aînée,
« morte à quarante ans, dans notre petit Saint-Yrieix, vers
« l'époque, je crois, du Consulat, était si prodigieuse de
« beauté, que bien peu de temps avant sa mort, alors
« qu'elle était hydropique, on s'arrêtait pour l'admirer
« lorsqu'on pouvait l'apercevoir. Je n'ai vu d'elle que ses

« portraits : c'est l'idéal de la beauté... Jamais la famille
« de Bonneval n'a renié mademoiselle Aïssé... En recueil-
« lant mes souvenirs d'enfance, je reste persuadée que sa
« mémoire était chère à sa petite-fille. Ce fut elle qui prêta
« ses Lettres à mon père, et son portrait, bien loin d'être
« relégué au grenier, resta dans le salon ou la galerie de
« Bonneval, jusqu'au moment où cette belle terre fut ven-
« due à un parent d'une autre branche. Celui-ci se réserva
« les portraits des ancêtres, et les plus notables de la
« branche aînée; il eut celui du Pacha, celui même de
« Marguerite de Foix, grande alliance royale des Bonne-
« val au XVIᵉ siècle, tandis que la belle Aïssé, moins his-
« torique, suivit son arrière-petit-fils à Guéret où elle était,
« je pense, bien affligée de se trouver. »

INDEX

TABLE

Paris. — Imp. Viéville et Capiomont, 6, rue des Poitevins.

1
1
37
67
12

53
55
71

67
69
01

03
04
05
10
11
13
10